H

Hogan Horni

MENNA MEDI

Gomer

I'r dyn perffaith . . .

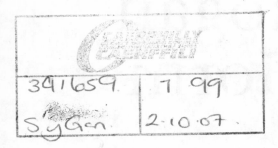
Cyhoeddwyd yn 2007 gan
Wasg Gomer, Llandysul, Ceredigion SA44 4JL

ISBN 978 1 84323 729 7

Dymuna'r cyhoeddwyr gydnabod cymorth
Cyngor Llyfrau Cymru.

Argraffwyd a rhwymwyd yng Nghymru gan
Wasg Gomer, Llandysul, Ceredigion

Diolch:

    i nifer am y gwaith ymchwil (!)
    i deulu a ffrindie am ffydd, gobaith ond 'run cariad
    i Anchel am loches i sgwennu – gràcies
    i Gomer a'r Cyngor Llyfrau am y cyfle
    i Gyngor Celfyddydau Cymru am y nawdd (doedd
    o ddim hanner digon!)
    i'r Athro John Rowlands am yr anogaeth
    i'r diweddar Eirug Wyn am wneud gwyrthiau
    i'r Steddfod Genedlaethol a theulu Emyr Feddyg am
    gynnig Ysgoloriaeth i 'awduron addawol'

1. Gwell o bell

'Hei,' gwaeddodd Bryn y Boncyn wrth fynedfa'r Manor, 'mae gen i barti yn fy nhrowsus a ti newydd gael dy wadd!'

Chwerthin fel udo cŵn wnaeth ei ffrindiau, ond anwybyddu'r sylw wnaeth Tina Thomas, gan roi gwên ffals ar ei gwefusau cochion. Wrth iddi ymestyn ei choesau'n awgrymog o'r tacsi, edrychai'n hynod o atyniadol yn ei ffrog fer, ddu, a glafoeriai'r dynion o'i chwmpas. Er nad oedd Tina'n un i dynnu sylw ati hi ei hun yn fwriadol, gallai ddenu unrhyw ddyn yn y byd. Yn anffodus, tueddu i fynd am ddynion drwg yn hytrach na rhai gonest a diffuant oedd ei hanes erioed. Doedd ryfedd nad oedd hi'n poeni rhyw lawer am gael perthynas ddifrifol efo neb – doedd neb o blith y dynion hynny'n haeddu cael gafael ar ei chalon. Ond gwyddai Tina o'r gorau nad yn ei chalon yr oedd ganddyn nhw ddiddordeb mewn gafael beth bynnag . . .

Roedd bar y Manor yn prysur lenwi wrth i Tina gerdded i mewn yng nghwmni di-fflach ei fflatmêt Gwenan. Sylwodd fod yno wynebau cyfarwydd yn ogystal ag ambell un dieithr, ac ymhen dim o dro roedd yr un llais hy y tu ôl iddi eto.

'Wyt ti'n gymaint o bishyn â hyn go iawn, neu ti 'di cael *plastic surgery*?' holodd Bryn y Boncyn, yn amlwg wedi bod yn slochian cyn mentro i'r parti.

'Gwranda, washi,' meddai Tina dan gellwair, 'taswn i'n cael *plastic surgery* fase fo'n toddi'n syth – dwi'n eneth mor boeth.' Taflodd winc ato a gadael iddo freuddwydio am y posibiliadau cyn troi at Gwenan a gwneud ystum arni i fynd at y bar gan hefru rhwng ei dannedd: 'Diolch mod i'n gwybod am gefndir amheus y llo cors yna. Mae'i *chat-up lines* o, 'run fath â'i *aftershave* o, yn ddigon i droi ar unrhyw ddynes – nid ei throi ymlaen!'

Doedd gan Tina ddim llwchyn o ddiddordeb yn Bryn, ond roedd ganddi ychydig o ofn bod yn ei gwmni'n rhy hir rhag ofn bod *y* dyn yn edrych arni drwy wydr ei beint o *bitter*. Digon chwerw oedd Tina hefyd pan ddeallodd bod ei ffrind, Ann, a Tomi ei chariad, wedi gwadd yr union ddyn i'w parti dyweddïo – ynghyd â'i Ddraig. Gwyddai Tina y byddai'n anodd iddi ymddwyn yn gall y noson honno, a rhagwelai mai'r unig ffordd y gallai ymdopi efo'r sefyllfa oedd drwy iro dipyn go lew ar ei chorn glag.

Peth annifyr ydi trio actio'n cŵl pan fo'ch cariad honedig chi yn yr un parti efo'r Ddraig mae o ar fin ei hysgaru! Roedd perthynas Dr Richard Jones, neu Dic i'w ffrindiau gorau – ac roedd Tina'n bendant yn un o'r rheiny – a Marie ei wraig yn fregus cyn i Tina ac yntau gyfarfod (medde fo), a pharhau i wneud pethau'n anodd roedd honno gan wrthod rhoi ysgariad iddo. Hedfanodd tair blynedd o dwyll a chelwydd heibio, a Tina bob amser yn maddau ac ildio i'w Hadonis perffaith, heb edliw dim am ei weithredoedd na'i ddiffyg ymrwymiad. Roedd yn caru Dic ormod i fentro ei golli. 'Petai'r wraig neu'r teulu'n clywed am ein affêr, mi fase 'na ddiawl o le . . . ti'n gwbod . . . problemau gweld y plant, y tŷ, statws fy ngwaith, pres . . .' Dyna esgusodion y Dic di-asgwrn-cefn o hyd.

Teimlai Tina fel twrch daear unig – byth yn cael mynd allan yng ngolau dydd efo'i phartner! Sbin yn y car a jwmp ar y bonet yn unigeddau Eryri, wedyn *chips* ar ôl gorffen – dyna oedd syniad Dic o noson allan efo hi. Prin fyddai'r troeon y byddai'n ymdrechu i fynd draw ati i'r fflat efo potel o win neu ambell dusw tenau o flodau. Prin iawn oedd yr adegau pan allai fod yn ei gwmni mewn tafarn. 'Mi ddaw hi'n haws', o ddiawl! meddyliai Tina wrth wrando ar ei resymeg dila dro ar ôl tro.

Aeth Gwenan at y bar a phrynu'r ddiod gyntaf, er mawr syndod i Tina. Doedd hi byth y cyntaf i dyrchu i'w phoced i brynu rownd fel arfer – ond, fel Cardi, gwyddai Gwenan y byddai prynu'r rownd gyntaf i'r ddwy ohonynt yn golygu y câi sbario prynu rownd ddrutach pan fyddai mwy o ffrindiau wedi cyrraedd! Penderfynodd Tina ofyn am beint o lager rhag ofn na ddôi cyfle arall y noson honno. Sudd oren fyddai Gwenan yn ei yfed fel arfer, ond gwnaeth ymdrech lew y tro hwn i fynd i ysbryd yr achlysur, gan brynu hanner o lager shandy i ddathlu uniad Ann a Tomi. Edrychai'r pâr dyweddedig yn hynod o hapus, fel pe bai'r ddau'n ysu am gael noson gynnar i agor pethau amgenach na'u hanrhegion. Lledai gwên falch dros wyneb Tomi; roedd Ann yn ddarpar-wraig iddo o'r diwedd! Er iddynt fod gyda'i gilydd ers blynyddoedd maith, roedd Tomi'n grediniol bod Ann yn dal i hoffi codi'i choes o dro i dro. Tina gâi'r bai ganddo am ei harwain ar gyfeiliorn, ond doedd Ann ddim yn ddiniwed nac yn fêl i gyd chwaith!

Byth ers i'r ddwy ddechrau cydletya, byddai Ann a Tina'n mynd ar dripiau rygbi ac ambell gêm bêl-droed i gefnogi Cymru – unrhyw esgus am benwythnos o gymdeithasu yng nghanol dynion oedd yn fodlon gwneud unrhyw beth i godi i'r achlysur! Fyddai hi byth yn gofyn i Tomi fynd efo hi i'r rygbi, ond byddai'r ddau bob amser yn mynd efo'i gilydd i steddfod y ffarmwrs yn Llanelwedd. Dyna oedd gwyliau blynyddol Tomi, nad oedd yn ddyn gwyliau yn yr haul nac yn mwynhau gwario a llawer o sbloets. Ond, ar adegau, teimlai'n genfigennus fod Ann yn cael ei gadael yn rhydd ac yntau'n styc ar y ffarm yn slafio i gael cartre teilwng i'r ddau. 'Pwy welest ti? Ddaru rywun drio dy fachu di? Gafodd Tina ddyn? So, efo pwy oeddach di?' Dyna fyddai cwestiynau Tomi bob amser y dôi Ann adre o daith bleser, a chredai hithau'n gryf fod dyn sy'n amau ei gariad yn waeth na dynes genfigennus!

'Lle wyt ti arni am gwmni?' Tra oedd y parti'n mynd yn ei flaen, roedd Bryn y Boncyn yn dal i ffansïo'i lwc efo Tina, ac roedd wedi llenwi'i wydr ei hun unwaith eto, heb fod â'r cwrteisi lleiaf i ofyn a oedd rhywun arall eisiau diod. Plonciodd ei hun ar gadair yn ei hymyl, gan ymestyn ymlaen yn ormodol nes bod Tina'n gallu ogleuo'i chwys yn gymysg â'i hylif eillio rhad. 'Heb dy weld ti erstalwm . . . Byth wedi setlo lawr?' holodd Bryn eto, gan drio'i orau glas i gynnal sgwrs synhwyrol.

'Dwi wedi setlo i lawr ers amal i flwyddyn,' atebodd Tina, 'efo fi'n hun!' Chwarddodd Bryn yn nerfus. Aeth Tina yn ei blaen. 'Ti'n un da i siarad – pam na fydde gen tithe gywen fach i edrych ar dy ôl di?'

'Heb ffeindio iâr sy'n ffitio'r nyth eto.'

'Pob un yn cuddio tu ôl i'r domen, mae'n siŵr!' meddai Tina gan grechwenu. Llowciodd ei pheint a chododd i fynd i'r lle chwech o'i olwg.

'Un, dau . . . deg!' dechreuodd Tina gyfri, gan ddychryn trwyddi wrth edrych yn y drych. Gallai weld nifer o flewiach gwynion yn treiddio drwy'i gwallt du; roedd hi'n amser rhoi lliw ynddo eto i guddio pechodau.

Edrychai'r rhychau ar ei thalcen fel cae o wair wedi'i rencio, a sylwodd fod un neu ddau o'i dannedd isa'n dechrau brownio hefyd. Tybed? Doedd hi ddim wedi smocio ers yr adeg pan fyddai'n arbrofi yn yr ysgol trwy fewnanadlu mwg o stwmps y prifathro! Peth fel hyn ydi heneiddio? holodd y pedair wal, gydag effaith y lager yn dechrau amlygu ei hun. Gwasgodd hen bloryn hyll oedd ar ei thrwyn nes bod y crawn yn slwtsh gwyn ar y teils, a daeth i'r casgliad na fyddai'n gallu gwneud hynny petai ganddi ddyn wrth ei sodlau o hyd. Daeth Gwenan i'r toiled i aflonyddu ar ei hunandosturi.

'Beth ti'n neud fan hyn, Tins? Ti yma ers amser. Dere 'nôl i'r parti – mae Bryn wedi mynd at ei ffrindie nawr.'

'Ew, mae isio 'mynedd,' atebodd gan ddod yn ôl at ei synhwyrau. 'Mae'r twlsyn yn trio cael bachiad efo fi, ac mae o'n rhy ddwl i ddallt nad oes genna i owns o awydd bod yn Siôn Corn iddo fo heno . . .'

'Tina, smo ti'n gwneud sens,' torrodd Gwenan ar ei thraws heb lawn ddeall hiwmor Tina. 'Hwnnw oedd yn "dŵad dros y bryn" yntê . . .?' Wyddai Tina ddim a oedd Gwenan wedi deall y jôc, heb sôn am ei gwerthfawrogi.

'Os oes 'da fe ddiddordeb ynot ti, cer amdano fe 'chan!'

'Taswn i'n fuwch, fyse'r un o mhedair stumog i'n gallu'i ddiodde fo!' chwarddodd Tina drwy ddüwch ei mascara.

'Wy'n gwbod 'i fod e'n henffasiwn, ond ma' *good figure* 'da fe, ac mae'i galon e yn y lle iawn.'

'Yndi, ond y cwestiwn ydi lle mae'i organe eraill o wedi bod? Dwi 'di gweld dafad neu ddwy digon cloff o gwmpas y mynyddoedd 'cw!'

'So'i "organe eraill" e wedi bod yn broblem i ti cyn hyn, nag 'yn nhw?' atebodd Gwenan yn swta cyn troi ar ei sawdl yn ôl i'r parti. Roedd ganddi ryw fath o hiwmor wedi'r cwbl, er nad oedd Tina'n hoff o'i ensyniad chwaith!

Wrth fynd at y bar am y chweched tro'r noson honno, clywodd Tina lais cyfarwydd yn chwythu sibrydion cariadus i lawr ei gwar – ond nid Bryn y Boncyn oedd o'r tro hwn, diolch byth! Aeth yn groen gŵydd drosti. Roedd wedi ysu am y foment hon drwy'r nos, a theimlai'n well yn barod wrth dderbyn sylw'r dyn delaf a mwyaf rhywiol yn y byd.

'Ti'n edrych yn *gorgeous* yn y dillad 'na,' meddai Dic wrthi, ond nid edrychodd y ddau i lygaid ei gilydd. Roedd yr un eiliad honno i Tina'n ddigon i gadarnhau y gallai Dic a hithau fod yng ngyddfau'i gilydd yn y ffordd fwyaf rhywiol posib ymhen chwinciad chwannen.

'Mi fyse'n well genna i 'u tynnu nhw! Tase *honna* ddim yma!' Roedd tinc o genfigen a rhwystredigaeth yn amlwg yng ngeiriau Tina wrth iddi gyfeirio'i golygon tuag at Marie. Doedd fiw i Tina siarad mwy efo Dic rhag ofn y byddai llygaid y Ddraig Goch yn sylwi arnynt, felly brysiodd yn ei hôl at Gwenan.

Am weddill y parti, bu Tina'n dawnsio efo Ann a Gwenan, a bu'n llowcio mwy o êl er mwyn cael hyder i fynd i'r afael â Dic, neu gael cyfle i drin cerdd dafod efo fo mewn cornel go dywyll o'r ystafell . . .

'Dech chi'n mwynhau, y ffernols?' holodd Ann, a oedd yn bictiwr o hapusrwydd.

'Grêt.' Doedd fiw i Tina ddangos ei bod yn flin fod Ann a Tomi wedi gwadd y Ddraig i'r parti efo Dr Richard Jones. Eu diwrnod nhw oedd o, wedi'r cwbwl, ac nid un i Tina wneud ffŵl ohoni hi ei hun efo'i thrafferthion carwriaethol.

'Lle ti arni am ddyn?' gofynnodd Ann i Tina, gan edrych o gwmpas yr ystafell orlawn am bosibiliadau. 'Does 'na 'run o ffrindia Tomi'n cyrlio ron bach o fodia dy draed di, dŵad?'

'Dydyn nhw ddim yn cyrlio 'mlewiach i, heb sôn am 'y nhraed i,' atebodd Tina, a chwarddodd y ddwy. Gwnaeth Ann ystumiau ar i Tina symud at y bar am sgwrs, gan ei bod am gael llonydd i hel clecs yn absenoldeb gweddill y gwesteion.

'Ydy Dic wedi deud rhywbath wrtha chdi?' Gwyddai Ann am berthynas Dr Jones a Tina o'r eiliad cyntaf, gan mai hi a'u cyflwynodd i'w gilydd.

'Dwi 'di cael y *crap* arferol, ac mae'i lygaid ci lladd defaid o'n deud y cwbwl,' atebodd Tina, gan ymlacio wrth gael sôn am y gwrthrych teilwng oedd yn mynd â'i holl fryd. 'Mae'r Ddraig a fynte'n edrych mor hapus. Fyse ti'n meddwl mai dechre caru ma' nhw, nid gorffen priodas!'

Ar hynny dychwelodd Gwenan gan geisio ymuno yn y sgwrs. Wyddai hi ddim am berthynas Tina a'r llawfeddyg, a newidiodd Ann y stori fel roedd hi'n cyrraedd.

'Mae dynion y rhai gora am actio o flaen merchaid, Tins bach,' cynigiodd air o gysur ffug iddi.

'Dyw dy Tomi di ddim fel 'na'n barod yw e?' holodd Gwenan wrth glywed cynffon stori. Does gan hon fawr o syniad sut mae dynion yn ymddwyn, meddyliodd Ann.

'Mae'n ddigon cynnar eto, washi,' heriodd Tina, gan gladdu'r sgwrs flaenorol ac aros am foment dawel arall cyn parhau i drafod ei ffling efo'r llawfeddyg.

13

'Gad i Tomi roi modrwy arall ar fys hon, ac wedyn gawn ni weld sut fydd pethe!'

'Hei, Ann! Mae Bryn y Boncyn yn dangos dipyn o ddiddordeb yn Tina 'ma,' meddai Gwenan, fel petai'n sgandal fwya'r ganrif. 'Wy'n credu taw fe yw'r unig ffarmwr fydde'n fodlon tynnu siec i rywun – ei *grys* siec e wy'n feddwl!'

Mae'n rhaid bod peint o lager shandy wedi mynd i ben Gwenan, gan mai sych fel nicar lleian oedd ei hiwmor fel arfer, meddyliodd Tina.

'Contractiwr ydi Bryn, nid ffarmwr,' cywirodd Tina hi. 'Ond, taswn i'n hollol despret, falle fyswn i'n derbyn ei gynnig o,' ychwanegodd, cyn i Gwenan fynd yn ei blaen i ddiflasu rhywun arall. 'Ond dim ond despret am Dic ydw i go iawn!' ychwanegodd wrth ailgydio yn y sgwrs gyfrinachol efo Ann. 'Dwi'm isio minglo gormod efo dynion eraill rhag ofn i Dic feddwl mod i'n trio closio atyn nhw. Mae o mor sensitif am bethe felly. Bob amser yn ypsetio os a' i efo rhywun arall, er ei fod o "isio i fi fod yn hapus". A dwi bob amser yn deud wrtho fo be dwi'n neud, cofia di. Mae'n perthynas ni mor onest ag y gall fod mewn amgylchiadau o'r fath!'

'Ond, wyt ti wir yn meddwl ei fod o'n onast bob amsar efo chdi, Tina? Falla y bysa dy weld di'n cymryd diddordab yn rhywun arall yn styrio'r diawl bach i adal Marie. Mi fasa hynny'n siŵr dduw o'i neud o'n genfigennus.'

'Falla bod gwybod fod dyn arall wedi'n ffwcio fi'n rhoi uffern o gic iddo fo tase ti ond yn gwbod!' meddai Tina. 'Wel, mae'n rhaid chwerthin ar ben y sefyllfa, 'n does? Hynny neu grio, a dwi wedi crio digon dros y bastard bach, coelia di fi!'

'Mae hi bob amser yn hawdd clwyfo claf, Tina fach – er ei fod o'n ddoctor . . .'

Daeth Gwenan yn ei hôl toc, fel pryfyn at gachu. Roedd wedi dod o hyd i lager shandy arall yn rhywle, ond doedd dim osgo prynu diod i neb arall arni. Bachodd Tina ddau wydraid o sieri sych oddi ar hambwrdd un o'r gweinyddesau, a drachtiodd nhw heb iddynt gyffwrdd ei cheg, bron!

'Dy rownd di ydi'r nesa, Gwenan Lewis!' meddai Tina gan sychu'i gweflau yn ei llewys. Yn gyndyn, aeth Gwenan i'w phwrs dwfn, gan ddychwelyd efo hanner i Tina a jin bach i Ann. 'Llongyfarchiadau mowr i ti a Tomi ar eich dyweddïad,' cynigiodd Gwenan, 'ac rwy'n edrych mlân yn fowr at y briodas. Paid gadael hi'n rhy ddiweddar nawr; dyw dyweddïad hir ddim yn beth da – dyna o'dd Mam-gu yn weud slawer dydd!' Rhoddodd sws annwyl ac annisgwyl ar foch Ann, a chiledrychodd Tina ar ei symudiadau, gan y bu amheuaeth am rywioldeb Gwenan ers iddi symud i mewn i'w fflat. 'Odych chi wedi cael anrhegion neis?'

''Dan ni 'di cael tair powlan siwgwr hyll ar y diawl, a digon o setia llestri i agor caffi,' meddai Ann. 'Ond ges i beth handi gan rieni Tomi, sef *Slow Cooker* – achos y FI ydi honno ar y funud. Y jadan 'na o fam sydd ganddo fo'n trio deud rwbath mae'n siŵr!'

Doedd Ann yn fawr o gwc, mae'n wir, er na fyddai neb yn llwgu yn ei chwmni. Cofiai Tina'n iawn iddi ddweud y byddai'n aros adre'n fwriadol ar ddyddiau gwersi coginio yn yr ysgol uwchradd.

'Fe ddaw 'na fwy o sêls cist car os wyt ti moyn i fi werthu'r llestri i ti,' meddai Gwenan wrth Ann yn hollol o ddifri.

'Wel, os gawn ni fwy o bowlenni siwgwr, wna i

15

gofio amdana chdi Gwen,' meddai Ann, wrth sylwi fod ei Modryb Blodwen ar fin ei chyfarch. 'Diolch i chi am y bowlen siwgwr, Anti Blod, a finna'n trio torri lawr ar betha melys cyn y briodas!'

Roedd Gwenan fel hen nain bob haf yn tyrchu mewn bocsys jync a chreiriau mewn gwahanol *jumble sales* a stondinau moes a phryn. Byddai'n aml yn mynd â llond bŵt car o hen ddillad, teganau ac offer cegin i'w gwerthu ar ran ei mam, gan nad oedd gwerthu jync ddim y ddelwedd orau i flaenores capel uchel ei pharch! Doedd hi'n ddim byd gan Gwenan i brynu pethau'n rhad mewn un sêl a'u gwerthu am ddwbl y pris yn yr un nesa, a chodai lawer o arian at achosion da. Ond wyddai Ann a Tina ddim pa elusennau oedd yn elwa, chwaith – Cardi oedd hi wedi'r cwbwl!

Wrth i Tina brynu'r ddiod nesa iddi hi ei hun ac Ann a Tomi (roedd Gwenan yn dal i sipian ei lager cynnes), roedd sain cerddoriaeth y disgo, fel siarad gwag y gwesteion, wedi cynyddu. Fflachiai'r goleuadau i bît y gerddoriaeth, ond doedd neb yn dawnsio. Nodweddiadol o'r Cymry – rhy boring a gwylaidd i fwynhau eu hunain, meddyliodd Tina. Roedd ei meddwl bellach yn niwlog ac wedi dechrau crwydro, ac effaith y ddiod yn gwneud i'w hymennydd ysu am ddawns glòs efo Dic. Ond roedd euogrwydd yn cael y blaen ar hynny, a fyddai hi byth yn bychanu'r Ddraig yn fwriadol. Roedd y tri ohonynt yn wahoddedigion yn y parti, ond Tina, ac nid Marie, oedd y 'wraig wadd' ym mywyd personol Dr Richard Jones. Synhwyrodd Tina y byddai ei gwaith hithau fel gohebydd efo'r papur newydd yn y fantol pe byddai rhywun yn darganfod eu cyfrinach. Doedd hi ddim eisiau gwneud dim byd i dynnu sylw at y sefyllfa na chael ei llun ar dudalen flaen y *Borth Journal* am y rhesymau anghywir! Arhosodd am gân fywiog cyn magu digon o blwc i godi a symud i ganol y llawr dawnsio ar ei phen ei hun. Cyn cyfarfod Dic, byddai ganddi hyder i anelu am unrhyw ddyn a gymerai ei ffansi, cyn mân siarad ag o'n awgrymog a, hei presto, byddai'n bachu bob tro! Ond, efo Dic yn mynd â'i bryd, gorff ac enaid, roedd yr awydd i wneud hynny wedi cilio ers tro – ond heb ddiflannu'n llwyr chwaith!

Roedd yr ystafell erbyn hyn yn troi yn ei phen, a'i thu mewn yn corddi llwyth o löynnod byw wrth iddi gau ei llygaid. Dywedodd rhyw lais bach yn ei hisymwybod y dylai edrych yn ei blaen a pheidio cau ei llygaid, a dywedodd llais arall wrthi y dylai anelu am Dic i ofyn iddo am ddawns.

'Wyt ti'n gallu cymryd jôc?'

'. . . Ym . . . 'asu, yndw!' Roedd Tina wedi cael traed oer, ac edrychodd Bryn y Boncyn mewn syndod arni.

'Wel, nei di nghymryd i 'te?'

Llawenhaodd yntau wrth iddi dderbyn ei gynnig o'r diwedd. Sgwariodd fel cowboi i ganol y goleuadau, yn awyddus i bob llygad edrych arno fo a'i ferch berffaith yn cael dawns glòs a rhywiol. Tynnodd Tina ei dei crimplîn gan gydio yn ei ganol a phlannu clamp o sws ar ei foch gwritgoch. Doedd arni ddim awydd rhoi *snog* iawn iddo rhag ofn: (a) y câi hen sws daflodllyd yn ôl ganddo. (b) iddo feddwl ei bod o ddifri. (c) i Dic feddwl fod y ddau ohonynt o ddifri.

Closiodd Tina at Bryn, gan edrych yn llechwraidd dros ei ysgwydd i chwilio am Dic. Cynyddodd curiad calon Bryn gymaint â'r gerddoriaeth, ac roedd ei heglau fel dwy droed chwith wrth wthio yn erbyn ei chorff.

Ymddangosai ei chynllwyn fel petai wedi gweithio, gan fod Dr Richard Jones wedi dechrau anesmwytho. Er ei fod yn cymysgu a siarad yn barchus efo hwn a'r llall yn y parti, roedd yn sylwi ar bob symudiad a wnâi Tina drwy gil ei lygaid cyfrwys. Edrychai'n annifyr wrth i'r Ddraig barablu fel rhegen ryg uwchben ei sieri, a oedd mor sych â hithau.

Llanwodd y llawr dawnsio ac ymunodd mwy â nhw pan ddechreuodd y gân nesaf . Adleisiodd geiriau Ann ym meddwl Tina, a daliodd fel gelen yn Bryn.

'Ti'n edrych fel se ti'n mwynhau, secsi,' meddai hwnnw ac yntau yn ei seithfed nef.

'Wrth fy modd,' palodd Tina gelwyddau, gan gogio edrych yn gariadus i'w lygaid. Wrth fy modd yn gwneud Dic yn genfigennus, y bastard gwirion!

Pan oedd y lle'n llawn o gyrff meddw, a'r ystafell bron mor dywyll fel nad oedd modd gweld yn iawn, teimlodd Tina rywun yn rhwbio yn erbyn ei hysgwydd. Adnabu'r cyffyrddiad, ac aeth yn boeth drwyddi. Gwridodd ei phedair boch, a theimlodd rhwng ei choesau'n chwysu.

'Ti 'di ddawnsshio ddigon efo hwn,' meddai Dic yn goc i gyd, gan roi pwniad egr i Bryn. 'Ffansshi sshmooch, Teeny Weeny?' Roedd y chwerw yn amlwg wedi effeithio ar ei leferydd a'i hyfdra yntau. Meddyliodd Tina sut oedd pethau yn y gwaelodion ganddo.

Roedd y Ddraig yn dawnsio'n hapus efo Ned Davies, tad Tomi, er mor fregus yr edrychai hwnnw y tu allan i'w gadair olwyn. Felly achubodd Tina ar y cyfle i dderbyn cynnig Dic i ddawnsio, a dywedodd yn garedig wrth Bryn lle i fynd. Aeth yntau'n ôl at ei beint efo'i gynffon hir rhwng ei goesau. Petai'n ddigon o ddyn, byddai wedi ymateb i Dic, yn eiriol os nad efo'i ddyrnau. Ond gwyddai Bryn yn rhy dda y byddai ei fam yn dibynnu ar y llawfeddyg am lawdriniaeth pen-glin yn y dyfodol agos . . .

Doedd Dic, fwy nag oedd Tina, ddim mewn stad i siarad yn gall efo'i gilydd y noson honno, ond roedd y symudiadau o fewn ei drowsus yn ddigon iddi wybod fod pethau ar i fyny. Rhwbiodd y ddau yn araf yn erbyn ei gilydd – i fyny, ac i lawr, i'r chwith ac i'r dde, yn ôl ac ymlaen i guriad araf *Lady in Red*.

'Eironig yntydi?' meddai Tina. 'Y Ddraig sy'n gwisgo coch heno, nid fi!'

'Djwi'n gallu tjeimlo tji'n lyb djrwy'r ffrog 'na,' meddai Dic heb ymateb i'w sylwadau. Mentrodd hithau blannu cusan ar ei wefusau agored. Roedd wrth ei bodd yn eu gweld yn flysiog, gochion pan oedd fel stalwyn ar ei phen . . . Ond trodd Dic ei foch y tro hwn gan wrthod ei chynnig.

'Be sy, Dic? Cenfigen? Euogrwydd?' holodd Tina, yn amlwg wedi'i siomi. Ar ddiwedd y gân, sylwodd Dic fod y Ddraig wedi gorffen dawnsio efo'r hen ddyn, ac yn edrych yn anniddig i'w gyfeiriad wrth iddi hithau gael ei diflasu gan neb llai na Bryn y Boncyn.

'Ffonia i dji.' Dic oedd yn llefaru'r un hen linell gyfarwydd wrth ffarwelio â Tina. Doedd o ddim wedi gallu meddwl am ddim byd gwreiddiol i'w ddweud ers blynyddoedd, a threiglodd deigryn poeth i lawr ei hwyneb. Dychwelodd at fwrdd y ffrindiau'n hynod o anfoddog. Roedd hi isio Dic yr eiliad honno – yn y toiled, yn erbyn y wal, uwchben y pan, o dan wynt y sychwr dwylo . . . Ond câi ei hatgoffa'n aml mai dwylo'r Ddraig oedd â'r hawl i afael am gorff siapus y dyn rhyfeddol hwn, ac nid y hi. Ar bapur, o leiaf . . .

Roedd gweddill ffrindiau Ann a Tomi erbyn hyn un ai wedi meddwi gormod i siarad neu wedi bachu rhywun fyddai'n gwneud y tro am y noson. Dal i wenu'n unig i'w gwydr wnâi Gwenan, a'r lager wedi mynd mor fflat â'i bronnau. Serch hynny, diolchodd Tina ei bod yno gan mai hi oedd yr unig un oedd wedi aros amdani'r noson honno. Cychwynnodd y ddwy adre fraich ym mraich. Ond, er gwaetha'r sicrwydd a ddeuai o bwyso ar Gwenan, teimlai Tina'n hynod o drist a diweth. Roedd hi wedi gwrthod dyn oedd ar blât iddi gan ei bod eisiau'r amhosibl, sef dyn rhywun arall!

2. Y ddynes fawr ddrwg

Ers parti dyweddïo Ann a Tomi, roedd Dic wedi cysylltu efo Tina sawl gwaith ar y ffôn. Ymddiheurai bob tro na fedrai roi mwy o sylw iddi yn ystod y noson honno, ond nid ei fai o oedd o fod y Ddraig wedi cael gwahoddiad, meddai. Digon teg, meddyliodd Tina, gan lyncu'i esgusodion eto fyth. Yn dawel bach, roedd Dic yn ysu am gyfle i wneud iawn am y sefyllfa, ac roedd eisoes wedi anfon blodau drwy'r post a gyrru ambell e-bost cariadus ati o gyfrifiadur yr ysbyty – fyddai o ddim mor wirion ag anfon un o'i gartref ei hun! Ond, er mor wirion yr oedd Tina wedi bod amdano fo am dair blynedd, doedd hi ddim yn y mŵd i gymryd gormod o sylw o'i siarad gwag y tro hwn. Ei wraig, yn naturiol, oedd wedi dod yn gyntaf i Dic yn ystod ei berthynas efo Tina, ac fel merch a chanddi ei theimladau a'i hemosiynau sensitif ei hun, gallai gydymdeimlo efo Marie. Roedd gan Dic swydd aruchel, enw da a dau o blant yn y fantol, a fyddai pethau ddim yn dda petai'r gath yn cael ei gollwng o'r cwd cyn iddo wneud penderfyniad terfynol ynghylch ei ddyfodol, beth bynnag fyddai hwnnw.

Ymddangosai Dic yn fwy gonest am ei berthynas â Tina'n ddiweddar, a dywedai'n ddidwyll ei fod yn awyddus i adael y Ddraig, ac am wneud pryd bynnag fyddai hynny'n bosibl. Byddai'n fodlon symud i ffwrdd efo Tina a'r plant i ben draw'r byd petai'n rhaid! Yn dy freuddwydion, mêt, teimlai Tina, er y byddai wrth ei bodd yn cael y cynnig.

Doedd Tina erioed wedi poeni ei bod yn ddibriod.

Gan bobl eraill yr oedd rhyw stigma rhyfedd fod yn rhaid bachu cyn bod bywyd yn gyflawn. Roedd wedi cynefino efo annibyniaeth, ond eto, roedd yn braf gwybod fod cwmni i'w gael yn achlysurol. Doedd hi ddim yn genfigennus o'i ffrindiau ysgol a choleg oedd wedi setlo i lawr i'w bywydau teuluol cyfyng. Ond a hithau bellach yn ei thri degau, edrychai ymlaen at fedru fforddio bwthyn twt iddi hi ei hun, yn hytrach na rhannu efo rhai eraill a thalu trwy'i thrwyn am y rhent. Byddai wedyn yn gallu mynd – ac yn bwysicach, byddai'n gallu dod – fel y dymunai yn ei lle ei hun.

Digon ansicr fu ieuenctid Tina yn dilyn tor-priodas ei rhieni. Nid peth hawdd oedd ceisio byw bywyd normal fel plant eraill wedi i'ch tad redeg i ffwrdd efo dynes iau na fo. Mae'n wir na chafodd hi erioed gam ganddo, ond gwelodd yr effaith a gafodd ar fywyd ac iechyd ei mam, yn ogystal ag arni hithau. Roedd hi'n gweld ei angen yn y cartre i fod yn gefn i'r ddwy ohonynt; i'w helpu hi efo gwaith cartre ac i wneud gwaith o gwmpas y tŷ a'r ardd. Bu Tina'n mynd at ei thad a'i gariad newydd yn achlysurol, er nad oedd yn mwynhau'r profiad bob amser. Doedd y cariad tadol ddim yno bellach, gan fod ei holl sylw a'i ymdrechion i blesio yn cael eu rhoi i'r 'ddynes newydd'.

Ond bu farw'i thad yn hollol ddisymwth ac yntau prin wedi cyrraedd ei hanner cant oed. Trawiad ar y galon, mae'n debyg, ond chafodd Tina erioed wybod yr amgylchiadau'n iawn. Yn y cyfamser, roedd ei mam wedi ailbriodi ar ôl cyfarfod ag un o hen gariadon ei maboed, a chafodd Tina gymaint os nad mwy o gariad a gofal gan Edward ag a gafodd gan ei thad.

Newydd gyrraedd adre o'r gwaith yr oedd Tina pan ganodd sŵn y gwdihŵ fach yn ei phoced. Toddodd ei chalon wrth glywed llais Dic yn ymbil arni unwaith eto i wrando ar ei gynllun diweddaraf. Roedd pethau'n argoeli'n well y tro hwn.

'Tina! Dwi'm yn ffonio heddiw i rwdlian a hel esgusodion am ein perthynas ni,' cychwynnodd ar ei araith, gan feddwl y byddai Tina'n gwylltio neu'n rhoi'r ffôn i lawr arno. 'Dwi isio rhoi trît i ti am unwaith, ac yn gofyn ddoi di i Lundain efo fi'r penwythnos nesa 'ma? Ti'n rhydd, cariad? Dwi isio bod efo ti, Tins! Ac mae hwn yn gyfle gwych.'

'Wrth gwrs mod i'n rhydd, Dic,' llawenhaodd hithau, gan orwedd yn ôl ar ei gwely'n fodlon braf. Ceisiodd dynnu ei hesgidiau oddi ar ei thraed efo un llaw a dal y ffôn efo'r llall. Dyna beth oedd gwledd ar ôl diwrnod hir o ohebu! Mi wna i'n siŵr mod i ddim yn gweithio fwrw'r Sul nesa. Be 'di'r achlysur i fynd i Lundain? Cwrs neu esgus arall?'

'Cwrs arall gan y BMA. Fydd neb yn ama dim bod gen i gwmni yn y nos. Mae'r gwesty bob amser efo gwely dwbwl. Mi dala inna am dy drên di. Gawn ni ddwy noson fendigedig.'

Felly y bu, ac roedd y ddau uwch ben eu digon, yn ogystal â'i gilydd . . .

'Dwi'n ddyn lwcus iawn dy fod yn dallt fy sefyllfa i,' meddai Dic wrth sipian glasied o siampên oer yn yr ystafell wely. Roedd hwn yn un o'r gwestai mwyaf moethus yn y ddinas fawr, dywyll, ac roedd digon o le yn y gwely i dri, petai'r ddau'n dymuno hynny! Pwy a ŵyr beth oedd gan Dic o dan ei felt? (Wel, roedd gan Tina syniad go lew!)

'Falle mai fi sy'n ddwl mod i wedi cytuno i ddod efo ti,' cynigiodd Tina gan gellwair, ond cywirodd Dic hi'n ddigon sydyn.

'Na, mae gen i isio diolch i ti go iawn. Ti'n gwbod mod i'n dy garu di, a weithia dwi'n teimlo fel deud hynny wrth y byd a'i nain. Ond . . .'

'. . . ond nawn ni anghofio am hynny am y penwythnos yma, ie? Mae 'na ddigon o bethe eraill i ni ei neud yn fama, dwi'n siŵr,' meddai Tina, gan arbed Dic rhag gorfod chwilio am esgus newydd.

Roedd y ddau wedi teithio ar wahân ar y trên, rhag ofn i rywun eu gweld. Prynwyd tocyn dosbarth cyntaf i Dic gan yr ysbyty, oedd hefyd yn rhoi ei win a'i fwyd am ddim iddo. Talu trwy ei drwyn wnaeth o er mwyn i Tina deithio yn yr ail ddosbarth. Ond cafodd hithau dawelwch hyfryd a chyfle i ddal i fyny efo'i chwsg drwy gydol y daith. Erbyn cyrraedd pen honno, roedd Dic yn siarad yn hynod o dew a hithau'n hollol sobor.

Wrth dalu am ei ystafell efo cerdyn credyd y gwaith, roedd Dr Richard Jones yn edrych fel y llawfeddyg mwyaf parchus yn y proffesiwn. O dan ei gôt hir ddu, syber, gwisgai siwt lwyd ffasiynol a chrys glas i fatsio'i sanau. Roedd y Ddraig wedi polisio'i esgidiau hefyd, chware teg iddi, ond Dic ei hun wnaeth lenwi ei frîff-cês bach du. Credai Tina ei fod yn llawn o ddogfennau a ffeiliau pwysig neu offer meddygol ar gyfer y cwrs. Roedd syrpreis yn ei haros, ond nid y noson honno chwaith.

Gan fod Dic yn gorfod codi'n blygeiniol i fynychu'r cwrs, penderfynodd y ddau y byddent yn cael pryd o fwyd mewn bwyty cyfagos y noson gyntaf, gan gerdded ychydig ar hyd strydoedd y brifddinas gyda'i gilydd cyn noswylio. Byddent yn mynd i'r gwely'n blant da a chynnar er mwyn i Dic gael meddwl clir i wynebu'r darlithoedd, ac i Tina gael digon o nerth i gerdded siopau'r stryd fawr drwy'r dydd canlynol.

'Diolch am dy gwmni di, Tins,' meddai Dic wrth gerdded law yn llaw yn gariadus i'r bwyty Eidalaidd. Buont yno am ddwy awr yn gloddesta ar fwyd a gwin chwaethus, gan syllu'n freuddwydiol i lygaid ei gilydd yng ngolau cannwyll. Â hud yr eiliadau hynny'n dal yn fyw yn eu cof, aethant allan i'r nos i gerdded y strydoedd ymhellach, gan ryfeddu at brysurdeb y ddinas a'r sŵn parhaus oedd o'u cwmpas. Ond, er ei bod yn braf cael dianc i ganol torf o neb, roedd Dic a Tina'n diolch mai yn y Borth a thawelwch y mynyddoedd yr oedden nhw'n byw.

'Diolch i ti am ofyn i mi ddod,' atebodd Tina, gan ddwyn cusan sydyn ganddo. 'Ti werth y byd, Richard Jones! Biti fod dwy ohonon ni'n meddwl hynny!'

'Pedwar, os wyt ti'n cyfri'r ddau fach,' ychwanegodd yntau. Roedd gan Dic feddwl mawr o Marged a Gari, a gresynai nad oedd yn gallu treulio mwy o amser efo nhw. Un rheswm am hynny oedd oriau hir yn ei waith. Y rheswm arall oedd na fedrai ddioddef bod yn ei dŷ ei hun pan oedd y Ddraig o gwmpas. Roeddynt wedi mynd i ffraeo am y pethau lleiaf yn ddiweddar a gallai ei thymer newid fel ceiliog y gwynt.

Roedd hi'n tynnu am hanner nos erbyn i Dic a Tina gyrraedd yn ôl i'r gwesty, a thynnodd Dic y siwt a'r crys glas glân i'w hongian yn daclus erbyn y bore. Ymfalchïai Tina ei bod yn cael treulio dwy noson yn ei gwmni o gwbl. ''Na i drio peidio chwyrnu,' meddai Dic wrth noswylio, gan fwytho'i gwar a chusanu'i boch. Gwasgodd hi'n dynn i'w gôl, a theimlodd Tina'n fwy diogel nag a wnaeth erioed o dan *duvet* chwilboeth y gwesty. 'Fydda i wedi cael brecwast ac wedi mynd cyn y byddi di'n deffro. Wela i di yma tua phump, ia? Gawn ni fynd allan i chwara'r adag hynny!'

'Nos da. Caru ti.' Toddodd y geiriau i feddwl cysglyd Dic, ond nid cyn i'r geiriau gael eu hadleisio ganddo yntau.

'Sut oedd y cwrs?' holodd Tina wedi i'r ddau ddychwelyd yn lluddedig i far y gwesty. Roedd yn amlwg fod Dic wedi llwyr ymlâdd ar ôl ei ddiwrnod caled yntau.

'Da iawn. Petha'n newid yn y byd meddygol fel pob man arall. Mae hyd yn oed y pinna mewn clunia yn newid eu siâp y dyddia yma!'

'Llawfeddygon oeddech chi i gyd yno?'

'Biti na fydda'r Ddraig 'cw'n ymddiddori'r un fath yn fy ngwaith i! Ia, llawfeddygon, helpars yn y theatr a'r bobol sy'n cynllunio'r offer ac ati. Yno o bob gwlad dros y byd. 'Nes i gwarfod llawfeddyg difyr o Sydney. Posibiliada di-ben-draw yno, meddai Dr Thompson. Swnio'n ddelfrydol – mewn byd delfrydol!'

Roeddynt wedi archebu pryd o fwyd ym mar y gwesty, gan nad oedd ar yr un o'r ddau awydd cerdded yn bellach y noson honno. Wedi gorffen y wledd, archebodd Dic botel o siampên a gofyn i'r gweinydd ei hanfon i'w hystafell. Yn y cyfamser, roedd Tina'n barod am gawod, gan ei bod wedi chwysu wrth siopa a cherdded i weld hynny o atyniadau Llundain ag y gallai ei thraed ei chario. Ond dywedodd Dic nad oedd amser i gael cawod, ac y byddai'n siŵr o fod angen un wedi iddo fo orffen â hi! 'Dwi'n gwybod am rwbath llawar gwell y gallwn ni ei wneud,' meddai, efo winc.

Gorffennwyd y botel siampên yn sydyn, ac roedd y

ddau erbyn hyn yn teimlo'n hynod o ddrwg a rhywiol. Ddiffodd Dic ei ffôn poced, rhag cael ei ddistyrbio'r noson honno; câi pwy bynnag fyddai yno aros tan y bore! Yna, aeth i nôl ei gês bach du, gan ei agor yn bwyllog er mwyn gweld beth fyddai ymateb Tina i'w gynnwys.

'Ti'n barod i chwara gêm 'ta, Babi Dol?' holodd yn llawn nwyd.

'Mm, ydw, ond fi sy'n siŵr o ennill,' heriodd hithau. 'Be 'di'r dasg?'

'Am bob teclyn dwi'n ei dynnu o'r cês 'ma, mi rwyt ti'n gorfod tynnu un dilledyn i ffwrdd, cyn gwisgo'r rhain yn eu lle! Iawn?'

'Gêm!' Ysai Tina i weld beth oedd yn ei gwdyn du, a'r peth cyntaf iddo'i dynnu ohono oedd cap nyrs gwyn. Rhoddodd hwnnw ar y gwely tra safai Tina o'i flaen yn tynnu'r eitem gyntaf oddi amdani, sef ei hesgidiau. Brathodd ei gwefusau wrth edrych arno, tra tynnai yntau ddilledyn arall o'r bag.

'Er mod i'n gweld digon o'r rhain yn y gwaith, mae dy weld *di* mewn un yn wahanol,' meddai'r meddyg wrth dynnu gwisg las allan. 'Mae gweld ffrog fer nyrs a gwybod bod dim byd odani'n wahanol! A be wyt ti'n mynd i'w dynnu i mi'r tro yma?'

Ei sgert oedd y nesaf i Tina ei dadwisgo, a hynny'n araf, araf dros ei chluniau siapus. Glafoeriai Dic gyda phob symudiad. Nesaodd hithau ato gan gyffwrdd ei sanau neilon yn awgrymog yn ei goesau crynedig. Y stethosgop oedd y teclyn nesaf oedd ganddo i'w dynnu o'i fag, a thynnodd Tina'i blows dynn i ddatguddio bra sidan a gydweddai'n berffaith â'i *thong* du a choch. Roedd curiad calon Dic yn cyflymu, a fedrai o ddim aros i ddangos yr eitem nesaf iddi.

'O'n i'n deud mod i isio rhoi syrpreis i ti, yn doeddwn?' meddai, wrth dynnu pâr o efynnau llaw o'i gês. 'Dyden ni ddim wedi iwsio'r *handcuffs* 'ma ers talwm yn naddo, Babi Dol?'

'Mm, be mae'r siampên 'na wedi'i neud i ti Dici bach fi?' sibrydodd hithau'n chwareus, gan agor ei belt syspendar a dangos dwy goes lefn, hir i Dic.

'Rŵan 'ta, dyma'r teclyn ola,' cyhoeddodd yntau, gan dynnu clamp o *vibrator* mawr a ddechreuodd ddawnsio'n ei law a gwneud sŵn grwndi undonog. 'Be nei di o hwn, Tînî Wînî?' holodd, gan eistedd yn ôl ar y gwely, a dechreuodd dynnu ei ddillad ei hun oddi amdano, tra bod Tina'n dadwneud bachau ei bra.

Erbyn hyn, roedd hi'n gwbl noeth, oni bai am ei nicar llinynnog a'i gwên ddireidus, ac edrychai Dic yn llawn daioni wedi iddo dynnu pob cerpyn oddi amdano yntau. Er mwyn creu awyrgylch rywiol, roedd wedi rhoi radio'r ystafell wely ar orsaf canu *blues*, a chymerodd Tina yn ei freichiau gan ei chusanu'n flysiog i sain y gerddoriaeth. Tyfodd y cusanu'n frathiadau sydyn a brwnt, ac yna, gorchymynnodd Dic i Tina wisgo'r dillad nyrs tra oedd o'n agor potel o win oedd yn yr oergell. Dychwelodd efo dau wydryn, a bu'r ddau'n sipian yr hylif hyfryd am rai munudau.

Erbyn gorffen yr ail botel, roedd Tina mewn arall fyd, â'i gwisg las newydd amdani. Tylinodd Dic ei choesau gyda'i ddwylo meddal, ac roedd ei dafod erbyn hyn yn crwydro'n nwydwyllt o un pen i'w chorff i'r llall. Tynnodd y cap oddi ar ei phen gan fwytho'i gwallt gyda symudiadau pendant. Yna, tynnodd y stethosgop oddi ar ei gwddf, lle bu'n gorwedd yn ddestlus rhwng rhigol ei bronnau. Rhoddodd Dic y cyrn ar ei glustiau a dechrau gwrando ar guriadau carlamus calon Tina efo blaen oer y teclyn. Teimlai Dic fel dyn newydd, ac roedd mewn cymaint o nwyd fel ei fod yn cael ei demtio i ofyn i Tina ei briodi! Ond daeth yn ôl at ei synhwyrau'n ddigon sydyn, gan gofio na fedrai llawfeddyg parchus a thad i ddau o blant ddim bod yn figamydd, siŵr iawn!

Yr orchwyl nesaf oedd rhoi'r gefynnau'n araf am ei harddyrnau. Gan nad oedd barrau haearn i'w cael ar wlâu'r gwestai modern y dyddiau hyn, roedd yn rhaid i Dic ofyn i Tina fynd ar ei gliniau, a chafodd ei chlymu i'r bibell ddŵr a redai ar hyd gwaelod waliau'r ystafell. Wnaeth hi ddim protestio. Yn hytrach, roedd wrth ei bodd, gan fwynhau teimlo'r carped garw'n rhwbio'n erbyn bochau ei thin. Wnaeth ychydig o boen ddim drwg i neb, meddyliodd.

'Pa un wyt ti isio?' holodd Dic uwch ei phen, gan gydio yn y *vibrator* mewn un llaw a'i goc gadarn yn y llall. 'A phaid â deud y ddau,' ychwanegodd yn ddireidus. Bodlonodd Tina ar beth bynnag yr oedd Dic yn ei roi iddi. Roedd ei dactegau wrth drin y naill a'r llall yn fendigedig; roedd ei phen yn troi o dan effaith y siampên, a'i llygaid yn troi yn ei phen wrth i Dic ei phwnio a'i gwthio mor galed nes bod estyll y llawr yn jerian o dan eu campau. Câi Tina gymaint o bleser ag y câi Dic wrth wingo ar y llawr yn gaeth i'r gefynnau, a methai symud modfedd oni bai am ei thin a neidiai i fyny ac i lawr yn gyflym i dderbyn ei bwmpio nerthol. Cynyddodd y chwantau a rhwygodd Dic y ffrog yn ddarnau oddi amdani, cyn i'r ddau seinio buddugoliaeth gan adael staeniau hyll ar hyd y carped drudfawr. Fel roeddynt yn cyrraedd uchafbwynt, clywyd sŵn cnocio ar nenfwd yr ystafell islaw. Erbyn hynny, doedd Dic na Tina'n poeni dim, a chafodd y gwesteion eraill, fel hwythau, gwsg tawel a bodlon.

Fe newidiodd yr awyrgylch yn syth pan switsiodd Dic ei ffôn poced ymlaen y bore canlynol. Neges gan y Ddraig: T BTH ADRE PN ISO T! GARI N SAL.

*   *   *

Ar fferm Pant Mawr, bu cynnwrf am rai diwrnodau wedi'r parti dyweddïo wrth i bobl alw heibio i gyflwyno anrhegion i Ann a Tomi. Credai Ann fod traddodiad y *bottom drawer* wedi hen ddiflannu o'r tir, gan nad oedd llawer o garwriaethau'n para mor bell â'r briodas y dyddiau hyn!

Er mai yn yr un tŷ â Tina a Gwenan yn y Borth yr oedd Ann yn byw, gwnâi ei gorau i fynd i Ben Llŷn i weld ei chariad o leiaf unwaith bob pythefnos. Rhaid oedd dangos i'r rhieni-yng-nghyfraith ei bod o ddifri am briodi eu huniganedig fab!

Doedd hi ddim yn ddiarth i waith ffarm o bell ffordd, gan iddi gael ei magu ar ddyddyn, a threuliodd lawer o amser efo'i thad yn y gwair a'r cneifio, yn hel defaid ac yn mynd i'r mart lleol. Ond chafodd hi erioed gyfrifoldeb o ofalu am ddiadell neu fuches na pheiriannau trymion o gwbl. Serch hynny, roedd yn gallu helpu Tomi i lapio gwlân, tynnu ŵyn a gyrru tractor yn ddidrafferth, a byddai bob amser yn fodlon cael ei dysgu petai gan yr hyfforddwr dipyn mwy o amynedd a bwyd llwy! Ond nid un felly oedd Tomi. Yn wahanol i Ned, ei dad hynod o addfwyn, roedd Tomi fel ei fam, yn codi'i wrychyn ar ddim, felly roedd un peth yn amlwg yn rhedeg yn y teulu. Os nad oedd rhywbeth yn gweithio'r tro cyntaf, byddai'n damio ac yn ffustio'r peth cyntaf fyddai wrth law! Meddyliai Ann yn aml sut un fyddai Tomi petai ei blant ei hun yn rhedeg yn wyllt o gwmpas y lle.

'Ti isio plant, 'yn dwyt ti, Tomi?' holodd Ann o yn sied Pant Mawr un tro, tra oedd yntau'n brysur yn nodi clustiau'r defaid.

'Wel oes, siŵr dduw!' atebodd yn fyrbwyll a diamynedd. 'Pam ti'n ama pob dim dwi'n ddeud wrtha ti dwêd? Fyswn i ddim wedi gofyn i ti mhriodi fi taswn i ddim isio'r un petha â ti mewn bywyd.'

'Plant pwy wyt ti wedi gneud mwya efo nhw? Ti 'di newid clwt erioed?' holodd Ann wedyn, fel petai'n tyrchu mwy a mwy i'w gefndir tadol, neu seicolegol, cyn ei bod yn rhy hwyr!

'Arglwydd mawr, dwn im! Sgena i'r un brawd na chwaer yn nag oes, felly dwi'm yn yncl, a does 'na'r un *creche* yn un o sguboria Pant Mawr 'ma! Pam ti'n holi mor uffernol? A naddo, dwi erioed wedi newid clwt! Gwaith dynas ydi hynna, ia ddim?'

Credai Ann y byddai'n well iddi newid trywydd y sgwrs, a dechreuodd seboni. 'Ia, wel . . . mi fyddi di'n grêt efo plant, dwi'n siŵr. Well nag efo pobol, ella!' Doedd Ann ddim cweit wedi dod allan o'r twll. 'Ti'n meddwl gawn ni blant yn syth ar ôl priodi?'

'Fyny i ti. Ti fydd yn gwisgo'r trowsus, dwi'n gwbod hynny!'

'Ia, Tomi Davies. Ond ti fydd yn eu tynnu nhw!' Cofleidiodd Ann ei dyweddi, rhywbeth nad oedd yn ei wneud yn aml gan ei fod yn drewi o gachu gwartheg neu frych rhyw ddafad neu'i gilydd rownd y rîl.

Dychwelodd i dŷ fferm Pant Mawr yn weddol fodlon ei byd i weiddi 'Hwyl' ar Ned a Mrs Davies. Edrychodd y ddau'n hurt arni pan ddaeth i mewn i'r gegin. Roedd y gwaed wedi staenio'i chôt a'i throwsus i gyd. Gwyddent mai gwaed y defaid oedd o, ond wydden nhw ddim bod eu mab annwyl wedi bod yn ei byseddu'n slei bach, gan achosi i fwy o waed ledaenu i fannau mwy dirgel.

'Ydach chi'n licio'ch presanta?' holodd Ned Davies o'i gornel fel roedd Ann yn ceisio dianc o'u cwmni. Dyn siriol oedd Ned, er nad oedd ei galon wedi bod yn gryf iawn ers nifer o flynyddoedd. Teimlodd Mrs Davies y dylai wneud ymdrech i roi paned i'w darpar ferch-yng-nghyfraith, gan ei bod yn amlwg wedi bod yn helpu'r mab, ac anelodd am y tegell. Mae gan hon galon yn rhywle, wedi'r cwbwl, meddyliodd Ann, er nad oedd ganddi awydd aros yn hir efo nhw i'w clywed yn paldaruo.

'Duw, iawn yndê,' atebodd Ann yn ddigon di-fflach am yr anrhegion dyweddïo, ac eisteddodd ar y soffa henffasiwn i dderbyn paned o de a thamaid o fara brith. 'Dwi'n siŵr fod hannar y petha yn nrôr isa amball i fodryb ers cyn i mi gael fy ngeni!'

'Anniolchgar!' hefrodd Mrs Davies yn drwynuchel. 'Rydach chi'n lwcus fod pobol isio rhoi anrhegion i chi o gwbwl efo'r agwadd yna!'

Deallodd Ann ers dechrau canlyn Tomi nad oedd hon yn un i ddadlau efo hi. Ond dysgodd yn ddigon buan hefyd mai rhoi un gwell yn ôl oedd yr ateb bob tro! 'Rydach chitha'n lwcus ar y diawl fod rhywun isio priodi'ch tipyn mab chi!' mentrodd. 'Sut fasach chi'n teimlo'n eich henaint tasa chi'n gwbod bod ganddo fo neb i edrych ar ei ôl o?'

Tawelodd Mrs Davies ac anesmwythodd ei gŵr. 'Ia, wir, 'mach i,' meddai Ned. 'Rydw inna'n lwcus fod gen i dendiwrs da. Mi fydd yn chwith garw i mi ar ôl Tomi 'ma . . .' Gwyddai Ann fod Ned yn hollol ddibynnol ar ei fab i'w folchi a'i wisgo, a châi ei fwyd o'i flaen yn ddi-ffael gan ei wraig.

'Fyddat ti ddim yn gweld fy ngholli i, dyna ti'n drio'i ddeud?' cyfarthodd Mrs Davies arno.

Doedd Ann ddim yn siŵr ai tynnu'i goes ai peidio roedd yr ast. Gwyddai'n iawn fod tuedd yn Mrs Davies i adael pawb a phopeth yn y fan a'r lle os oedd rhyw gyfarfod neu bwyllgor neu'i gilydd yn galw.

'Wel, fydda i ddim yn ymuno efo'r un mudiad na chymdeithas, mae hynny'n siŵr,' ychwanegodd Ann. 'Felly, mi fydd gen i fwy o amser i'w roi i ngŵr. Hwrê rŵan, diolch am y panad.' Ac i ffwrdd â hi, gan adael Mrs Davies yn gegrwth ar flaen ei chadair esmwyth. Yna, aeth Ned yn fyr ei wynt a dechreuodd besychu gan boeri nifer o fflems i'r grât.

'Y sopen fach 'na'n dy styrbio di!' meddai Mrs Davies mewn tymer ddrwg. 'Mae'n hen bryd iddi ddysgu sut i drin pobol ddiarth, yn enwedig pan maen nhw'n eu tŷ eu hunain!'

'Does na ddim bai ar yr hogan,' achubodd Ned gam Ann. 'Fyddwn ni'n dau ddim yma'n hir, na fyddwn? Ei chartra hi fydd o ar ôl priodi!' Ceisiodd resymu â'i wraig rhwng ymladd i dynnu anadliad arall i mewn i'w ysgyfaint bregus.

'Cheith hi ddim neidio i'n sgidia fi mor hawdd â hynny!'

'Mi fuodd bron i ti neidio i fedd fy mam i pan ddois ti i Bant Mawr gynta! Tyrd â'r ocsigen 'na i fi,' gorchmynnodd. Roedd Mrs Davies yn syfrdan fod ei gŵr wedi meiddio ei hateb yn ôl yn y fath fodd! 'Ocsigen, ddynas!'

'Y? O, ia, iawn . . . Lle mae o? Paid â phanicio,' atebodd honno, heb y syniad lleiaf sut i drin offer na salwch ei gŵr. 'Mi a' i i nôl Tomi rŵan.'

3. Gwaith a gorffwys . . .

'Fan hyn ddigwyddodd o. Mi roddodd o 'i draed ar sil y ffenest a hwffio'r ffrâm nes bod y gwydr yn shitrws.' Edrychodd yr hen ŵr yn fusgrell ac ofnus. 'A'th o allan drwy ddrws y cefn acw ar ôl lladd . . .'

Torrodd i lawr i wylo, a cheisiodd Tina ei gysuro heb fod yn rhy sentimental. Doedd dod i gysylltiad agos efo dioddefwr trais ddim yn rhan o'i swydd hi – roedd yna bobol mewn meysydd arbenigol i wneud y gwaith hwnnw.

'Faint oedd oed Nel, Mr Jones?'

'Pump oedd yr hen beth fach. Ei chael hi'n chwe wythnos oed wnaeth Maud a finne. Del oedd hi hefyd . . . a ffyddlon. Mae'r fet wedi mynd â hi rŵan, i'w harchwilio hi, 'te?'

'Oedd gynnoch chi gloeon ar y ffenestri, Mr Jones?'

'Wel, nag oedd, ond peidiwch â deud hynny yn eich papur, rhag ofn i rywun arall neud 'run peth i ni eto!'

'Be am ddrws y cefn, oedd hwnnw wedi'i gloi?'

'Oedd, ond roedd y goriad yn dal ynddo fo, fel arfer 'te. Erioed wedi bod yn wahanol. Byw mewn lle saff o'n i'n meddwl. Yn y wlad fel hyn. Ia wir . . .' Roedd yr hen ŵr wedi cynhyrfu'n lân, ac yn siglo 'nôl ac ymlaen yn ei gadair.

'Be am insiwrans tŷ ac eiddo, Mr Jones?'

'Nag oedd wir, ddim yn meddwl y bysa hyn yn digwydd i ni 'nte, a methu fforddio ugain punt y mis am ddim byd.'

Rhwng holi a thynnu lluniau, ysgrifennai Tina

nodiadau manwl yn ei llyfr gohebu. Doedd y lladrad hwn ddim llawer gwahanol i'r arferol. Roedd wedi gwneud llawer o adroddiadau ar eiddo'n cael ei ddwyn a defaid ac offer amaethyddol yn diflannu o'r wlad gefn dydd golau. Yr unig wahaniaeth y tro hwn oedd bod llofruddiaeth ddieflig yn rhan o'r cynllwyn.

'Lle oeddech chi ar y pryd, Mr Jones?'

'Yn y parlwr yn darllen y *Daily Gazette* oeddwn i.' Edrychodd yn ddryslyd ond roedd yn falch o gael bwrw'i fol efo rhywun. 'Efo nhw ydach chi, ie?'

'Nage, efo'r *Borth Journal,* Mr Jones, ond peidiwch â phoeni . . . Felly, fe ddigwyddodd hyn yn y pnawn?'

'Do wir. Tacla hefyd. Dydi Maud ddim yn gwbod eto. Mae hi 'di mynd ar drip. Ddudes i wrthi am fynd i gael newid bach o fod yn y tŷ o hyd, yntê? Do'n i ddim am fynd. Wedi bod yn Llandudno'n amlach na'r colomennod.'

'Oes gynnoch chi berthnasau all ddod draw yn gwmni i chi?'

'Na, neb ond cyfnither yn byw yn Manchester 'te . . . Dwn i'm sut i dorri'r newydd i Maud, yn enwedig am Nel . . .'

Ar hynny curodd rhywun ar y drws. Ddoe, byddai Nel wedi cyfarth. Roedd gan Harri Jones ofn codi i'w ateb heddiw.

'Mi af i, Mr Jones.'

Heddwas ac un o ferched yr adran olion bysedd oedd yno. Ar ôl cyfweld y plismon i gael ffeithiau i'w cyhoeddi, bu Tina'n holi'r ferch ynglŷn â'r dechneg o archwilio ffenestri am olion bysedd. Gallai wedyn yn ysgrifennu ysgrif nodwedd ar sawl agwedd o'r digwyddiad, gan obeithio y byddai'n rhybudd i'r cyhoedd yn gyffredinol. Roedd hi hefyd am blesio Jeff

Parry, golygydd y *Journal*, yn fwy nag erioed, a'i gobaith oedd y byddai'n cael dyrchafiad, os nad codiad, ganddo'n hwyr neu'n hwyrach.

'Wel, Mr Jones bach, gobeithio na fyddwch chi ddim gwaeth. Fe wna i'ch gadael chi rŵan efo PC Thomas. Diolch am eich cydweithrediad i ddeud y stori. Mi fydd yn y *Journal* wythnos nesa, a falle y gwnaiff y stori brocio cof ambell un yn yr ardal, a dod â'r drwgweithredwyr 'ma o flaen eu gwell.'

Erbyn pump y pnawn, roedd Tina wedi trosglwyddo'r lluniau o'i chamera i'w chyfrifiadur a'u hebostio at Jeff Parry. Roedd hefyd wedi mynd i drafferth i gael ychydig o ffeithiau ar y we i wneud yr adroddiad yn fwy cyflawn. Teipiodd yr erthygl a'i hanfon i swyddfa'r *Journal* a dechreuodd redeg dŵr y bath.

Ar ôl diwrnod o ganolbwyntio blinedig, roedd yn edrych ymlaen at gael cyrri a photel neu ddwy o win efo Ann a Gwenan. Newidiodd i'w throwsus lledr du a'i thop Lycra. Digon prin y byddai Tina eisiau creu argraff ar Dic na'r un dyn arall heno, gan ei bod yn noson y genod yn y dre. We-hei!

*   *   *

Canodd cloch y drws ac aeth Gwenan i'w hateb. Yn ei stafell hi yr oedd y criw dethol wedi ymgasglu y tro hwn, er bod yn well gan Tina ac Ann fod yn fflatiau ei gilydd. Doedd dim digon o wmff yn Gwenan i fod yn *hostess with the mostess,* ond roedd yn braf i'r ddwy arall gael sbario clirio poteli gweigion a staen coch y gwin a'r Tikka.

''Ere it iz, Madame. One Prawn Korma, one Vegetable Dopiaza and one Chicken Tikka Massala.

36

Two pilau rice and one 'alf 'n'alf. That will be eighteen poundz – just for you!'

'Oh! Thank you very much; keep the change.' Roedd Gwenan yn meddwl ei bod wedi cael bargen, heb ddeall ffordd y dyn du-Gymraeg o ddelio efo'i gwsmeriaid. Aeth i'r gegin i aildwymo'r prydau yn y microdon, ac erbyn iddi eu gweini roedd Ann a Tina wedi mynd i'r afael â photel o win hyfryd o Puglia.

'Iechyd da, Gwen,' meddai Ann wrth estyn gwydraid iddi. ''Dan ni'n mynd i gael noson a hannar heno!'

Derbyniodd Gwenan y gwydryn yn gyndyn ac eisteddodd y tair mewn cadeiriau breichiau henffasiwn o gwmpas y tân trydan un-bar. Doedd Gwenan ddim yn credu mewn moethusrwydd na thalu gormod am wres, ac roedd y ddwy arall yn falch fod mesurydd trydan ar wahân ganddynt yn eu hystafelloedd eu hunain. Hoffai Ann agor ei choesau o flaen tân agored adre ym Mhen Llŷn, nes bod cylchoedd pinc fel *prawns* y Korma'n ffurfio arnynt! Doedd hynny ddim yn ormod o nwyd-laddwr i Tomi, mae'n rhaid – be oedd rhwng y coesau oedd yn bwysig iddo fo, nid be oedd arnyn nhw.

Bwriodd y tair i mewn i'r bwyd, ac roedd gwaddod y botel win gyntaf eisoes yn y golwg, er mai Tina ac Ann oedd wedi yfed y rhan fwyaf ohoni.

'Ew, s'na ddim byd fel Indian da,' mwmblodd Ann wrth sychu'i gwefusau seimllyd.

'Oes, washi,' cywirodd Tina hi. 'Cymro, taswn i'n cael fy mhump arno fo!'

Daeth bloedd o chwerthin oddi wrth Ann a Tina, gyda Gwenan yn hanner porthi yn y cefndir.

'Pryd gest ti damad mor boeth â hyn ddwytha, Gwen?' Roedd Ann mewn hwyl i dynnu coes hefyd, ac roedd yn benderfynol y byddai mwy o hanes bywyd personol Gwenan ddod i'r amlwg.

'Pan roddodd Mam gawl ofnadw o dwym i fi y gaea dwetha. Siwrne siawns fydda i'n cal bwyd fel hyn gartre,' atebodd, mor ddiniwed â babi blwydd. 'Byw'n rhy bell iddyn nhw ddelifro fe.'

'Fyswn i ddim yn licio bod yn dwll tin i neb ar ôl byta'r sglyfath peth 'ma!'

Diolch am hiwmor cefn gwlad Ann! meddyliodd Tina. Roedd hi'n cyd-dynnu efo pawb ar ddesg Ysbyty'r Borth ers blynyddoedd. Siarad efo llyfre, llwch a lliprynnod diflas yn llyfrgell y dre oedd nefoedd Gwenan.

'Shwd ma Tomi 'da ti'r dyddie hyn?' gofynnodd y Cardi mor seriws â santes.

'Duwcs, iawn sti. Ffîdio fel coblyn rŵan – bwyd yn brin!' Roedd llai na blwyddyn nes y byddai Ann yn Fusus Davies newydd Pant Mawr, a doedd hi ddim wedi meddwl am drefniadau'r briodas eto.

'Pryd wyt ti'n meddwl dechre ffîdo 'te?' Roedd gan Gwenan hiwmor cudd wedi'r cwbwl!

'Allith buwch fyth fwydo os ydi hi'n hesb, was!'

'Wel, mae gen ti well siawns na ni'n dwy efo'n gilydd!'

Chwarddodd y tair wrth i Tina gyfrannu at y sgwrs ac ail-lenwi'r gwydrau. Roedd Ann yn gwybod mai hanner celwydd oedd y sylw olaf ganddi, a doedd hi ddim yn coelio bod Dic yn saethu bwledi gweigion!

'Smo fi wedi dy weld ti gyda neb yn ddiweddar, Tins – beth sy'n bod? Pwyse gwaith?' holodd Gwenan. Heb help y gwin, fyddai hi byth yn gofyn am hynt a helynt personol yr un o'r ddwy, a doedd dim pwynt i'r ddwy ofyn am ei rhai hi chwaith! Roedd caead ar biser Gwenan bob amser.

'Wedi colli'r awydd mae hi, yndê?' Winciodd Ann yn slei ar Tina.

'Arglwydd mawr, mae'r awydd yno rownd y rîl, washi. Ond dwi 'di dod i'r casgliad fod dynion yn trin merched fatha bananas pan ddôn nhw i'n oed i.'

'Ti'm yn meddwl mai ni'r merchaid sy'n licio trin eu bananas *nhw*?' chwarddodd Ann.

'Hynny hefyd. Ond ma nhw'n dipyn mwy parod i fynd am fanana efo croen melyn, ffres nag am un ddu sydd bron yn rhy aeddfed i'w byta.'

'Ond mae'r tu mewn yn amal yn well ac yn llawn ffibr!' Oedd yn rhaid i Gwenan geisio doethinebu?

'Hei Gwen,' mentrodd Ann cyn i stêm Tina godi'n ormodol, 'lle wyt *ti* arni'r hen goes? Pwy wyt ti'n ei guddio adra 'cw yng ngwlad y Cardis?'

Roedd Ann a Tina wedi amau pob math o bethau am Gwenan ers iddi symud i mewn atynt. Gan mai bychan o gorffolaeth oedd hi, yn torri'i gwallt yn fyr a byth yn gwisgo clustdlysau na cholur, taerai'r ddwy ei bod yn hoyw. Nid eu bod yn gweld bai ar hynny, na bod unrhyw dystiolaeth ganddyn nhw ill dwy'n bersonol. Credent wedyn fod ganddi ddyn-ar-y-slei adre, neu rywun mor ddiflas yn y Llyfrgell fel nad oedd am i neb ei ch/gyfarfod.

'Dal i aros i'r person iawn fy ffeindo i!' oedd ateb Gwenan, a sylwodd y ddwy mai 'person' ddywedodd hi, nid dyn! Aaaa!

Neidiodd Ann ar ei thraed i newid y stori unwaith eto. Roedd hi wedi cael syniad gwych. 'Be am i ni i gyd anghofio am ddynion, a mynd i Sgotland i'r gêm rygbi?'

'Ynghanol miloedd o ddynion eraill?' holodd Tina, gan gnesu at y syniad. 'Wel, dwi'n gêm, os nad ydi'r tîm!' Gwyddai Tina fod hwyl i'w gael yno i godi'r galon drymaf, er nad oedd wedi bod yn yr Alban erioed o'r blaen. 'Be amdani, Gwen? Dwyt ti rioed wedi bod mewn *international* o'r blaen, mae'n siŵr?'

Chredai Tina nac Ann ddim y byddai Gwenan yn mentro rywsut. A dweud y gwir, doedd yr un o'r ddwy eisiau iddi fynd, gan nad oedd hi'r teip i fod yng nghanol can mil o ddynion a oedd yn awchu am beint a bonc sydyn oddi cartref.

'Wel, fel un o'r gorllewin, fi'n joio rygbi mas draw. Falle ddof i 'da chi'r tymor hwn. Mae tro cynta i bopeth on'd oes? Ac mae'r tîm angen cefnogeth!'

'Oes,' meddai Tina'n siomedig.

'Falle taw honno fydd yr ola i tithe Ann, fel merch sengl, no.' Nododd Gwenan y ffaith fel rhyw fath o rybudd na fedrai Ann gamfihafio byth wedyn! Nid y byddai bod yn briod yn ei nadu rhag mwynhau ei hun chwaith! Cafwyd llwnc destun go hir i ddathlu'r unfrydiaeth, a phenderfynwyd y byddai Ann yn bwcio gwesty a thrên i'r tair ohonynt. Roedd am ddefnyddio'i horiau efo'r Gwasanaeth Iechyd i'w llawn botensial, a fyddai neb yn nerbynfa'r ysbyty'n debygol o'i chlywed na'i chwestiynu.

'Beth yw hanes Lyn?' holodd Gwenan yn y man, a hynny heb unrhyw reswm amlwg. 'Tybed fydde fe'n hoffi dod gyda ni?' Pam holi a fyddai'r *landlord* o bawb eisiau mynd i gêm rygbi yn yr Alban?

'Digon prin, ia?' meddai Ann gan ddiystyru'r syniad yn llwyr.

'Odi *fe* gyda rhywun y dyddie hyn?' holodd Gwenan eto, gan ddangos diddordeb anarferol ynddo.

'Dwn i'm sti. 'Rioed wedi'i weld o efo neb, tasa hi'n mynd i hynny. A dydw i ddim wedi meddwl gofyn iddo fo chwaith,' meddai Ann yn ddifater. Roedd y gwin yn bwysicach iddi hi ar y funud. 'Dwi'n ei weld o braidd yn od!'

Trodd Gwenan ei phen i syllu i'r tân, ei bochau'n goch gan effaith ei wres, y gwin neu embaras.

'Dydw inne ddim yn meddwl fod ganddo fo neb chwaith,' ychwanegodd Tina. 'Dwi'n gallu tynnu sgwrs yn grêt efo fo pan mae o'n dod i nôl y rhent. Ti am i mi ofyn iddo fo, Gwen?'

'Nagw siŵr! Jest ei weld e'n y Llyfrgell heddi 'nes i. Roedd e'n . . . actio'n od, 'na'r cwbwl.'

Roedd hyn yn ddiddorol i Tina, gan fod ganddi deimlad mamol tuag at Lyn. Hi oedd wedi cael y dasg o gasglu rhent y tair yn barod i Lyn ei nôl ar ddiwedd pob mis. Byddai'r ddau'n cael *tête-a-tête* yn aml, ond doedd o ddim cweit fel pob dyn arall. Roedd hynny'n amlwg yn ei wisg, ei gerddediad a'i ffordd o siarad! Cymerai ddiddordeb annaturiol yn beth roedd Tina a'r merched yn ei wneud, a byddai byth a beunydd yn cwyno am ei iechyd, yn ymddiddori mewn ffasiwn, ac yn sôn llawer am ei fam!

'Beth am ei ffonio fo i ddod allan efo ni heno?' holodd Tina i blesio Gwenan, a goleuodd llygaid honno fel dwy soser fawr.

'Ie, grêt 'da fi. Gaf i gyfle i'w holi am y llyfre mae'n benthyg sha'r llyfrgell 'na wedyn!'

Faint o win oedd hon wedi'i yfed?! meddyliodd Tina.

'Wel, fydda gofyn i Lyn ddŵad i'r dre ddim cweit yn noson i'r genod wedyn, na fydda?' Mentrodd Ann bechu Gwenan er mwyn plesio Tina, a chadw'r ddysgl yn wastad.

'Na fydde?' holodd Tina gan ystumio dyn merchetaidd efo'r siâp tebot ystrydebol. Roedd Ann yn chwerthin; doedd Gwenan ddim, a newidiodd Tina drywydd y stori, rhag ofn na fyddai'r ddwy'n gweld llygad yn llygad.

Doedd yr un o'r tair wedi ffraeo rhyw lawer ers cyfarfod â'i gilydd, ond gwyddai Tina ac Ann am feddylfryd henffasiwn a pharchus Gwenan. Byddai'n twt-twtian o dan ei gwynt yn aml pan oedd un o'r ddwy'n mynd dros ben llestri yn nhafarndai'r dre neu pan fyddai Tina'n diddanu gwahanol ddynion yn ei fflat. Roedd Tina'n gorfod dal yn ôl rhag ei hateb yn aml iawn, rhag ofn iddi ei phechu'n ormodol, a sylweddolodd nad ydi pawb yn gwirioni'r un fath.

'Potel arall o win cyn mynd allan?'

*   *   *

Roedd cerdded i mewn i dafarn yn y dre ar nos Wener fel dioddef cyfuniad o sawna poeth, ystafell newid ar ôl gêm bêl-droed a gwrando ar haid o dyrcwn. Roedd lle chwech y merched fel y tri efo'i gilydd! Rhai wedi cael dillad a *hair-do* newydd, llawer wedi blino ar ôl wythnos o waith, eraill ddim wedi gweithio ac wedi blino ar fywyd a magu plant, a phawb efo un peth yn gyffredin. Am y gore i yfed eu hunain yn sâl! Lle felly oedd y Borth ar benwythnosau – cyfryngis yn cymysgu efo rafins, a hipis o'r mynyddoedd yn smocio dôp efo arti-ffartis y theatr. Roedd yna ddynion canol oed yn chwilio am lefrod ifanc i'w trin am noson, a hen wragedd swnllyd newydd ddod o'r Bingo'n methu dal eu cwrw – na'u dynion, petai'n mynd i hynny.

Ann oedd y gyntaf at far y Red Lion. Tueddu i lusgo dod y tu ôl oedd Gwenan fel arfer, gan osgoi talu am rownd. Mynd am rownd ddrutach os rhywbeth fyddai Tina, gan fod ei thast hi am ddiod, fel ei dynion, ychydig bach yn fwy arbenigol. Doedd hi ddim wedi clywed gan Dic ers y penwythnos bendigedig yn Llundain. Ond doedd hi ddim am ei boeni'n ormodol gan iddo'i thrin gydag urddas y tro hwnnw.

Ar ôl i'r tair gael sêt, dyma ddechrau rhoi sylwadau sbeitlyd a meddwol ar hwn a'r llall a ddigwyddai basio, er nad oedd Gwenan yn teimlo'n gyfforddus yn gwneud hynny. Prif destunau'r noson oedd pwy oedd yn mynd efo pwy, steil gwalltiau, ffasiwn (neu ddiffyg ffasiwn), pwy oedd angen colli pwysau ac ati, fel petaen nhw'n bobl hollol ddifrycheulyd a pherffaith eu hunain, wrth gwrs! Wedi i Tina fynd at y bar am yr eildro (doedd Gwenan ddim am yfed mwy), sylwodd ar dri dyn digon golygus a ddaeth i sefyll gerllaw. Credai ei bod wedi eu gweld o'r blaen rywle o gwmpas y dre, ac roeddynt hwythau'n amlwg yn cyfnewid sylwadau. Digwyddodd llygaid yr un pryd tywyll daro ar rai Tina, a chododd hithau blwc a mynd draw i siarad ato. Doedd dim pwynt i Ann a Gwenan aflonyddu ar sgwrs y ddau arall – dynion y drysau cefn oedden nhw.

'Dwi wedi notisio ti o'r blaen,' meddai'r hync croen tywyll efo llediaith estronol. 'Ti ydi Tina Thomas o'r *newspaper* 'te? Job bwysig!'

'Mwy pwysig mod i mewn job! Pam, pwy wyt ti 'lly?!'

'Gruffudd Antonio ydw i . . . Lle ti'n dod o?'

'Paid â gorffen brawddeg efo arddodiad . . .'

'Ar-ddod . . . pwy sydd ar ddod?'

Doedd waeth iddi heb – doedd hwn ddim callach beth oedd gramadeg, heb sôn am arddodiad! Penderfynodd Tina yn y fan a'r lle y byddai'n gwawdio popeth y byddai'r creadur yn ei ddweud.

43

'O Lancachumot dwi'n dod o. A tithe?'

'Pisa . . .' Tagodd Tina ar ei jin. 'Pisa yn yr Eidal. Fan'no ges i fy ngneud. Wedyn nath Mama fi symud i Cymru at Dad.' Sôn am ddiffyg treiglo, was bach, meddyliodd Tina yn niwl tew ei meddwdod.

'Clec heb ei disgwyl a disgwyl ar ôl clec, ie?' Doedd y dyn Eidalaidd ddim yn gallu cymryd jôc.

'Syrthiodd y ddau *in love* yn syth. Fyse fo'n hawdd i fi gneud 'run fath!'

'*Sperm of the moment* oedd hi, debyg?' Câi Tina hwyl yn pryfocio'r sleifar, ond roedd y creadur yn dal arni er gwaethaf pawb a phopeth.

'Ddaru Mama sacriffeisio lot i adael Pisa.'

Siglodd Tina 'nôl a blaen dan effaith y ddiod, gan geisio'i gorau i ymddangos fel petai'n ymddiddori yn ei sgwrs. 'Wel, dyne fi wedi cael cyflwyniad i dy fam a dy dad. Be am dy ffrindie di'n fancw? Ydyn nhw'n gam fel twr Pisa?'

'Oes rhaid deud? Ac oes ots?' Doedd Antonio ddim yn hoff o agwedd Tina tuag at ei ffrindiau.

'Wyt ti'n ddyn mor randi â'r hen Eidalwyr, 'te?'

Gwyddai Tina dipyn am hanes yr Eidal a'i phobol, gan iddi astudio arlunwyr y Dadeni ar gyfer Lefel O. Roedd hefyd wedi teithio'r wlad gan ymweld ag amgueddfeydd ac orielau oedd yn dangos gwaith y meistri. Ar ben hynny, cafodd dystysgrif Lefel 2 am astudio Eidaleg mewn dosbarth nos.

'Romeo neu Casanova ti'n feddwl?' holodd yntau'n hunangyfiawn gan ymchwyddo'i frest.

'Nage, da Vinci neu Buonaroti Michaelangelo! A thria di ddeud hynne pan ti'n sobor!' Edrychodd yr *Italian stallion* yn sarrug arni'n ei gymryd yn ysgafn, a cheisiodd Tina sobreiddio ychydig. 'Dwi'n dallt chydig

44

o Eidaleg, 'sti, ond dim siarad budur chwaith! Felly, ti'n hanner Eidalwr ac yn hanner Cymro?'

'Ydw, del.'

Rhedodd meddwl Tina'n wyllt. 'Pa hanner i ti sy'n Eidalwr?' holodd yn awgrymog, efo'r darlun hyfrytaf o'r cerflun *David* yn ei meddwl. 'Yr hanner isa?' Erbyn hyn, credai ei fod yn hynod o ddymunol ac yn uffernol o secsi.

'O mae gen ti hiwmor da! *Molto bene.*'

Digon prin ei fod yn ei feddwl o, meddyliodd Tina wedi eiliad hir o dawelwch. Roedd ei phen wedi dechrau troi erbyn hyn, a dechreuodd y sgwrs fynd yn sych. Doedd y cythrel ddim wedi cynnig diod iddi chwaith!

'Mae'n wlyb,' meddai Gruffudd Antonio'n sydyn, gan edrych drwy ffenestr stemllyd y Red.

'Sut wyt ti'n gwbod? Dim ond newydd gyfarfod fi wyt ti!' Roedd yr holl win a'r jin wedi magu hyder digywilydd yn Tina i fod yn fwy hy nag arfer efo dyn dieithr. Ar y dechrau, doedd hi ddim wedi licio'r Rambo pryd tywyll o gwbl. Roedd o'n orhyderus ac yn gwisgo'n rhy drwsiadus i'w ffansi hi, er bod yr enw a'r acen yn hynod o rywiol . . .

'Wyt ti'n singl?' Roedd o'n dechrau closio at Tina rŵan, wrth i honno orfod pwyso yn ei erbyn rhag iddi syrthio.

'Yndw, fel *cream*,' atebodd, 'ond dim pob cwrcath sy'n cal fy llyfu fi chwaith!'

'Wyt ti isio priodi rhywbryd?'

'Wel, dwn im sti, ond 'na i styried dy gynnig di!'

Chwarddodd Tina i'w gwydr gwag, a dweud wrtho o dan ei gwynt am wenu a pheidio cymryd ei hun ormod o ddifrif!

'*Mama mia*! Dwi'n licio geneth ddel efo cymeriad cry,' meddai Antonio.

'Wel, cer ati hi, 'te!' Gwenodd yntau o'r diwedd a chwarddodd yn uchel ar ben jôc Tina, fel petai'n ymlacio mwy yn ei chwmni.

'Dwi'n dallt dy hiwmor di rŵan, del.' Dechreuodd ei lygaid serennu'n obeithiol wrth syllu'n agosach i'w hwyneb. Gallai hithau ogleuo'i *mouthwash* a'i gyfoeth, ac aeth yn chwys poeth drosti. Efallai mai effaith y bwyd a'r ddiod oedd hynny, ond eto, roedd rhywbeth am y dyn yma heblaw'r dillad Versace, y sgidie Gucci a'r Estee Lauder *Pleasures For Men*. Roedd ei bresenoldeb yn rhoi rhyw bleser bodlon iddi hithau. Fel arfer, roedd Tina'n casáu dynion llithrig, llawn hyder, a oedd yn siarad amdanyn nhw'u hunain drwy'r amser. Ond roedd hwn yn ymddangos yn wahanol ynghanol awyrgylch y dafarn ac effaith y ddiod. Roedd blewiach ei frest yn gwenu'n rhamantaidd arni o deth i deth, a'i grys gwyn sidan yn bloeddio 'Tynna fi i ffwrdd, yr ast fach rywiol'. Os oedd yr Antonio 'ma ar blât iddi hi, byddai'n fwy na bodlon bod yn damed iddo yntau, a rhoddodd Dic yng nghefn ei meddwl am y tro. Wedi'r cwbl, roedd hwnnw eisiau iddi fod yn hapus, gan y byddai'n ei wneud yn llai euog, mae'n siŵr! Chredai Tina ddim y byddai un noson o ramant yn gwneud drwg i'w pherthynas hi â'r llawfeddyg, ac roedd yr Eidalwr o Gymro'n amlwg yn ysu am brofi rhywbeth mwy blasus na sbageti poeth!

'Dwi'n meddwl bod ti braidd yn chwil Tina – neu ga i alw ti'n Tin?! Wyt ti isio mynd am *fresh air*?'

'Ie, ie'r sglyfaeth – yr un hen frawddeg ddi-fflach i gael dynes ar ei phen ei hun,' meddai meddwl effro Tina. 'Ond, iawn 'te, Antôn! Awyr iach amdani. *Grazie tante*!'

'*Prego,*' atebodd yntau gan gwpanu'i phen-ôl yn awgrymog yn ei law, a chodi bawd ar ei ddau ffrind. Mae'n amlwg eu bod wedi arfer efo anturiaethau carwriaethol Antonio, a pharhaodd y ddau i ddifyrru a brwsio bochau ei gilydd, fel petaent yn falch o gael gwared ohono. Fydden nhwthe ddim yn hir cyn diflannu i barhau â'r drafodaeth ddofn o dan glydwch eu *duvet*. Rhoddodd Tina hithau winc sydyn ar Ann a Gwenan.

'Wi gwcw meddai'i goc o,
yn fan'ne fyddai heno'

dyfynnodd Ann wrthi hi ei hun wedi iddi fod yn dilyn pob symudiad o gyrff y ddau!

'Bydd yn rhaid i chi ddiodde cwmni'ch gilydd heno'r tacle,' meddai Tina. 'Dech chi'm yn meindio bo fi'n mynd, yn nac dech ferched? *Arrivederci!*'

Deffrodd Tina'n swrth a sychedig i wlybaniaeth ar flancedi ei gwely y bore canlynol. Doedd ganddi 'run crys nos amdani ac roedd ei bra a'i nicar, ei throwsus lledr a'i hunan-barch wedi cael eu taflu'n flêr ar ganol y llawr. Ar y gobennydd wrth ei hochr roedd nodyn mewn llaw flêr.

'*Grazie tante*, Tin. Oeddet ti'n gorgeous. *Ciao*! X.'

O! Na! Pwy ddoth yma neithiwr? holodd Tina hi ei hun, gan gofio am ryw Anthony neu Tony neu rywun efo enw tebyg . . . Ond wrth ogleuo gwynt cry yn ei ffroenau, sylweddolodd mai Chicken Tikka Masala eildwym oedd yr unig lwmp y byddai hi'n ei gael y bore hwnnw!

4. Wrth eu gwaith yr adnabyddwch hwy

Daeth diwedd y prynhawn yn Llyfrgell y Borth, a'r staff i gyd yn barod i fynd adre. Bu'n ddiwrnod tawelach nag arfer, ac ar ôl sganio barcodau a rhoi llyfrau newydd o wahanol weisg ar y silffoedd, cafodd Gwenan gyfle i bori trwy lu o gyfeirlyfrau ar hanes a gwleidyddiaeth yr Alban. Roedd wedi penderfynu mynd i Gaeredin i'r gêm rygbi ryngwladol, ond roedd hefyd am dreulio'i hamser yn ddoeth gan ymweld â phrif atyniadau'r ddinas.

Roedd mynychu digwyddiadau o'r fath wedi bod yn ddieithr iddi hi erioed, gan nad oedd ei ffrindiau ysgol na choleg yn credu mewn cyfeillachu gyda chiwed mor afreolus. Gwyddai Gwenan ond yn rhy dda am y rhialtwch oedd yn digwydd cyn ac ar ôl y gêm – pawb yn gorfeddwi a chamfihafio efo unrhyw beth oedd yn symud yno – a doedd hynny erioed wedi apelio ati hi. Gwyddai hefyd fod y Cymry'n dueddol o sticio at ei gilydd yn hytrach na chymysgu efo cefnogwyr y gwrthwynebwyr. Ond, eleni, roedd Gwenan am wneud ymdrech lew er mwyn ei ffrindiau gogleddol. Fyddai ei rhieni na'i ffrindiau yn y gorllewin ddim callach ei bod wedi bod, a dim ond ei chydwybod hi ei hun fyddai'n debygol o boeni am y peth am weddill ei hoes! Digon prin y byddai Tina nac Ann yn cymryd diddordeb yn niwylliant y wlad, meddyliodd, gan y gwyddai'n burion ar beth roedd eu bryd nhw! Er gwaethaf hynny, byddai hi'n ddigon bodlon ei byd yn crwydro o gwmpas ar ei phen ei hun, dan ei phwysau ei hun. Gallai gymryd y bws to agored i weld y ddinas, gan neidio oddi arno i ymweld â'r Oriel Genedlaethol ac adeiladau'r Senedd, a cherddodd llwybrau Edwin o Northumbria. Efallai hefyd yr âi i wasanaeth yn yr eglwys gadeiriol fore Sul cyn dal y trên yn ôl am adre. Oedd, roedd hi wedi gwneud ei gwaith cartref yn drylwyr!

Cyn clirio'i desg yn barod i fynd adre, sylwodd Gwenan ar rywun yn eistedd â'i gefn tuag ati. Roedd yn y gornel dywyllaf o'r llyfrgell, ac aeth ato i'w hysbysu y byddai'n rhaid iddo adael gan ei bod wedi pasio amser cau.

'Esgusodwch fi . . .' dechreuodd Gwenan. Cafodd fraw. Lyn y Landlord oedd o unwaith eto! Caeodd Lyn ei lyfr yn glep, gan ei roi o dan ei gesail. Teimlai Gwenan ei bod wedi aflonyddu ar ei breifatrwydd, ac aeth hithau'n goch i gyd.

'Haia! Sut wyt ti?' holodd Lyn yn or-glên.

'Iawn – barod i fynd gartre. Wedi blino nawr. A tithe?'

'Sori. Finne'n styrbio ti a tithe isio mynd – a' i o 'ma rŵan, cyw . . .'

'O na! Nage 'na o'n i'n feddwl . . . Croeso i ti aros yn hirach. Mae 'da fi ddigon o bethach angen eu gwneud.'

'Na, mae'n iawn. Amser yn hedfan pan ti'n mwynhau! 'Na i orffen y llyfr adre. Ta-ra cyw!'

Cyn i Gwenan ddweud cocydwdldŵ, roedd Lyn a'i lyfr wedi diflannu, ac roedd y llyfrgell yn dawelach nag erioed unwaith eto.

Uwchben ei phasta a'i ffrwythau yn y fflat yn nes ymlaen, bu Gwenan yn pendroni'n hir am ymddygiad Lyn. Roedd yn dod ymlaen yn dda iawn efo'r landlord, ac roedd yntau'n fodlon addasu a thrwsio'r fflatiau i'r merched yn ôl y galw. Byddai'n byrlymu o syniadau a straeon fel arfer, ond roedd yn amlwg yn cuddio rhywbeth oddi wrthi hi a'r ddwy denant arall y dyddiau hyn. Synhwyrodd Gwenan mai ychydig o ffrindiau oedd gan Lyn i rannu ei broblemau â nhw. A ddylai hi, felly, fel tenant a Christion, ddweud bod ganddi gonsỳrn amdano? Holodd Gwenan ei chydwybod ei hun. Doedd hi ddim eisiau busnesu ym mywyd Lyn, ond gwyddai o brofiad beth oedd byw mewn gwacter heb neb i wrando ar broblemau. Byddai'n rhaid iddi fagu plwc i wthio'r cwch i'r dŵr rhyw ddiwrnod – a rhaid oedd iddi gofio edrych ar gofnodion benthyciadau'r llyfrgell pan âi yno'r tro nesa hefyd!

*   *   *

'Sut ydach chi'n teimlo heddiw, Mrs Huws?'

Roedd Dr Richard Jones ar ei rownd o gwmpas wardiau Ysbyty'r Borth.

'O, dwi'n gwella'n dda rŵan, Doctor, yn gallu rhoi cam neu ddau yn fwy bob dydd. Tebyg i bregethwr yn cael help y pulpud i bwyso arno 'nte!'

'Falch fod y ffisiotherapydd yn gneud ei gwaith. Ydach chi'n byta'n iawn?'

'*Champion* diolch, doctor; newydd gael llond bol o ham a salad, a phwdin reis. Neis iawn hefyd, tebyg i be oedd Mam yn neud erstalwm yn syth o deth y fuwch yntê? Dim fel yr oes yma efo'r bwyd powdwr parod 'ma . . .'

'Naci wir. Oes gynnoch chi broblema eraill, neu unrhyw gwestiynau, Mrs Huws?' Doedd gan Dic ddim amser i wrando ar sentimentaleiddiwch a hen hanesion am erstalwm.

'Oes wir. Sut mae rhoi'r weiarless 'ma ymlaen d'wch, Doctor bach? Dwi'n aros i glywed *request* gan 'yn ffrindia, dach chi'n gweld.'

Gwyn eich byd chi os mai dyna'r unig beth sy'n eich poeni chi, meddyliodd y llawfeddyg, gan deimlo'n falch ohono'i hun fod llawdriniaeth arall wedi bod yn llwyddiannus. Er ei fod yn y proffesiwn ers ugain mlynedd, câi Dic foddhad rhyfeddol bob tro roedd claf yn cael rhyddhad o'i boenau. Yr unig beth oedd yn ei boeni oedd bod rhai'n gorfod talu miloedd i gael y driniaeth yn breifat, a bod eraill yn gorfod aros misoedd cyn dod i'r ysbyty o dan y Gwasanaeth Afiechyd.

Trodd y botymau pwrpasol ar radio'r ysbyty a rhoi'r clustffonau yn y soced. Anaml iawn yr oedd cleifion yn gwrando ar radio'r ysbyty y dyddiau hyn, gan fod pawb yn fwy parod i dalu am gael sgrin deledu o'u blaenau. Ond roedd rhai gwirfoddolwyr yn dal i droelli disgiau ar y radio, gan fynd o amgylch y wardiau i hel ceisiadau gan y cleifion. Dyna roedd ei annwyl Dina o'n ei wneud yn wythnosol, chware teg iddi!

'Dyma chi. Faint o'r gloch mae'r rhaglan ymlaen, Mrs Huws?' holodd efo diddordeb mawr yn y cais.

'O dwi'm yn siŵr, ond ar raglan *Time for T* fydd o; rhaglan dda ydi hi hefyd . . . yr hogan bach Tina Tomos 'na'n chwara petha neis gan Richie Thomas ac amball i gân fatha 'Right Cliff in Dover' a ballu 'te . . .'

Ac mae hi'n chwarae pethau neis eraill hefyd . . . crwydrodd meddwl y meddyg. Roedd yr awydd yn fwy nag erioed ganddo i weld bronnau llyfnion, llawn cynnwrf y gyflwynwraig unwaith eto. O! Roedd ei dyfodol yn sicr o'i blaen, a'i obaith yntau oedd y byddai dyfodol y ddau ohonyn nhw efo'i gilydd rhyw ddydd.

Ie, rhyw ddydd . . . Gwyddai fod Tina'n galon-feddal ac y byddai'n siŵr o aros amdano. Nid pob merch fyddai'n deall ei sefyllfa o a'i Ddraig, a fyddai Tina byth yn rhoi pwysau arno i wneud penderfyniadau mawr nes byddai'r plant yn hŷn. Ceisiai ei chadw'n hapus drwy ei ffonio'n aml o'r ysbyty, anfon negeseuon testun rhywiol ati, a'i chyfarfod ar bob cyfle gâi. Digon anffodus oedd mai yn sedd gefn y car ddigwyddai hynny fel arfer! Ond ceisiai Dic neilltuo ambell benwythnos iddi hefyd, fel y gwnaeth yn Llundain yn ddiweddar. Fyddai'r Ddraig byth yn cwestiynu'r troeon hynny gan mai mynd yn sgil ei waith yr oedd o, ac roedd hithau'n cael mynd yn ei thro hefyd – i gadw'r ddysgl yn wastad. Teimlai'n ddyn lwcus iawn, yn cael gwraig i edrych ar ôl ei blant a gwneud ei fwyd a golchi ei ddillad, tra oedd o hefyd wedi cael trin a thrafod Tina am gyhyd . . .

'Ym . . . ond mae gynnoch chi tan bump pnawn 'ma i aros tan raglan Tina Thomas, Mrs Huws. Restiwch chi tan hynny. Fydda inna'n clustfeinio am y cais 'na!' Ond nid am yr un rhesymau â Mrs Huws, chwaith!

'O, diolch yn fawr i chi, Doctor. Dach chi'n glên iawn.'

'Ddo i heibio chi fory i weld fyddwch chi'n ddigon da i fynd adra.'

'O! dim brys, Doctor. Well i mi wella'n iawn, yntydi?'

Doedd gan Mrs Huws, fwy na nifer o'i gleifion unig eraill, ddim rheswm i fod ar frys i fynd adre. Roedd bwyd maethlon a chwmnïaeth yn rhywbeth dieithr iawn iddynt, fel roedd sgrwbiad go dda efo dŵr a sebon i rai eraill. Synnai Dic yn aml at sut roedd nyrsys a chynorthwywyr yn ymdopi efo pob math o gymeriadau. Doedd glanweithdra ddim yng ngeiriadur nifer ohonynt, gyda rhai'n byw fel anifeiliaid gwyllt, eraill yn smocio fel odyn ac yn peryglu eu bywydau efo anaesthetig, a rhai'n drewi fel cingroen a byth yn newid eu dillad uchaf heb sôn am y rhai isaf.

Aeth yn ei flaen i weld gweddill ei gleifion; roedd ganddo un llawdriniaeth arall i'w gwneud ar ôl cinio – roedd Mrs Griffiths, Boncyn Uchaf, yn cael pen-glin newydd. Yna byddai'n rhydd erbyn pump, gobeithio, i wneud awr o waith llenwi ffurflenni yn nhawelwch ei swyddfa. Ond y rheswm pennaf pam ei fod yn gwneud gwaith papur yr adeg honno oedd ei fod eisiau clywed diwedd rhaglen wythnosol Tina! Roedd fel glaslanc nwydus ac yn gwirioni'n lân wrth ei chlywed yn rhoi negeseuon cyfrinachol iddo bob wythnos. Y rheswm pam fod Tina'n cyflwyno'r adeg honno ar nos Fercher oedd ei bod hithau'n gallu gweld y llawfeddyg toc wedi chwech, ar ôl i shifft y ddau ddod i ben. Roedd cael cwmni a sgwrs – a jwmp – reolaidd yn donig i Tina. Doedd arni ddim angen cymorth y jin ar yr adegau hynny, gan fod Dic yn ei chymryd hi fel yr oedd hi. Serch hynny, doedd hi ddim yn or-hoff o'r cyfarfodydd cynllwyngar yn ystod tymor y gwanwyn a'r haf, gan y byddai'n hawdd iawn i bobl eu gweld yn gyrru i'w llecyn cudd. Llawer gwell oedd ganddi'r hydref a'r gaeaf pan oedd pobman yn dywyll ar ôl pump, a neb i aflonyddu ar eu campau rhywiol!

'. . . and that was *Lady in Red*, Chris de Burgh. Mae'r gân nesa 'ma'n arbennig i Mrs Gladys Huws, sydd wedi cael clun newydd yn ddiweddar, ac yn gwella'n dda ar hyn o bryd ar Ward Deg. Y neges gan y ffrindie ydi

"Hip, hip hwrê!" Dyma i chi gân addas gan Richie Thomas – 'A welsoch chi hen ffon fy nain'.

Tynnodd Tina ei chyrn duon henffasiwn oddi ar ei chlustiau tra bod y record yn troelli, ac aeth ei meddwl yn syth at Richie arall! Er cymaint roedd Tina'n mwynhau gwneud gwaith gwirfoddol yn cyflwyno rhaglen geisiadau ar radio'r ysbyty, roedd yna reswm dyfnach na lles y cleifion wedi ei gyrru yno. Syniad Ann oedd o'n wreiddiol – sylweddolodd honno gymaint yr oedd Tina wedi syrthio dros ei phen a'i bronnau mewn cariad efo'r doctor ar ôl eu cyfarfyddiad cyntaf.

'Dwi isio fo!' oedd cri feunyddiol Tina wrth Ann. 'Mae o'n cyrraedd rhannau nad ydi dynion eraill erioed wedi eu ffeindio. Deud y gwir, do'n i ddim yn gwbod eu bod nhw yno fy hun!'

Cyfarfu'r ddau ym mharti pen-blwydd Ann yn ddeg ar hugain oed, union dair blynedd yn ôl. Er bod ei Ddraig yn y wledd hefyd, wnaeth hynny ddim atal llygaid crwydrol y meddyg rhag sylwi ar rai diniwed (ond eiddgar) Tina y pen arall i'r ystafell. Gan fod yna brinder ar ochor y talentau yn y parti a'i bywyd hi'n gyffredinol, roedd Tina'n fwy na bodlon i ddyfrio ychydig ar ei bywyd rhywiol.

'Dr Jones, dyma Tina Thomas, sydd yn rhannu tŷ efo fi,' meddai Ann yn ffurfiol, gan ei bod yn gwneud llawer o waith iddo yn Ysbyty'r Borth. Wrth ysgwyd llaw, taerai Tina fod y meddyg wedi defnyddio'i chwistrellydd clinigol i bwmpio galwyni o lysnafedd i mewn i'w chorff, gan gymaint y llif o wlybaniaeth a deimlai'n rhedeg i lawr ei choesau. Roedd atyniad magnetig ar amrantiad rhwng y ddau.

'Ydach chi'n gweithio'n lleol?' holodd y gŵr dieithr, hynod rywiol a oedd heb eillio ers o leiaf dridiau.

'Y? O, ydw, efo'r *Borth Journal*.' Chwarddodd Tina'n nerfus heb wybod ble i edrych. Dechreuodd chwysu'n oer, ac Ann erbyn hyn wedi gadael y ddau i ddod i nabod ei gilydd. Holodd Tina'i hun a ddylai hi fynd neu aros, ac a oedd o'n bod yn barchus, neu a oedd o'n meddwl yr un peth ag yr oedd hi?

'Efo'r *Journal* – be, fel clerc?' holodd Dr Jones. Dechreuodd Tina'i ddrwglicio a diflannodd yr ysfa yn ei nicar. Os oedd o'n trio bod yn ddoniol, roedd o'n methu, meddyliodd!

'Nage, Doctor. Mae gen i fwy rhwng fy nghoese nag sydd gan ambell i glerc rhwng ei chlustie. Fi ydi gohebydd yr ardal 'ma.' Doedd Tina ddim wedi bwriadu bod yn bowld efo dyn o'i statws o ond, yn rhyfedd ddigon, roedd o wrth ei fodd efo'i hymateb.

'O, dwi'n licio dynas sy'n gallu'i deud hi, a sefyll ar ei thraed ei hun!' Chwarddodd, a'i wên gynllwyngar yn ymledu o un cornel ei wyneb i'r llall. 'Chi sy'n sgwennu adroddiada am yr ysbyty weithia, 'nde? Dwi'n cofio'r enw rŵan.' Oedd o go iawn, ynteu deud unrhyw beth i guddio'i embaras a'i ddiffyg gwybodaeth oedd o? 'Mi fydd yn rhaid i chi alw i ngweld i pan ddowch chi draw'r tro nesa; falla gewch chi sgŵp, os na chewch chi ddim byd arall!'

Edrychodd Tina am eiliad yn rhy hir i'w lygaid, cyn i'w rai yntau grwydro i lawr i syllu ar ei bronnau. Estynnodd i'w boced a rhoi cerdyn swyddogol iddi. Oedd hyn yn wahoddiad am rywbeth mwy? 'Does gennoch chi ddim cerdyn gwaith, mae'n siŵr?' Sut oedd Tina i fod i ymateb i'r dyn digywilydd, llym ei dafod, a hynod o olygus hwn? Roedd popeth roedd o'n ei ddweud wrthi'n hy neu'n awgrymog! Ond dangosodd fod ganddi hithau ddigon o bŵer i fod yn berchen ar gerdyn busnes hefyd, a rhoddodd un iddo efo llaw grynedig.

'Dyma chi, Dr Jones – rhif gwaith a *mobile*, a'r enw wrth gwrs, ond does gen i ddim llythrenne ar ôl f'un i fel sydd gynnoch chi.'

'Mae'r pedair llythyren sy'n eich enw chi'n ddigon atyniadol i fi, TINA.' Gwridodd hithau mewn swildod.

'O, ie, a'r cyfeiriad e-bost a'r blog wrth gwrs,' ychwanegodd hithau. Roedd am wneud yn siŵr ei fod yn ymwybodol o'r ffaith mai dynes broffesiynol oedd hi, ac nid rhyw eneth goman fyddai'n neidio'n syth i wely unrhyw ddieithryn . . .

'Dwi'n sylwi mai MISS sydd ar y cerdyn; dydach chi ddim digon da i neb? 'Ta ydach chi'n RHY dda i bawb, Tina?' Roedd o'n dal i wenu'n ogleisiol, chwareus, wrth sychu'i weflau fel teigr llwglyd yn barod am ei brae.

'Erioed wedi cyfarfod rhywun sy'n ddigon da i fi, MR Jones,' mentrodd ei ateb. 'Os oes ganddoch chi stori dda i mi, codwch y ffôn.' Wrth droi ar ei sodlau uchel, doedd hi ddim yn siŵr a oedd hi'n mynd i lewygu mewn perlesmair rhywiol neu weiddi nerth ei phen mewn cynddaredd llwyr.

'Ann, mae o fel hen gi yn ysu i godi'i goes. Mi fyse fo'n gneud gŵr bendigedig.'

'Y drwg ydi, mae o'n un yn barod, y clown!'

*   *   *

'. . . and that was the evergreen Tom Jones. Rŵan 'te, mae hi bron yn chwech o'r gloch a dyma ni'n dod at y cais ola. Mae'r gân yma i feddyg arbennig iawn sydd yn gwneud bywyde cymaint ohonon ni . . . ym . . . chi

. . . yn werth ei fyw. Does 'ne ddim enw efo'r cais ond mae'r geirie'n deud y cwbwl: 'Calon, tyrd i rannu, calon tyrd i garu . . .' Ddweda i ddim mwy, mi gaiff Diffiniad wneud hynny! Take care 'til *Time for T* next week, tan yr wythnos nesa felly, brysiwch wella i gyd.'

Ymhen hanner awr, roedd y llawfeddyg a'r gyflwynwraig wedi gyrru i'r gilfach dawel, ddiarffordd arferol, ac yn gwireddu geiriau'r gân.

'Mi rwyt ti mor awgrymog ag erioed efo dy lincs,' meddai Dic, yn dilyn cofleidio hiraethus. 'Dwi'n edrych ymlaen bob wythnos i glywad be fydd dy ddewis di o gân. Dyna'r unig adag dwi'n gwrando ar fiwsig Cymraeg!'

'A dw inne'n edrych ymlaen at weld be fydd dy ddewis di o *boxer shorts* bob wythnos hefyd, fy Nici Bach Dwl i!'

Edrychodd y ddau'n annwyl ond yn drachwantus ar ei gilydd. Awr a hanner oedd ganddyn nhw cyn y byddai'r Ddraig yn dechrau poeni (neu amau) lle'r oedd ei gŵr parchus. Credai honno mai wedi wyth yr oedd o'n gorffen ei waith swyddfa bob nos Fercher, ac roedd y trefniant hwnnw'n siwtio Dic a Tina i'r dim.

Wedi sgwrsio am hyn a'r llall, llithrodd Dic ei fraich o amgylch gwddw Tina, gan roi'r *handbrake* i lawr efo'r llall. Symudodd ei goes dde yn araf dros lifer y gêrs, gan droi olwyn y gadair er mwyn iddi fynd mor bell yn ôl â phosib. Cymerodd Tina'r awenau y tro hwn, a theimlodd ffrydlif o waed a chynnwrf yn byrlymu drwy'i chorff. Cydiodd yng nghefn ei ben gan ei dynnu ati nes bod tafodau'r ddau'n llyfu ac yn sugno, yn tynnu ac yn gwthio'i gilydd yn ddidrugaredd. Ymaflodd y ddau'n wyllt wrth ddinoethi'i gilydd. Dim ond tri chwarter awr oedd ar ôl!

'Mmm, dwi wrth fy modd yn gweld dy godiad di mewn *boxers* . . .' Cerddodd Tina ei bysedd yn araf o waelod ei goesau i fyny hyd at ei lwynau. Dawnsiai ei hewinedd yn ysgafn ar flewiach ei ffwrch gan osgoi cyffwrdd ei rannau preifat (oedd ddim mor breifat â hynny iddi erbyn hyn!) yn fwriadol – roedd wrth ei bodd yn ei weld yn dioddef wrth iddo ysu amdani. Rhwbiodd yntau ei fysedd ar hyd ei lôn goch, gan lithro i fyny ac i lawr efo un, dau a thri o fysedd. Griddfanodd hithau mewn pleser pur wrth godi a gostwng bochau ei thin i'w derbyn. Agorodd Dic ei geg i sugno'i bysedd yn araf nes ei fod o'n glafoerio. Symudodd Tina'n sydyn gan roi Dic i orwedd ar y gadair. Edrychodd i lawr arno â'i gwallt hir, du yn rhywiol flêr ar hyd ei hysgwyddau. Siglai ei bronnau uwch ei ben, a'i thethi caled yn ysu am gael eu cnoi. Agorodd Tina fotymau ei grys gan lithro ei gwefusau ar hyd ei frest, a chyrlio'i thafod rownd ei fotwm bol gan symud yn araf i lawr ei flewiach brith. Erbyn hyn, roedd ei phen-ôl yn pwyso yn erbyn silff flaen y car a'r oerni'n wrthgyferbyniad hyfryd i wres ei chorff. Tynnodd ei drôns yn araf oddi am ei din, gan gymryd gofal wrth i fynydd o bastwn ymddangos. O! Roedd y demtasiwn yn drech na hi, ac roedd hi'n siŵr ei bod yn mynd yn fwy a mwy bob wythnos! Estynnodd yntau am gondom banana o boced ei siaced. Wrth rwbio a phwnio'n chwareus, llithrodd y sach ddyrnu dros flaen ei fin. Prin roedd hi'n ffitio, a phlygodd Tina i'w llyfu i gael blas y ffrwyth.

'Mae sugno hon fel rhoi banana go iawn yn fy ngheg i!'

'Ydi o'n flas neis?' holodd yntau mewn llais gwan a bloesg, a'r teimlad o gael ceg fel ogof boeth am ei goc yn ei lorio'n llwyr. Atebodd hithau mohono ar unwaith, gan ei bod yn sugno'n rhy dynn arni. 'Tina, ydi o'n neis? Dywed rhywbeth, Babi Dol!' Yn y man rhyddhaodd ei hun, gyda'i gwefusau llawnion yn gwenu'n gellweirus.

'Mae Mam wedi deud wrtha i am beidio siarad efo ngheg yn llawn!'

Erbyn hyn, roedd Tina wedi gosod ei hun uwchben Dic ac roedd ei choesau'n wan yn barod i'w dderbyn. Hyrddiodd ei hun arno a gwaeddodd yntau wrth flasu'r chwantau llesmeiriol.

'O'r diwadd, yr ast fach.' Roedd ei iaith bob amser yn mynd yn giaidd ar yr achlysuron hyn. 'Gei di 'nhrin i heno gan dy fod wedi nghadw fi i aros cymaint yn diodda'n fan hyn – dwi'm yn symud modfadd.'

'Paid â phoeni,' atebodd Tina, 'mi wna i symud dy fodfeddi di . . !'

Ar ddiwedd symffoni egnïol gwaeddodd y ddau mewn crescendo gorfoleddus, a buont yn gorwedd ynghanol llysnafedd ei gilydd am ddeg munud cyn i Dic droi ati efo golwg euog ar ei wep.

'Wel, Tin, mae'n well i mi fynd, mae Gari'n bump oed heddiw.' A dyna fo wedi rhoi dampar ar awr o nefoedd unwaith eto! Byddai'n rhaid i Tina anghofio am y *chips* y tro hwn.

Prin oedd geiriau'r ddau wrth i Dic yrru'n ôl am faes parcio'r ysbyty, lle'r oedd car Tina'n aros yn oer amdani. Wrth ffarwelio'n swta, gwyddai ei fod wedi brifo'i theimladau, ond gwyddai hefyd y byddai wedi maddau iddo erbyn y tro nesa. Perthynas felly oedd ganddynt, a diolchodd eto fod ei ferch berffaith yn ei gymryd fel yr oedd.

5. Ar y gêm yn y gêm

Roedd gyrru adre i Lys Meddyg ar ôl orig ddifyr efo Tina yn anodd i Dic, ond rhaid oedd iddo geisio plesio'i wraig hefyd. Wedi'r cwbwl, hi oedd yn cadw'r cartref i fynd; hi oedd yn gofalu bod y ddau fach yn mynd i'r ysgol ac yn cael eu cario'n ddiogel oddi yno; ganddi hi roedd y gwaith o'u diddanu ar ôl ysgol a gwneud unrhyw waith cartref yn y nos, ac roedd yntau'n disgwyl ei fwyd ar y bwrdd a'i grysau i gyd wedi'u golchi a'u smwddio ganddi!

Meddyliodd Dic yn galed pryd oedd y tro diwethaf i'r pedwar ohonynt fynd ar wyliau efo'i gilydd. Pryd gawson nhw fynd am bicnic neu drip i'r sw fel teulu? Wnaeth o erioed eu tretio i fwyd McDonalds, er enghraifft? Neu beth am fynd am dro i'r traeth neu i'r parc? Oedd o'n dad mor wael â hynny?

Iechyd digon gwantan fu gan Marie ers i'r ddau briodi a chael plant. Roedd ganddi wendid mawr, gyda'i hysbryd yn isel a'i hamynedd yn aml yn is! Dyna pam nad oedd Dic yn trafferthu cynnig mynd â hi am dro – roedd hi wastad wedi blino. Credai Dic bod Marie'n gwneud ati ei bod mewn gwendid er mwyn iddo dosturio drosti, ond doedd hynny erioed wedi digwydd! Roedd hi'n berffaith iawn yng nghwmni pobl eraill ac yn llawn bwrlwm a hwyl. Ar yr adegau hynny, ymdrechai i wisgo'n ddeniadol gan ddefnyddio colur a'r ffasiwn ddiweddara. Ei dihangfa reolaidd oedd mynd at ei rhieni, a dywedai'n aml fod ei thad ei hun yn fwy o dad i'r ddau fach nag oedd Dic!

Doedd Marie heb gael swydd ers priodi, a theimlai Dic y byddai mynd i goleg neu wneud gradd o'r cartre'n ehangu dipyn ar ei gorwelion, gan godi'i chalon a'i chodi allan dipyn mwy. Byddai wedyn yn gweld gwerth yn ei bywyd undonog unwaith eto, a hynny'n rhoi mwy o ryddid iddo yntau fwynhau bod yn ei gartref ei hun, ac i'r plant gael uned deuluol hapus. Serch hynny, credai Dic ei fod yn gwneud ei ran gorau y gallai, o gofio'i waith a phopeth. Byddai'n gwarchod y plant bob tro yr âi Marie am benwythnos efo'i ffrindiau neu rieni'r ysgol feithrin. Roedd hefyd yn codi i'w hwylio i'r ysgol bob amser, ond byddent wedi mynd i'w gwlâu gan amlaf pan fyddai'n dod adref o'i waith, gan adael Marie ac yntau i ddiddanu ei gilydd mewn mudandod.

'Ti angan gweld rhywun,' meddai Dic wrthi un tro.

'Be ti'n awgrymu, mod i'n gweld seicolojist?' hefrodd Marie yn fyr ei hamynedd.

'Nage siŵr dduw, gweld pobol – codi allan! Ddylat ti fynd i ddosbarthiada nos neu rwbath.'

'I golli pwyse, ti'n feddwl, mae'n siŵr!' Roedd hi'n mynnu pigo ar bopeth roedd Dic yn ei awgrymu, ac yntau ond yn ceisio helpu! Felly, rhoddodd y gorau i awgrymu unrhyw beth iddi. Doedd o ddim am lyfu ei thin (er y byddai wrth ei fodd yn llyfu un Tina!). Roedd yn haws ganddo fynd i'w waith, dychwelyd adre'n hwyr, dweud dim byd wrthi, bwyta, llowcio tri neu bedwar glasied o wisgi, a slwmbran cysgu cyn codi i fynd i'w waith unwaith eto'r bore canlynol. Does unman mor ddiflas â chartra! teimlodd.

* * *

'Be? Ti'n mynd i ble?' Roedd Tomi wedi cael y mŵll.

'Wel, chwara teg, mae Tina angan codi'i chalon.'

Ceisiodd Ann gyfiawnhau ei chyffesiad ynghanol côr o wartheg a lloeau bach yn sied Pant Mawr. Doedd ei dyweddi ddim yn hapus!

'Tina o ddiawl! Be amdana i? Be am drefniada'n priodas ni? Fasa'm yn well i ti aros adra i gael trefn ar y rheiny, d'wad?'

'Be am i ti neud chydig, washi? Dwi'm 'di dy weld di'n codi'r ffôn na gneud dim byd at yr achlysur hyd yn hyn!'

'Sut ddiawl ti'n disgwyl i fi drefnu petha ynghanol ŵyn bach a lloeau a ballu? Callia, wir dduw.'

Roedd Ann yn gweld ochr flin Tomi'n amlach y dyddiau hyn. Gwyddai ei fod yn gweithio o doriad gwawr hyd at fachlud haul ar y fferm, a theimlai mai blinder oedd wedi achosi'r newid sydyn yn ei gymeriad.

'Dw inna isio brêc o'r hospitol 'na weithia, cofia. Ond, wedyn, fasat ti ddim yn gwbod – ti'n rhy brysur yn poeni am gneifio neu g'neua neu garthu bob dydd o'r blydi blwyddyn!'

Fuodd Tomi erioed yng ngweithle Ann; doedd o ddim y teip i fwynhau bywyd mewn ysbyty. Er ei fod wedi arfer ynghanol baw a mwd, cyrff anifeiliaid a llygod, doedd o ddim yn licio gweld gwaed dynol na phobol yn dioddef. Roedd yn ddigon ganddo weld defaid yn gwingo wrth gael nodi eu clustiau neu dorri ar yr ŵyn druain. Ceisiai ei orau glas i gymryd diddordeb o bell yn niwrnod gwaith Ann, ond beth oedd y pwynt mynd i ysbyty i weld pobl wael pan oedd o'n dod wyneb yn wyneb â dioddefaint ei dad bob dydd?

'Un peth ydi bod yn ferch ffarm sydd wedi symud i ffwr' i weithio,' atebodd Tomi, yr un mor finiog. 'Mi ddallti di be ydi gwaith unwaith y byddi di'n wraig ffarm – os byddi di byth!' Rhuthrodd at oen swci i drio rhoi tropyn o laeth iddo, gan adael Ann i'w ddilyn fel yr oen bach arall hwnnw.

'Dwi yn dallt Tomi,' ceisiodd Ann dawelu'r dyfroedd heb syrthio ar ei bai. 'Ond hon fydd y gêm rygbi ola i mi cyn priodi. 'Na i gymryd y penwythnos fel noson iâr, a fydda i ddim isio mynd yno ar ôl setlo i lawr efo ti, na fydda?' Roedd ei hymbil tosturiol wedi gweithio unwaith eto!

'Iawn, sori, Ann,' mwmblodd yntau, gan agor ei freichiau i'w hanwesu. ''Swn i jest yn licio tasat ti wedi gofyn i fi gynta.' Cwpanodd ei gwallt yn ei ddwylo cryfion, er bod y rheiny'n drewi o frychod ŵyn bach, ac roedd ogle silwair sur mwya diawledig ar ei oferôls. Ond gwasgodd Ann yn dynn at ei fynwes gan roi sws ysgafn ar ei thalcen. 'Dwi'm isio i ti feddwl mod i'n mynd i dy feddiannu di, Anni. Dwi jest ddim isio i ti fynd; fydda i'n dy golli di . . .' Mwythodd hithau ei gorff yn chwareus. Meddyliodd am agor un neu ddau o fotymau ei oferôls, ond roedd yn ormod o drafferth – ac yntau'n gwisgo *long johns* a dwy neu dair o jympars!

'Ti mond yn genfigennus mod i'n mynd i ganol dynion, Tomi Davies!' meddai Ann gan newid awyrgylch y sied. Oedd, roedd Tomi'n genfigennus. Nid yn unig am ei bod hi'n mynd i gael sylw gan ddynion a fyddai mor eiddgar â fynte i'w bwyta hi'n fyw, ond teimlai Tomi mor gaeth ag erioed, a doedd ganddo mo'r rhyddid 'i hun i fynd i jolihoetian unrhyw adeg o'r flwyddyn fel yr oedd pawb arall yn ei wneud. Doedd o ddim yn gallu rhoi ei ordd a'i og o'r neilltu fel gweithwyr mewn ffatri neu garej. Fyddai o ddim yn gallu gadael i'w wartheg a'i ddefaid lwgu am benwythnos, a doedd o ddim yn gallu gofyn i ryw Adran Bersonél neu'i gilydd am rywun i weithio yn ei le. Eisoes, bu'n rhaid diswyddo'i was gan nad oedd digon o arian yn dod i mewn i'r fferm. Teimlai Tomi'n aml fel parcio'r tractor am y tro ola' ond, tra oedd ei dad yn fyw, roedd yn gorfod rhoi blaenoriaeth i ddyfodol Pant Mawr, er mor galed oedd meddwl am hynny. 'Mae 'na obaith tra bo chwythiad,' arferai'r hen ddyn ei ddweud am oen bach simpil erstalwm, ac adleisiai hynny ym meddwl Tomi wrth boeni am ei dad ei hun yn brwydro am ei fywyd.

'Dwi'n addo newid unwaith bydd yr ail fodrwy am fy mys i!' cellweiriodd Ann, gan obeithio fod y storm wedi pasio unwaith eto. Chlywodd Tomi mohoni. Roedd o wedi rhuthro at fuwch arall oedd wedi bwrw'i brych.

'Gorffenna roi'r llaeth i'r oen 'ma, 'nei di, Ann?'

Tomi bach, meddyliodd hithau, dim ond gwaith di-ben-draw sydd ar yr hen ffarm 'ma o fore gwyn tan nos. Dwi'n gneud y peth iawn yn dy briodi di, d'wad?

*   *   *

Newydd godi o'i gwely ac yn meindio'i busnes yn y tŷ bach yr oedd Tina pan ganodd ei ffôn bach â'i sŵn gwdihŵ. Yr unig rai fyddai'n ffonio mor gynnar â hyn oedd Dic, os oedd y gwifrau teuluol yn caniatáu, neu Jeff Parry, os oedd o eisiau stori ychwanegol i'r *Journal*.

'Haia, Babi Dol.' Gwyddai Tina yn ôl ei lais fod ar Dic ei hawydd hi.

'Bore da; ti 'di codi'n gynnar!'

'Wastad yn gwneud wrth feddwl amdanat ti, Tins bach. Be ti'n gwisgo bora 'ma, *sexy*?'

Doedd Tina ddim cweit mor barod â Dic am siarad awgrymog o'r fath. Rhwng tynnu Siôn Cwsg o'i llygaid a thrio cael cachiad, nid dyma'r lle na'r amser iddi hi feddwl am ryw ar y ffôn!

'Dic . . . dwi ar y funud yn . . .'

'. . . yn gwisgo'r gŵn nos sidan 'na rois i i ti llynadd? Mm . . . O! Tyrd yn nes at y ffôn, Tina! Gad i mi dy glywad di'n rhwbio dy hun ar y lein 'ma!'

'Wel . . . dydi hi ddim yn hawdd pan . . .' Gallai Tina synhwyro'r anadlu rhywiol yn dechrau cyflymu ar ben arall y ffôn. Gallai hefyd ei ddychmygu yn ei swyddfa efo'r cyrtens ar gau, y drws ar glo, a fynte fel hen byrfyn despret efo'i goc ar y ddesg yn chware efo fo'i hun.

'. . . Dwi'n gwbod nad ydi o ddim yn hawdd, cariad. Mae'n lot haws pan 'dan ni efo'n gilydd. Ond O! Chwara efo chdi dy hun i mi, Babi Dol! Dwi isio chdi rŵan . . . dwi mor galad . . . mmm . . . ac mae mheli fi jest â byrstio . . .'

Byrstio allan i chwerthin roedd Tina eisiau ei wneud. Ond er mwyn ei blesio, fe wnaeth hithau synau fel petai'n mwynhau ffidlan efo hi'i hun hefyd (er mwyn cyflymu'r broses yn fwy na dim). Rhwbiodd Tina'r ffôn yn ei choban i gael diwedd ar ddyheadau Dic. Roedd hi ar frys isio dal tacsi! Yna, clywodd arddwrn Dic yn cyflymu y pen arall i'r ffôn, a chredai ei bod yn clywed ei galon yn cyflymu, cyn sylweddoli bod hi ei hun wedi dechrau cynhyrfu hefyd! Ond, damia, doedd dim amser . . .

'Tina, ti'n *gorgeous*. O! Teeny Weeney!'

'Ty'd Dic bach . . . Ty'd â fo i gyd i fi . . .' Ar hynny aeth y ffôn yn dawel. Beth oedd wedi digwydd? Oedd

Dic wedi llewygu? Oedd o isio dwy law i wneud y gwaith? Gorffennodd Tina ei busnes hithau cyn gwisgo amdani i orffen pacio.

Ymhen chwarter awr, roedd cloch y drws ffrynt yn canu. Doedd bosib fod y tacsi yno'n barod, meddyliodd Tina, a rhedodd i atebodd yr *intercom*. Edrychai Dic yn wyllt ond yn hynod o ddel ar stepen drws 36, Stryd Fawr, Y Borth. Gwasgodd Tina fotwm y drws a gwrando arno'n carlamu i fyny'r grisiau i Fflat C.

'Tina, cariad, roedd yn rhaid i fi dy weld di.'

''Nest ti lanast? Neu oedd dy law di'n brifo gormod i orffen?' Doedd Dic ddim yn gwenu. 'Dwi'n wir sori Dic, ond does genna i ddim amser i gario mlaen bore 'ma.'

Edrychodd yntau'n ddiniwed arni fel ci'n disgwyl mwythau. 'Iawn, ocê Tina. Mae'r ysfa wedi mynd i ganlyn y traffig beth bynnag, er mor uffernol o rywiol ti'n edrych yn y sgert fer 'na! Ond dwi isio dy dretio di am benwythnos arall . . . Mae Marie a'r plant yn mynd at ei rhieni ar ôl yr ysgol heno. Ddoi di?'

Oedodd Tina'n syfrdan cyn gallu dweud gair, tra oedd yntau'n sefyll o'i blaen efo'i ysgwyddau'n uchel yn barod am ateb cadarnhaol.

'Be? Heddiw 'lly?' holodd mewn anghredinedd. Nodiodd yntau. O, ffwc, meddyliodd Tina. 'Ym . . . Dic, fydda i ddim o gwmpas penwythnos yma . . . dwi'n mynd efo Ann a Gwenan . . . i'r gêm . . . i'r Alban . . . RŴAN!' Disgynnodd ysgwyddau Dic yn sydyn, a chwythodd drwy'i drwyn fel plentyn wedi moni.

'Ond Tina, mae hwn yn gyfla gwych i ni: finna i ffwrdd o'r gwaith, a'r plant a Marie ddim adra. Tria ddallt!'

'Paid â gweiddi, Dic! Dwi'n dallt dy sefyllfa di'n iawn, a dwi'n ysu isio bod efo ti eto. Gawson ni amser ffantastig yn Llundain, ond weithie mae rhywun isio amser i fod efo'i ffrindie, felly dwi 'di addo i'r merched ac wedi talu am y lle ac mae'n hanner *hen-night* Ann a . . . felly, tria dithe ddallt fy sefyllfa inne, y bastad gwirion!'

'Iawn ta! A finna'n meddwl . . .'

Wel, y cythrel hunanol, meddyliodd Tina. Ti sy'n cymryd yr awene fel arfer, ond pan mae rhywun yn gwrthod be wyt ti isio, ti'n pwdu! 'Wel, sori,' atebodd mewn llais penderfynol ond tawel rhag i Ann a Gwenan glywed y ffraeo o'u hystafelloedd, 'ond mae Ann angen codi'i chalon cyn y briodas, ac mae Gwenan wedi cytuno i ddod efo ni am y tro cynta erioed – a'r ola, mae'n siŵr! Fedra i ddim newid trefniade munud ola jest achos bod hi'n gyfleus i ti.' Synnodd Tina ei chlywed hi ei hun yn rhoi Dic yn ei le mor hawdd. Efallai y dylai sefyll ar ei thraed ei hun yn amlach i geisio mwy o chwarae teg o fewn eu perthynas.

'Ti'n gwbod be 'di'r sgôr, Tina! Dyna ydi'r *package* ers y dechra. Dwi'n trio gwneud 'y ngora glas i blesio pawb.'

Wyt, ac yn plesio diawl o neb yn y diwedd, meddyliodd Tina! Roedd yna gymaint o bethau yr hoffai eu dweud i drio gwneud i Dic weld ei safbwynt hithau o'r berthynas. Byddai'n aml yn llunio areithiau hynod o gas yn ei meddwl, ond brathai ei thafod bob tro pan fyddai'n gorfod ei wynebu, a fyddai'r truth fyth yn swnio'r un fath rywsut pan fyddent wyneb yn wyneb. Roedd yn ofid calon gan Tina orfod gwrthod penwythnos arall efo Dic, ac roedd ar y ding-dong i fynd i'r Alban ai peidio wrth iddo gynnig un ymbiliad arall wrth afael am ei chanol a phlannu clamp o sws ar ei gwefusau crynedig.

'Aros efo fi, Tins. Ti'n cael cwmni Ann a Gwenan yn y tŷ 'ma bob nos o'r wythnos . . . Cariad? Mm?' Mi fyswn i'n dy gael dithe hefyd taset ti'n gadael y Ddraig yne sydd gen ti! 'Fedrwn ni gael pryd bach neis, potel arall o *champagne* ac wedyn, y byd ydi dy wystrys . . .' Roedd o'n ddall i'w ffaeleddau ei hun. Gafaelodd Tina yn ei freichiau a'i drin fel petai'n ceisio ffrwyno plentyn drwg.

'Dic, pan ydw i dy isio di, fedra i ddim codi'r ffôn unrhyw adeg o'r dydd a deud mod i isio i ti ddod yma ata i. Cofia di fod gen i fywyd y tu allan i'n perthynas simsan ni, un dwi'n gallu dibynnu arno dipyn mwy nag ydw i ar dy addewidion gwag di'n amal iawn! Felly, tria roi dy hun yn fy sefyllfa i am unwaith!'

'Ond 'dan ni'n gariadon ers tair blynadd, Tina; siawns fod gen i ryw hawl arnat ti, pan dwi'n gallu . . .'

'Ie, "pan ti'n gallu"! Dyna'r pwynt! A fues i erioed yn "gariad" i ti chwaith, Richard Jones! Dwi'n debycach i ryw *side salad* o beth gythrel i ti – unwaith ti'n cael dy damed, ti'n gadael y briwsion ar ôl!'

'Well i mi fynd dwi'n meddwl. Mae gen i lot o waith i neud,' meddai Dic wrth sgrialu o'r fflat heb gynnig hyd yn oed sws ta-ta, y twlsyn pwdlyd. Wrth ei weld yn neidio'n drwsgl i'w BMW du, penderfynodd Tina yn y fan a'r lle y byddai'n mwynhau cwmni Ann a Gwenan ac unrhyw ddyn fyddai'n dangos diddordeb ynddi yn yr Alban! Byddai'n dysgu gwers i Dic beidio'i chymryd mor ganiataol.

*   *   *

Edrychai'r tair yn bictiwr wrth aros am y trên. Roedd Gwenan yn ddigon plaen mewn crys rygbi coch henffasiwn, ond gwisgai Ann dop du efo cap pig coch a gwyrdd gan gario cenhinen fawr felen o dan ei chesail. Ar ben Tina roedd het hen fenyw fach Gymreig, ac fel arwydd o barch i'r Albanwyr (neu i beri dryswch ac i dynnu sylw), gwisgai sgert fini tartan a bŵts duon at ei phenglinia. Roedd yn ddigon i dynnu dŵr i ddannedd gosod.

Ymhen awr, a'r trên yn orlawn o gefnogwyr, cymudwyr i Crewe, a Saeson di-waith yr arfordir, tynnodd Ann ganiau cwrw o'i bag a dechreuodd Tina a hithau ganu Bing-Bong-Be-Ddiawl-Mae-Gwenan-Yn-Ei-Neud? Roedd honno â'i thrwyn mewn llyfr tra bod pawb arall yn yfed ac yn mynd i ysbryd yr achlysur! Gallai Tina ddynwared acen Albanaidd yn wych ac, ar ôl iro'r corn glag, mentrodd i ganol y dynion i chwilio am ei phrae. Roedd rhai yn chware cardiau, eraill yn deud jôcs budur, ambell un yn cynhyrfu dros *centre-spread-your-legs Playboy*, a nifer yn asesu tinau a chwibanu ar ferched prin wrth iddynt basio i'r lle chwech. Clywodd Tina hanner dwsin o Gymry'n mynd drwy'u pethe.

'Asu hogia, ylwch hon; mae'n gallu pwyntio ata i efo'i thits!'

Dyma gyfle gwych i daro 'nôl, meddyliodd Tina. 'Good afterrnoon,' heriodd mewn acen gref Lasgoaidd. 'Can I sit by yourr side for a wee bit please?' Aeth wyneb ei hysglyfaeth yn goch fel bochau byns.

'Asu, yes, ai,' cynhyrfodd mewn acen gref Bangor. 'Nice hat you got, ai! Put your big bum on my lap top!' Eisteddodd hithau'n araf gan rwbio ychydig ar ei rannau mwyaf tendar yn y broses. 'Asu, hogia, hogan boeth.'

'It's nice to hearr Welsh. I wish I could speak Gallic.'

'Asu, you're not bad at body language, ai!' Roedd ei lygaid yn pefrio efo nwyd meddwol. 'Dowch â *drink* i hon, hogia.'

Yfodd hithau o'r can gydag awch. 'Is everry man as big as you back wherre you live, cock?' Erbyn hyn roedd tua dwsin o ddynion yn edrych a chlustfeinio ar antics y ddau, tra rhuthrai'r trên yn ei flaen ar y cledrau.

'No. Men don't come as big as me, you know. What did you say your name was?'

'I didn't!' Bloedd o chwerthiniad afreolus eto, a'r ysglyfaeth yn dangos ei hun i'w ffrindiau. 'But it's Marry McDonald actually – that's why I like a lot of meat on my men, you see! Wherre exactly do you come frrom?'

'Penisarwaun. Spelt p-e-n-i-s . . .'

'What?! Well, och aye! I wouldn't mind coming frrom therre myself!' meddai hithau, gan ei chael yn anodd dal wyneb syth.

'Asu . . . I wouldn't mind you coming now, cariad bach! E, hogia? 'Dech chi i gyd yn *jealous*, y diawled!' Ychydig a wyddai fod pawb yn gwybod mai tynnu coes yr oedd Tina, ac ar ôl chwarter awr go dda o'i herio, penderfynodd roi'r gorau iddi, a chododd i'w adael.

'I must go to my frriends now, cock. See you arround.'

'Asu, have another can, Mary. Where are you staying? Can I see you later on? Rhag ofn, yndê, hogia bach!'

'Sori, coc. Mae'n rhaid i mi fynd, ai!' Gostyngodd

gwep y cocyn hitio fel ceilliau hysb, a cheisiodd guddio'i siom tra bod pawb arall yn chwerthin am ei ben. Dychwelodd Tina i'w sedd, ddau gan o gwrw'n gyfoethocach!

*   *   *

Yn y gwesty, roedd coesau Ann a Tina'n dechrau simsanu braidd. Cymerodd y ddwy gawod a llymaid go gryf o goffi, ac ar ôl awr o gwsg roeddynt wedi adfywio'n llwyr.

'Dwi'n teimlo fel dyn newydd,' chwarddodd Ann. Edrych ar y newyddion ar y teledu a darllen mwy wnaeth Gwenan, ond teimlai y dylai hithau wneud ymdrech i ymuno yn hwyl yr ŵyl, a phenderfynodd y byddai'n yfed dau gan o lager (a dim mwy) yn y fflat – ond roedd yn ddigon iddi deimlo'n benysgafn. Doedd hi ddim wedi yfed mwy na thri pheint o gwrw ar yr un tro yn ei byw, a byddai'n gwneud yn siŵr mai dau hanner yn unig y byddai'n yfed ar ôl mynd allan.

Erbyn yr hwyr, dawnsiai'r tair ynghanol môr o gyrff amryliw yng Nghlwb Nos *Number One*. Cymry di-Gymraeg oedd y rhan fwyaf ohonynt, gan fod yr Albanwyr yn gall ac wedi cadw draw o ganol y ddinas gan fynd ar wasgar hyd y fro. Fyddai llawer o'r Cymry Cymraeg oedd yn dawnsio'n wirion fyth yn gwneud hynny yn eu cynefin, ond wedi deg peint o McEwans, roedd hi'n llawer haws teimlo'n hyderus mewn awyrgylch mor drydanol.

Er syndod i bawb, Gwenan oedd y cyntaf ar y llawr dawnsio, ac roedd dynion fel gyr o deirw o'i chwmpas. Er mai merch dawel, byth-yn-tynnu-sylw-ati-hi-ei-hun oedd hi (yn wahanol i Tina), roedd ganddi ryw atyniad cyfrin, ac, o dan ei *jeans* a'i chrys-T plaen, llechai tin go fawr a bronnau bach twt. Yn dawel bach, roedd Tina'n genfigennus ohoni'n cael yr holl sylw. Wyddai Ann a hithau ddim ai swil a dihyder efo dynion oedd hi, ynte oedd amheuon y ddwy am ei rhywioldeb yn dod yn fwyfwy i'r amlwg.

Fel darpar wraig briod, edrych o hirbell ar y llawr dawnsio wnâi Ann i ddechrau, a theimlai'n ddigon cyfforddus yn siarad, yfed a thynnu coes efo ambell wyneb diarth a chyfarwydd. Wedi'r cwbwl, roedd yn hollol driw i Tomi . . . Roedd Tina ar y llaw arall yn giamstar ar daflu ei hun at ddynion, nes y byddai'r un iawn yn cosi ei ffansi. Albanwr wnaeth hynny'r tro hwn, a theimlodd ei bod yn cael digon o Gymry adre heb fynd i chwilio am ragor oddi cartre.

Ar ôl dawns glòs a sicrhau dêt erbyn diwedd y noson, aeth Tina i lusgo Ann a Gwenan allan i ddawnsio. Doedd hi ddim yn un i redeg i ffwrdd yn syth efo dyn heb wybod fod ei ffrindiau'n iawn am gwmni a lifft adre. Roedd hynny wedi digwydd yn rhy aml pan oedd hi'n mynd allan efo'i ffrindiau yn ei chynefin ers talwm. Merched diegwyddor a chocwyllt oedd y rheiny. Os oedden nhw wedi ogleuo ffwc yn rhywle, doedd dim tamaid o ots ganddyn nhw os oeddynt yn gadael eu ffrindie ar eu pennau eu hunain ai peidio.

'Ie? Be ydi'i enw fo 'ta? Joc Strap arall?' Roedd Ann yn barod am hwyl, ac yn mwynhau dawnsio'n wirion am y tro olaf fel merch sengl.

'Ond smo nhw'n gwisgo dim o dan y kilts – i fod, 'no!' ychwanegodd Gwenan at yr hwyl diniwed.

'Wyt ti wedi checkio hynny?' holodd Ann, 'Neu ti am i fi ffeindio drych i'w roi ar y llawr! Oedd gynno fo lot o ddandruff ar ei sgidia?'

'Angus ydi'i enw fo.' Ynghanol ei medd-dod, roedd Tina wedi gwirioni.

'O lle mae o'n dod, Aberdeen?!' Doedd Tina ddim yr orau am gymryd jôc gan rywun arall, nid y byddai'n dallt jôc amaethyddol ei naws beth bynnag. Aeth Ann yn ei blaen, gan weiddi'n uchel i drio cystadlu efo sŵn y disgo aflafar. 'Ma' nhw'n deud fod gwarthag a theirw Aberdeen Angus yn rhai da am redag eu gwres!' Chwarddodd am ben ei doniolwch ei hun, nes tagu ar ei diod.

'Wel 'te!' atebodd Tina'n harti, 'falle gawn ni loeau gwell na lloeau Llŷn!'

Dwy yn unig aeth yn ôl i'r gwesty'r noson honno. Ymlwybrodd Tina'n ei hôl tua deg y bore. 'Dwi'n teimlo'i sbyrms o'n dal i redeg lawr fy nghoese i!' cyhoeddodd heb i Ann ofyn am ddatganiad o'r fath. Roedd bagiau duon o dan lygaid blinedig Tina wrth iddi fwmblo'r ychydig eiriau, ac aeth ar ei phen i'r gawod. Erbyn iddi ddod oddi yno, roedd Gwenan wedi gadael i weld atyniadau'r brifddinas, ac edrychai Ann fel petai'n barod i fynd allan i chwarae unwaith eto.

'Do'n i ddim yn siŵr be i neud am Gwenan neithiwr,' meddai Tina wedi sionci drwyddi a newid i ddillad yr un mor rhywiol a fyddai'n siŵr o ddenu'r un sylw. 'Roedd hi'n gwrthod yr holl ddynion 'ne oedd ei hawydd hi! Dwi'n dal i feddwl ei bod hi'n ffansïo ti neu fi!'

'Paid â rwdlian. Fyswn i byth yn dy ffansïo di!' Dim ond Ann oedd yn chwerthin. 'Jôc, Tina fach, jôc! Na, gwahanol ydi Gwenan ynde? Dydi pawb ddim yn bachu'r peth cynta ddangosith ddiddordab ynddyn nhw 'sti!' A dyna Ann wedi rhoi un yn ôl i Tina am ei galw'n lo Llŷn. ''Dan ni'n ei chwarfod hi ar ôl y gêm.

Doedd hi ddim awydd gweld Cymru'n colli eto. Gyda llaw, sut darw oedd Angus 'te? Neu dipyn o *Scotch miss* oedd o?' Erbyn hyn, roedd Tina'n cyd-chwerthin efo Ann oherwydd er gwaethaf noson ddi-gwsg yn un o westai drutaf y brifddinas, troi allan yn dipyn o lo cors wnaeth y tarw.

Rhwng ymweliad â nifer o dafarndai Rose Street, aeth Tina ac Ann i siopa am fanion cyn diwedd y pnawn. Prynodd Ann fisgedi *Shortbread* i'w rhoi i'w chyd-weithwyr a'i mam, a chap stabal *Tweed* i Tomi, gan obeithio y byddai'n cael parhau i fynd i gêmau rygbi ar ôl priodi! Anrheg dra gwahanol gafodd Tina i Dic – trôns a condoms efo patrwm tartan arnynt!

Wedi picio i'r fflat i ddadlwytho, cael awr o gwsg a phaned sydyn, roedd hi bellach yn amser y gêm, ac afraid dweud mai colli wnaeth Cymru. Cyn caniad y chwiban ola, roedd Ann a Tina wedi'i heglu hi o Murrayfield ac am y dre er mwyn ennill y blaen ar y dorf. Ar ôl cerdded yr holl ffordd i fyny Princes Street, dyma gyfarfod Gwenan am bitsa, a gorfu iddynt wrando arni am awr hynod o ddiflas yn ailadrodd araith tywysydd y bws twristiaid. Doedd gan Tina fawr o awydd gwrando ar hanes rhyfeloedd ac adeiladau Caeredin, ac wedi bochio'r Margarita, torrodd ar draws brwdfrydedd Gwenan. 'Dewch i ddiwallu gwanc, wir ddyn – dwi'n sychedig.'

Wedi cymysgu efo'r werin datws yn y Grass Market, aeth y tair i westy'r Caledonian lle'r oedd bwrlwm trydanol a choctêls am ddim. Roedd rhai o flaen piano mawr yn bloeddio canu 'Delilah' a 'Bread of Heaven', ac er nad oedd gan Tina lais arbennig o dda, ymunodd efo'r criw gan ddechrau bloeddio canu emynau Cymraeg. Cymerodd Ann ei lle wrth y piano, ac ymunodd pawb i forio canu'r hen ffefrynnau, gyda diodydd yn llifo am ddim i'r tair ohonynt. Doedd neb yn poeni mai sudd oren yr oedd Gwenan yn ei yfed erbyn hyn, ond roedd hithau wedi ymlacio mwy wrth glywed yr hen emynau, er nad dyma'r awyrgylch arferol iddi fod yn eu canu! Cododd calon Gwenan fod cymaint o bobl yn gwybod y geiriau. Ond faint ohonynt sy'n arddel y geiriau tybed? holodd ei hun, neu ei chreawdwr!

'*Gin* lond cafn heb ddafn o ddŵr,
Hyn yw nefoedd hen yfwr.'

Dyfynnodd Ann gwpled wrth dderbyn gwydraid arall gan ddyn dieithr, a oedd yn amlwg yn gwerthfawrogi'r adloniant. Doedd geiriau'r emynau a genid ddim yn gweddu i'r rhan fwyaf o'r dynion oedd yno:

1) 'I bob un sy'n ffyddlon . . .' – tybed faint o'r giwed oedd yn ffyddlon i'w gwragedd a'u cariadon ar benwythnos fel hwn?
2) 'Euogrwydd fel mynyddoedd du . . .' – pryd wnaeth dyn deimlo'n euog ar ôl cael jwmp efo dynes ddiarth?
3) 'Arglwydd, gad im dawel orffwys . . .' – ar ôl gwneud sŵn uffernol wrth ffwcio drwy'r nos?

Yn y man, closiodd yr henwr a brynodd ddiod i Ann ati, a gofynnodd iddi am gais.

'Fedra i gael fy ffefryn i?' holodd. 'Be am "Dod ar fy mhen"?'

'Iawn,' atebodd Ann yn floesg, 'eich lle chi neu fy lle i?'

6. Y cwrdd

Mewn amlen frown ar sil y ffenest, roedd cannoedd o bunnoedd a sieciau wedi eu cadw'n ddiogel gan Tina. Byddai Lyn yn casglu'r rhent yn fisol ar brynhawn dydd Sul neu ar nos Lun. Tina oedd wedi cael y gwaith o gasglu'r arian ers iddi symud i'r tŷ dair blynedd yn ôl, ac er bod un neu ddwy o ferched eraill wedi byw yno ar hyd y blynyddoedd, hi oedd ffefryn Lyn. Roedd Tina yn ei thro wrth ei bodd yn cael sgwrs achlysurol efo'r landlord. Doedd o ddim cweit fel dynion eraill, ac roedd hithau'n gallu ymlacio yn ei gwmni heb fod angen unrhyw ymdrech i drio plesio a gwneud argraff arno!

Roedd ei fynediad i mewn i fflat 36C bob amser yn sioe: ei ddwylo'n nofio'r awyr, a'i draed yn mân-gamu o gwmpas y lle. Gallasai'n hawdd gracio cneuen rhwng bochau ei din hefyd. Doedd dim yn wahanol yn ei ymweliad y tro hwn chwaith. Roedd ei ddillad lliwgar yn fwy coegwych nag arfer, efallai, a phlannodd glamp o sws ar foch Tina wrth weiddi'r 'Haia, zut wyt ti' arferol.

'Zut oedd Scotland 'ta, *babes*? Gest ti ddyn 'ta be?'

'Argol naddo; mynd yno i fwynhau'r gêm 'nes i, siŵr iawn!'

Gwyddai Lyn fod Tina'n cellwair wrth weld gwên ddrwg yn ffurfio ar ei gwefusau. Ond doedd hi ddim am sôn am Angus rhag ofn ei wneud o'n genfigennus!

'O! Sgert ddel gin ti; brynest ti honne yng Nghaeredin mae'n siŵr, do?' Roedd Lyn wrth ei fodd yn trafod ffasiwn, er mai cogydd rhan-amser oedd o wrth ei alwedigaeth.

'Na. O ryw *boutique* yng Nghaer ddoth hon. A be wyt ti wedi bod yn neud am fis ers i mi dy weld di ddwytha – ddim wedi bihafio gobeithio?'

'Do, gwaetha'r modd, Tins. Ond fues i allan yn dre wythnos yn ôl a chael dy hanes di i gyd gin Doug a Craig. Hogan ddrwg, Teeny Weeney!'

'Pwy uffern ydi'r rheiny pan ma nhw adre?' holodd Tina heb gofio dim am ei chyfarfyddiad hi ag Antonio yn ystod y noson feddwol yn y Red Lion.

'Ffrindie Gruffudd Antonio! Neiysy. Pishyn a hanner ydi o. Wyt ti'n ei weld o eto?'

Roedd o yn ei elfen yn cael trafod dynion del. Cofiodd hithau mai dyna oedd enw'r stalwyn Eidalaidd a ddiflannodd o ganol y Chicken Tikka Masala y bore hwnnw!

'Go brin. 'Nes i ddim argraff dda iawn arno fo. Ar ôl llwyth o gwrw a bolied o *Indians*, o'n i'n chwalu digon o wynt i ail-droi melin Tre-fin!' Chwarddodd yntau gan groesi'i goesau a phlethu'i ddwylo. 'Ti'n nabod y ddau ddyn arall yn weddol dda 'lly, Lyn?'

'Dim digon da eto, 'te *babes*,' winciodd Lyn arni. 'Gweithio arno fo! Zut mae popeth arall? Y tŷ a'r genod yn OK? Popeth yn gweithio'n iawn?'

Fel *landlord*, edrychai Lyn ar eu holau'n dda, gan alw ar adeiladwr neu blymar yn syth os oedd unrhyw broblem. Byddai'n peintio'r tŷ'n ddeddfol ei hun bob dwy flynedd ac yn newid y papur wal gan ddilyn y ffasiwn ddiweddaraf. Gallai lliwiau'r waliau fod yn las a melyn digon chwaethus un flwyddyn cyn cael eu newid yn gyfan gwbl i frown, hufen ac oren digon piblyd dro arall. Golygai hynny y byddai clustogau a charthenni soffas y merched yn edrych yn od efo'r lliwiau newydd. Tina oedd y mwyaf ffysi o'r tair. Fyddai Ann, ar y llaw arall, yn poeni dim am ffasiwn na lliwiau, a gwyddai y byddai'n symud i Bant Mawr ymhen dim o dro beth bynnag. Digon henffasiwn a di-glem oedd Gwenan efo addurno'i fflat hithau hefyd. Ond hoffai Tina gael popeth i fatsio a chael pob dim i edrych yn finimalaidd, heb ormod o glwstwr o gwmpas y lle.

Athrawes gwyddor tŷ a thecstilau oedd mam Lyn, a threuliodd yntau lawer o'i amser yn trin a thrafod ei gwersi ar gyfer y disgyblion. Yn aml âi o gwmpas ffatrïoedd a siopau efo hi i brynu defnydd ar gyfer gwaith dosbarth ac arholiadau, a gallai droi ei law ei hun i wneud clustogau a llenni efo'r peiriant gwnïo mwyaf cymhleth oedd ar y farchnad. Ond yn y gegin yr oedd cryfder a diddordeb mwyaf Lyn, a gwyliai bob rhaglen goginio. Roedd wedi pasio'n uchel fel prif gogydd, ac wedi cael profiad mewn nifer o dafarndai a bwytai gorau'r gogledd. Ond doedd ganddo ddim uchelgais, er y gallasai gael swydd mewn gwesty dipyn gwell na'r Manor petai'n trio. Gan fod ganddo bres rhent yn dod i mewn yn fisol, doedd dim rhaid iddo orweithio er mwyn gwneud bywoliaeth. Roedd wrth ei fodd yn treulio'i amser yn hamddena yn y llyfrgell neu'n mynd o gwmpas tai ei ffrindiau am sesiwn o holi ac ateb. Ond fyddai o byth yn gwadd ei ffrindiau i'w dŷ o na chynnig gwneud pryd o fwyd iddynt chwaith. Roedd rhai pethau yr oedd am eu cadw'n breifat iddo fo'i hun.

Gwelodd Tina'i chyfle i ddod â Gwenan i mewn i'r sgwrs, gan fod gan honno gymaint o gonsÿrn am ymddygiad diweddar Lyn yn y llyfrgell.

'Mae pob dim yn iawn yn y tŷ am wn i, Lyn, diolch i ti am holi. Ond mae gan Gwenan dipyn o broblem efo'r *pressure* . . .'

'O drapio!' meddai yntau'n llawn tosturi.

'. . . ac mae'r dŵr yn broblem ganddi hefyd.'

'Na! Dratia! Ydy hi wedi gweld y doc?'

'Ti'n swnio fel tasa gen ti dipyn o gonsỳrn amdani!' awgrymodd Tina'n gynnil.

'Nachdw siwyr?! Dim fel'na! Ond, fel landlord, mae genna i gyfrifoldeb, 'toes! Rhag ofn iddi farw yn 'y nhŷ i. O! *morbid* 'ta be? Ydy'i hysbryd hi'n weddol?'

'Dydi hi ddim wedi marw eto'r clown! A beth bynnag, sôn am *pressure* y dŵr o'n i!'

'O! Tina, ti'n gês. A finne'n rhy ara i ddal annwyd. A sôn am annwyd, wel, mae gin i ddolur yn fy ngwddw eto cofia. Newydd gael gwared o'r hen un ydw i . . .' Wrth i Tina anwybyddu ei gwyno cyfarwydd, cymerodd Lyn yr amlen o'r lle arferol, ac oedi wrth y drws cyn troi'n ei ôl. 'Fyswn i'n licio gair bach efo ti rywbryd, Tina. Am rywbeth arall . . . Dim amser rŵan chwaith; well i fi fynd i sortio Gwenan allan. Neis gweld ti, *babes* . . .'

Roedd Gwenan ar fin mynd allan o Fflat 36A pan welodd Lyn yn dod i lawr y grisiau, a rhoddodd y loncian yng nghefn ei meddwl am y tro.

'Haia *babes*. O'n i'n dallt bo ti'n cael probleme efo dy *pressure*.'

'Ym . . . Mae nhymheredd i'n iawn Lyn . . .' Roedd Gwenan ar goll. 'Ar ôl i fi fod yn rhedeg mae e'n uchel fynycha, nid cyn i fi fynd . . .'

'Be?' Erbyn hyn, roedd Lyn ar goll.

'O, rwy'n gweld! Meddwl mod i wedi cael *pressure* uchel ar ôl dy dowlu di mas o'r Llyfrgell wyt ti?' Ysgydwodd Lyn ei ben. 'Sori, so i'n deall.'

'Naci, Gwens fach, clywed bod dy ddŵr di ddim yn iawn o'n i . . .'

'Na, fi'n grêt diolch. Wyt ti'n teimlo'n iawn, Lyn? Licet ti ddishgled?'

Syllodd y ddau'n fud i wynebau'i gilydd, gan godi'u hysgwyddau gydag ystum 'be dan ni'n mwydro' cyn i'r wawr dorri ar ymennydd Lyn.

'Aha! Rhywun sy'n chware jôc dwi'n meddwl. Y gnawes!' Edrychodd i fyny'r grisiau wrth dwt-twtio Tina o dan ei wynt.

'Pwy, fi?' Cyffrôdd Gwenan eto, â mwy nag un weiar wedi ei chroesi.

'Nage siŵr! Dio'm ots. Well i fi fynd, *babes*, gwaith yn galw fory. Sori trwblu ti, a diolch am y rhent.'

Anelodd Lyn am y drws ffrynt gan ddiflannu mor gyflym ag y gwnaeth o'r llyfrgell dro yn ôl, ac edrychodd Gwenan mewn dryswch llwyr wrth iddo droi ar ei sawdl. Yr eiliad honno, daeth Tina'n llechwraidd o'i hystafell a sefyll ar y landing.

'Paid â deud bo fi ddim yn gneud dim byd drosta ti! Dwi'n meddwl boch chi'ch dau angen eich gilydd.'

Petai Gwenan wedi deall neges Tina, fyddai hi ddim yn ei gwerthfawrogi, a chaeodd y drws yn glep o'i hôl er mwyn parhau â'i loncian.

*　　　　*　　　　*

'A be roddodd Gari yn bresant i Taid 'te?' Holai Dr Richard Jones parchus ei fab pum mlwydd oed.

'Sliparrs,' atebodd Gari'n ufudd gan rolio'i errs.

Fy ngwas i, meddyliodd Dic. Mae'n siŵr fod plant yn gwneud hwyl am ei ben yn methu yngan 'r' yn iawn, ond wnaeth o erioed gwyno.

'A be roddodd Marged iddo fo?'

'Trrôôns.'

Annwyl ydi Gari 'ma, canmolodd Dic ei blant wrth ei gysgod ei hun. Mynd ar ôl ei dad, mae'n siŵr! Rhuthrodd Marged o'r car i'r tŷ efo'i gwynt yn ei dwrn, gan dorri ar draws meddyliau hunanol ei thad.

'Haia Dad. Ti blysul?'

'Gweddol, Marged fach. Sut benwythnos gest ti?'

'Nain ofyn lle ot ti.'

''Nest ti ddeud bo fi'n brysur, dwi'n siŵr, yn do? Gest ti jeli coch yn y parti pen-blwydd?'

'Ydy. Plyd ni ffwldd efo ti, Dad?' Dawnsiai gobaith o'r newydd yn llygaid gleision ei ferch fach.

'Gawn ni weld nes at yr ha, ia? Dwi'n brysur ar y funud, cyw.'

Pylodd ei gwên wrth i Dic geisio estyn ei ddwylo i'w derbyn i'w gôl.

'Ti o hyd lhy blysul!'

Mae hon yn waeth na'i mam, meddyliodd Dic gan deimlo'n euog am feddwl y ffasiwn beth am ei ferch fach ei hun, a hithau ond yn dair a hanner!

'Dwi ar gyrsia o hyd, yntydw cariad bach? Ac mae'n brysur yn yr ysbyty 'na! Mi fydd hi'n haws yn fuan dwi'n gobeithio.'

'Ti ddim fel dad plant elill!' Rhuthrodd Marged allan fel cannwyll yn diffodd, a chwerwedd ei sylw'n gadael blas cas yng ngheg y tad afradlon. Wedi parcio'r car, daeth y Ddraig i mewn â gwynt drwg yn ei hwyliau hithau. Ofnai Dic y byddai Marged yn datblygu'n sguthan fach fel ei mam, ac er mor fach oedd y plant, roeddynt eisoes yn sylwi ar y diffyg cariad oedd o fewn muriau'r cartref.

Dechreuodd pethau fynd yn ddrwg rhwng Dic a Marie wedi genedigaeth Gari. Dioddefai hithau'n arw o iselder-ar-ôl-geni. Doedd yntau, er ei fod yn feddyg, heb lawn sylweddoli oblygiadau'r afiechyd. Wyddai o ddim sut i gynnig cysur na sut i ymdopi efo'r symptomau, a chredai mai cri am sylw oedd ei hymddygiad rhyfedd. Tueddai yntau wedyn i weithio oriau hirach er mwyn cael esgus i fynd o sŵn ei chwyno diddiwedd.

'Dwi'n blino, ac yn trio gofalu am y plentyn, ac mae 'na waith yn y tŷ 'ma. Ar ben hynny, dwi'n trio actio'n normal yn lle dy fod di'n colli hygrededd dy gyd-weithwyr, a dwi'n methu cysgu na bwyta'n iawn . . .'

Y fo oedd yn cael y bai am bopeth ganddi, ond y hi oedd isio plant yn y lle cyntaf! Erbyn geni Marged roedd Marie ychydig yn gryfach ond, i Dic, roedd y drwg eisoes wedi'i wneud. Gwnai ei orau i gymryd ychydig mwy o gyfrifoldeb dros ei blant, yn enwedig ar benwythnosau neu ddyddiau pan nad oedd ganddo lawdriniaethau. Byddai Marie ar yr adegau hynny'n cael treulio'r diwrnodau cyfain yn ei gwely'n adennill ar ei chwsg a'i nerth, neu'n mynd at ei rhieni am newid. Ond doedd hynny'n amlwg ddim yn ddigon ganddi, ac roedd hithau'n gyndyn o ddangos ei gwerthfawrogiad ohono. Byddai Dic yn ei dro'n dueddol o gynnig llai o gymorth iddi, a throdd y dial yn gylch dieflig gyda'r naill yn beio'r llall am bob dim.

'Ti yma'n aros amdanon ni felly!' Dyna Marie'n dechrau efo'i harthio'n syth bìn ar ôl dychwelyd o fod am benwythnos efo'i rhieni. Doedd gan Dic ddim amynedd gwrando arni'n brygowthan, a chododd gan fynd at gwpwrdd y dreser.

'Wisgi?' Diolchodd Dic am ddiod gadarn i ddod â rhyw fath o sgwrs rhwng gŵr a gwraig. 'Ti'n gwbod nad ydw i'n yfed ar y Sul, yn enwedig o flaen y plant.'

Stopia, wir dduw, meddyliodd yntau. Roedd yn

rhaid iddi edliw popeth yr oedd o'n ei wneud mewn bywyd, a theimlai fel rhoi hergwd go egr iddi. Ond wnaeth o erioed ei tharo – hyd yn hyn!

'Mae gan rywun angen llymaid ar ôl gweithio cant o oria'r wythnos!' meddai'n sarrug wrth ei Ddraig. 'Ond wedyn, fysa ti'm yn dallt.'

Er bod Dr Richard Jones yn gweithio oriau hir fel llawfeddyg, rhoddodd y gorau i lyfu tin rheolwyr yr Awdurdod Iechyd ers blynyddoedd. Teimlai fod hanner cant o oriau'r wythnos yn hen ddigon i'r tacla. Gallai ymddeol fory nesa a byw ar ei arian yn ddigon cyfforddus pe byddai raid. Ond fyddai o byth yn rhoi'r gorau i'w waith i fod adre efo'r hoeden bigog hon ddydd ar ôl dydd. A phan fyddai'r plant wedi mynd dros y nyth, byddai'r ddau yn mynd ar nerfau'i gilydd drwy'r amser! Roedd y peth yn amhosib ei ddirnad, a chafodd Dic syniad yn ei ben ei fod yn mynd i ymfudo i rywle fel Awstralia cyn ei fod yn rhy hen – a hynny heb y Ddraig!

Rhuthrodd Marie'n ôl ac ymlaen o'r car, yn dadlwytho cesys, taflu dillad budron i'r peiriant, a cheisio clirio llanast Dic o'r gegin. Fyddai o byth yn ffwdanu gormod am daclusrwydd y cartref. Serch hynny, doedd o ddim yn berson budr, a'i unig wendid oedd gadael platiau a sosbenni budron yn y sinc ac ambell drôns budr ar lawr yr ystafell wely.

Roedd yr awyrgylch wrth iddi ruthro'n wyllt o gwmpas y lle yn gwneud i Dic deimlo'n annifyr, ac ar yr adegau hynny doedd gan y naill fawr o ddim i'w ddweud wrth y llall. Tueddai popeth i gorddi y tu mewn iddynt, a byddai'r cwbl yn dueddol o ffrwydro fel gwn dwbl-barel gyda neb yn barod i gyfaddawdu na gweld safbwynt y llall.

Ar ben hynny, roedd Dic ar bigau'r drain eisiau ffonio Tina. Aeth dros wythnos heibio ers iddo'i gweld. Gwyddai y byddai wedi cael amser da yn yr Alban – roedd hi'n berson sengl a rhydd i wneud fel fyd fynnai hi, a doedd ganddo fo ddim hawl arni o gwbl. Eto, pe gwyddai fod Tina wedi bod efo rhywun y tu ôl i'w gefn, wyddai o ddim sut y byddai'n ymddwyn. Gwyddai na fyddai'n gorffen eu perthynas, ond doedd o ddim am ei rhannu hi efo neb arall chwaith. Teimlai fel rhoi trît bach mewn bwyty go grand iddi eto'n fuan, ond doedd fiw iddo gynnig mynd â hi allan heno â'r teulu bach newydd ddod adre'n ôl. Roedd y plant angen eu tad . . .

'Sut oedd dy fam a dy dad?' holodd Dic y Ddraig o ddyletswydd, a chafodd ateb yr un mor wawdlyd.

'Holi pam na fyset ti yno ar achlysur pen-blwydd mor bwysig!'

'Dathlu pen-blwydd yn saith deg! Pa addewid sydd yna pan ti'n gripil efo gwynegon?' Roedd min yn ei lais.

'Mae pawb isio byw, 'toes?!'

Ydyn, ond ddim efo chdi'r gont!

*   *   *

Roedd cynulleidfa dda wedi mynychu Tabor y prynhawn hwnnw. Denai'r cyrddau gweddi fwy o deuluoedd ifanc i'r capel nag a wnâi'r pregethau sych-dduwiol arferol. Heb weinidog, rhaid oedd i'r aelodau geisio cadw'r Achos i fynd eu hunain achos roedd tipyn o waith llenwi'r coffrau er mwyn cynnal a chadw'r adeilad. Teimlai Gwenan ddyletswydd i fynychu oedfa bob cyfle gâi hi draw yn y Borth fel ag y gwnâi adre yng Ngheredigion. Rhoddodd ei theulu le blaenllaw i Ysgol Sul, Cymanfa a Sasiwn yn ei magwraeth. Credai Ann fod Gwenan, fel Cardi, yn mynd i'r capel yn aml er mwyn cael gwerth ei harian aelodaeth! Roedd hithau, ar y llaw arall, yn teimlo ei bod yn berson digon Cristionogol heb orfod mynd i adeilad o frics a mortar, er ei bod yn hoffi mynychu ambell oedfa – i ddweud ei bod wedi bod! Byddai angen yr hen gapel bach teuluol arni i berfformio seremoni'r briodas ymhen ychydig fisoedd, siŵr o fod, er bod ganddi farn ychydig yn wahanol i Tomi am hynny hefyd! Byddai Tina'n fodlon dangos wyneb yn y capel unwaith y flwyddyn er parch at Gwenan, gan fod honno'n mynychu'r Lion yn achlysurol er mwyn bod yn gwmni iddi hithau. Ond doedd hi ddim wedi bod yn aelod yn unman ers i'w thad a'i mam wahanu. Fel ei mam, credai Tina fod gormod o ddioddef yn y byd oherwydd y gwahanol grefyddau i fod yn 'credu' yn yr anhysbys.

Roedd stamp blaenores cystal â neb ar Gwenan, a gallai Ann yn hawdd fod yn organyddes neu'n godwraig canu efo'i llais peraidd a'i chlust gerddorol. Ond mewn tref fechan fel y Borth roedd llawer o geffylau blaen yn gweryru am sylw, felly prin oedd y cyfle i ferlod ifanc ddal swyddi o'r fath. Gan fod Ann yn licio'i diod a chael amser da yn ogystal â mynychu addoldy, doedd y ddelwedd ddim cweit yn siwtio selogion capeli'r ardal, boed yn y Borth neu adre ym Mhen Llŷn. Chafodd ei henwad hi ddim ei alw'n Hen Gorff am ddim rheswm.

Newydd ddod trwy borth y capel yr oedd Tina pan roddodd ei ffôn symudol yn ôl ymlaen, a chyn i'r tair ohonynt gerdded canllath am adre roedd sŵn y gwdihŵ'n canu. Gwgodd rhai o'r hen bobl wrth glywed y ffôn yn tarfu ar sancteiddrwydd eu Sul, ac esgusododd Tina'i hun, gan symud o'r neilltu rhag i neb glywed y sgwrs. Roedd ganddi syniad go lew pwy oedd yn galw!

'Haia, Babi Dol. Dwi 'di trio cysylltu efo ti ers tro, ond roedd y ffôn yn *dead*. Sut aeth y gêm?' Roedd Dic yn swnio'n gynhyrfus iawn.

'Gawson ni amser grêt, diolch . . . Na, dim newyddion mawr, jest fod Cymru wedi colli.'

Wrth glywed ei lais melfedaidd, anghofiodd Tina'n llwyr am ymateb Dic i'r ffaith ei bod hi wedi dewis mynd i'r Alban efo'r genod yn hytrach na mynd efo fo am benwythnos.

'Lle wyt ti rŵan cariad, yn y bath?' Dyma fo eto, meddyliodd Tina, isio siarad yn fudr efo'i rwystredigaeth rywiol arferol.

'Nage! Er, dwi mewn digon o ddyfroedd dyfnion efo ti fel y mae hi! Ar y ffordd o'r capel ydw i, ac mae pawb yn sbio'n stiwpid i nghyfeiriad i!'

'Sbio'n stiwpid fyswn inna o feddwl bo ti byth yn twllu'r blydi lle!' meddai Dic, gan wybod na fu ei gariad gudd yn fawr o ddynes capel erioed. Doedd hi ddim yn penlinio i weddïo'n aml, ond gwyddai'n ddigon da ei bod yn giamstar ar fynd ar ei phedwar i ymbil arno fo i wneud pethau anweddus iddi!

'Peidiwch â rhegi ar y Sul, Dr Jones,' meddai Tina mewn llais yr un mor awgrymog, fel petai'n darllen ei feddwl yr ochr arall i'r teclyn yn ei llaw.

'Coda ddau fys ar y brychod sych-dduwiol. Mae 'na lot ohonyn nhw sydd ddim gwerth codi un bys arnyn nhw!'

'O! Ti mewn hwylie da heddiw! Ond chlywes i mohona ti'n diawlio addolwyr fel hyn o'r blaen!'

Yn dawel bach, roedd Tina wedi gwirioni clywed gan Dic unwaith eto, gan ei bod yn ofni iddi'i bechu go iawn drwy wrthod ei gynnig i fynd am benwythnos rhamantus. Ceisiodd ddal ei theimladau'n ôl rhag ymddangos yn or-frwdfrydig i'w weld, gan ei bod yn well ganddi ei glywed o'n erfyn am ei gweld hi. Doedd dim yn rhwystro Tina rhag bod yn rhydd i weld Dic, a doedd ganddi mo'r un llyffethair teuluol â fo. Ond roedd yn rhwystredig na fedrai ffonio Dic am sgwrs fel y dymunai. Does wybod pwy fyddai ar y pen arall i'w ffôn adre yn Llys Meddyg pe gwnâi hynny, a bu ond y dim iddi ei ffonio mewn diawlineb fwy nag unwaith! Ar yr adegau hynny, doedd dim llawer o ots ganddi pe byddai'r Ddraig neu'r plant wedi digwydd ateb. Ond gwell oedd peidio temtio ffawd!

'Be ti'n neud heno, Tina? Dwi isio dy weld di, ac yn dy golli di . . .' Roedd rhywbeth yn ymbiliad Dic oedd yn gwneud i Tina faddau popeth iddo. Ond eto, roedd tonfedd ei lais yn peri gofid iddi, a holodd ei hun a oedd o wedi bod yn yfed ai peidio.

'Oes 'na broblem, Dic?' sibrydodd Tina i'r derbynnydd rhag i neb ei chlywed.

Roedd Gwenan bellach wedi mynd i siarad at ryw bobol digon tebyg iddi hi ei hun, tra bod Ann yn edrych o hirbell ar ystumiau Tina'n cerdded yn ôl ac ymlaen wrth siarad efo'i dyn benthyg.

'Na, dim mwy o broblam nag arfar,' meddai Dic. 'Jest ei bod HI fel rhyw frân wlyb efo'i blydi crawcian arferol. Digon i yrru unrhyw ddyn i fyny'r wal! Ta waeth! Be ddysgest ti yn y capal heno 'ta?'

'Na odineba; na chwennych wraig dy gymydog; gwyn fyd y rhai pur o galon . . .'

'Asu, titha'n hunangyfiawn hefyd,' atebodd Dic, gan synnu clywed Tina'n dyfynnu o'r Beibl. 'Ond Tina fach, mae dy lais di wedi gneud rhywbath i'n *genes* i mwya sydyn!'

'Wel, dwi'n ddigon bodlon i'w tynnu nhw, taswn i'n cael cyfle, Dic!'

'Gei di heno, Tina, dwi'n addo. Dos i'r Red Lion. Fydda i yna mewn awr. Gwisga'n secsi, ac ordra beint MAWR i fi! Iawn?'

Doedd Tina ddim yn coelio'i chlustiau! Anaml iawn y câi'r pleser o gwmni Dic yn gyhoeddus yn unrhyw le, heb sôn am ar stepen y drws fel hyn. Ond a fyddai hynny'n ddoeth mewn lle mor fach â'r Borth? Fyddai unrhyw un allan ar nos Sul dywyll oedd yn eu hadnabod, neu'n poeni amdanyn nhw hyd yn oed? Doedd dim gwaith perswadio arni wrth iddi redeg adre o flaen Ann a Gwenan, gan roi esgus tila fod Jeff Parry angen stori i'r *Journal* erbyn y bore. Gwyddai Ann beth oedd ei chynlluniau heb holi.

Wedi taflu'r llyfr emynau trwm ar y gwely, roedd gan Tina ddigon o ffydd y câi noson dda. Newidiodd i jîns a thop tyn coch, a gwisgodd finlliw i'w fatsio, gan roi ychydig o *mousse* yn ei gwallt i roi sbonc ynddo. Efallai mai dyma'n union mae Dic isio heno hefyd, meddyliodd, wrth gofio am ei hanrheg iddo o'r Alban. Byddai'r sachau dyrnu tartan yn sicr o gael croeso cynnes ganddo.

Cerddodd Tina i'r Red yn hwyliog ac yn llawn hunanhyder. Roedd yna elfen o risg yn y cyfarfyddiad a gwyddai fod mentro i ganol pobl yng nghwmni dyn priod, oedd hefyd mewn swydd bwerus, yn beth peryglus. Ond yn ei swydd hi fel gohebydd, gallai'n hawdd edrych fel petai'n sgwennu adroddiad i'r papur, a gwnaeth yn siŵr bod y llyfr nodiadau'n amlwg i bawb ei weld ar y bwrdd.

Teimlai Tina ers y dechrau ei bod yn anodd cadw perthynas odinebus yn gyfrinach, gan ei bod yn aml eisiau datgan ei chariad tuag ato i'r byd. Anos byth oedd derbyn mai dim ond perthynas odinebus oedd hi. Roedd yn union fel chwarae gêm o bêl-droed, a theimlai Tina mai eilydd oedd hi mewn gêm galed, ddi-gôl. Dro arall, credai mai hi oedd y reffarî, ac y dylai roi'r cerdyn coch iddi hi ei hun, cyn i Dic reoli ei bywyd yn llwyr.

Byddai Tina wrth ei bodd petai'n gallu darllen meddwl Dic ar adegau. Wrth drafod ei ddyfodol efo fo'n achlysurol, teimlai fod ei berthynas o a Marie yn wirioneddol fregus, a'i fod yn ysu am gael gwared ar yr iau oedd yn dynn am ei war. Ymddangosai fod pob cariad a goddefgarwch o fewn eu priodas wedi diflannu erstalwm. Ond yna, roedd ganddo gyfrifoldebau . . . 'Oni bai am y plant . . .' Barn Tina oedd y byddai'r plant yn tyfu i fyny'n llawer gwaeth na phetai eu rhieni wedi gwahanu flynyddoedd yn gynt.

Roedd y cylchgronau a'r papurau tabloid yn llawn o sefyllfaoedd tebyg am ddynion priod yn palu celwyddau. Actorion gwych ydyn nhw i gyd, meddyliodd Tina, ac maen nhw'n gallu troi meddyliau'r gwragedd a'r cariadon rownd eu bysedd bychain fel eu bod yn cael y gacen i gyd ynghyd â chadw'r plât. Yn anffodus, roedd hi ei hun wedi disgyn i'r un categori â'r gwragedd trist hynny.

Er nad oedd Tina'n hoffi yfed yn ormodol ar y Sul (roedd ganddi ei moesau wedi'r cwbl), archebodd jin mawr a thynnwyd peint o chwerw'n barod i Dic. Eisteddodd yn y gornel fwyaf preifat o'r dafarn er mwyn cael llonydd efo'i harwr. Dim ond un cwpl arall oedd yn yr ystafell, ac eisteddent wrth y *juke box* gan roi cân neu ddwy arno o dro i dro. Yna, daeth hen ddyn barfog a blêr i mewn i chwilio am unrhyw un oedd yn fodlon bod yn gwmni neu'n gysur iddo. Doedd ganddo fawr o ddewis heno, a rhoddodd Tina ei phen i lawr gan ddechrau dwdlian yn ei llyfr nodiadau i ymddangos fel petai'n hynod o brysur!

Pasiodd y munudau yn y Red a chododd un o'r cariadon at y peiriant i roi cân ramantaidd arall ymlaen. Roedd yn braf gan Tina weld pâr mewn cariad mor agored. Hoffai pe gallai fod yn bry ar y wal i weld beth oedd yn digwydd yn Llys Meddyg – yn enwedig rhwng waliau'r ystafell wely! Ond, gyda phranciau rhywiol Dic efo hi, choeliai Tina ddim bod ganddo ddigon o nerth i ailadrodd y campau hynny yng ngwely'i wraig ei hun!

Gorffennodd Tina'i diod wrth i'r gân dawelu, ac aeth hanner awr arall, a thair neu bedair cân, heibio. Penderfynodd gael pryd i aros tamed, ac archebodd frechdan a chreision. Wrth aros amdano, aeth i'r lolfa rhag ofn bod Dic yn aros yno amdani mewn camddealltwriaeth. Doedd o ddim.

Daeth y frechdan a'r creision; ymbalfalodd yn ei bag llaw i sicrhau fod digon o dderbyniad i'w ffôn symudol. Oedd, roedd tri blob arno – a digon o fatri. Pam na fyddai Dic yn ffonio i ddweud y byddai'n hwyr? Beth petai o'n sâl, neu wedi cael damwain ar ei ffordd i'w gweld hi? Dyna oedd un o'i hunllefau mwyaf, ac roedd ei chydwybod yn aml yn cael ei brocio. Ond tybed pa mor aml oedd o'n teimlo euogrwydd ei fod o mewn perthynas odinebus?

Roedd Tina ar fin torri'r rheol i ffonio Dic (ei hesgus wrth law rhag ofn y byddai Marie'n ateb oedd mai nyrs o'r ysbyty oedd yno ac angen gwybodaeth bwysig ganddo). Yna'n sydyn agorodd drws ffrynt y Lion.

'Tina! Heb dy weld di ers tro!' Aeth Bryn y Boncyn i godi peint o *mild* iddo fo'i hun. Gwaeddodd ar draws y bar ar Tina a gwgodd y ddau gariad. 'Cwrw mwyn, rhech chwerw – dyna fydde'r hen ddyn yn ei ddeud!'

Aeth at Tina heb wybod yn iawn sut i ymateb iddi. Roedd yn rhaid iddo siarad efo hi, gan nad oedd yna neb arall ar gael mewn lle mor wag, ond roedd o'n rhy dynn efo'i bres i gynnig diod iddi. 'Tithe ar y peintie hefyd, dwi'n gweld! Ga i eistedd yn dy gwmni di heno?'

Gwyddai Tina ei fod yn ddirmygus ohoni ers iddi'i wrthod ym mharti dyweddïo Ann a Tomi. Doedden nhw ddim wedi taro ar ei gilydd ers hynny. Crechwenodd arno wrth i'w meddwl grwydro at Dic gan ofni beth allasai fod y broblem. Eisteddodd Bryn gyferbyn â hi, ond gallai ogleuo'i chwistrellydd ceseiliau rhad o bell.

'Sut mae pawb? Ann ddim gwaeth ar ôl y parti?'

'Na, pawb yn iawn. Fuodd hi a finne a Gwenan yn y gêm yn yr Alban.'

'Nath Tomi adael i Ann fynd i fanno, do? Resipi am lanast! A dwyt tithe'n callio dim yn dy henaint chwaith, Tina Thomas!'

Bryn fyddai'r cyntaf i fwcio sedd ar y trên i Gaeredin erstalwm, a fo fyddai seren y trip bob amser, gan sicrhau llond gwlad o hwyl drwy gydol y daith. Erbyn hyn, roedd prinder ffrindiau sengl yn gymysg ag ofn gwario pres yn gyfrifol am iddo roi'r gorau i fynychu'r gêmau rhyngwladol. Ond byddai'n dal i fynd i'w gwylio ar deledu dros beint neu ddeg yn y Red.

'Pan gallia i, mi fydda i'n poeni,' meddai Tina. 'Pawb yn iawn adre?'

'Gweddol . . . Mam ddim yn dda iawn ar ôl cael triniaeth ar ei phen-glin . . . Dal mewn poenau mawr.'

Cododd clustiau Tina wrth ei glywed yn sôn am y llawdriniaeth pen-glin.

'Taw. Lle gafodd hi ei gneud hi?'

'Sbyty'r Borth 'ma.'

Tawelwch. Doedd bosib mai Dic wnaeth ei thrin hi? Newidiodd Tina drywydd y sgwrs. 'Ydi hi'n dawel fel hyn bob nos Sul, dwed?'

'Tawelach. Dwyt ti ddim allan fel arfer, yn nag wyt!' chwarddodd y ddau gan chwalu'r tensiwn. 'Ti'n aros am rywun?' holodd Bryn wrth lygadu'r dau wydryn.

'Esgusoda fi. Lle chwech.' Cododd Tina'n anniddig ac aeth i'r lolfa am y trydydd tro rhag ofn bod Dic yn aros amdani yn y fan honno. Na, doedd o ddim yno. Bellach, roedd awr a rhagor wedi mynd heibio. Piciodd i'r toiled wrth basio. Edrychodd yn y drych, a gwelodd ferch drist a phathetig yn aros a phoeni am ddyn rhywun arall. Does gen y coc oen ddim digon o asgwrn cefn i sefyll i fyny'n syth, heb sôn am fy ffonio i efo esgus tila arall, meddyliodd Tina. Ac o feddwl am sylw blaenorol Bryn am y llawdriniaeth, efallai ei bod yn ddoethach nad oedd Dic ac yntau wedi cyfarfod ei gilydd wedi'r cwbl! Anadlodd Tina'n ddwfn, anghofiodd am Dic a cherddodd yn dalog yn ôl i'r bar. Cydiodd yn y peint sbâr a drachtiodd ei hanner ar un gwynt.

'Aa . . .' chwythodd, gan sychu'r ewyn yn ei llawes. 'Ffansi sesiwn efo fi heno, Boncyn?'

7. Dynes wryw

Canodd y ffôn. Petrusodd Tina cyn ei ateb. Gallai ddarlunio pob math o erchyllterau: Dic wedi'i ladd ar y ffordd i'w gweld hi yn y Red; Bryn y Boncyn yn byw mewn gobaith o'i gweld hi eto, neu Jeff Parry isio iddi gyfweld un o'r Teulu Brenhinol. Wyddai hi ddim pa un fyddai'r mwyaf annioddefol. Yn nerfus, cydiodd yn y derbynnydd.

'Haia, *babes*! Wyt ti adre heno?'

Er bod Tina'n siomedig nad llais Dic oedd ar y pen arall, ymlaciodd, gan geisio cofio pa amser o'r mis oedd hi. Na, doedd hi ddim yn adeg y groes goch, felly doedd Lyn ddim angen ei rent. Digwyddai'r ddau'r un adeg bob mis, fel roedd y gorau!

'Be sy'n bod, Lyn? Oes 'na broblem efo rhent mis dwytha?'

'Nag oes, Tins.'

'Be sydd 'te? Y bancar â dim digon o *interest* yn dy *assets* di?'

'Dydi o ddim byd i neud efo pres.' Doedd Lyn ddim yn cellwair.

'Dydi chwyddiant ddim yn broblem i ti, felly? Na? O wel, dwn i'm.'

'Mae o braidd yn delicét a deud y lleia.' Difrifolodd Tina. 'Os ga i ddod draw acw, 'na i ddeud y cwbwl. Ond *mum's the word*, ocê del?'

'Iawn,' sicrhaodd Tina fo. 'Ty'd draw heno tua wyth.'

Fel perchennog y tŷ, roedd gan Lyn oriad i'r adeilad, ac i bob ystafell yn unigol, ac felly cyrhaeddodd fflat Tina am wyth o'r gloch ar ei ben. Roedd wrth ei fodd efo ychydig o ffŷs, felly agorodd Tina botel o win a'i fwydo efo *dips* amrywiol. Gobeithiai y byddai dropyn neu ddau'n help iddo fod yn fwy tafotrydd; fedrai hi ddim aros i glywed beth oedd y newyddion mawr oedd ganddo i'w ddweud wrthi. Tybed fyddai ei gyffesiad yn egluro'i ymddygiad diweddar yn y llyfrgell efo Gwenan? Neu hwyrach fod ganddo stori i'r *Journal* gan y gwyddai'n dda fod Tina wrth ei bodd efo sgŵp.

Safai Lyn yn y gegin yn wên o un cornel ei wep i'r llall, ac estynnodd botel o *bubbly* i Tina. Rhoddodd hithau hi yn yr oergell gan estyn y gwin a'r danteithion iddo'u pigo yn y cyfamser. Yna eisteddodd Lyn ar draws y soffa gan ledu'i freichiau a phlethu'i draed. Gwisgai siwt ddrud a gwasgod i fatsio. Blodeuog oedd ei grys, fel ei gymeriad, ac roedd rhywbeth yn wahanol yn ei gylch. Oedd yna arlliw o fasgara neu bensel ddu o gwmpas ei lygaid? Na, mae'n siŵr mai wedi blino yr oedd o. Oedd yna fymryn o finlliw coch ar ei wefusau? Na! Roedd wedi yfed gormod o win coch cyn mynd allan, mae'n siŵr!

Doedd Tina ddim am yfed yn wirion gan fod diwrnod o waith o'i blaen y bore canlynol. Â hithau bellach yn ei thri degau, doedd hi ddim yn gallu dal ei chwrw gystal ag y gallai yn ei hieuenctid ffôl, ac roedd yn cymryd llawer mwy o amser i ddod dros noson drom na phan oedd yn ei hugeiniau. Byddai'n chwysu'r cwrw allan erbyn hyn a'i chalon yn curo'n gyflym; crychguriad, meddai ei meddyg personol! *Palpitations* oedden nhw i Tina.

Mae'n amlwg nad oedd oed yn poeni Lyn, gan iddo ddrachtio'r gwydraid cyntaf heb iddo gyffwrdd ei geg, ac ebychodd floedd hir o ryddhad, fel petai wedi cael ei *fix* am y noson.

'O! *my saviour,* Tina fach. Zut wyt ti 'ta, *babes*?' Cynnodd sigâr â blas mintys arni, a rhyfeddodd at ei gampwaith ei hun yn creu cylchoedd fel grisiau troellog efo'r mwg. 'Ti'm yn meindio mod i'n cael drag, nag wyt, del?'

'Caria mlaen. Dy fywyd di ydi o! Ydw, dwi'n iawn diolch Lyn,' atebodd Tina. 'Ond mi wyt ti'n edrych wedi blino'n dwll.'

'Prysur yn y *restaurant* 'na'r dyddie yma 'sti. Lwcus bo fi wedi llwyddo i gael noson i ffwrdd.'

Craffodd Tina'n nes arno. 'Meddwl mod i'n gweld bagiau dan dy lygaid di.'

'Na, dwi'n cysgu'n ocê diolch i ti, er mod i'n cael ambell i noson hwyr – os dwi'n lwcus 'te cyw! Ti'n gwbod sut mae'r rheiny'n gallu bod os ti'n taro ar yr un iawn!'

'Yndw . . . Ond, ym, mae 'na rywbeth yn wahanol amdanat ti heno, Lyn. Wyt ti wedi lliwio dy wallt neu rywbeth?'

Gloywodd ei lygaid. 'Ti wedi sylwi, *babes*! Wedi prynu *toupé* newydd ydw i. O'n i ffansi un efo chydig o *pony tail*. Ti'n licio fo?' Doedd Lyn ddim angen gwisgo wìg gan fod mop o wallt du, del ganddo, ond roedd wrth ei fodd efo'r ffasiwn ddiweddara, a chododd ar ei draed i roi *twirl* i Tina, fel petai'n arddangos ei hun ar rodfa'r cathod!

'Del iawn, Lyn, ti wedi llwyddo i gael un yr un lliw yn union â dy wallt. Ond gobeithio na chei di ddim pwff o wynt ar y ffordd adre!'

Doedd Tina ddim yn gwybod yn iawn sut i ymateb i'r gwallt newydd. Fyddai'r dynion yr oedd hi'n eu hadnabod byth yn gwisgo'r cyfryw bethau: digon prin y byddai Bryn y Boncyn neu Tomi'n trafferthu efo *toupé* pe byddent yn digwydd mynd yn foel! Ond roedd Lyn yn siarad yn ddifrifol iawn am y pwnc ac yn amlwg wrth ei fodd fod rhywun yn fodlon rhoi clust i wrando ar ei stori.

'Mae hwn wedi'i blethu mewn i 'ngwallt i, *darling*! Felly ddyle fo ddim disgyn i ffwrdd. Roedd o'n fargen hefyd, ac mae'n bosib yr a' i 'nôl i'r siop i gael dau neu dri arall at y casgliad!' Cododd Lyn gan eistedd yn agosach at Tina, a dechrau byseddu'i choesau. 'O! Mae dy drowsus dithe'n ddel heno hefyd, Tins. Matsio'r flows ne'n grêt. A *sexy*!'

Teimlai Tina braidd yn annifyr, ac estynnodd am ychydig o'r *dips* er mwyn rhyddhau ei hun oddi wrtho.

'Heb newid ers dod adre o'r gwaith. Chydig bach gormod o *cleavage*, falle. Ond mae'n rhaid i rywun drio plesio'r bòs weithie'n does?'

'Dyn – neu ddynes – lwcus! Dwi'n siŵr fod gen ti wardrob yn llawn o bethe neis, *babes*.'

'Wel, fydda i'n prynu tipyn o ddillad parchus a chwaethus i fynd o gwmpas efo'n job. Mae delwedd yn bwysig i lwyddiant, tydi? Ond mi fydda i hefyd yn licio prynu pethe mwy rhywiol, tyn a mentrus i greu argraff ar unrhyw ddyn efo calon wan!'

'Mae'n anodd i mi gael amrywiaeth gwisg yn y gegin 'cw. Dwi 'di 'laru gwisgo trowsus sgwarog a chôt a chap gwyn bob dydd!'

Cododd Lyn fel bwled a cherddodd o gwmpas yr ystafell, fel petai'n methu ymddiried yn Tina i ddweud yr hyn a'i poenai. Rhedodd ei ddwylo crynedig drwy ei wallt simsan, a llowciodd hanner gwydraid arall o win. Ceisiodd Tina'i helpu.

'Dwi'n siŵr na ddaru ti ddim dod yma i drafod dillad, yn naddo, Lyn! Be am y broblem ddelicét 'ne oeddet ti'n sôn amdani?'

Tynnodd yntau hances sidan wen o boced ei wasgod i sychu'r chwys a fyrlymai'n oer i lawr ei fochau. Cymerodd fwgyn arall cyn ffrwydro'i gyffesiad.

'Dwi *wedi* dod yma i drafod dillad, Tina . . . dy ddillad di – achos mi fyswn i'n licio'u gwisgo nhw!'

'Ti o ddifri?' holodd hithau. 'Dydi'r Brodyr Bach 'na ddim o gwmpas y lle'n ffilmio, nac 'dan?'

A bod yn onest, doedd Tina ddim yn synnu o gwbwl ei glywed yn bwrw'i fol fel hyn. Roedd hi eisoes wedi amau mai blows ac nid crys roedd Lyn yn ei wisgo. Roedd y botymau'n cau'r ffordd anghywir, roedd ei ddefnydd yn sidan a'i goler yn siâp gwahanol i rai yr arferai dynion eu gwisgo fel arfer. Wrth graffu'n agosach, credai fod Lyn newydd gael *manicure* hefyd.

'Chware teg i ti, Lyn, mae isio dyn dewr iawn i gyfadde rhywbeth mor bersonol. Siŵr bod o'n chware ar dy feddwl di erstalwm!'

Eisteddodd Lyn yn ôl ar y soffa, yn hynod o falch fod Tina'n fodlon trafod ei ffetis. Llanwodd hithau wydrau'r ddau ohonynt eto. Mae'n debyg y byddai'r noson yn mynd yn un fawr, wedi'r cwbl!

'Mi gymrwn ni lwncdestun i dy longyfarch di am gyfadde dy arferion.'

'Dwi wedi gwisgo i fyny yn y dirgel ers blynyddoedd,' eglurodd Lyn gan estyn lluniau o'i boced. Roedd o wedi paratoi ei druth yn drwyadl. 'Dyma i ti ychydig o *snaps* ohona i mewn gwahanol wisgoedd: sgert a blowsen sidan . . . O! A honna oedd ffrog mis mêl Mam . . . Mmm, a'r sgidie yna ges i yng

Nghaer ychydig o fisoedd yn ôl. Does 'na neb arall yn gwybod ond fi a ti, cofia!'

Doedd y lluniau ddim yn rhai da iawn, gan mai Lyn ei hun a'u tynnodd nhw, ond porodd Tina drwyddynt a phenderfynu bod ei landlord yn edrych yn hynod o normal ac atyniadol mewn dillad merched. 'Dwi wedi bod wrthi ers dyddie'r ysgol fach. Ond dwi angen cic bellach rŵan, ac isio rhannu fy niléit efo rhywun arall, a mentro mwy yn gyhoeddus yn y dillad. O'n i'n gwybod y byse ti'n deall fy obsesiwn i heb fy ngwawdio i, Tins. Diolch i ti, *babes*.' Plannodd glamp o gusan ar ei thalcen.

'Diolch bod un dyn yn ymddiried yndda i!' Chwarddodd y ddau a chofleidio'i gilydd fel brawd a chwaer. 'Gorffenna'r botel 'ma, ac mi gei di ddeud y cwbwl. Ac wedyn, gawn ni olwg ar y dillad 'na, ie?'

'Ti'n atgoffa fi o Mam, Tina,' meddai Lyn. 'Dyne pam dwi'n gallu uniaethu efo ti dwi'n meddwl.'

Chwarddodd Tina wrth glywed y gymhariaeth. 'Be, oes gen inne *varicose veins* hefyd?'

'Un dda am rwdlian i drio codi calon rhywun wyt ti, Tins!'

'Cownsilar oeddwn i isio bod ar un adeg 'sti, ond nid un o'r rheiny sydd ar y Cyngor Plwy chwaith! Oeddet ti'n agos iawn at dy fam fel unig blentyn dwi'n siŵr?'

'Oeddwn, ac yn copïo pob peth oedd hi'n ei neud. Cwcio, siopa, gwaith llaw – a gwisgo'i dillad hi pan oedd hi'n gweithio neu yn y Bingo.'

'Cofia di, mae pawb yn gneud hynny pan maen nhw tua chwech i saith oed.'

'Ydyn, ond nid yn ddau ddeg chwech chwaith!' Cododd Lyn i gymaint o stêm â'i sigars, ond roedd y botel win yn wag. 'O! *What the heck*, agor y *bubbly* 'na, Tins. Dwi mewn mŵd cael bendar!'

*   *   *

'Blydi neuadd bentra! Callia, Ann bach. Wyt ti'n meddwl mai noson Merched y Wawr neu Gyfarfod Gofalaeth fydd ein priodas ni?'

'Na, ond mi neith byta'n fanno safio pres i ti gael prynu buwch neu dractor yn y dyfodol, yn gneith!'

'Dim dyna'r pwynt. Pwy fydd isio dod i'n priodas ni os na fydd 'na far a disgo call yno?'

'Gawn ni'r Clwb Rygbi i 'neud bar yn y gongol, a Harri Cae Pella i chwara disgiau!'

'Asu, ty'd i'r ganrif yma, Ann bach. O'n i'n meddwl mai fi oedd yn byw ar ben mynydd!'

'Does 'na ddim sens mewn talu deugain punt y pen i gant o bobol yn pnawn, a rhoi boliad arall i'r tacla yn y nos pan ma nhw'n dal heb gachu'r lot cynta!'

Roedd Ann wedi cymryd yr awenau'n llwyr wrth feddwl am y briodas. Ni chredai fod diddordeb gan Tomi mewn paratoi ar gyfer yr achlysur, ac roedd yntau'n ddigon traddodiadol i feddwl mai lle'r ferch oedd trefnu'r cwbwl. Ond roedd gofyn ei farn a'i ganiatâd o'n bwysig cyn gwneud penderfyniadau terfynol. Doedd Ann ddim am i'w mam fynd yn rhy ddwfn i'w phoced i dalu am fwyd i bobol eraill! Popeth yn blaen wedi'i baratoi y ffordd rataf – dyna oedd hi isio. Felly, roedd am fwcio'r cwbwl ei hun yn lle bod Tomi a'i fam yntau'n busnesa'n ormodol. Byddai honno'n sicr o wneud diawl o ffŷs, gan feio pawb ond y hi ei hun os byddai pethau'n mynd o'u lle!

Bachgen bochgoch digon plaen oedd Tomi ac, ar

99

un olwg, un digon llywaeth, ond byddai hefyd yn cael hyrddiau o golli ei dempar neu o fod isio pethau ei ffordd ei hun. Roedd o wedi'i sodro'n ddwfn yn niwylliant cefn gwlad, ond roedd hefyd yn ddyn y byd yn ei filltir sgwâr. Casâi fynd draw i'r fflat yn y Borth i weld Ann. Byddai'n well ganddo beint tawel efo Bryn y Boncyn neu Harri Cae Pella o flaen tanllwyth o dân yn ei dafarn leol na mynd i dafarndai swnllyd a chlybiau nos y dre. Roedd pawb yn rhy ifanc a meddw yno yn ei olwg o, a phan fyddai'n gwneud ymdrech i fynd i glwb nos, credai fod pawb yn chwerthin am ei ben oherwydd ei fod yn un o josgins y wlad. Gwyddai fod y rhai mwyaf trendi yn eu mysg yn ei watwar am fod ganddo fochau cochion, dillad henffasiwn a steil gwallt o'r ganrif ddiwethaf. Ar yr achlysuron prin hynny pan fyddai'n ddigon meddw i fynd i ddawnsio, gwyddai fod pawb yn troi i edrych arno, gan ei fod yn drwsgl ar ei draed ac yn ymwybodol o'r olew a'r tail gwartheg oedd wedi eu serio i mewn i rigolau ei ddwy raw o ddwylo. Doedd neb yn cael gwisgo jîns i fynd i'r *Knock Out Club* (Clwb y KO i bawb yn dre), a dim ond un trowsus gorau oedd gan Tomi, a hwnnw ar gyfer claddu neu briodi. Byddai hynny'n esgus digon da iddo gael sbario mynd i'r 'lle codog 'na, a chael ei throi hi am adra am banad a brechdan ham'!

'Ann!' gwaeddodd Tomi i lawr y llinell ffôn. 'Be am i ni drafod y briodas 'ma efo'n gilydd, ia? Mae o i fod yn ddiwrnod i ni'n dau, cofia! Ty'd draw yma mhen awr – fydda i wedi gorffan bwydo'r adag honno.'

'Ty'd di draw i'r Borth ata i am newid, Tomi Davies!' Roedd llais Ann yn ddigon i ddeffro'r meirw.

'Ti'n gwbod sut mae hi ar y ffarm 'ma bellach, siawns? Rwbath yn galw o hyd.'

'Ofni newid wyt ti! Pam na nei di fentro gneud rhwbath gwahanol yn lle mynd yn ôl y llyfra o hyd? Fysa'r blydi gwarthag ddim gwaeth o gael 'u llwgu am awr!'

'Os ti isio trafod y briodas yn synhwyrol, wela i di ym Mhant Mawr 'ma am ddeg.'

Tawelwch. Doedd Tomi erioed wedi rhoi'r ffôn i lawr ar Ann o'r blaen. Mae'n amlwg ei fod o dan straen mawr rhwng y briodas, gofalu am ei dad a bwydo'r gwartheg! Er bod gwanwyn yn y tir a'r dydd yn ymestyn, dyma'r cyfnod prysuraf o ddigon yng nghalendr Tomi. Byddai'n deffro'r nos yn aml i edrych ar ôl y defaid a'r ŵyn, ac yna roedd angen gofal ar y gwartheg a'r lloeau bach, heb sôn am helpu i wisgo a bwydo'i dad bob dydd. Roedd Ann wedi awgrymu un tro gofyn i nyrs y gymuned ymweld â Phant Mawr i gadw golwg ar ei dad. 'Ti angan help arbenigol i'w wisgo a'i fwydo fo, achos mae o'n fwrn arna ti ddydd a nos.' Ond wnaeth o ddim. Yn lle hynny, roedd Tomi a'i fam yn llyginio i wneud y gwaith i gyd eu hunain. Er i ddigon o bobl ddweud wrthynt y dylai rhywun wneud yn siŵr bod y gwarchodwyr yn cael hoe hefyd, yn enwedig Tomi, doedden nhw ddim am i neb arall gadw llygad ar Ned Davies.

Pan gyrhaeddodd Ann Bant Mawr, roedd Tomi wedi mynd i mewn am de deg. Defod ddyddiol arall. Ar ôl dal pen rheswm efo'i dad a'i fam am hanner awr, roedd Ann yn barod i roi pregeth i'w dyweddi. Aeth y ddau i breifatrwydd oer y parlwr, a bwriodd hithau i mewn i lond ffeil o bapurach.

'Dyma nhw. Rhestr o westai efo prisia'r cinio a bwffe nos. Mae angan trefnu capal, os oes rhaid priodi yn y fan honno, gweinidog, cofrestrydd, ffotograffydd, rhywun i neud y gacan, y bloda a'r disgo . . . Mae isio mynd i rwla i chwilio am fodrwy, ffrog i fi a dillad i ti a'r morynion. Mae angan gneud rhestr anrhegion, trefnu mis mêl, sicrhau amsar i ffwrdd o 'ngwaith i, ac wrth gwrs trefnu amsar cyfleus pan mae'n llac ar dy fferm di. Dyna faint o waith ydi trefnu priodas, Tomi Davies!'

'Ein fferm ni,' cywirodd Tomi hi eto. 'Dwi'm yn meddwl dy fod di'n llawn sylweddoli'r cyfrifoldab fydd gen ti o fod yn wraig Pant Mawr 'ma wedyn. Ac mae gen inna rip o restr hefyd os wyt ti isio gwbod.'

Pwysleisiodd Tomi bob cytsain, gan gyfrif efo'i fysedd mawr, budr. Bawd Mawr: 'Trefnu rhywun i edrych ar ôl y lle ma pan dwi'n gorfod chwilio am ddillad . . .'

Bys yr Uwd: '. . . cael rhywun yma ddiwrnod y briodas a dros y mis mêl a gneud yn siŵr fod digon o *feed* a gwair i'r defaid a'r gwarthag . . .' Topyn gogor: '. . . sicrhau fod byngalo Mam a Dad wedi'i orffen . . .' Wil y pibwr: '. . . symud dodrefn a ballu o fama i fanno . . .' Seiri Bach: '. . . mynd o gwmpas i brynu gwelyau a charpedi efo Mam . . .' Llaw arall. Bawd Mawr. Bys yr uwd: '. . . sortio gwaith papur IACS a'r VAT allan . . .' Topyn gogor. Wil y pibwr. Seiri Bach: '. . . mynd i'r banc ac at gyfreithiwr i newid papura'r ffarm o enw Dad a fi i bartneriaeth rhyngot ti a fi! Ydi hynny'n cyfatab yn weddol efo dy bwysa gwaith di?'

Edrychodd Ann ar Tomi mewn dychryn, a'r ddau yr un mor edifar â'i gilydd am fod mor ddidostur a chalon-galed efo'r naill a'r llall. Ann oedd y gyntaf i syrthio ar ei bai.

'Sori, Tomi. Ddim yn dallt. Ella nad ydan ni'n siarad digon am y petha 'ma. Mi fydd yn rhaid i ni ista mwy o gwmpas y bwrdd i siarad ar ôl priodi . . . Ti'n dal i garu fi'n dwyt?'

Amau hynny yr oedd Tomi am foment fer. 'Wrth gwrs mod i, gwael! Ond pan est ti i ffwrdd i'r Alban, do'n i ddim yn siŵr oeddat ti'n dal isio fi. Mae gan hyd yn oed ffarmwr deimlada ac amheuon, 'sti, er bod o'r person sala am eu dangos nhw.'

'Ym . . . yr Alban. Hwyl diniwad oedd hynny, dyna'r cwbwl. O'n i'n falch i ddod yn ôl i ogla cachu gwarthag!'

'Ti'n siŵr na fyddi di isio mynd yno o hyd ar ôl cael blas arni? Dwi'n ofni fod y Tina 'na'n dipyn o ddylanwad drwg arnat ti.'

'Ffrind gora ydi Tina i fi. A chlamp o gês ar ben hynny. Fysa bywyd ddim 'run fath hebddi hi. Dyna pam mai hi fydd fy morwyn briodas i.'

'Ein morwyn briodas ni, Ann! A phryd wnest ti benderfynu hynny? Be am Catrin dy ffrind bora oes di'n rysgol bach?'

'Dydi honno byth yn boddro cysylltu efo fi. Fi sy'n gorfod gneud ymdrach i fynd i edrych amdani hi bob tro. Choda honno mo'r ffôn tasa'i thŷ hi ar dân! Gei di ddewis dy was dy hun, wrth gwrs, ond Bryn y Boncyn fyswn i'n licio . . .'

'Dyna ti eto! Rwyt ti rêl gwleidydd – wedi gneud y penderfyniada pwysig cyn cynnal y pwyllgor!'

'Meddwl y bysa fo'n llai o faich i ti orfod pendroni amdano fo o'n i. Rydw inna'n ama weithia wyt ti am gario mlaen efo'r digwyddiad mawr 'ma ai peidio.'

'Mae setlo i lawr yn gam mawr i unrhyw un, yn enwedig pan mae 'na ffarm yn y fantol. Mae'n rhaid i mi neud yn siŵr 'mod i'n gneud y peth iawn.'

Gwyddai Ann mai dyfodol Pant Mawr oedd yn cael y flaenoriaeth gan Tomi. Pe bai pethau'n mynd yn flêr rhyngddyn nhw, byddai'n hunllef i Tomi orfod meddwl am rannu gwerth Pant Mawr. Ond doedd hynny o ddim diddordeb i Ann. Byddai'n well ganddi fod yr un mor dlawd ag oedd hi cyn priodi na rhoi boddhad i rywrai a fynnai ddweud mai priodi i mewn i bres wnaeth hi! Pwyllodd a newidiodd dôn ei llais.

'Fi sy'n fyrbwyll efo'r trefniada, Tomi bach, a ddim isio ffŷs. Y peth gora fedri di neud rŵan ydi dewis dyddiad. Mi weithiwn ni rownd hwnnw efo'n gilydd wedyn.'

Ond chynigiodd o'r un dyddiad; yn hytrach gwisgodd ei gap *Tweed* newydd, ac aeth allan eto i forol am ei braidd.

Gadawodd Ann Bant Mawr a'i chalon yn drwm. Câi hi'n anodd meddwl sut fywyd fyddai hi'n ei gael wedi iddi setlo i lawr efo Tomi. Roedd y ffarm yn anghysbell, roedd y tŷ yn oer, a doedd hi'n nabod fawr o neb yn yr ardal. Ymfudwyr oedd wedi symud i mewn i'r tri thyddyn oedd yn eu hamgylchynnu, a doedd yna fawr o Gymraeg naturiol i'w chlywed ar iard yr ysgol leol. Yr unig gysur y gallai Ann feddwl amdano ar y funud honno oedd y byddai'n sicr o gael ei chladdu ynghanol Cymry, gan nad oedd neb o'r 'bobol ddiarth' yn aros yn ddigon hir i farw yno!

8. Pryd i aros tamed

Un o gysuron bywyd i Gwenan oedd ei chynefin. Ers iddi dderbyn y swydd fel llyfrgellydd yn y Borth, wnaeth hi erioed deimlo'i bod yn perthyn yno. Doedd hi ddim yr orau am fedru gwneud ffrindiau. Oni bai am gwmni Tina ac Ann, roedd yn dibynnu ar aelodau'r dosbarth Yoga er mwyn dod i gysylltiad ag unrhyw fath o fywyd y tu allan i'r gwaith. Roedd cymdeithasu efo merched y fflatiau'n hollol wahanol i rai tawel a digynnwrf criw'r Yoga. Cael hwyl a sbri a chamddefnyddio'u cyrff roedd Ann a Tina'n dueddol o'i wneud. Byddai'r merched eraill yn synfyfyrio, ymlacio, ymarfer a cherdded mynyddoedd wrth chwilio am gysur ac am y golau. A dyna lle roedd Gwenan yn teimlo hapusaf.

Er iddi symud i'r gogledd er mwyn ehangu ei gorwelion a cheisio cael ychydig o annibyniaeth i ffwrdd o fywyd clòs y cartref, roedd Gwenan yn hiraethu'n arw am ei rhieni. Roedd hi hefyd yn gweld eisiau cwmni Wncwl Morys, brawd i'w thad oedd yn byw hanner milltir oddi wrthynt. Fyddai Morys ddim yn cael ei wadd i'w chartref yn aml ond roedd eithriadau – pan oedd yn cael treulio'r diwrnod cyfan efo Gwenan a Lliwen ar ddydd Nadolig, er enghraifft. Byddai wrth ei fodd yn slejio efo nhw yn yr eira neu'n chwarae gêmau o flaen y tân. Câi ei wadd yno ar ddiwrnod ei ben-blwydd bob blwyddyn hefyd, gan nad oedd ganddo gwmni arall ond Mot y ci. Gan mai hen lanc oedd o, byddai Mrs Lewis, mam Gwenan, yn hoff o ffysian o'i gwmpas, ac roedd bob amser yn dod ymlaen yn well efo Gwenan nag efo

Lliwen ei chwaer. Am ryw reswm, byddai'n cael ei wadd i de parti pen-blwydd Gwenan yn flynyddol hefyd. Wnaeth hi erioed ddeall pam nad oedd yn cael mynd i barti Lliwen, ond ateb ei mam oedd bod Wncwl Morys bob amser yn brysurach yr adeg honno o'r flwyddyn.

Edrychai'r wlad yn hynod o dlws wrth i Gwenan yrru'n hamddenol am Geredigion unwaith eto. Roedd yn hyfryd gweld lliwiau'r gwanwyn wedi disodli llymder y gaeaf. Dyma greadigaeth Duw ar ei gorau, meddyliodd. Carai Gwenan weld hapusrwydd diniwed yr ŵyn a rhyfeddu at yr holl flodau gwylltion ar fin y ffordd. Wrth agor y ffenestr led y pen, hoffai amsugno'r gwynt ffres i'w ffroenau a chlustfeinio am gân y gwcw ynghanol trydar yr adar bach lliwgar eraill. Doedd y Borth ddim yn lle i fod ynddo am gyfnod rhy hir ar y tro, er bod digon o gefn gwlad o gwmpas yr ardal pe byddai am gerdded neu fynd am sbin y tu allan i furiau'r dre.

'Wnaiff y gog byth ganu eto,' heriodd Wncwl Morys hi unwaith tra oedd hi yn yr ysgol gynradd. 'Pam, Wncwl Morys?' holodd hithau'n ddiniwed. 'Wyt ti wedi clywed gog yn canu "eto, eto" o'r blaen?' chwarddodd yntau'n llawen, gan ddynwared deunod y gog wrth wasgu Gwenan yn ei gôl. Byddai hithau'n teimlo'n sbesial yn ei freichiau, yn enwedig gan na fyddai'n mwytho Lliwen, oedd bellach yn gweithio i'r cyfryngau yng Nghaerdydd.

'Shwt wyt ti, bach?' Roedd ei mam, fel arfer, wedi gwirioni wrth weld Gwenan ar stepen y drws. 'Mae swper bwyti fod yn barod!'

Dyna oedd trefn arferol bob penwythnos pan ddychwelai i'w chartre. Swper a sgwrs gyda'i rhieni ar nos Wener. Yna, bob pnawn Sadwrn, byddai ei mam a'i thad yn mynd i weld ei mam-gu, mam ei thad, yng Nghartre Bryn Rhosyn. Ar y ffordd adre, byddent yn prynu bagied o *Fish & Chips* i'w bwyta yn y car, gan lygadu pawb oedd yn mynd a dod o'r dafarn yn y pentref. Bryd hynny byddai Gwenan yn cael amser ar ei phen ei hun i fynd i loncian neu ymlacio ar yr aelwyd, gan wneud bwyd iachus iddi hi ei hun wedi iddi ddychwelyd.

Defod bwysig arall iddi hi oedd mynychu Capel Hebron ar y Sul, a phicio wedyn i weld ei nain yn y cartref, cyn wynebu'r daith yn ôl i'r Borth yn hwyr y nos neu'n gynnar ar fore Llun.

Doedd Gwenan a'i mam-gu erioed wedi gweld llygad yn llygad, ac roedd fel petai rhywbeth wedi ei chorddi ar hyd y blynyddoedd. Credai Gwenan fod cynnen wedi bod am rhyw ewyllys neu'i gilydd mewn rhyw oes, ond wnaeth hi erioed ei holi. Roedd hi wastad wedi cadw hyd braich oddi wrthi hi, gan ofyn byth a beunydd am Lliwen a'i gorchestion yn y cyfryngau. Serch hynny, teimlai Gwenan gyfrifoldeb i fynd i'w gweld, neu byddai'n siŵr o ddifaru ryw ddiwrnod na wnaeth ddigon drosti.

'Shwt mae'r llyfrgell 'te, bach?' Ei mam oedd yn holi dros baned hwyrol, cyn mynd i'r gwely.

'Digon tawel, ond rwy'n cael cyfle i ddarllen llawer yno.'

'A'r *ladies* yn y fflat, odyn nhw'n ymddwyn yn weddol fach y dyddie hyn?' Gwyddai Mrs Lewis am anturiaethau Tina ac Ann; gwyddai hefyd nad oedd Gwenan yn dueddol o gymysgu efo riff-raffs o'r fath. Felly y'i magwyd hi – i fihafio a bod yn barchus yn enw cyd-ddyn a Christ . . .

'Odyn, maen nhw'n iawn. Ann yn fishi'n paratoi at y briodas, a Tina'n gobitho cael dyrchafiad gyda'r papur.'

'A tithe? Oes gobaith 'da ti i gael safle gwell o fewn y llyfrgell?'

Eistedd yn hanner gwrando a phendwmpian yr oedd Elfed Lewis, ei thad. Byddai mwgyn yn dod o'i getyn wedi pob pryd bwyd, ac yna rhoddai ei draed i fyny ar garreg yr aelwyd tra sgwrsiai'r ddwy am hynt a helynt y byd. Er bod ei frest yn gwichian ar adegau, haerai Elfed mai'r unig adeg yr oedd yn ysmygu oedd rhwng prydau – hynny yw, o hyd! Efallai ei fod yn ymddiddori yn sgwrs ei wraig a'i ferch yn dawel bach, ond roedd yn methu – neu'n gwrthod – dangos hynny.

'Na, sa i'n credu caf i ddyrchafiad,' eglurodd Gwenan. 'Fyddwn i ddim moyn dringo'r ysgol yn llyfrgell y Borth 'ta beth. Rhaid cadw llygad ar agor am rywbeth gwell y ffordd hyn. Mae'n draddodiad i bobl symud yn ôl at eu gwreiddie yn ganol oed, on'd yw e?'

Chwarddodd y ddwy, ond gwep digon diemosiwn oedd gan y tad. Ac felly yr aeth y sgwrs rhagddi, gyda Gwenan yn rhoi hanes hwn a'r llall yn y dre, a hithau'n ei thro'n derbyn newyddion poethaf yr ardal gan ei mam: pwy oedd wedi marw neu briodi; sawl un o'i chyfoedion oedd ar eu trydydd plentyn; pwy oedd yn wael ei iechyd neu pwy oedd yn camfihafio! Oedd, roedd clebran am eraill yn bwysig i'r bobol fwyaf crefyddol o fewn cymdeithas. O dan het barchus y capel a gwên hunangyfiawn blaenores, dynes ddigon busneslyd oedd Mrs Lewis!

Wedi cinio ddydd Sadwrn, paratodd Mr a Mrs Lewis i fynd i Gartref Bryn Rhosyn. Roedd Mam-gu yn ei hwythdegau hwyr erbyn hyn, yn iach yn gorfforol, ond yn rhyw ddechrau ffwndro yn ei phen, medden nhw. Serch hynny, Gwenan a'i rhieni a Lliwen ac Wncwl Morys oedd ei hunig ymwelwyr o un penwythnos i'r llall, ac edrychai ymlaen at bob achlysur i gael hel atgofion a chlywed straeon gan ei chydnabod.

Gan ei bod yn ddiwrnod heulog, ffres, newidiodd Gwenan i'w dillad loncian i baratoi at redeg y pum milltir cyfarwydd o gwmpas y wlad ac yn ôl. Câi gyfle i feddwl am fyrdd o bethau yn y munudau hynny: ei hawydd i droi dalen newydd a symud o'r Borth; y cecru rhwng Ann a Tomi wrth drefnu'r briodas; hoffter Tina at wahanol ddynion a sut na fyddai wedi setlo i lawr bellach; cyfeillgarwch agos Wncwl Morys; Lliwen a'i bywyd cyfryngol ac arwynebol, a Lyn y Landlord yn actio'n od. Pam ei fod wedi dychryn wrth ei gweld yn y llyfrgell dro'n ôl, a beth oedd y llyfr roedd e'n ei guddio? Doedd hi ddim wedi cael cyfle i edrych ar gofnodion benthyciadau'r llyfrgell, ond byddai'n gwneud hynny ben bore dydd Llun.

Prin wedi rhedeg hanner milltir yr oedd Gwenan pan glywodd lais cyfarwydd yn ei chyfarch – Wncwl Morys yn mynd â'i gi am dro unwaith eto. Byddai hynny'n cyd-ddigwydd bron yn ddi-ffael pan âi hi i redeg.

'Odych chi'n teimlo'n unig ar ben eich hunan yn y tyddyn 'na, Wncwl Morys?' holodd Gwenan wedi'r cyfarchiad arferol o sôn am y tywydd ac iechyd pawb. 'Rwy'n poeni amdanoch chi heb gwmni.'

'Mae bywyd yn rhy fyr i ddifaru am yr hyn nad wyt ti wedi'i wneud, Gwenan fach. Ac os wyt ti'n difaru am yr hyn rwyt ti wedi'i wneud, ddoi di byth i ben.'

'Wnaethoch chi erioed feddwl mynd yn fynach,

Wncwl Morys?' Daeth ei chwestiwn fel bollt, a dechreuodd Morys chwerthin yn uchel, cyn sylweddoli bod Gwenan yn hollol o ddifri.

'Jiw, jiw, naddo wir, ferch! Rwy'n ormod o bechadur i hynny!'

'Smo i'n credu i chi bechu neb erioed,' meddai Gwenan yn ddiniwed. 'Chi mor addfwyn a charedig.'

Edrychodd Mot i fyny fel petai'n cydsynio â'i datganiad.

'Beth wnaeth i ti holi shwt beth?'

Doedd Gwenan ddim yn sicr y gallai ddibynnu ar ei hwncwl i gyfaddef ei theimladau wrtho, ond gobeithiai na fyddai ei geiriau'n mynd yn bellach na lled y cae yr oeddynt yn sefyll ynddo.

'Fel y gwyddoch chi, mae crefydd yn bwysig iawn i mi,' dechreuodd Gwenan ar ei phregeth. 'Rwy wedi cael magwraeth dda, a wnaeth ymuno gyda bwrlwm y byd materol na'r byd priodasol erioed fy niddori i . . . fel chi, falle.' Oedodd cyn chwilio am y geiriau cywir. 'Ond rwy'n teimlo weithiau yr hoffwn i fod yn lleian . . . i gael amser i fyfyrio a gweddïo . . . Peidiwch â gweud wrth neb, yn na wnewch, Wncwl Morys?'

Closiodd yntau at Gwenan a'i chofleidio yn ei freichiau cadarn. Roedd teimlo gwres ei gariad yn bodloni Gwenan yn fwy nag a wnaeth gyda'i thad ei hun erioed. Digon oeraidd fu Elfed Lewis tuag at bopeth o fewn y cartref, a doedd cofleidio ddim wedi bod yn rhan o'i natur.

'Gwna di beth bynnag mae dy galon di'n ddweud wrthyt ti, Gwenan fach,' meddai Morys yn annwyl i gyd. 'Mae'n rhaid profi popeth cyn gwybod ei fod yn dda, fel y gwyddost ti o'r hen air.'

'Ond smo fi'n gymwys i fod yn lleian go iawn. Mae

ambell i ddigwyddiad wedi bod, flynyddoedd yn ôl nawr, yn erbyn f'ewyllys!'

'Wnaeth neb geisio dy dreisio di?' holodd ei hwncwl mewn panig.

'Naddo, Wncwl Morys, peidiwch â phoeni. Ildio i demtasiwn wnes i, i weld beth oedd yr holl ffŷs. Ond doeddwn i ddim yn ei hoffi e.'

'Mi wnes inne ildio i demtasiwn unweth neu ddwy hefyd, Gwenan fach . . .'

Ond cyn i Morys gael cyfle i ymhelaethu, roedd Gwenan, oedd yn teimlo'n llawer gwell o fod wedi siarad ag o, wedi dechrau loncian yn ei hunfan.

'Diolch am fod yn glust i wrando, Wncwl Morys. Rhaid i mi fynd nawr.'

'Pryd fyddi di gartre nesa, Gwen?' holodd ei hewyrth wrth iddynt baratoi i fynd eu ffyrdd eu hunain. 'Galwa i ngweld i. Bydd yn rhaid i ni gael sgwrs arall; mae gan rywun lawer o bethau mae e eisiau ei ddweud cyn gadael yr hen fyd yma, wyddost!'

'Peidiwch â siarad dwli fel 'na wir, Wncwl Morys. Smo chi'n saith deg 'to,' atebodd hithau, gan ailddechrau rhedeg i lawr y llwybr. 'Dof i draw i'r tŷ am sgwrs ryw dro. Neu dewch chi draw am ddishgled aton ni – roith Mam neu Dad ffôn i chi i ddweud pryd fydda i'n dod gartre nesa.'

Dad, wir, ebychodd Wncwl Morys o dan ei wynt, a thynnu'n gyflym yn nhennyn Mot. Roedd ei galon yn drom gan hen atgofion o flynyddoedd yn ôl. Efallai y magai ddigon o hyder rhywbryd i ddweud wrth Gwenan y bu bron iddo yntau gwympo mewn cariad un tro.

*   *   *

Newydd orffen cyfarfod gyda'i dîm i drafod rhifyn yr wythnos ganlynol o'r *Borth Journal* yr oedd Jeff Parry pan alwodd ar Tina i fynd yn ôl i'w swyddfa. Doedd hi ddim wedi canolbwyntio rhyw lawer ar y trafodaethau yn y pwyllgor: curai cnocell y coed yn ei phen yn ddidrugaredd yn dilyn yr amryfal ddiodydd roedd wedi eu hyfed yng nghwmni Lyn y noson flaenorol! Ofnai fod y bòs am ei cheryddu am iddi beidio â dangos gweledigaeth a chyflwyno syniadau newydd. Cnociodd yn ysgafn ar ddrws gwydr ei swyddfa. Trwy hwnnw gallai Jeff gadw llygad barcud ar bawb a weithiai oddi tano.

'Tina, caewch y drws. Eisteddwch. Gawson ni drafodaethau positif yn'do?'

'Ym . . . do, Mr Parry. Digon o syniadau at y dyfodol a straeon efo sylwedd ynddyn nhw i lenwi'r rhifyn nesa.' Calla dawo, meddai wrthi hi ei hun – deud dim = dim cwestiynau. Ond llonnodd ei chalon yn sydyn pan glywodd ei bòs yn ei chanmol.

'Mae'ch gwaith chi wedi datblygu'n aruthrol y flwyddyn yma, Tina. Roedd y stori honno am ladrad Bryn Teg yn dra effeithiol. Ôl cynllunio a gwaith ymchwil manwl, ac roedd y lluniau cystal â rhai gan unrhyw ffotograffydd swyddogol. Dwi'n falch mod i wedi buddsoddi ynddoch chi a'ch gyrru chi ar gwrs ffotograffiaeth.'

'Diolch yn fawr, Mr Parry. Mae'n braf gallu cael eich dannedd i mewn i rywbeth . . . i stori dda 'lly . . .'

Edrychodd Jeff Parry arni dros ei sbectol hanner sgwâr a'i wên foddhaus yn dangos rhes o ddannedd gosod gwynion. Dechreuodd ei din symud yn ôl ac ymlaen yn araf ar ei sedd ledr, ddu, gan greu cyfres o synau gwichlyd hynod o amheus.

'Mi fydd yn rhaid i mi fynd â chi allan am bryd o fwyd i chi roi'ch dannedd . . . i mi ddangos fy ngwerthfawrogiad i chi.'

Wyddai Tina ddim sut i ymateb i'w gynnig, a sylwodd fod ei fraich dde'n gwneud symudiadau rheolaidd y tu ôl i'w ddesg. Yn ôl y sôn, doedd y dyn ddim yn un i'w drystio efo merched, er na cheisiodd fynd i'r afael â hi erioed. Roedd Tina'n ei adnabod yn lled dda erbyn hyn ond dim ond rhyw how siarad yn awgrymog y byddai fel arfer. Gallai hithau dderbyn a rhoi hynny gystal ag yntau, er na theimlai Tina fod siarad felly'n briodol efo'ch bòs!

'Oes yna griw yn mynd allan am damed, Mr Parry?' holodd, gan obeithio na fyddai'n gorfod mynd ar ei phen ei hun.

'Na, bydd yn haws i ni drafod y ffordd ymlaen mewn preifatrwydd, Tina. Mae gen i sgwarnog bach arall i fynd ar ei hôl hefyd. Stori gyffrous sydd newydd ddechrau ffrwtian. Dwi am roi'r gwaith ymchwil i chi i weithio arno.'

'Pa stori felly, Mr Parry?' Bu Tina'n aros am sgŵp y ganrif ers dechrau efo'r *Journal* – hynny neu o leiaf gael y cyfle i gyfweld yr hync mwyaf rhywiol yn y byd. Beth allai'r stori newydd 'ma fod tybed? Fyddai canlyniad honno'n golygu mwy o gyflog neu ddyrchafiad iddi hithau? Rhyw erthyglau digon di-nod oedd adroddiadau'r rhan fwyaf o ohebwyr y *Borth Journal* gan amlaf; dim ond adrodd yr hanes, a dyna fo. Yn wahanol i Tina, oedd yn hoffi cael ongl wahanol ar bethau, doedden nhw byth yn treiddio'n ddwfn i stori i greu erthygl swmpus. Treuliai hi oriau ar y we, yn darganfod ffeithiau newydd, gan sicrhau erthyglau cynhwysfawr a difyr i'r darllenwyr a'r golygydd.

Byddai hefyd yn gofyn i Gwenan am fenthyg cyfeirlyfrau'r llyfrgell, er mai yn y llyfrgell yn unig yr oedd rhywun i fod i'w defnyddio ac y gallai Gwenan druan golli ei gwaith pe byddai'r prif lyfrgellydd yn darganfod fod rhywun yn mynd â nhw adre.

'Sibrydion ydyn nhw ar y funud, cofiwch,' aeth Jeff Parry yn ei flaen. 'Ond mae o'n ymwneud efo cwyn am un o'r adrannau yn Ysbyty'r Borth . . . Mi ddeuda i fwy dros swper. Nos Sul nesa'n iawn?'

'Y? Ym . . . iawn.' Roedd rhywbeth yn rhywle'n canu cloch yn ymennydd Tina.

'Gwych. Biga i chi tu allan i'r fflat am saith. Fydda i wedi bwcio bwrdd i ddau yn y Bistro.'

Ar ôl wythnos galed o bwyllgora a chyfweliadau ffôn, roedd Tina'n falch o gael mynd adre a rhoi ei thraed i fyny, er bod y stori fawr yn ei chorddi. Doedd hi ddim yn credu mewn yfed ar ei phen ei hun ond, pan fyddai beichiau'r dydd yn ormod, cymerai lasied neu ddau o Tia Maria a rhew i lacio tensiynau'r cyhyrau. Ond roedd yn anodd sipian y ddiod honno heb ddarllen yr enw a meddwl am Dic a'i wraig – 'Ti a Marie, Aaa!' Erbyn deg y noson honno, roedd chwarter y botel wedi ei hyfed, a hithau'n barod am ei gwely pan seiniodd yr intercom. Doedd hi ddim yn coelio'i chlustiau pan glywodd lais rhywiol Dic! Hedfanodd i lawr y grisiau i'w gyfarch, heb boeni'r un botwm corn a fyddai Gwenan yn eu gweld ai peidio.

'Roedd yn rhaid i mi alw i ymddiheuro am fethu dod i dy gyfarfod di i'r Red,' eglurodd Dic, gan agor ei freichiau i'w derbyn. 'Mm, dwi'n nabod blas y ddiod yna ar dy wefusa di!' Roedd gan Dic ddawn i gael pardwn gan bob ffŵl drosodd a thro. Doedd heno ddim yn eithriad ac roedd Tina wedi blino a meddwi gormod i ddadlau am ddigwyddiadau'r gorffennol. Y cwbwl roedd hi isio oedd teimlo sicrwydd ei freichiau a'i goesau o'i chwmpas.

Doedd hi ddim yn hir cyn iddynt gael sesiwn o rwbio cyrff a chyhyrau ei gilydd efo hylifau persawrus. Erbyn hynny roedd Tina wedi ymlacio'n llwyr, ac effaith y ddiod a'r holl sylw a gâi gan ei chariad yn gwneud ei phen yn ysgafn. Wrth orwedd yn gysglyd ar draws ei goesau cyhyrog, eglurodd wrtho sut y torrodd ei chalon wedi iddo fethu cadw ei addewid i'w chyfarfod wythnos ynghynt. Aeth yn ei blaen hefyd i ddweud ei bod wedi cael peint ac orig ddigon difyr efo Bryn y Boncyn.

'Dwi'n falch dy fod di wedi cael noson dda efo Bryn,' meddai Dic, gan barhau i dylino'i chorff yn araf ac awgrymog ac yn hynod o rywiol. 'Oedd o'n well na fi?! Sori eto, Babi Dol.' Edrychodd i fyw ei llygaid, a chusanodd ei thalcen yn hir, hir. 'Maddeuant?'

Anghofiodd Tina am bopeth, gan wneud yr hyn a wnâi yn rhy hawdd, sef derbyn ei esgusodion. 'Paid â phoeni. Ti'n gneud o fyny i fi heno'n dwyt,' meddai, wedi llyncu ei stori am gyfarfod brys yn yr ysbyty gymaint ag y llyncodd boer ei gusanau. 'Dwi'n gobeithio nei di aros yma tan y bore er mwyn dangos i mi dy fod di'n wir sori!'

Ar ôl munudau o lapswchan eiddgar, arweiniodd Dic hi i'r ystafell wely. Roedd ei dynerwch yn ddiarhebol. Gosododd Tina ei hun ar y gwely gan ymestyn ei chorff a lledu ei breichiau a'i choesau fel cath yn mynnu mwythau. Ar ôl ei dadwisgo, rhoddodd yntau gusanau ysgafn ar hyd ei chorff, ac er ei bod yn dechrau dadebru ar ôl y ddiod, roedd symudiadau Dic yn dueddol o'i hailfeddwi'n braf.

115

'Mae blas dy sws di fel siocled.' Roedd ei eiriau'r un mor esmwyth â'r Tia Maria. Estynnodd Dic am fwy o'r hylif tylino a gadwai Tina wrth ochr ei gwely, ac roedd ei ddwylo'n llyfn ac yn hyfryd o oer ar ei chorff, a phob cornel ohono'n cael sylw ganddo. Roddodd o ddim gwlybaniaeth yn agos i'w morddwyd na'i choedwig drwchus hi. Yn hytrach, ymgrymodd ei ben yn bwyllog i gyrraedd y lleoliad iasboeth hwnnw, ac agorodd Tina ei gwefusau cyn iddo yntau fentro'n ddyfnach i mewn efo'i dafod. Griddfanodd hithau efo pleser pur cyn i Dic godi ar ei draed a dweud wrthi am beidio symud modfedd.

Fuodd o ddim yn hir, a dychwelodd yn araf efo'r botel Tia Maria yn ei law. Cusan arall ar ei gwefusau blysiog cyn iddo agor caead y botel ac arllwys diferion melys ohono i'w rhych, gan lyfu'r cyfan yn gelfydd a glafoeriog, a'i dafod wedi cyrraedd y rhan ddirgel honno o'i chorff yr oedd pawb arall wedi methu dweud ei enw heb sôn am ei ddarganfod! Bodlonodd Dic wrth ei gweld yn gwingo ar y gwrthbannau gwynion, ag olion y ddiod yn staeniau brown ar eu hyd.

'Gei di ddeud helô wrth Yncl Dic nos fory, iawn Babi Dol?' meddai'r llawfeddyg tyner, gan ei thorri hi yn ei blas. 'Mae'n rhaid i mi fynd adra rŵan. Gwaith paratoi at gyfarfod pwysig fory.'

Cododd Tina'n sigledig a siomedig ar ei heistedd wrth i Dic godi'n sydyn ar ei draed. Teimlai'n swrth ar ôl ei phenllanw rhywiol, ac roedd hi eisiau mwy a mwy. Ond doedd hynny ddim i fod y noson honno, mae'n amlwg.

'Mae gen i un cwestiwn pwysig i ofyn i ti,' ychwanegodd, wrth i Tina syrthio'n ôl yn rhwystredig

116

i wlybaniaeth ei gwely. 'Dyna pam ddois i yma heno yn y lle cynta – nid i gael dy brocio di nes bod dy wyneb di'n biws!' Chwarddodd y ddau, ac oedodd yntau cyn holi'r cwestiwn. 'Ddoi di efo fi a'r plant i Sw Caer . . . ddydd Sul yma?'

Sobrodd Tina'n sydyn o'i breuddwydion wrth i'r cwestiwn gael ei saethu ati mor ddirybudd. Hi yn cael mynd am dro efo fo a'r plant? Dyma beth oedd datblygiad diddorol i'w perthynas! I ble'r oedd y Ddraig yn mynd y tro hwn tybed? Er nad oedd Tina wedi arfer llawer efo diddanu plant, roedd menthyg rhai pobol eraill yn iawn am bnawn. Cododd ar ei thraed gan ddefnyddio'r cynfasau gwely i sychu'r gwlybaniaeth a redai i lawr ei choesau.

'Ym . . . fyswn i wrth fy modd yn dod i Gaer, Dic,' meddai, 'ond dwi'n ofni mod i'n gorfod mynd allan am swper y noson honno.'

'Gorfod?' holodd Dic. 'Does neb yn gorfodi rhywun i fynd allan.'

'Jeff Parry sydd isio dangos ei werthfawrogiad . . .'

'A finna,' cellweiriodd, gan ei chymryd yn ôl i'w freichiau a'i chusanu eto. 'Fel hyn . . .'

Rhyddhaodd Tina ei hun o'i afael wrth iddo geisio syrthio'n ôl ar y gwely, ac ofnai Tina ei bechu trwy ddweud y pethau anghywir.

'. . . am fod fy ngwaith i wedi gwella'n ddiweddar.'

'Wyt, ti'n haeddu cael dy wobrwyo. Ond gei di well gwobr gen i na gan Jeff Parry. Ar ôl bod yn y sw, gei di dreulio gweddill y noson efo fi tra bod y plant yn eu gwelyau. Dydyn nhw ddim callach o ddim byd sy'n digwydd yn y byd 'ma nes iddi wawrio! Be ti'n feddwl, Tins? Ydi o'n syniad da, neu ydi o'n syniad da?'

Dic hunanol unwaith eto, meddyliodd Tina'n ddiflas.

117

'Mi fysen ni'n cael cwmni'n gilydd drwy'r dydd yn y sw, Dic,' ceisiodd resymu. 'Ond mae'n bwysig i ddyfodol fy ngyrfa i mod i'n mynd am swper efo Jeff Parry yn y nos. Iawn?'

'Ond, Tina, mae o'n gyfle rhy dda . . .'

'Mae gen inne fywyd y tu allan i dy gynllunie di, Richard Jones,' torrodd Tina ar ei draws, 'ac mae Jeff Parry am drafod mater pwysig. Rhywbeth cyfrinachol.'

'Ddeuda i ddim wrth neb, Tins, ti'n gwbod hynny. Be sy'n bod?' Erbyn hyn, roedd y meddyg wedi rhyddhau ei hun oddi wrth Tina ac wedi camu'n ôl at ddrws yr ystafell wely. Roedd yn amlwg wedi cael ei aflonyddu ac roedd yn glustiau i gyd.

'Gei di glywed yn ddigon buan, fel pawb arall. Be ydi'r trefniant efo mynd i Gaer 'te?' holodd Tina, gan newid y stori. 'Sut wyt ti'n mynd i egluro i dy blant pwy ydi'r ddynes ddiarth sy'n teithio efo nhw?'

'Mae gen i gynllun,' meddai'r llwynog cyfrwys. 'Aros di amdanon ni wrth gylchfan y Borth am naw, ac mi fyddan nhw'n meddwl mod i wedi rhoi lifft i rywun sy'n bodio. Dim ond i ni siarad Saesneg a rwdlian am ddim byd, fydd y plant ddim callach!'

Er na fu Tina'n un i ffawdheglu erioed, fe aeth i glwydo'n dipyn tawelach ei meddwl y noson honno – ar ôl newid y cynfasau wrth gwrs! Roedd Dic o'r diwedd yn ei chynnwys yn ei fywyd o ddifri, er ei fod yn dal i ddisgwyl iddi weithio o gwmpas ei drefniadau o. Sut oedd hi i fod i ymddwyn efo'i blant, tybed? Disgynnodd Tina i gwsg hyfryd cyn cael ateb i'w chwestiwn.

9. Gadewch i blant bychain . . . fynd yn ôl at eu mam!

Deffrodd Tina'n llawn bwrlwm wrth wynebu diwrnod allan efo plant ei harwr. Theimlodd hi erioed fel hyn o'r blaen, ac roedd cael bod yng ngofal dau epil ei chariad yn swnio mor anghredadwy. Ond doedd hi ddim yn gyfarwydd ag edrych ar ôl plant, yn enwedig am ddiwrnod cyfan! Unwaith yn unig y newidiodd hi glwt hefyd, a hynny heb i fabi ei ffrind fod wedi ei faeddu.

Doedd Tina ddim yn hoff o blant oedd yn sgrechian o hyd er mwyn cael sylw a'u ffordd eu hunain. Petai ganddi hi blant, fyddai hi byth yn prynu anrhegion neu gêmau cyfrifiadurol iddyn nhw bob tro y bydden nhw'n mynd am dro neu ar wyliau. Fyddai hi dim yn prynu fferins o hyd iddyn nhw chwaith. Byddai eu dannedd yn pydru'n ddigon buan heb help yr holl siwgr yn y rheiny! Ond petai ganddi blant, efallai y byddai'n eu sbwylio'n fwy na neb yn y byd. Ie, petai ganddi blant . . .

Sylweddolodd Tina nad oedd modd iddi feichiogi pan oedd yn ei hugeiniau ac yn canlyn â chariad hirdymor. Bu'n cyboli efo llwyth o fechgyn byth ers iddi ddatblygu'n eneth hardd a siapus yn yr ysgol, ac aeth ymlaen drwy'r coleg gan ganlyn efo degau o fyfyrwyr contwyllt. Byddai wastad yn ceisio sicrhau eu bod yn defnyddio sachau dyrnu – na, nid rhywbeth i roi swadan i'w chariad ar y pryd, ond condom – ond anghofiwyd eu defnyddio sawl tro ynghanol nwyd y foment. Fuodd Tina erioed yn canlyn yn selog tan idi gwrdd ag Andrew, hyfforddwr nofio a gyfarfu yng nghantîn y Ganolfan Hamdden leol. Byddai hithau'n mynd i nofio'n rheolaidd yr adeg hynny, fel y byddai'n ei wneud yn achlysurol wedi iddi symud i'r Borth. Ond doedd dim rhaid iddi fynd i nofio i wlychu'i chyrls efo Andrew. Byddai'n siŵr o fynd o dan ei hud o. Sais wedi hanner dysgu Cymraeg oedd Andrew, ond doedd hynny'n poeni dim ar Tina. Os oedd ganddo galon a choc yn y lle iawn, doedd ots yn y byd ganddi hi beth oedd ei hil na'i dras. Tyfodd eu perthynas, a buont yn gwpwl am fisoedd lawer cyn gwneud trefniadau hirdymor i briodi, cael pedwar o blant a symud i fyw i Sbaen. Yn ôl eu cynlluniau, byddai Andrew'n gweithio i'w ffrindiau oedd mewn busnes adeiladu tai i dramorwyr. Gallai hefyd droi ei law at ofalu am byllau nofio neu bod yn wyliwr y glannau oherwydd ei amryfal dystysgrifau achub bywyd a iechyd a diogelwch. Rhoddodd Tina ei bryd ar gael gwaith fel *rep* efo un o'r cwmnïau gwyliau yno, neu ddilyn gyrfa yn y wasg leol, petai'n mynd ati i ddysgu Sbaeneg. Roedd ganddi grap ar Eidaleg yn barod, felly peth bach iawn fyddai dysgu iaith arall a hithau'n byw yng nghanol y brodorion.

Ond ddigwyddodd dim o'r cynlluniau hynny. Fe gafodd Tina boenau mawr yn ei habdomen un diwrnod ac, yn dilyn sawl ymweliad â'r meddyg teulu a llwyth o brofion, roedd y canlyniad yn ddigalon.

'Dwi'n ofni bod *pelvic inflammatory disease* arnoch chi,' meddai'r meddyg, fel petai'n dweud wrthi fod y tywydd ar droi.

'Be 'di hwnnw pan mae o adra?' holodd hithau heb boeni cymaint â hynny am ei sylw.

'Mae'r poenau yn eich abdomen oherwydd bod yr haint wedi blocio'ch tiwbiau. *Chlamydia* ydi'r term meddygol amdano.' Cododd clustiau Tina; clywai am ambell hwren dinboeth yn cael afiechyd efo enw tebyg. 'Dydi merched ddim yn dallt fod yr anhwylder 'ma ganddyn nhw fel arfer. Ydych chi'n un sydd wedi cael perthynas rywiol efo nifer o ddynion, Tina?' holodd y meddyg gan edrych yn amheus dros ei sbectol, a gwybod yn iawn y gallasai Tina ddenu unrhyw ddyn yn y byd i'w gwely.

'Wel . . . fel pob geneth gall arall fy oed i, mae'n debyg. Ond dwi'n credu'n gryf mewn gwisgo condom bob amser – yn enwedig y rhai ribs a'r gwahanol flas . . .'

'Gall hynny fod yn un rheswm am yr aflwydd. Ydych chi'n ferch ffarm?' holodd ymhellach.

Ysgydwodd Tina ei phen, ond roedd wedi bod efo digon o ffermwyr horni ar hyd y blynyddoedd! 'Y rheswm y gwnes i ofyn ydi fod defaid yn cael yr un afiechyd wrth erthylu eu hŵyn.' Arglwydd mawr! meddyliodd Tina, mae o'n fy nghymharu fi efo dafad rŵan! 'Fe rof i gwrs o antibiotics i chi a threfnu apwyntiad i chi hefo'r gynacolegydd.'

'Ydach chi'n awgrymu bod fy nhiwbs i wedi blocio?' holodd Tina wedi iddi wawrio arni ei fod yn swnio'n gyflwr gweddol ddifrifol.

'Sori, Tina, ond fyddwch chi ddim yn medru cael plant. Mae'n flin gen i.'

'Be? A finne ddim ond yn ddau ddeg pump?' Dechreuodd Tina banicio, gan feddwl am Andrew a'i rhieni, ac am ei dyfodol a'i chynlluniau yn Sbaen.

'Fydd dim modd i chi gael plant heb fynd am driniaeth i'w dadflocio nhw.' Swta a strêt ar y diawl, meddyliodd Tina. Roedd y meddyg yn swnio fel petai'n sôn am ryw ddraeniau drewllyd wedi cau, yn hytrach na'i thu mewn hi ei hun! Methu cael plant? A hithau ar fin setlo i lawr efo arwr ei bywyd! Doedd y peth ddim yn gwneud synnwyr iddi.

Wedi i'r newyddion syfrdanol dreiddio i'w hymennydd, aeth Tina ati i ymchwilio i'r afiechyd mewn cyfeirlyfrau. Yna magodd ddigon o blwc i ddweud wrth Andrew fod yr haint arni. Doedd o ddim i weld yn poeni rhyw lawer, a gwnaed penderfyniad y byddai Tina'n mynd at yr arbenigwr i gael archwilio'i thiwbiau. Ond, ymhen y mis, roedd Andrew wedi'i gwanu hi i Sbaen heb hyd yn oed ddweud *adios*, a'i gadael i ddygymod â'r newyddion ar ei phen ei hun. Chlywodd Tina ddim *si* na *no* ganddo wedyn chwaith, a gadawyd llonydd i'w thiwbiau flocio mwy fyth!

Er nad oedd Tina wedi arfer bod yn y fflat ar ei phen ei hun ar nos Sadwrn, aeth hi ddim allan cyn y diwrnod mawr efo Dic a'r plant yn y sw. Roedd yn well ganddi gael pen clir i fedru wynebu'r diwrnod na chael cur pen a dioddef sŵn plant. Ofynnodd Dic ddim iddi baratoi picnic ar gyfer y trip mawreddog, ond doedd hi ddim am fynd yno'n waglaw, gan fod pethau'n llawer rhy ddrud i'w prynu yn ystod y daith – yn enwedig i bedwar o bobl lwglyd! Bu'n siopa dipyn yn ystod y dydd, a cheisiodd brynu pethau fyddai plant yn debygol o'u bwyta – creision, bisgedi, iogwrt pinc a diod swigod. Paratôdd ddigon o luniaeth i fwydo'r pum mil, a sicrhaodd fod bagied o fferins ganddi hefyd er mwyn creu argraff dda ar Marged a Gari. Wedi'r cwbwl, efallai y byddai Tina'n byw o dan yr un to â nhw a'u tad ryw ddydd . . .

Doedd Tina ddim yn hoff o drefniant Dic iddynt siarad Saesneg yn y car. Byddai'r sefyllfa mor annaturiol, ac mae plant yr oes yma'n gwylio llawer o raglenni ar sianelau teledu Eingl-Americanaidd ac yn deall mwy nag y sylweddolai rhywun, meddyliodd. Wrth y gylchfan a arweiniai allan o'r dre, teimlai Tina fel pelican wrth aros am y BMW du. Pan welodd rywbeth tebyg yn cyrraedd, drwy gornel ei llygaid, rhoddodd ei bawd allan i gogio ffawdheglu. Roedd y cerbyd yn gyrru'n araf, araf, a rhedodd tuag ato, gan estyn am y drws. Cafodd fraw ei bywyd wrth ddeall mai hers oedd hi – ond un wag, diolch byth! Fel petai'n union ar giw mewn drama, seiniodd corn cyfarwydd car Dic rownd y tro, a gwaeddodd wrth roi ei ben drwy'r ffenestr.

'Going far?'

'Bore d . . . Yes, Chester please!'

'Jump in. You wouldn't go far in that hearse. would you! It's going dead slow!'

Digon trwsgl oedd Tina'n llwytho ei bagiau i'r bŵt, a gobeithiai i'r nefoedd na fyddai neb yn pasio a fyddai'n debygol o nabod y ddau ohonynt. Gallai synhwyro eu cwestiynau. I be roedd gohebydd y *Journal* yn mynd yn ei hoed a'i hamser, a hithau efo car ei hun i'w yrru? Pwy oedd Dr Richard Jones yn ei godi ar ganol cylchdro prysur? Wrth greu senario a chwestiynau ffug, teimlai Tina'n nerfus wrth iddi fwmblo sgwrsio yn Saesneg efo Dic a cheisio rhoi sylw i'r plant ar yr un pryd.

'Hello, children. What are your names?' Nid atebodd yr un o blant bach annwyl Dic. 'Have you lost your tongues?' Chwerthin swil ond tawelwch eto, a chywilyddiodd Tina wrth i Gari dynnu'i dafod arni o'r sedd gefn. Penderfynodd hithau chwerthin am ben y sefyllfa. 'Oh no, you haven't lost your tongue. Isn't it a big one?'

Crechwenu wrth y llyw wnaeth y tad, yr hwn oedd yn ei nefoedd. Gan nad oedd neb yn ei hateb, heriodd Tina'r trefniant ieithyddol. Doedd hi ddim yn mynd i unman yn siarad iaith estron efo plant uniaith Gymraeg, dim ond er mwyn hwylustod i Dic a'i sefyllfa briodasol!

'O, dwi'n siŵr eich bod chi'n siarad Cymraeg, tydech, blant?' Dim byd eto o enau'r plant bychain.

'Dewch o'na, da chi. Atebwch yr hogan. Be ydi'ch enwau chi?' anogodd Dic nhw efo'r un embaras â Tina.

'Duda di, Dad, ti rroth nhw i ni!' Synhwyrodd Tina fod yr hogyn yr un mor hy â'i dad, a'i fod yn debygol o fod yn ateb yn ôl gartre hefyd. Ond roedd ei rerian fel hen injan wair yn gwneud ei gymeriad yn annwyl tu hwnt. 'Eniwe, mae Mam wedi deud wrthon ni am beidio siarrad efo pobol ddiarrth!'

'Ym? O, da iawn ti, Gari bach. Ond dydi Tin . . . dydi'r hogan yma . . . Be ddudsoch chi oedd eich enw chi? O, ie, Tina Thomas yndê? Dydi Ms Thomas ddim mor ddiarth â hynny, a hitha'n byw yn yr un ardal â ni.'

O hynny ymlaen, ymlaciodd y pedwarawd, er nad oeddynt cweit yn asio'n berffaith eto. Bodlonodd y plant ar y sefyllfa afreal gan gydganu efo cryno-ddisg Tecwyn y Tractor ac edrych ar ryfeddodau'r wlad.

Mân siarad wnaeth Dic a Tina ar hyd y ffordd i Gaer, a hynny am bethau hollol elfennol. Fyddai fiw iddyn nhw geisio twyllo deallusrwydd dau ddiniwed fel Gari a Marged, gan yr ofnai Tina fod gan foch bach glustiau mawr. Pan aeth y sgwrs yn hesb, gwelodd Tina ei chyfle i holi am Marie.

'Ble mae'r Ddraig goch yn hedfan y dyddiau yma, Mr Jones?'

'Oes yna ddraig yn y sw, dad?' holodd Gari, yn amlwg yn dilyn pob gair o sgwrs y ddau.

'Pwy a ŵyr ynde, blantos! Ym . . . Cur pen oedd gan

y ddraig y tro dwytha weles i hi, ac mae wedi mynd i aros at ffrind am ddwy noson.'

'Dyna mae Mam wedi neud hefyd!' Gari eto. 'Rroeddan ni adra ar ben ein hunain neithiwr.'

'Ti'n nabod Mami?' holodd Marged. Roedd y ddau'n amlwg yn dechrau cynefino efo'r 'ddynes ddieithr'.

'Ynd . . . nachdw wir, pwt. Be ydi'i henw hi hefyd?' Roedd Tina'n dechrau mynd yn ddryslyd, gan fod angen person cyson ei gelwydd i fod yn onest. Roedd hi'n hawdd dweud rhywbeth na fyddai'n dal dŵr, hyd yn oed wrth blant pump a thair a hanner oed.

'Malî 'di enw Mami,' gwaeddodd Marged. 'Neisiach na ti, tydi Dadi! Tina, Tina, Tina . . .' Dechreuodd y fechan ddynwared seiren yr heddlu. '. . . Mae gynnon ni i gyd dina, yn does Dadi?'

Roedd Gari a Marged yn chwerthin nes bod ffenestri'r car yn stemio! Allodd Tina wneud dim ond ymuno yn eu hwyl diniwed, ac edrychai Dic yn hapusach o'i gweld yn ymlacio ac yn derbyn ei blant am yr hyn oedden nhw – sef plant!

Erbyn tua hanner ffordd, roedd y ddau oedolyn yn hynod falch o weld bod Gari a Marged wedi syrthio i gysgu, ac aeth eu sgwrs yn fwy personol. Tynnodd Dic i encilfa lle gallai gael cusan sydyn uwchben paned a brechdan o gaban ar ochr y ffordd. Buan y cychwynnodd ei ddwylo fwytho bronnau Tina'n araf ac addfwyn.

'Mmm. Mae'n braf cael cwmni call wrth f'ochor i! Diolch i ti am ddod, Tins.'

'Diolch i ti am ofyn i fi. Mae'n brofiad diarth i ni i gyd.' Yng nghefn meddwl Tina roedd hi eisiau ei ateb yn ôl trwy ddweud 'wnest ti erioed ofyn i fi o'r blaen neu mi fyswn i wedi dod efo ti ers talwm, y bastard hunanol!' Ond penderfynodd nad dyna'r amser i'w herio.

'Mae'n rhaid i ni wylio'r hen gnafon bach yma,' ychwanegodd Dic. 'Maen nhw'n clywed mwy na rydan ni'n feddwl. Ty'd yma, Babi Dol!' Pwysodd Tina dros y lifer gêr er mwyn teimlo cynhesrwydd ei gorff. Roedd ychydig o eiliadau'n well na dim. Cafwyd cusan sydyn arall cyn i'r plant ddechrau anesmwytho yn eu seddau. Roeddynt wedi synhwyro fod peiriant y car yn segur, a brysiodd Dic i nôl dwy baned o de a diod feddal o'r caffi symudol. Ar hynny, cyffrôdd Marged, a rhwng cwsg ac effro dychrynodd wrth weld Tina, y ddynes ddiarth, yn y sedd flaen.

'Mam, dwi isio Mami!" Sgrechiodd nerth ei phen, a'r unig beth fedrai Tina'i gynnig iddi oedd fferins. Gwrthododd y fechan nhw'n daer, gan eu hyrddio ar lawr y modur, ac estyn am wallt Tina i'w ddiwreiddio. ''Mishio ti!'

'Dyna fo, paid â phoeni,' ceisiodd Tina dawelu ei meddwl. 'Ti newydd ddeffro ac wedi dychryn. Dyna fo . . .'

'. . . Mishio ti!' afreolus o'r cefn eto.

'Paid â gweiddi 'mechan i . . . a phaid â deffro Gari . . . O! Mae Dad yn dod yn ôl rŵan, cariad . . .'

'Dim isio ti, isio Mam!' Hedfanodd ei thedi bêr heibio i drwyn Tina, a dychwelodd Dic i weld yr anghydweld.

'Dyna ni, te cynnas i Dad ac Anti Tina. A diod neis o oren i Gari ac i Marged fach,' meddai'n benodol wrth ei ferch, a oedd erbyn hyn yn edrych fel y plentyn pwdlyd mwyaf pathetig yn y byd.

Tybed ai fel hyn oedd Marie'n edrych wedi ffrae efo'i gŵr, meddyliodd Tina.

Trodd hwnnw ati gan ddweud, 'Croeso i'r bywyd teuluol!'

Dim ond dechrau tymor y gwyliau oedd hi, ond roedd hi'n ddiwrnod poeth o wanwyn yn y sw. Er hynny, traed oer gafodd Dic ar ôl cyrraedd y lle, a phenderfynodd na fyddai'n ddoeth i Tina fynd o gwmpas efo fo a'r plant wedi'r cwbl. Gallai llawer o bobl o ardal y Borth fod yno'n mwynhau pnawn difyr, fel hwythau, gan mai prin ddwy awr o daith oedd hi. Felly ei drefniant personol diweddaraf oedd mynd eu ffyrdd eu hunain gan gerdded o gwmpas y lle ar ei ben ei hun a'i blant, cyn gweld Tina wrth y fynedfa ar y ffordd adre. Torrodd y newyddion wrth Tina wedi i Gari a Marged ruthro i weld dau glown oedd yn gwneud giamocs efo'u peli. Doedd Tina ddim yn coelio'i chlustiau.

'Be? Ti'n gofyn i fi i ddod yr holl ffordd i edrych ar glown a thwll tina fflipin mwncis, a rŵan ti'n disgwyl i fi fod ar ben fy hun drwy'r dydd? Callia, washi! A fedra i ddim byta'r blydi bwyd 'ma i gyd ar ben fy hun chwaith!'

'Be am ei fwyta fo ar y ffordd adra?' Roedd o'n benderfynol o gael ei ffordd ei hun eto.

'Mi fyddwn ni i gyd wedi llwgu cyn hynny, siŵr dduw!' atebodd hithau yr un mor bendant.

'Mae'r plant yn dechrau amau rhywbeth, Tina. Mae'n well i ni'n pedwar wahanu, rhag ofn . . .'

'Gofala di nad gwahanu wnawn ninnau'n dau hefyd! Dydw i ddim yn mynd i wastraffu orie yn y lle drewllyd yma'n crwydro'n unig fel rhosyn Yeats, neu pwy bynnag oedd o . . .'

'Daffodil Wordsworth ti'n feddwl, blodyn?'

Methodd Tina ddal wyneb syth a chwarddodd y ddau. Fedrai hi yn ei byw fod yn llawdrwm yn rhy hir efo Dic, er bod ei thu mewn yn corddi a theimlad o siomiant yn ei llethu dro ar ôl tro.

'Mi wna i gyfaddawdu 'te,' meddai hithau. 'Gan fod hanner y bore wedi mynd yn barod, mi a 'i am dro i brynu anrhegion tan amser cinio. Wedyn, plîs ga i gwmni i fwyta'r picnic dwi 'di'i baratoi, ac mi a' i rownd y sw ar ben fy hun am awr neu ddwy eto cyn mynd adre?'

Gwenodd ei harwr. 'Iawn, cariad, mi fydd hynny'n siŵr o fod yn ddiogel. Diolch i ti. Gweld ti'n fan hyn am hannar dydd, ia? Rydan ni'n actorion da, yn tydan – ar S4C ddylian ni fod!'

Wrth iddynt wahanu, rhoddodd Dic gusan sydyn ar foch Tina, cyn teimlo rhywun yn tynnu yn ei drowsus.

'Dad! Dydw i byth yn gweld ti'n gneud hynna i Mami!'

Roedd Tina ar ben y byd.

Ynghanol môr o atgofion pleserus y cysgodd Marged a Gari'r holl ffordd adre o'r sw. Doedd Tina na Dic ddim wedi sylweddoli y byddai'r ddau'n hollol effro wedi iddyn nhw gyrraedd eu gwelyau eu hunain yn y Borth. Problem Dic ac nid un fi fydd honno, meddyliodd Tina. Er bod y plant wedi rebelio fwy nag unwaith a holi pwy oedd y 'ddynes ddiarth' a'r 'Anti Tina 'na', mwynhaodd Tina'r profiad o chwarae'r teulu hapus, er iddi orfod cadw llawer o'r cariad oedd ganddi tuag at eu tad o dan ei throwsus tyn.

'Dwi'n falch dy fod ti wedi mwynhau,' meddai Dic wrth ei gollwng y tu allan i'w fflat, ac amser gwely'r plant bach yn prysur nesáu. 'Roedd y plant wedi cymryd atat tithau a deud y gwir, er na fydden nhw'n fodlon cydnabod hynny.' Oedd o o ddifri, neu oedd o'n trio cyfiawnhau eu hymddygiad afreolus? Oedd heddiw wedi profi'r dyfroedd i Dic am ei ddyfodol efo Tina?

Fyddai'r plant yn adrodd yr hanes yn llawn wrth eu mam, gan adael llawer o gathod bach allan o'r cwdyn?

'Mi fydd yn rhaid i ni wneud hynna'n amlach,' mentrodd Tina i weld beth fyddai ymateb Dic. 'Fel yna ddaw'r ddau i nabod fi, 'te?'

Troi'r sgwrs wnaeth y gwleidydd o feddyg. 'Be ydi'r matar pwysig 'ma mae Jeff Parry isio'i drafod efo ti heno 'ta?' Roedd ychydig o nerfusrwydd yn perthyn i'w gwestiwn, er ei fod yn ysu i'w ofyn ers ben bore.

'Dwi ddim yn gwybod fy hun eto. Gei di glywed tro nesa gawn ni gwrdd – pryd bynnag fydd hynny, yntê?' mwmblodd hithau cyn taro cusan sydyn ar ei foch a chau drws ei gar yn glep.

Chwarter awr yn unig oedd ganddi i'w gwneud ei hun yn barod. Gwyddai y byddai ei phennaeth yn cyrraedd y fflat union ar amser, ac roedd hithau bellach yn edrych ymlaen at bryd mawr a blasus, ychydig (neu lawer iawn) o win, a sgwrs gall (ddadleuol) efo oedolyn. Roedd chwarae plant wedi bod yn straen iddi! Doedd ganddi ddim amser i fynd i'r gawod, ond newidiodd o'i dillad ffwrdd-â-hi, oedd bellach yn llawn o siocled, baw a phob arogl afiach posib o'r sw. Yn eu lle, gwisgodd sgert hir, ddu efo hollt hyd ei choes ar ei hochr dde, gyda chrys coch, sanau neilon sgleiniog a chôt felfed ddu i fatsio. Chwistrellodd bersawr ysgafn ar ei gwddw – nid yr un yr oedd Dic yn ei hoffi, rhag ei wastraffu'n ormodol. Yna, twtiodd ei gwallt efo *tongs* gan orffen y ddelwedd broffesiynol efo minlliw coch, trawiadol. Os na wneith hyn i'r hen foi lafoerio, neith dim byd, meddyliodd Tina'n hunangyfiawn wrth ei llun ei hun yn y drych.

Yna, canodd corn car Jeff Parry am saith o'r gloch ar y dot.

10. Yr euog a ffy . . .

'Potel arall o win,' gorchmynnodd golygydd y *Borth Journal* wrth weinydd y bwyty; roedd ei ohebydd ac yntau wedi drachtio un botelaid o win coch efo'u bwyd yn barod. Wnaeth Tina ddim mwynhau stecsen gymaint erioed, ond gallai'r cwmni fod yn llawer gwell. Er iddi fwyta llond ei bol o'r picnic ysgafn yn y sw, roedd ganddi awydd rhyfeddol am rywbeth go sylweddol erbyn yr hwyr, ac fe fynnodd fochio Pavlova mafon ar ôl ei phrif gwrs hefyd – wedi'r cwbwl, y *Journal* oedd yn talu!

Doedd hi ddim am slotian yn afreolus yng nghwmni ei bòs; hen lanc oedd o, wedi'r cwbl, a hawdd y gallai feddwl fod Tina'n awyddus i gael perthynas efo unrhyw beth oedd yn symud! Er bod Dic yn ei galw'n 'hogan horni', doedd dim angen neb arall arni gan fod Dic yn fwy na llond llaw. Ond wedyn, os nad oedd hwnnw'n fodlon rhoi ei holl amser iddi hi, hawdd iawn y gallai hithau fynd ar drywydd sgwarnog arall hefyd . . .

Dyna unig fai perthynas odinebus Tina â'r llawfeddyg golygus: doedd hi ddim yn gallu cyfaddef wrth neb ei bod yn canlyn, mewn cariad, yn gweld rhywun weithiau – neu beth bynnag oedd hi isio galw'u perthynas. Pan fyddai dyn yn ffansïo'i lwc a gobeithio mynd i'r afael â hi, beth oedd hi i fod i'w ddweud wrtho i geisio cael gwared arno? 'Sori, dwi'n gweld rhywun (yn gyfrinachol)'? 'Dwi'n *celibate* ers tro ac felly dwi am aros'? 'Dwi'n hoyw'? Dioddefai'n dawel bach pan glywai sylw ambell un na wyddai'n

130

amgenach am ei chefndir, y rhai a fynnai ddweud 'Mae'n hen bryd i ti ffeindio dyn' neu 'ti'm isio babi dwêd?' neu 'mae'r cloc 'na'n tician'. Ateb Ann rhyw dro i'r sylw olaf pan ddywedodd rhywun yr un peth wrthi hi oedd 'Siŵr dduw fod y cloc yn tician, achos mae 'na fatris yn dal ynddo fo!'

Ychydig a wyddai Ann hyd yn oed na châi Tina blant yn hawdd iawn. Roedd Tina wedi cynefino efo'r ffaith na allai fagu: os dyna oedd trefn rhagluniaeth, boed fel y bo, meddyliodd. Wyddai hi ddim pam fod yn rhaid i bawb fod eisiau plant beth bynnag, a gwyddai Dic ers y dechrau am y broblem efo'i hanatomi. Serch hynny, doedd Tina erioed wedi bod yn un i gymryd siawns ar gael babi siawns, er gwaetha'i hanfantais gorfforol. Clywsai am ddigon o ferched oedd wedi llwyr anobeithio am blentyn nes mynd i'r banc i chwilio am fabi – nid i nôl arian i dalu am y peth bach, ond i fanc hadau dynol i geisio cenhedlu plentyn rhywun na wyddent o gwbl pwy oedd y tad! Doedd Tina ddim mor hunanol â hynny, yn enwedig pan oedd Gari a Marged ar gael yn achlysurol iddi eu diddanu. Gweithio ar hynny oedd raid ei wneud rŵan. Os nad oedd hen lanciau fel Bryn y Boncyn neu Jeff Parry'n ddigon da i neb arall, doedden nhw ddim yn ddigon da i Tina chwaith! Prin y gallai feddwl am ei bòs yn dadwisgo i'w drôns blaen-Y gwyn, heb sôn am ei floneg canol oed yn bownsio uwch ei phen. Ac roedd meddwl am hunanoldeb Bryn a'i agwedd siofinistaidd yn ddigon i droi ei stumog.

Wrth i'r ail botelaid o win gyrraedd, dechreuodd y golygydd ar ei stori – stori a syfrdanodd Tina gymaint fel na allod orffen cynnwys y botel – peth newydd yn ei hanes.

'Ydech chi'n siŵr mai dwyn cyhuddiadau yn erbyn Dr Richard Jones mae hi wedi'i wneud?' holodd mewn anghredinedd.

'Rhaid edrych ar bob opsiwn wrth gwrs,' atebodd Jeff Parry'n bwyllog, gan wisgo'i het broffesiynol yn solet ar ei ben moel. 'Gan fod yna gymaint o bobol yn ymwneud â llawdriniaethau o'r fath, gallai fod yn fai ar rywun heblaw'r llawfeddyg, ac mae'n dibynnu ar natur symptomau Mrs Griffiths. Ai yn y ben-glin mae'r boen, ynte 'di'r driniaeth wedi achosi trawiad bach ar y galon neu effeithio ar yr ymennydd? Does neb yn gwybod i sicrwydd. Eich gwaith chi fydd darganfod hynny, Tina – rhoi cig ar yr asgwrn – sgiwsiwch y gair mwys yntê!' Chwarddodd ar ei ddoniolwch ei hun dan ddylanwad y gwin, cyn difrifoli. 'Rhaid i chi holi'r GMC – y Cyngor Meddygol Cyffredinol – yn fanwl, ac ambell aelod go uchel o staff yr ysbyty, wrth gwrs. Nhw fydd yn gwneud yr ymchwiliadau swyddogol, a dylai fod twrne gan Mrs Griffiths a Dr Jones; holwch hwythe hefyd. Stori dda i'r *Journal* yden ni isio, Tina, a gallai fod yn destun rhaglen ddogfen ar y teledu a'r radio hefyd. Mi fydd yn sialens i'ch gyrfa chithau.'

Rhedodd meddwl Tina'n wyllt. Efallai mai bai'r anesthetydd, y Sister neu'r ffisiotherapydd ydi o, meddyliodd yn obeithiol, er mwyn achub cam ei harwr ei hun. 'Mi wna i 'ngorau, Mr Parry,' meddai, gan grynu i gyd wrth feddwl am y posibiliadau erchyll a allai ddeillio o'r digwyddiad amheus hwn.

'Wrth gwrs, os ceir Dr Jones yn euog o ddifaterwch, gallai golli'i waith. Y perygl mwyaf ydi y gallai Mrs Griffiths fod wedi colli'i bywyd, a'r llawfeddyg yn cael ei ffeindio'n euog o ddynladdiad!'

Rhewodd ei gwaed yn y fan a'r lle. Roedd Jeff Parry

fel petai'n rhestru'r oblygiadau'n fwriadol i ddychryn Tina. Oedd o'n gwybod am berthynas Dr Richard Jones a hithau, tybed? Os oedd o, tybed ai cenfigen oedd hyn i gyd, ac a oedd yna achos yn bod go iawn? Byddai holi Dic am y cyhuddiadau'n creu tensiwn diangen rhyngddo ef a Tina, a gallai olygu'r ddau beth gwaethaf posib iddi hi – colli'i swydd pe byddai'n dangos ffafriaeth i Dic a gwneud sylwadau unochrog yn ei herthygl, neu chwalu perthynas efo'r dyn roedd hi'n ei garu'n fwy na neb na dim ar wyneb y ddaear.

Ond y cwestiwn sylfaenol oedd, beth ysgogodd Mrs Griffiths y Boncyn i gyhuddo Dic yn bersonol o ddiofalwch? Beth oedd yn ei phoeni hi yn dilyn ei llawdriniaeth? Roedd hi'n edrych yn iawn ar y stryd y diwrnod o'r blaen!

'Mwy o win, Tina?' Erbyn deg o'r gloch roedd Jeff Parry wedi llwyddo i orffen yr ail botelaid o win ac roedd wedi trafod popeth o dan y nef yng nghwmni ei Dina hyfryd. Hoffai glywed ei lais ei hun, a oedd yn siwtio Tina'n iawn, gan nad oedd yn rhaid iddi siarad llawer na thrafod ei bywyd personol ag o. Fydd y sleifar yn rhy chwil i yrru toc, meddyliodd, felly mi fedra i gerdded adre yn lle mynd ef fo yn ei gar.

'Na, dim mwy o win i mi diolch, Mr Parry. Mae'n well i mi fynd i roi fy meddwl ar waith. Mae 'na dipyn o ddarllen a gwaith ymchwil i'w wneud.'

'Ewch chi ddim cam o'r bwyty yma ar eich pen eich hun, Tina annwyl, rhag ofn i rywun gymryd mantais ar ferch mor . . . hardd.'

'Fydda i'n iawn,' protestiodd Tina.

'Dydw i ddim am i stori am un o aelodau fy staff fy hun ymddangos ar dudalen flaen y rhifyn nesa o'r *Journal*! Fe dala i am y bwyd, ac yna rof i bàs adre i chi.

Efallai y dyliwn innau gymryd coffi du yn lle yfed mwy o'r gwin bendigedig yma,' meddai'n awgrymog, heb feddwl am eiliad am y peryglon o yrru ar ôl potelaid a hanner ohono! Roedd ei lygaid yn pefrio o dan ei effaith, a thueddai'r ddwy i grwydro i fyny ac i lawr corff Tina, gan aros yn hir i rythu ar rigol ei bronnau. Gobeithiai Mr Parry'n dawel bach y gallai dreulio gweddill y noson efo Tina, i ddarganfod sut fra oedd ganddi'n llechu o dan ei blows goch, ffasiynol. Fedrai o ddim meddwl pam fod merch atebol fel hon heb briodi, a doedd o byth yn ei gweld hi allan yng nghwmni dynion.

Er gwaethaf ambell i wyriad oddi ar y ffordd, cyrhaeddodd y ddau giât tŷ Tina'n ddiogel. Dim ond unwaith y llithrodd llaw Jeff Parry oddi ar lifer y gêr a glanio'n daclus, fwriadol, ar goes dde Tina. Doedd hithau ddim yn hir cyn symud ei chorff yn annifyr i ddangos ei hanfodlonrwydd. Byddai unrhyw ddyn call yn ffansïo'i gyfle efo merch mor ddeniadol â hi, meddyliodd Jeff, heb weld dim o'i le yn ei weithred. Taswn i ddim yn gneud, byddai'n hawdd i Tina feddwl fod rhywbeth mawr o'i le arni hi!

Parciodd y Golygydd meddw ar ben y pafin y tu allan i'r fflatiau gan ddiffodd yr injan, tynnu'r goriadau o'r twll, a rhythu'n wyllt ar Tina.

'Dyma ni, Tina, Fflat 36C. Union yr un maint â'ch brestiau bendigedig chi. Oes yna goffi du'n ffrwtian acw, tybed?'

Anwybyddodd Tina sylw beiddgar a chwerthinllyd arall ei bòs. Roedd hi wedi cynhyrfu gormod am y cyhuddiadau yn erbyn Dic i ymateb, felly diolchodd yn gwrtais am swper hyfryd, ac am iddo ymddiried ynddi hi fel gohebydd profiadol i ddilyn y stori ddiweddaraf. Gorfu i Jeff Parry wneud ei goffi ei hun y noson honno, yn ogystal â chael gwared ar yr ysfa fawr oedd ganddo yn ei drowsus.

*   *   *

Gwibiai sibrydion ac amheuon cryf yn dân gwyllt o gwmpas Ysbyty'r Borth. Doedd neb yn sicr o'u ffeithiau ac roedd pawb yn cyhuddo'r dieuog. Roedd edrych o bell ar gamweddau neu feiau pobl eraill yn rhoi pleser mawr i'r hunangyfiawn, a doedd dim taw ar eu busnesa: 'Oedd rhywun wedi marw yn dilyn triniaeth?' 'Ai llawfeddyg neu nyrs oedd yn gyfrifol am y difaterwch?' 'Gan bwy o'r staff oedd gwybodaeth fewnol, boed honno'n wir neu'n anwir?' Fuodd yna erioed ysbyty cystal â'r Borth am hel clecs di-sail. Roedd y newyddion am 'amryfusedd difrifol' wedi lledaenu o gwmpas holl adrannau'r anghenfil concrid, a gwyddai'r staff y byddai wedi treiddio i'r papurau newydd erbyn diwedd yr wythnos. Ond beth bynnag yr oedd pobol o'r tu allan wedi'i glywed, câi'r gwn mewnol ei anelu at galon y llawfeddyg parchus, Dr Richard Jones, a hynny heb unrhyw fath o dystiolaeth.

Heddiw oedd y diwrnod mawr pan oedd yn rhaid iddo wynebu uchel-swyddogion yr Adran Gwynion. Y cwbwl a wyddai Dic oedd fod yna wraig wedi cwyno yn dilyn llawdriniaeth ganddo ar ei phen-glin. Gwyddai pwy oedd hi, ond nid pam.

'Wyt ti . . . ydach chi'n iawn, Dr Jones? Cofiwch alw os 'dach chi am gael clust i wrando.' Ann wnaeth y cyfarchiad o'i sedd tu ôl i'w chyfrifiadur yn nerbynfa'r ysbyty. Sylwodd fod Dic yn hynod o welw wrth iddo ddod i mewn drwy ddrws awtomatig y fynedfa, ond trodd y llawfeddyg ati am eiliad fer gan wneud yn siŵr nad oedd neb arall o fewn clyw.

'Diolch Ann; ella y gwna i alw yn y fflat i drafod y broblam yn breifat!'

Dwyn cyfle i 'drafod' Tina fyddai hynny, meddyliodd Ann. O fewn muriau'r ysbyty, ac o dan amgylchiadau proffesiynol, roedd yn anodd iddi gael sgwrs bersonol efo Dr Jones, er ei bod wedi cadw'i affêr efo Tina'n gyfrinach rhag eu cydweithwyr ers cymaint o amser. Cynt, byddai Ann yn mynd am baned i'r cantîn yr un pryd â Dic weithiau er mwyn iddo gael rhywun i wrando ar ei broblemau personol. Wrth gwrs, gallai Ann ysbïo arno yntau ar ran Tina hefyd! Gwyddai'n iawn pryd oedd y Ddraig yn mynd draw ato, a gallai synhwyro os oedd Dic yn cael perthynas efo merched eraill. Ond doedd o ddim wedi trin neb ers cyfarfod Tina, am a wyddai Ann.

'Ydi'r stori'n wir 'ta, Dr Jones?' Ned Pugh oedd y nesaf i holi efo'i hen geg fawr, fusneslyd. Roedd y llawfeddyg bron â chael llond bol wrth fynd o gwmpas y wardiau y bore hwnnw, ac roedd ei amynedd yn prinhau cymaint efo'i gleifion ag yr oedd efo uchel swyddogion y sefydliad.

'Pa stori ydach chi wedi'i chlywed rŵan, Mr Pugh – fod Elvis wedi'i ddarganfod yn fyw, neu fod yr Wyddfa wedi troi'n gaws?' Doedd gan Dr Jones fawr o awydd bod yn glên y bore hwnnw. Roedd yntau ar dân isio gwybod mwy am y cyhuddiadau, ac ar ba sail yr oedd yr ysbyty'n pwyntio bys ato fo.

'Rhywun wedi marw ar ôl cael *operation* yn yr hospitol 'ma meddan nhw!'

Doedd Ned Pugh, fwy na neb arall, ddim wedi cael y stori'n gyflawn. Clebran gwag pobol heb ddim byd gwell i'w wneud efo'u hamser oedd o, meddyliodd Dic wrth sicrhau bod y clwy ar ben-glin Ned yn gwella'n iawn. Ers clywed am y difaterwch honedig, ceisiai gymryd mwy o sylw nag arfer efo gofal iechyd ei gleifion ar ôl llawdriniaethau pen-glin neu glun newydd. Fuodd yna erioed gwynion yn ei erbyn o'r blaen, ac roedd pob llawdriniaeth wedi mynd rhagddi'n ddigon didrafferth am a wyddai o. Nid problem llawfeddyg oedd hi pan ddeuai pobol yn ôl wedi i'w cluniau neu ben-gliniau fynd o'u lle, a phobol ddwl oedd y rheiny gan amlaf oedd wedi ceisio mynd i'r bath yn rhy gynnar ar ôl y driniaeth, neu wedi cymryd cam gwag neu geisio cerdded i fyny rhiw serth yn rhy fuan. Ceisiai Dic rybuddio'r cleifion bod yn rhaid cropian cyn cerdded ar ôl cael clun newydd. Tacla cwynfanllyd, meddyliodd wrtho'i hun. Yna cofiodd yn sydyn am achos dros bymtheg mlynedd yn ôl pan adawodd *swab* bach ar ôl ym mhen-glin hen wraig. Hawdd iawn oedd i lawfeddyg adael clwtyn bach diheintio ar ôl yr adeg honno. Yn dilyn Pelydr-X *Radio Opaque*, cafodd ei gywiro'n ddirwgnach a dyna ddiwedd ar y stori. Ond gallai'r digwyddiad hwnnw hyd yn oed fod ar gof a chadw mewn rhyw fas data neu'i gilydd, a bod y penaethiaid wedi tyrchu'r hanes o grombil y gorffennol er mwyn cryfhau eu hamheuon. Roedd ymennydd y llawfeddyg gofidus yn gorweithio, a cheisiodd droi ei feddwl yn ôl at y presennol.

'Peidiwch â gwrando ar sibrydion, Mr Pugh. Mi fydd y gwir yn siŵr o gael ei gelu o flaen y celwyddau.'

'Be oedd yr *operation* tybed, Dr Jones – unrhyw syniad?' Rhygnodd 'Robin Busnes' yn ei flaen nes mynd ar nerfau'r meddyg; daeth i benderfyniad sydyn

– roedd am yrru'r hen ddyn clepiog adre'r diwrnod hwnnw i gael gwared arno!

'Y peth pwysig ydi eich bod chi'n iawn, Mr Pugh, ac mi gewch chi fynd adra'r pnawn 'ma. 'Neith y nyrs o wlad Pwyl edrych ar eich ôl chi tan hynny. Mae o'n nyrs bach clên iawn, er nad ydi o'n deall fawr o Saesneg, heb sôn am Gymraeg!'

Dechreuodd Mr Pugh lafarganu'r geiriau 'Mr Sheen shine' o ryw hen hysbyseb ers talwm. 'Polish 'te!' chwarddodd.

Ar hynny canodd bipiwr Dr Jones. Diolch byth, meddyliodd! Ond diflannodd ei ryddhad mewn chwinciad o weld mai neges i ddweud bod panel croesholi'r ysbyty'n barod amdano oedd hi. Rhuthrai llwythi o gwestiynau trwy ei feddwl wrth iddo frasgamu i lawr y coridorau llydain i nôl paned o'r peiriant. Roedd yn flin fel tincar ond yfodd y baned wrth gasglu'i feddyliau ynghyd; penderfynodd nad oedd ganddo ddim i boeni amdano. Cyrhaeddodd yr Ystafell Gyfarfod efo'i wynt yn ei ddau ddwrn. Ar amrantiad, heb unrhyw fath o gyflwyniad gan y tri uchel-swyddog, dechreuodd yr unig wraig yn eu plith barablu am ddeng munud cyfan yn sôn am yr 'honiadau difrifol yn eich erbyn', bla bla bla. Roedd meddwl Dic yn bwll tro yn ei ben. Yn grynedig, gafaelodd yn y llythyr o gŵyn. Roedd y panelwyr eisoes wedi ei ddarllen a'i ddadansoddi. Cyhuddiadau un wraig yn unig yn erbyn y llawfeddyg proffesiynol oedd o. Pwy fydden nhw'n ei goelio, tybed?

'Dydi hyn ddim yn dweud mai fi oedd ar fai,' heriodd Dr Jones mewn cynddaredd, a oedd yn prysur dyfu'n gyfog gwag y tu mewn iddo.

'Mae'n rhaid i ni edrych ar bob cymal ohono'n fanwl eto, wrth gwrs.' Gwraig sych-dduwiol efo sbectol

hanner crwn yn hongian ar ei thrwyn oedd y prif
lefarydd. Roedd ei hosgo'n unionsyth, a'r fynsen dwt
yn ei gwallt wedi dechrau britho ers tro, fel nyth
aderyn bach. Doedd hon ddim yn ddynes i'w chroesi, a
gwrandawodd Dic yn astud arni. 'Ond, am y tro, rydym
i gyd yn unfrydol y dylech gymryd amser i ffwrdd o'r
gwaith tra bod ymchwiliadau pellach yn cael eu
cynnal. Gwaharddiad gyda chyflog llawn, wrth gwrs.'

Suddodd calon Dic, ond roedd yn benderfynol o
herio awdurdod.

'Rydach chi wedi dysgu'r lein yna fel Poli Parot ers
tro ddeudwn i, Mrs . . !' Roedd y llawfeddyg yn barod
am yr ast drwynuchel. 'Rydach chi wedi dod i
benderfyniad cwbwl ddi-sail – pob un ohonoch chi!
Ydach chi wedi gweld Mrs Griffiths i brofi ei bod hi'n
sâl? Oes yna feddyg teulu wedi anfon llythyr doctor
i'ch sylw chi?'

'Naddo, ond . . .'

'Doedd yna ddim byd yn bod arni'n gadael y theatr,
felly roedd hi allan o ngofal i ar ôl mynd adra.
Ddylach chi o bawb wybod hynny!'

'Nid os mai wedi'r driniaeth y mae'r symptomau
wedi dechrau, Dr Jones.'

Doedd dim pwynt dadlau efo nhw. Trodd y tri glust
fyddar, cyn i Mr Edmund fentro gair o gysur yn ei
Gymraeg bratiog.

'Dr Jones, Mr Edmund ydw i. Fi dim deall popeth
chi'n deud *'cause of my* Cymraeg gwael. Ond bydd
thorough investigation yn gael ei neud cyn *accusio* neb.
Bydd raid holi'r Sister ar y pryd *and so forth*.'

'Peidiwch chi â phoeni, Mr Edmund. Mi fydda i wedi
mynd i Boncyn Ucha i weld drostaf fy hun cyn hynny!'

'Na fyddwch, Dr Jones.' Llais yr Hitlerwraig eto.

Mae hon yn waeth na'r Ddraig sydd gen i adra! meddyliodd Dic. 'Mae gwaharddiad arnoch chi rhag mynd yno. Os gwnewch chi, byddwch yn tresmasu ac yn torri'r ddeddf. Gallech gael eich dirwyo a cholli'ch swydd am ymyrryd. Ordors gan yr heddlu ydi'r rheina Dr Jones, nid gennym ni. Gadewch iddyn nhw ac Adran Gwynion yr Ysbyty barhau efo'u hymholiadau. Dyna'r cwbwl am y tro, dwi'n meddwl.'

'Fe wnawn cysylltu gyda ci pan fydd yn *alright* i fynd 'nôl i gwaith, Dr Jones. Diolc.'

'Cau dy geg, y pen côc diawl.' Wrth i Dr Jones lefaru'i ymateb yn ei ben, cododd ar ei draed mor gyflym â'i dymheredd, cyn i'r llefarydd ychwanegu:

'Cofiwch gael enw a rhif cyswllt eich twrne wrth law – rhag ofn. Dydd da.'

'Ond mae gen i gleifion i ofalu amdanyn nhw, a dwy lawdriniaeth fory!'

'Mae trefniant arall wedi'i wneud. Mae popeth yn ein dwylo medrus ni, Dr Jones.' Cafodd y trydydd llipryn hunanbwysig gyfle i roi ei big i mewn i ganmol ei adran. Cadarnhawyd nad oedd Ysbyty'r Borth – lle bu Dr Jones yn gweithio, yn chwysu ac yn ennill clod iddo'i hun ac iddynt hwythau – ei angen mwyach. Llyfu tin un funud, a sathru ar eich traed chi'r munud nesa, meddyliodd. Doedd dyn aeddfed o'i statws o ddim i fod i grio. Ond dyna a wnaeth Dic am weddill y dydd, a hynny ar frestiau poethion Tina.

'Roedd yn rhaid i mi dy weld di, Tins,' meddai'n ddagreuol yn ei fflat. 'Sori am dy dynnu di oddi wrth dy waith, ond fedrwn i ddim agor fy nghalon efo Nacw. Mae'r Ddraig yn treulio mwy o amsar yn ei gwely na dim byd arall y dyddia yma – ac nid efo fi chwaith, cyn i ti ofyn!'

'Mae hithe'n blino efo'r plant hefyd 'sti . . .' Oedd Tina i fod i achub cam ei wraig, a hithau'n cael affêr wyllt efo'i gŵr? 'Paid â phoeni amdana i, Dic, roedd gen i *time in lieu* beth bynnag. Ty'd yma, del. Ty'd i freichie Anti Tina. Gei di ddeud y stori i gyd dros lasied bach o wisgi.'

Clodd Tina'r drws, a gosod nodyn arno'n dweud ei bod wedi mynd allan ar drywydd stori, ac y byddai'n hanner nos arni'n dod adre. Roedd elfen o wirionedd yn hynny, wrth gwrs. Roedd am glywed stori'r llawfeddyg o'i safbwynt o yn ogystal â phenaethiaid yr ysbyty a'r un a wnaeth y cyhuddiadau yn ei erbyn ar gyfer ei hymchwil. Efallai y byddai'r wisgi'n llacio'i dafod i ddweud – a gwneud – mwy. Doedd hi ddim am i Ann, Gwenan, Lyn na Jeff Parry amharu ar yr oriau nesaf, a fedrai hi yn ei byw ddeud wrth Dic y noson honno mai hi oedd yn ymchwilio i'r mater ar ran y *Borth Journal*.

Ymhen ychydig oriau, roedd Tina wedi cael ei bodloni mewn mwy nag un ffordd.

*   *   *

Tri oedd yn gweithio'n llawn amser yn llyfrgell y Borth. Pan ddechreuodd Gwenan ar ei swydd yno, ychydig dros dair blynedd yn ôl, roedd pawb yn synnu wrth glywed acen mor wahanol. Teimlai hithau mai pobl blwyfol oedd trigolion y dre, oedd yn fwy cyfarwydd gydag acen y Dwyrain Canol na Cheredigion, ac yn fwy tebygol o deithio i Dde Cymru Newydd nag i dde Cymru! Ond deuai pawb ymlaen yn dda iawn efo Gwenan. Roedd hi'n gydwybodol iawn ac yn ffynhonnell pob gwybodaeth, bob amser yn cymryd ei gwaith o ddifrif, ac yn ymgolli yn y pynciau mwyaf dyrys. Ond roedd ganddi natur fusneslyd hefyd, fel ei mam; hoffai wybod at ba ddiben roedd pobl yn benthyg gwahanol lyfrau. Byddai hynny'n cymell sgwrs ddifyr iawn yn aml, gan wneud i'r diwrnod hedfan heibio heb iddi deimlo unrhyw ddiflastod o fewn muriau'r gweithle.

Gan fod pawb yn yr ardal yn dechrau sôn am wyliau'r haf, roedd yr adeilad yn fwrlwm yr adeg honno o'r flwyddyn. Sbaen a Groeg oedd y ddwy wlad fwyaf poblogaidd, yn ôl theori Gwenan. Synnai fod cymaint o bobol leol yn gwneud gwaith ymchwil mewn llyfrgell yn hytrach nag ar y we. Roedd rhai eisiau llungopïo mapiau, eraill yn chwilio yn y *Rough Guides* i gael llefydd rhad i aros, a nifer eisiau manylion hanesyddol am y gwahanol ardaloedd. Hoffai eraill gael crap ar yr iaith frodorol, a gwybod ymlaen llaw am amgueddfeydd a safleoedd archeolegol ac ati. Teimlai Gwenan fod y Prydeinwyr yn ddigon hapus i gynrychiolwyr cwmnïau gwyliau swnllyd eu diflasu efo'u cariôcis swnllyd, neu eu tywys o gwmpas trefi llawn gwagedd ac eilunod masnachol. Haul crasboeth, cwrw tan dri y bore a *Fish 'n' Chips* oedd brêc delfrydol ambell un di-chwaeth, yn ôl damcaniaeth Gwenan! Pam eu bod yn trafferthu talu cannoedd o bunnau tra bod y cyfan – heblaw'r haul – ar gael yn Blackpool neu Southport? sibrydodd wrthi'i hun o dan ei gwynt.

Yna cofiodd yn sydyn am y llyfr a fenthycwyd gan Lyn ychydig ddyddiau'n gynharach, ac aeth i'r cyfrifiadur i archwilio'r bas data. Daeth at y dyddiad cywir. Lyn oedd yr ugeinfed cwsmer y diwrnod hwnnw. Crwydrodd y llygoden ar hyd y sgrin . . . Daliwyd!

Benthycwr: **Mr Lyn Adams**

Llyfr a fenthyciwyd: **Cross-dressing**

Angen y llyfr ar gyfer cwmni drama neu wisg ffansi roedd o, meddyliodd Gwenan. Doedd hi erioed wedi sylwi ar unrhyw beth amheus ynghylch Lyn, ac yn sicr doedd hi ddim yn credu ei fod y teip i wisgo fel dynes! Anghofiodd am ei chwilfrydedd a dychwelyd at ei hamrywiol orchwylion.

Wrth hel atgofion dros baned, bu'n meddwl am ei swydd gyntaf mewn llyfrgell yng Ngheredigion. Cofiodd sut y gofynnodd ei Hwncwl Morys iddi am fenthyca dau lyfr. Er bod gwasanaeth fan symudol ar gael yng nghefn gwlad yr adeg hynny, a digonedd o lyfrgelloedd mewn gwahanol drefi cyfagos, credai Gwenan fod ei hewythr yn rhy wylaidd neu swil i gerdded i mewn i sŵn eu tawelwch. Cofiai Gwenan deitlau'r ddau lyfr – dewis braidd yn rhyfedd hefyd. Roedd hi'n gyfarwydd efo'r llyfrau mwyaf poblogaidd oedd ar silffoedd y llyfrgell, ond doedd hi erioed wedi darllen *Relationships within the family* na *The father that never was*.

O feddwl ymhellach, daeth Gwenan yn fwy crediniol fyth fod cynnen wedi bod ynglŷn â hen ewyllys yn y teulu. Neu efallai bod Morys yn genfigennus bod ei frawd – ei thad – mewn priodas ddedwydd efo gwraig a phlant perffaith? Byddai'n rhaid iddi holi ei mam-gu ar y cyfle cyntaf gâi hi.

Ffrwynodd Gwenan ei meddyliau wrth i ferch ifanc fronnog efo gwallt hir melyn wenu arni'n awgrymog wrth estyn llyfr iddi ei sganio. *What a Gay Day*. Roedd Gwenan wedi darllen hwnnw.

11. Gymerwch chi ddrag?

Bu Tomi wrthi'n ddygn am ddyddiau'n troi pum acer o'i dir ar fferm Pant Mawr. Wedi cwblhau'r orchwyl honno, cododd gyda'r wawr y diwrnod canlynol gan ryddhau'r gwŷdd o'r tractor cyn paratoi'r ddisg yn barod i'w hau a'i lyfnu. Tasg diwrnod arall fyddai rowlio'r tir. Erbyn amser te, roedd Ann angen trafodaeth bellach ynglŷn â threfniadau'r briodas.

Trip efo Merched y Wawr oedd gan ei fam y prynhawn hwnnw, felly fyddai Nansi ddim yno i fusnesa efo'i darpar ferch-yng-nghyfraith na'i mab annwyl, glân a phur. Rhaid cadw dwy ddynes yn hapus y dyddiau hyn, myn diawl, meddyliodd Tomi wrth dynnu'i esgidiau cryfion yn y *porch* budr.

Newydd orffen ei bwdin reis roedd Tomi pan glywodd gar Ann yn rhuo i fyny i'r buarth. Roedd Nansi Davies yn ei phasio wrth giât y ffordd, yn rhuthro fel gafr ar daranau i mewn i'w cherbyd hithau. Ond taflodd fandad bygythiol ati er mwyn dangos pwy oedd yn dal yn fòs yn nhŷ fferm Pant Mawr.

'Newch chi olchi'r llestri i mi gobeithio, Ann; dwi'n brysur heddiw. O, ie, mae llawr y pantri angen sgwriad go dda a byddai'r dreser yn gallu gneud y tro efo tynnu llwch – mae'n rhaid i mi fynd i ddal y bws.' Ac i ffwrdd â hi mor swta â'i gorchymyn, gan adael Ann yn gegrwth wrth ddrws ei char. Na wna i wir, meddyliodd Ann, mae gen i ddigon o bethau ar 'y mhlât heb olchi platiau budron darpar fam-yng-nghyfraith bowld!

Roedd honno â'i phig i mewn ym mhopeth lle câi sylw. Hi oedd cadeirydd y gangen leol o Ferched y

Wawr; roedd yn drysorydd y Gymdeithas, yn flaenores y Capel, yn ysgrifennydd yr eisteddfod leol ac yn cynnal dosbarthiadau trefnu blodau yn y gaeaf. Sut all y jadan fynd i jolihoetian mor amal a'i gŵr mor wael? Torrodd Ann ar draws ei meddyliau ei hun. No wê hosê dwi am ysgafnhau baich honna cyn ei bod yn ddyletswydd arna i!

'Dy fam ar frys,' meddai Ann wrth Tomi yn y parlwr. Doedd yr ystafell honno'n ddim cynhesach na'i groeso, a'r peth cyntaf roedd Ann am ei wneud ar ôl symud i Bant Mawr oedd rhoi gwres canolog yno!

'Trip i Dŷ Mawr, Wybrnant. Cinio ym Metws-y-coed wedyn. Lle da am frecwast priodas . . .' Taro'r post i'r pared glywed oedd y bwriad gan Tomi, ond troi clust fyddar wnaeth ei ddyweddi.

Aeth y drafodaeth ymlaen am awr heb sôn yr un gair pellach am leoliad i'r wledd. Ysai Tomi am gael mynd yn ôl i drin ei dir, fel y gallai orffen cyn picio allan am beint efo'r hogiau'n hwyrach. Ond chwarae teg i Ann, roedd yn rhoi mwy o gyfle nag arfer iddo roi ei farn ar y gwahanol drefniadau. Penderfynodd Tomi mai wythnos codi tatws fyddai fwyaf cyfleus i gynnal y briodas, ac y byddai pedwar mis yn hen ddigon o amser i drefnu. Mis Hydref oedd un o'r adegau tawelaf i bob ffarmwr, yn dilyn prysurdeb y silwair a'r byrnau mawr. Digon naturiol oedd gadael i Ann ddewis adeilad i briodi ynddo. Wyddai Tomi ddim ai capel neu westy neu ogof fyddai Ann yn ei ffafrio. Doedd hi, fwy nag yntau, heb fynychu Capel Bethseida ers i Ann symud i weithio i'r Borth, a wyddai'r un o'r ddau fawr ddim am hynt a helynt y bregethwraig newydd.

Doedd Tomi ddim yn cîn i gael dynes i'w priodi! Ei deimlad siofenistaidd o oedd mai o flaen y sinc mae lle dynes, ac nid o flaen pulpud. Tina fyddai'r unig forwyn, yn ôl Ann, ac er bod Tomi'n awyddus i Catrin, ffrind ysgol Ann, rannu'r dyletswyddau, daethpwyd i gyfaddawd a phenderfynwyd gofyn i Catrin chwarae'r organ, gan nad oedd enw amlwg arall ar y rhestr.

Bryn y Boncyn fyddai'r gwas – fo oedd wedi gwneud fwyaf efo Tomi, yn ôl Ann, er mai Harri Cae Pella oedd ei ddewis cyntaf o. Penderfynodd Ann y câi hwnnw godi canu (os oedd o'n ganwr ai peidio). Roedd hi am gael cymanfa o ganu yn y briodas, a byddai gofyn i Harri gyflawni'r orchwyl honno'n plesio'n iawn, mae'n siŵr. Brodyr Ann, sef Gwyn ac Alun, fyddai'r ystlyswyr. Doedd gan Tomi ddim perthnasau agos i'w cynnig.

"Dan ni hannar ffordd yna, Tomi bach,' chwarddodd Ann wedi dros awr o ymlafnio a chwysu uwchben y trefniadau. 'Ty'd â sws i mi, myn diawl i, cyn i mi farw o sychad, ac mi a' inna i neud panad wedyn cyn sortio'r gweddill allan.'

Gallai Ann beri i galon Tomi doddi er gwaetha'i thueddiadau i gymryd yr awenau bob cyfle gâi. Doedd cusanu mewn *overalls* priddllyd ddim y peth mwyaf rhamantus i'r un o'r ddau, ond fu Ann ddim yn hir cyn setlo'r broblem honno!

'Paid, Anni Panni!' chwarddodd Tomi'n chwareus wrth i Ann ei ddadwisgo o flaen tân claear y parlwr. Cododd embaras neu wres mawr i'w fochau cochion oedd erbyn hyn yn fwy gwridog na rhosyn Saron yr Ann arall honno 'slawer dydd. Stripiwyd ei ddilledyn un-darn oddi amdano'n araf fel petai Ann yn pilio banana'n fwriadol awgrymog.

'Shh, mae Dad yn siŵr o glywad drws nesa!'

Anwybyddu'r cerydd wnaeth Ann, gan wybod na

fyddai ei darpar ŵr byth yn colli cyfle am damaid sydyn yn absenoldeb ei fam. Fyddai ei dad byth yn gallu codi o'i gadair olwyn a gweld ei fab parchus yn bwchahwcho, er mai tafliad crystyn yn unig oddi wrtho yr oeddynt. Anghofiodd Ann am yr hogle gwair a drewdod yr olew TVO wrth weld Tomi'n noeth-lymun o'i blaen, a rhoddodd o i orwedd ar y soffa flodeuog a thamp. Edrychai'n ddigon digri yn ei ddwy hosan gwahanol liw ond canolbwyntiodd Ann ar sugno ar dethi ei frestiau nes teimlo'i rhai hi ei hun yn caledu hefyd. Yn gynnwrf i gyd, tynnodd Tomi *jeans* Ann hyd at ei phen-gliniau. Wnaeth o ddim trafferthu tynnu ei siwmper, dim ond datod ei bra i deimlo'r melonau hyfryd yn gadarn yn ei ddwylo o'r tu ôl. Rhoddodd hi ar siâp berfa ar y soffa, gan ei throi i wynebu oddi wrtho, a gwthio'i bidlen chwyddedig drwy ei falog wrth iddi weld golau dydd am y tro cyntaf ers pythefnos. Fuodd hi ddim yn hir cyn mynd yn ôl i dywyllwch dudew perfeddion tyn Ann. Felly y buont am funudau lawer, Tomi'n tynnu'n wyllt yng ngwallt Ann, yn reidio fel petai ar gefn merlen, a hithau mewn cymaint o boenau pleserus fel nad oedd yn gallu yngan yr un gair wrtho. Chwysai Tomi'n ddiferol wrth bwnio'i ferfa rywiol yn ei blaen, a châi bleser poenus wrth i'w beli llawnion gael eu gwasgu gan zip ei *jeans*. Wnaeth ychydig o boen ddim drwg i neb, meddyliodd, wrth roi clusten go egr i un o fochau tin Ann. Gwingodd honno mewn poen gan annog Tomi i neud mwy. Yna gwasgodd dethi ei bronnau nes bod Ann yn jerian.

'Y bastard creulon!' gwaeddodd Ann yn ei helfen.

'Paid â siarad yn fudur efo fi'r ffycar!' heriodd Tomi cyn i lais egwan darfu ar ei fwyniant.

'Tomi! Tomi!'

Anwybyddu'r alwad wnaeth Tomi gan barhau i bwnio nes gwasgaru llwyth o'i lafa gwyn, cynnes ar hyd cefn Ann.

'Tomiiiiiiiiii!'

Clywodd Ann a Tomi glec anferth o'r drws nesa. Wedi dadebru o'i uchafbwynt rhywiol, rhuthrodd Tomi i wisgo cyn dod o hyd i'w dad yn anymwybodol ar lawr y gegin.

'Ann! Ffonia'r doctor. Mae Dad wedi cael pwl arall . . .'

Wrth wisgo amdani efo un llaw a ffonio'r ambiwlans efo'r llall, teimlodd Ann ychydig o siomiant a chywilydd o gael eu distyrbio wrth gael jwmp ym mharlwr Pant Mawr. Ond o edrych arni'r ffordd arall, petai hi a Tomi wedi gorffen gwneud trefniadau'r briodas, gallai Ned Davies fod wedi marw'n glap cyn i neb ddod o hyd iddo mewn pryd. Roedd da i bob drwg wedi'r cyfan!

Cyrhaeddodd yr ambiwlans unigeddau Pant Mawr yn ddidrafferth ymhen chwarter awr. Bu yno sawl gwaith o'r blaen.

'Rhaid i mi fynd efo fo i'r ysbyty,' meddai Tomi wrth Ann, â'i ddwylo a'i du mewn yn crynu i gyd. Wyddai Ann ddim ai effaith y rhyw gwyllt oedd ar Tomi ynteu poeni am ei dad yr oedd o!

'Wnei di orffen trin y tir i fi, Ann? Rhaid i mi ei hau o fory.' Clywodd Ann adlais o'i fam yn ei orchymyn.

Wyth o'r gloch y nos oedd hi pan gyrhaeddodd Ann adre i'r fflat yn y Borth, efo cae pum acer wedi'i drin, a dim ond hanner y trefniadau priodas wedi'u cwblhau. Er gwaetha'r jwmp dda, roedd hi wedi hario ac yn flin fel cacynen, ac ysai am gael dweud ei dweud dros ddiod fach efo Tina. Curodd ar ddrws ei fflat, a thaerai iddi glywed sibrwd yn dod oddi yno, ond doedd dim ateb. Rhyfedd hefyd, meddyliodd, â char Tina y tu allan. Efallai mai'r teledu oedd ymlaen gan Gwenan i lawr y grisiau. Curodd eto, cyn sylwi ar nodyn yn dweud 'wedi mynd allan ar drywydd stori . . .' Heb gar, meddyliodd Ann? Helô! Dechreuodd amau fod rhywbeth ar droed, a phenderfynodd ffonio Tina ar ei ffôn symudol. Atebwyd honno ymhen ychydig gan lais ffromllyd a diamynedd.

'Tina, lle wyt ti?'

'Ym . . . ar drywydd stori . . . i Jeff Parry . . .'

'Heb dy gar?' Ceisiai Ann sibrwd mor dawel â phosib yn lle bod Gwenan yn ei chlywed o'i hystafell hithau.

'Sut gwyddost ti hynny?'

'Dwi ar landing y tŷ, y lemon! A dwi'n gwybod dy fod di yn dy stafall hefyd! Plîs 'nei di agor i fi? Dwi isio *chat*! Os ydi O yna, wel, deud wrtha i am fynd i grafu!'

Roedd ymbilio Ann yn ddigon i doddi calon Tina, a gorfu iddi feddwl am esgusodion sydyn am ei chwmnïaeth, a oedd yn prysur ddirwyn i ben beth bynnag.

'Ydi Gwenan efo ti?' holodd Tina. Doedd hi ddim am i honno weld Dic yn sleifio allan i'r nos.

'Na, mae hi yn ei stafell am wn i.'

'Mae gen i rywun yn f'ystafell dwi newydd orffen ei gyfweld ar gyfer y stori, ac mae o ar fin gadael. Rho chwarter awr i fi.'

'Ti'n werth y byd. Mi a' i i nôl potel o win tra mae o'n gadal.'

Edrychodd Ann drwy ffenestr ei fflat, gan sylwi yng ngolau lamp y ffordd fod BMW du wedi'i barcio'n dwt y tu ôl i gar Tina. Doedd dim llawer o ots ganddi ei bod

149

wedi distyrbio Dic a Tina – roedd hithau isio ychydig o faldod a bwrw'i bol efo'i ffrind gorau weithiau hefyd!

Pan aeth Ann i fflat Tina, roedd Dic wedi diflannu i'r nos mor llechwraidd â llwynog profiadol. Ond roedd golwg yr un mor boenus ar wyneb Tina ag a oedd ar un Ann.

'Wel am ddwy dda,' meddai Ann wrth lyfu'i gwydryn gwin. 'Fi wedi dod yma'n gythryblus i gyd ac isio chydig o gyngor, a dy wynab ditha'n edrych fel tasa ti'n rhwym ers dyddia! Dywad dy broblema di'n gynta – ti'n edrych fel tasa gen ti fwy ohonyn nhw na fi!'

Ac felly y treuliwyd y noson: Ann yn trafod problemau'r teulu-yng-nghyfraith tra bod Tina am yn ail â hi'n lambastio'r Cyngor Meddygol. Ann wedyn yn cwyno bod Tomi'n ymdebygu i'w fam a bod ei dad yn dibynnu gormod arno, a Tina'n harthio nad oedd Dic yn sôn am ysgaru'i Ddraig wedi tair blynedd a mwy o gyfathrachu. Yna, i goroni'r cwbwl, Ann yn dweud iddi gael jwmp sydyn o'r tu ôl tra bod yr hen ddyn yn cael pwl ar ei galon wantan yn y gegin, a Tina'n gorfod bod un yn well na hi gan ddweud iddi hithau gael 'jwmp o'r tu ôl, tu blaen, o'r ochor a wyneb yn waered – a deud y gwir, dwi wedi blino'n dwll ac isio mynd i 'ngwely! Dwi'm awydd gwrando arnat ti'n mwydro am dy broleme, Ann Williams; dwi'n mynd i nyrsio rhai fi'n hun o dan y glustog, felly NOS DA!'

*   *   *

Pan ddaeth hi'n amser rhent unwaith eto, edrychai'r *rent boy* ymlaen yn arw at fynd at Tina i gasglu'r arian. Bu'n lwcus o'i denantiaid i gyd byth ers iddo fuddsoddi yn ei ail dŷ yn 36 Stryd Fawr, y Borth. Roedd wedi etifeddu arian mawr ar ôl ei rieni a'i fodrybedd flynyddoedd ynghynt, ond cymerodd ddwy flynedd i adeiladwyr addasu'r tŷ i fod yn dri fflat moethus. Roedd y tair tenant yma bob amser yn talu'r rhent yn ddidrafferth i Lyn, a phrin y bydden nhw'n cwyno am ddim byd, oni bai am drafferthion disgwyliedig a achosid gan draul a defnydd cyson o'r trydan a'r plymio. Gwenan oedd y fwyaf tebygol o fod yn anfodlon efo'i hystafell. Hi wnaeth gwyno nad oedd cloeon digonol ar y ffenestri a'r drysau. Ond sicrhaodd Lyn fod rhai addas yn cael eu gosod yn syth, gan mai hi oedd ar lawr isaf y tŷ. Doedd o ddim am fynd i drwbl efo'r yswiriant petai rhywun yn torri i mewn ac yn dwyn neu ymosod ar un o'i denantiaid! A does wybod pryd fyddai rhywun yn cwyno wrth y dyn trethi ei fod yn derbyn llwyth o *cash* chwaith!

Gallai Lyn ddibynnu ar Tina i gasglu'r arian rhent misol ond, yn bwysicach i'w fywyd personol, gallai hefyd fod yn dawel ei feddwl y cadwai hi ei gyfrinachau o dan ei het – byddai'n treulio amal i bnawn y tu ôl i'w lenni caeedig yn gwisgo dillad a gemau merched yr oedd wedi eu hetifeddu ar ôl ei fam. Roedd ganddo bethau tipyn mwy ffasiynol hefyd, gan ei fod yn siopa'n aml ym mhrif siopau'r stryd fawr. Doedd neb ddim callach nad prynu anrheg i chwaer neu fam neu gariad yr oedd o! Treuliai oriau'n ymarfer cerdded mewn sodlau uchel, gan deimlo'n eithaf cyfforddus wrth arbrofi gyda gwisgo colur neu benwisgoedd o wahanol liwiau.

Ond siomedig iawn oedd o pan gnociodd ar ddrws fflat 36C y noson honno. Roedd Tina yn ei chanol hi'n pori trwy lyfrau'r gyfraith a chyfeirlyfrau meddygol, ac roedd yn amlwg ei fod wedi taro arni ar amser anghyfleus.

'Sori Lyn, mae gen i lwyth o waith i neud heno.'

'Mae'n iawn 'sti,' meddai'n siomedig.

'Dwi'n gorfod ymchwilio i stori fawr i'r *Journal,* a dwi ar ei hôl hi'n uffernol.'

'Dallt yn iawn, *babes*. Wela i di eto, cyw.'

'Gwranda, washi,' meddai Tina yn llawn sbonc, i geisio codi ysbryd Lyn, 'mae gen i syniad gwych. Dwi am gynnal parti gwisg ffansi yn y fflat 'ma nos Sadwrn – cyfle i bawb gael homar o sesiwn i anghofio am eu probleme, a gei dithe wisgo unrhyw beth wyt ti isio o flaen dy ffrindie. Sut mae hynny'n plesio?'

'Tins, ti'n seren. Ga i ddod â Craig a Doug efo fi?'

'Sy'n golygu y bydd Antonio'n dod? M . . . iawn. Unrhyw un wyt ti isio. Mi fydda i'n gwadd Ann a Gwenan, ambell un o'r gwaith, ac mae Tomi'n siŵr o ddod efo Ann, a Boncyn yn debygol o ddod efo Tomi. Geith Ann ofyn i ambell un o'r Sbyty a Gwenan rai o'r Llyfrgell. Gore po fwya i gael digon o ddewis, yndê?'

'Wyt ti wedi meddwl am thema i'r parti?' Roedd Lyn yn ei elfen ac yn dechrau mwynhau'r syniad. 'Be am gymeriad o unrhyw ffilm neu rwbeth tebyg?'

'Iawn gen i,' cydsyniodd Tina.

'Fe wna i fy nghyrri cyw iâr sbesial, os nei di gwcio'r reis – *pilau* plîs, Tins. Gweld ti adeg hynny 'te *babes*. Caru ti.' Ac i ffwrdd â fo mor hapus â'r gog, efo cannoedd o bunnoedd yn llosgi'n ei amlen frown.

Cyn noswylio'r noson honno, rhoddodd Tina'r llyfrau ymchwil o'r neilltu. Yna, bu'n brysur ar ei chyfrifiadur yn cynllunio cerdyn gwahoddiad i barti. Gwnaeth restr o'r pethau yr hoffai i bawb ddod efo nhw ar gyfer y lluniaeth, rhag ofn y byddai gormod o *peanuts* a dim byd arall! Printiodd y gwahoddiadau a phiciodd i fflat Ann a Gwenan i'w hysbysu am y digwyddiad, gan eu hannog i yrru taflen i unrhyw un yr hoffen nhw. Doedd Tina ddim yn gallu anfon e-bost at Dic ers iddo orfod cadw o'i waith, a doedd fiw iddi yrru un adre iddo rhag i'r Ddraig neu'r plant ei agor mewn camgymeriad. Ond sicrhaodd Ann hi y gallai yrru gwahoddiad iddo ar bapur pennawd yr ysbyty heb i neb amau dim.

*   *   *

Neilltuodd Tina ychydig o ddiwrnodau i holi'r Cyngor Meddygol Cyffredinol ac adran bersonél Ysbyty'r Borth am yr amryfusedd a ddigwyddodd yn dilyn llawdriniaeth Mrs Griffiths y Boncyn. Bu Dr Richard Jones i ffwrdd o'r gwaith am bythefnos yn barod, ac roedd Tina eisoes wedi cael ychydig o'i ochor o o'r stori, er na wyddai'r meddyg ei bod yn ymchwilio ar gyfer stori i'r papur, wrth gwrs.

Yn ôl yr hyn a ddeallodd Tina gan Dic, derbyniodd Adran Gwynion yr ysbyty lythyr yn nodi nad oedd Mrs Griffiths y Boncyn wedi bod yn dda ei hiechyd ers iddi derbyn llawdriniaeth i'w phen-glin ychydig fisoedd ynghynt. Gan fod gwaharddiad ar i'r llawfeddyg holi Mrs Griffiths yn bersonol, penderfynodd Tina y byddai hi'n troi'n dditectif preifat er mwyn cael yr ochor arall i'r geiniog. Byddai unrhyw stori a roddai enw drwg i'r heddlu'n sicr o werthu'r papur! Roedd ganddi lawer o gwestiynau i'w gofyn. Beth oedd sail y cwynion, a sut oedd y driniaeth wedi effeithio ar Mrs Griffiths? Os oedd y cwynion yn ddifrifol, sut roedd hi'n dal i fynd o gwmpas y lle'n edrych yn iach fel cneuen? Os oedd yr honiadau'n wir, a oedd yna lythyr doctor i gryfhau achos Mrs Griffiths? Pam fod yr ysbyty wedi penderfynu bod Dic yn gorfod cymryd amser o'i waith, a hwythau heb unrhyw fath o dystiolaeth yn ei erbyn? Oedd yna adroddiad negyddol gan y nyrsys a'r anesthetydd oedd yn gweithio yn ystod y llawdriniaeth?

Rhwng holi hwn a'r llall mewn cylch diddiwedd, chafodd Tina fawr o gymorth gan yr heddlu na'r ysbyty. Er hynny, cafodd wybod gan staff Ward 10 nad oedd dim yn eu ffeiliau nhw oedd yn beirniadu Dr Jones am ei waith. Yn ôl y cofnodion, roedd llawdriniaeth Mrs Griffiths wedi bod yn gwbl lwyddiannus, a'r gofal wedi'r driniaeth yn dangos bod ei hiechyd yn hollol normal. Mynnodd Tina gael gair efo'r brif nyrs hefyd, ac roedd honno'n taeru nad aeth dim o'i le yn y theatr – dim nodwyddau na swabs wedi cael eu gadael yn y briw, a'r pwythau a'r graith wedi gwella'n berffaith. Roedd Tina, hanner ffordd at ysgrifennu ei herthygl, a'r diwrnod canlynol, trodd at Adran Gwynion yr ysbyty. Ateb digon swta gafodd hi, a hynny gan yr Hitlerwraig ffroen-uchel y clywodd Dic yn sôn amdani.

'Nid ein lle ni ydi datgelu cyfrinachau wrth bwt o ohebydd fel chi, Tina Thomas. Cewch wybod y canlyniad mewn Datganiad i'r Wasg, yn union fel pawb arall.'

Ond roedd Tina'n anelu at gael gwybod y ffeithiau ymhell cyn hynny. Neidiodd i'w char gan anelu allan o'r dre ac i fyny'r cwm am ddyddyn Boncyn Ucha. Fel arfer, byddai Bryn allan yn agor ffosydd efo'i waith contractio'r adeg hynny o'r bore, ond digwyddai fod ar fuarth y fferm y diwrnod hwnnw. Edrychodd yn wyllt ar Tina wrth ei gweld yn dod o'r car mewn dillad parchus ac yn cario clipfwrdd swyddogol. Cyfarthiad yn hytrach na chyfarchiad gafodd hi ganddo.

'Dydi Mam ddim adre.'

'Sut y gwyddost ti mai dod i weld dy fam oeddwn i?' holodd hithau'n amheus o'i ymddygiad byrbwyll.

'Wel, dwyt ti byth isio 'ngweld *i*, nag wyt!'

Ai tinc o genfigen oedd yn llais Bryn, ynteu a oedd o'n trio cuddio rhywbeth ynghylch sefyllfa afreal ei fam?

'Nachdw, ti'n iawn. Wedi dod i weld sut mae dy fam ar ôl y llawdriniaeth i'w phen-glin ydw i.'

'Be ydi'r diddordeb 'ma yn iechyd Mam mwya sydyn? A pha fusnes ydi o i ti?' Roedd o'n amddiffynnol iawn.

'Mae unrhyw beth yn fusnes i fi – ac i'r cyhoedd – pan dwi'n gweithio ar stori i'r *Journal* . . .'

'Wel, elli di sgwennu i dy bwt o *Journal* i ddeud fod Mam yn wael iawn ar ôl yr *operation*. Dydi hi ddim yn gallu cerdded yn iawn, ac mae ganddi bwysedd gwaed uchel, heb sôn fod ei phen-glin arall yn brifo oherwydd bod y llall mor wan. Dyne sut fath o *surgeon* 'nath y llawdriniaeth iddi!'

'Ga i dy ddyfynnu di yn y papur?'

'G'na fel ti isio, ond dwyt ti ddim yn cael holi Mam; mae'n rhy *upset*. A dydi hi ddim adre beth bynnag. Rhaid i minne fynd. Well i tithe ei heglu hi ar drywydd stori arall hefyd. Ond watsia di, mi geith Mam ei gwobr pan geith y doctor yna 'i ffeindio'n euog.'

'Euog o be, Bryn?' Teimlai Tina fel twrne, ac roedd nerfusrwydd amlwg yn perthyn i ymarweddiad y Boncyn wrth iddo gicio'i draed yn ôl ac ymlaen yn y pridd ac edrych i lawr i'r ddaear wrth siarad. Gwyddai

155

Tina ei fod yn swil ar y gorau, o'r troeon y bu'n trio denu ei diddordeb hi, ond roedd o'n gwrthod dal ei llygad o gwbwl y tro hwn. Sylwodd Tina hefyd fod yna dinc o ddialedd neu ddiawlineb yn perthyn i'w ymddygiad. Atebodd Bryn mo'i chwestiwn, dim ond neidio i'w gar budur, oedd â dirfawr angen *exhaust* newydd a *power wash* neu fôn braich o dan ei fydgards. Cyn mynd, agorodd Bryn ei ffenestr, gan weiddi allan ohoni.

'Rhaid i mi fynd yn ôl at fy ngwaith. Neith rhywun ddim magu gwaed wrth sefyll yn ei unfan.'

'Hei, aros funud. Ar drywydd personol . . .' gwaeddodd Tina ar ei ôl, gan geisio swnio'n llai ffurfiol a newyddiadurol y tro hwn, '. . . mae gen i barti yn y fflat nos Sadwrn – gwisg ffansi o unrhyw ffilm. Mi fydd Tomi a phawb yno . . .'

Doedd hi ddim yn siŵr a oedd Bryn wedi ei chlywed ai peidio, gan iddo sgrialu ar draws y buarth nes bod teiars ei gar yn tasgu llwch i'w llygaid, cyn iddo stopio'i gar yn stond a gweiddi drwy'r ffenest eto.

'Methu dŵad. Mynd i Blackpool!' Ac i ffwrdd â fo fel cannwyll yn diffodd.

Gwyddai Tina nad oedd Mrs Griffiths yn y tŷ, gan nad oedd ei char ar y buarth. Roedd hi, felly, yn ddigon da i yrru! Penderfynodd aros amdani am hanner awr rhag ofn ei bod wedi picio i weld rhywun neu fynd i siopa, a gwrandawodd ar y newyddion ar yr orsaf radio leol wrth sgwennu ychydig o nodiadau i aros. Cyfeiriodd *Borth FM* unwaith eto at y ffaith fod ymchwiliad yn cael ei gynnal ar yr union achos yr oedd Tina'n ymchwilio iddo i'r papur, ac roedd hi'n fwy penderfynol fyth o adfer enw da Dr Jones.

Wrth danio'i char i gychwyn yn ôl i'w swyddfa, daeth car Tina drwyn-wrth-drwyn efo un Mrs Griffiths.

Parciodd honno'n dwt o flaen y tŷ ac, wrth gamu allan o'i char, edrychai'n hynod o abl yn cario dau neu dri o fagiau trymion o neges o siop y pentre!

'Pnawn da, Mrs Griffiths, Tina Thomas o bapur y *Journal*.'

'Wel ie, wrth gwrs. Ffrind Bryn 'ma'n 'te! Dowch i mewn 'y ngenath i.'

Llonnodd calon Tina, a diolchodd fod Bryn wedi mynd o'r golwg i'w waith, ond byddai'n rhaid iddi wylio'r hyn yr oedd yn ei ddweud rhag ofn i Mrs Griffiths amau ei bod yn ei chroesholi.

'Ydech chi am i mi gario'r neges i chi, Mrs Griffiths, a chithe efo pen-glin ddrwg?'

'Na – pob dim yn *champion* diolch, Miss Thomas fach. Dim achos cwyno o gwbwl. Mae'r ben-glin wedi altro'n rhyfeddol.'

Roedd hynny'n od iawn, a hithau newydd gwyno wrth yr ysbyty! Penderfynodd Tina beidio â'i holi'n rhy fanwl, gan fod y sefyllfa'n mynd yn fwy amheus wrth y funud.

'Aeth y llawdriniaeth yn iawn 'te?'

'Da iawn, dim ond i mi gymryd gofal, yntê? Fedra i redag ar ôl hen ddynion gystal â neb rŵan. Dowch i'r tŷ am banad 'mach i.'

'Ym . . . na, wir mae'n rhaid i mi fynd 'nôl i'r gwaith, diolch yn fawr.'

'Fi neu Bryn oeddach chi isio'i weld?'

'O . . . ym, Bryn. Digwydd pasio o'n i i ddeud fod gen i barti yn y fflat nos Sadwrn. Wnewch chi ei atgoffa fo, plîs? Gewch chithe ddod os liciwch chi!'

'Fydda 'na ddyddia y byddwn inna'n dawnsio a chael hwyl hefyd, 'y mach i. Iawn, mi dduda i wrtho fo. Mae o'n ffosio yn rwla heddiw.'

'Dyna ni, 'te. Diolch am eich trafferth.'

'Cyn i chi fynd, mae gen i jar o jam mwyar duon bendigedig i chi. A' i i'r tŷ i nôl o i chi rŵan.'

Doedd Tina ddim yn gwybod beth i'w wneud nesa. Dyna lle roedd y ddynes a honnai fod llawdriniaeth wedi mynd o'i lle yn hopian fel hogan ifanc o'r car i'r tŷ! Doedd dim byd mawr yn bod arni. Doedd hi ddim yn hen o bell ffordd, ond oedd hi'n dechrau ffwndro wrth anfon llythyr o gŵyn i'r ysbyty? Roedd yna bobol yn gwneud pethau digon od wrth heneiddio, yn enwedig dial am bethau oedd yn eu poeni ers dyddiau eu plentyndod. Na, prin ei bod wedi cyrraedd ei saith degau, meddyliodd Tina wrth gael syniad gwych arall. Roedd arni angen llofnod Mrs Griffiths er mwyn ei gymharu efo'r llythyr honedig a dderbyniodd yr ysbyty, a thra oedd hi'n aros i Mrs Griffiths ddychwelyd o'r tŷ, aeth i'w char i nôl ei chamera digidol.

'Dyma fo, 'mach i. Jam ffres bora 'ma.'

'Diolch o galon, Mrs Griffiths. Fedrwch chi roi'r rysait i fi, ac mi wna inne'i gyhoeddi fo yn y *Journal* wythnos nesa?'

A dyna Tina wedi cael hanner tudalen o sysáit jam mwyar duon mewn llawysgrifen dwt a thaclus. Tynnodd ei llun yn cydio yn y jar jam, a Mrs Griffiths y Boncyn yn sefyll yno'n dalog â golwg llond ei chroen arni. Byddai'r llun a'r sysáit yn well tystiolaeth nag unrhyw beth oedd gan yr heddlu na'r ysbyty i'w gynnig tuag at ddatrys yr achos od yma. Os nad oedden nhw am glirio enw da Dic, roedd Tina'n benderfynol o fynd i lygad y ffynnon ar ei liwt ei hun.

12. Y da, y drwg a'r hyll uffernol

Cynyddu wnaeth y tensiwn yn Llys Meddyg ers i Dic gael ei wahardd o'i waith. Doedd Tina heb gysylltu ag o ers tro erbyn hyn, a synnai hefyd na fyddai neb o'r papur lleol wedi ei holi am y digwyddiad amheus. Châi o ddim llawer o synnwyr wrth ffonio'r ysbyty chwaith, gan nad oedd i fod i holi neb yn swyddogol tan fod yr ymchwiliad drosodd.

Serch hynny, byddai'n ffonio Ann i'r Dderbynfa'n achlysurol i wybod y diweddaraf. Roedd hi'n gallu cael gwybodaeth wrth holi hwn a'r llall, a chafodd wybod gan nyrs o'r adran orthopaedig fod y Cyngor Meddygol Cyffredinol yn 'gweithio ar yr achos', a 'chasglu gwybodaeth' a wnâi Awdurdodau'r Ysbyty. Ond sicrhaodd Ann o nad oedd neb o'r staff yn ei amau o'n bersonol, a theimlai Dic yn well o wybod hynny.

Ond y peth oedd yn mynd ar ei nerfau fwyaf oedd segurdod a gorfod wynebu Marie bob dydd, trwy'r dydd. Doedd dim rheswm iddi hi fynd yn ddiflas ynghanol ei phrysurdeb mamol, a châi ei gwadd yn aml at famau plant eraill am baned a sgwrs. Byddai'n golchi a smwddio'n ddyddiol os oedd ei hiechyd yn ddigon da, ac roedd bwyd angen ei baratoi drwy'r amser. Ond beth oedd Dic i fod i'w wneud efo'i segurdod? Roedd y tŷ'n newydd sbon, felly doedd dim angen peintio na phlastro'r un ystafell. Cafodd y car ei MOT blynyddol heb fod angen atgyweirio dim byd, heblaw rhoi dau deiar newydd arno, felly fedrai o ddim treulio'i amser yn potran yn ormodol yn y garej. Roedd o hefyd wedi chwynnu'r ardd fel nad oedd yna bron yr un blodyn, heb sôn am chwyn, yn y golwg! I ychwanegu at ei ddiflastod, roedd yn hynod o rwystredig heb gael esgusodion i fynd allan i gyfarfod â Tina. Roedd eithriadau, wrth gwrs, a châi ambell ymweliad â fflat 36C trwy iddo esgus wrth y Ddraig ei fod yn mynd i gyfarfod ei gyfreithiwr neu i roi datganiad i'r heddlu neu swyddogion yr ysbyty. Ond roedd holl densiynau'r gwaharddiad yn effeithio ar berfformans Dic yn y gwaelodion – hyd yn oed efo Tina!

Dim ond yn achlysurol iawn y byddai'r Ddraig yn ymdrechu i ddenu sylw ei gŵr yn y gwely. Wedi diflastod bywyd priodasol am bron i ddeg mlynedd, prin iawn oedd yr adegau bellach pan oedd Marie'n gwisgo'n rhywiol neu'n defnyddio teclynnau neu hylifau rhywiol i danio'i ddychymyg. Ond fuodd codi i'r achlysur efo Tina erioed yn broblem iddo cyn hyn. Er gwaethaf ei hymdrechion hithau i'w ymlacio a'i fwytho, i siarad yn fudur neu'n ffantasïol ag o, doedd dim yn tycio. Roedd ei feddwl bob amser yn troi at fwrdd y theatr a llawdriniaethau diweddar. Mynnai ei feddwl chwarae triciau, ac roedd wedi mynd i lwyr gredu fod yna broblemau gwirioneddol wedi digwydd yn dilyn llawdriniaeth pen-glin Mrs Griffiths y Boncyn.

'Paid â phoeni, Dic bach, dwi'n siŵr ei bod hi'n iawn,' meddai Tina heb ddatgelu iddi weld Mrs Griffiths ddiwrnod neu ddau ynghynt! Tylinodd Tina ysgwyddau Dic er mwyn ceisio cael gwared ar y tensiwn ym mhen uchaf ei gorff, gan y gwyddai o brofiad mai dyna'r lle sydd fwyaf tebygol o gael ei effeithio gan dyndra corfforol a meddyliol. Yna mwythodd y rhannau gwaelod yn araf, araf i weld sut effaith gâi hynny ar ei awydd. Ond, er rhwbio'i forddwyd a'i beli llipa, ei siomi gafodd Tina'r noson honno eto, ac aeth hithau i gredu fod Dic wedi cael digon ar ei chwmni achlysurol hi!

'Fi ydi'r broblem, neu be, Dic?' holodd Tina'n strêt ar ôl gwastraffu llwyth o Baby Lotion a hylif drud 'Gwenllïan' i geisio adfywhau'i nwyd.

'Nage siŵr, ti'n gwybod hynny,' ceisiodd Dic ei chysuro. 'Dwi jest ddim yn teimlo'r awydd tra bod yr achos 'ma'n hofran uwch fy mhen i fel hen gigfran yn aros am ei phrae.'

'Pryd gest ti ryw efo dy wraig ddwytha?' holodd Tina fel mellten.

'Does gan hynny ddim byd i neud efo'r peth!'

Wnaeth o ddim dweud nad oedd o wedi cael rhyw, chwaith, sylwodd Tina.

'Neithiwr?' holodd Tina'n hanner ymosodol a hanner cenfigennus. 'Neu bore 'ma falle? Does ryfedd bo ti'm isio bod efo fi, felly!'

'Tina! Er mwyn y nefoedd, cau dy geg a phaid ag ama pob dim! Ti'n mynd yn rhy debyg i'r blydi Ddraig 'cw fyswn i'n deud! A dwi'n dal yn briod efo hi, cofia. Fedra i ddim peidio'i ff . . . rhoi chydig o sylw iddi, neu mi fydd yn siŵr dduw o ama bod gen i rywun arall.'

'So, 'dech chi'n ei "neud o" yn amal ar y diawl fyswn i'n deud! Does 'na'm digon i ddynion fel ti ei gael, nag oes . . . efo DWY ohonon ni'n plygu o flaen dy draed di i'w cusanu nhw!'

'Paid TI o bawb â gweiddi pan dwi mewn digon o dwll fel ydw i efo'r *hospital* 'cw!'

'Ond ti'n dal i fynd i "dwll" y Ddraig hefyd!'

'Os ydi hynny'n unrhyw gysur i ti, amdana TI dwi 'di meddwl wrth drio cael codiad i ffwcio'r musus am flynyddoedd!'

Edrychai Tina fel hogan fach wedi pwdu, ond llonnodd ei llygaid pan glywodd ei sylw olaf. Penderfynodd y dylai newid y stori, a chofiodd yn sydyn ei bod eisiau sôn am y parti mawreddog roedd hi'n ei drefnu y penwythnos dilynol.

'Grêt, Tins. Jest be mae'r doctor ei angen! Rydw i wedi edrych ymlaen yn arw i gael aros efo ti ers misoedd,' ychwanegodd Dic. 'Gobeithio mai nos Sadwrn fydd hynny, achos mae'r Ddraig wedi sôn ei bod am fynd â'r plant adre at ei rhieni eto.'

Âi Marie i'w chartre'n amlach nag arfer ar benwythnosau'r dyddiau hyn 'rhag i'r plant gael eu heffeithio gan ffraeo diddiwedd eu rhieni'. Ond wyddai Marie ddim yn iawn beth i'w ddweud wrth Dic am drefniadau'r penwythnos. Pan gododd teulu Llys Meddyg fore Llun, aeth y penteulu'n benwan ar ôl clywed ei newyddion.

'Mae criw o famau'r ysgol wedi trefnu dwy noson yn Blackpool fwrw'r Sul,' cyhoeddodd Marie. 'Gan mod i'n teimlo'n reit gry'r dyddie yma, dwi'n gobeithio 'nei di ofalu am y plant i mi gael mynd am newid bach.'

'E? Fedra i ddim! Mae criw o'r ysbyty'n cynnal . . . par . . . protest i gefnogi'n achos i . . .' ceisiodd Dic raffu celwyddau, gymaint ag a wnâi ei wraig.

'Wel, os felly, be ti'n awgrymu ddylien ni wneud efo'r plant? Maen nhw'n gyfrifoldeb i fi ac i titha, cofia!' Doedd Marie ddim am ildio'r tro hwn.

'Dwi'n gwbod ei bod yn iawn i ni'n dau gael brêc,' pwyllodd Dic, 'os ydi hynny efo'n gilydd neu beidio. Roeddwn i'n meddwl dy fod ti'n mynd at dy rieni, felly be am ofyn iddyn nhw warchod beth bynnag? Maen nhw wedi hen arfer cael y plant draw yno'n ddiweddar!' Gwyddai Dic ei fod yn troedio ar dir peryglus.

'Ti'n gwbod fod Mam a Dad yn blino efo'r plant, hyd yn oed pan rydw i yno efo nhw. Maen nhw wedi mynd i ormod o oed i ofalu amdanyn nhw'u hunain. Be tase rhywbeth yn digwydd?'

'Be am y cymdogion? Mae Arthur a Gwenda wedi gwarchod i ni droeon cyn heddiw, tydyn? Ac mi fyddai Gari a Marged yn agos at adra i fedru nôl rhywbeth i chwarae os fyddan nhw'n *bored*.' Roedd awgrym Dic fel petai wedi taro tant efo Marie.

''Na i feddwl amdano fo.'

Ac i ffwrdd â Marie i hwylio'r plant i'r ysgol, a hynny ychydig yn hapusach a mwy heini ar ei thraed nag arfer. Ond pan oedd hi a'r ddau blentyn ar fin gyrru i ffwrdd yn y car, cyrhaeddodd y postmon, a chymerodd hithau'r llythyrau ganddo i arbed taith iddo at ddrws y tŷ. Sylwodd ar logo Ysbyty'r Borth ar un llythyr, ac er iddi betruso cyn gwneud, fe'i agorodd. Gwahoddiad oedd o i Dic fynd i barti gwisg ffansi. Roedd hi'n gwybod am rywun arall oedd wedi cael ei wadd i hwnnw hefyd! Cadwodd y llythyr heb ei roi i Dic tan adeg nôl y plant o'r ysgol ddiwedd y pnawn.

'O, gyda llaw, 'nes i agor hwn mewn camgymeriad,' meddai bryd hynny dros baned o goffi, wrth estyn yr amlen swyddogol yn nerfus i'w gŵr.

'Ti'n dechra agor fy llythyra personol i o'r gwaith rŵan, wyt ti?' Cododd gwrychyn Dic wrth gipio'r llythyr oddi arni. 'Dos i nôl Gari, wir dduw, neu mi fyddi di'n hwyr!'

'Dydi hynny erioed wedi digwydd i mi – a dwyt *ti* byth yn cynnig eu danfon nhw na'u nôl nhw!'

'Iawn, mi arhosa i adra bob dydd 'ta. Dos ditha i weithio can awr yr wythnos. Mi fyddi di'n diodda o *Post-natal Depression* wedyn, dwi'n siŵr!'

'Tria ditha gario a geni a magu dau o blant ar dy ben dy hun, y bastard hunanol!'

Chlywodd Dic mo Marie'n rhegi ers talwm. Roedd y straen yn amlwg arni hithau hefyd. Cofiodd Dic am ryw hen adnod y dysgodd flynyddoedd yn ôl am drawst yn ei lygaid ei hun, a syrthiodd ar ei fai. 'Sori – mae'n gyfnod anodd i'r ddau ohonon ni ar y funud.' Doedd Dic ddim yn un i ildio mewn ffrae, ond gwyddai ei fod wedi taro man gwan iawn wrth sôn am wendid Marie ar ôl geni'r plant. 'Beth bynnag, gweld marc yr ysbyty 'nes i a meddwl falle fod 'na newyddion da i ti,' atebodd hithau.

Roedd yna newyddion da yn yr amlen, wrth gwrs, ond nid am yr ysbyty, chwaith:

Ymunwch ag Ann, Gwenan, Lyn a
Tina yn Fflat 36C, Stryd Fawr, y Borth,
NOS SADWRN O 6 YMLAEN.
Parti Gwisg Ffansi ar thema
'Cymeriad allan o ffilm' –
DEWCH Â SAIG, POTEL A FFRIND!

Doedd dim sôn am fynd â gwraig . . .

*   *   *

Dydd Sadwrn a ddaeth, ac roedd Tina'n falch o gael diwrnod cyfan i anghofio am waith ymchwil ar gyfer erthyglau i'r *Journal*, yn enwedig stori'r llawfeddyg – byddai honno'n cael ei chwblhau fory ar gyfer rhifyn yr wythnos ganlynol.

Bu'n glanhau a chlirio, yn cwcio a thwtio ar gyfer y parti mawr, gan symud dodrefn o gwmpas i wneud yn siŵr bod digon o le i bawb. Gwnaeth jeli coch efo fodca ynddo i bawb, a chymerodd hwnnw oriau i galedu oherwydd cymaint o alcohol oedd ynddo! Yna, paratodd *punch* ffres efo sudd oren a gwahanol wirodydd, a edrychai'n hynod yfadwy efo ffrwythau egsotig ac ambaréls lliwgar yn addurniadau ychwanegol. Roedd digon o wmff ynddo i gynhesu'r rhannau oeraf o'r corff! Gobeithiai Tina y deuai pawb â photel o win efo nhw – roeddynt bob amser yn handi at y parti nesa.

Gan fod iwnifform nyrs yn dueddol o droi dynion ymlaen (fel y gwyddai o'i phrofiad blaenorol efo Dic), trefnodd Tina fod Ann yn cael gafael ar ffrog las golau iddi o'r ysbyty. Aeth ati wedyn i'w chwtogi nes ei bod yn cyrraedd hyd at ei chluniau, yn union fel Barbara Windsor yn y ffilm *Carry On Nurse*. Sicrhaodd hefyd fod y botymau uchaf ar agor, er mwyn i Dic lafoerio dros rigol ei bronnau.

Erbyn chwech, roedd Tina a'r reis *pilau* yn aros am eu partneriaid perffaith – cyrri gan Lyn i un, a doctor i'r llall! Fedrai hi ddim aros i weld Dic wedi'i wisgo fel un o gymeriadau rhywiol y byd adloniant, a bu'n pendroni'n hir cymeriad o ba ffilm y byddai wedi ei ddewis. *Rambo*? *Superman*? *007*? Cyrhaeddodd gweddill y wledd bob yn damaid gyda'r gwesteion, ac erbyn saith o'r gloch, roedd y parti'n wledd i'r stumog – ac i lygaid ambell un.

Gwenan oedd y cyntaf i gyrraedd efo *quiche* lysieuol o Tesco, ond doedd ganddi'r un botel, fel roedd Tina wedi'i ragdybio! Gwisgai'n union fel cymeriad Barbara Streisand yn y ffilm *Yentl*, a phetai rhywun ddim yn ei hadnabod, byddent yn taeru mai bachgen oedd hi! Gwireddwyd breuddwyd Lyn, oedd wedi llwyddo i roi *make-over* hynod o effeithiol iddo fo'i hun. Gwnaeth ei fynediad i'r fflat yn hollol ddramatig, gan gyfarch Tina

mewn ffrog laes las a sgarff bluog binc. Plannodd nifer
o gusanau ar ei bochau, gan adael ôl minlliw trwchus
yn gylchoedd coch-binc drostynt.

'Haia, *babes*. O! Ti'n edrych yn *sexy* Tins. Ti'n
gwisgo nicyrs dwed? Watsia di'r hen Foncyn 'na heno.'
Wnaeth o ddim cydnabod Gwenan, ac roedd honno'n
grediniol mai actio rhan y cymeriad oedd o.

'Dwi'n meddwl fod tymheredd Boncyn wedi codi'n
barod efo fi, ac nid oherwydd y wisg ffansi chwaith,'
hefrodd Tina gan brysuro i gyflenwi *punch* i Lyn ac ail-
lenwi ei gwydryn ei hun. Sticio at y ddiod oren wnaeth
Gwenan.

'O diar, be mae hwnnw wedi'i neud i ti, Tins?'
holodd yntau.

'Stori hir, Lyn bach. Anghofiwn ni amdani am y tro.
Pa gymeriad wyt ti i fod heno 'lly? Dame Edna Everage?'

'Fuodd honno erioed mewn ffilm, naddo'r dwpsen!
O! Diod neis, Tina. Dy goncocsiyn arferol di, ia?
Eniwe, Dustin Hoffman ydw i o'r ffilm *Tootsie*.'

'O.' Chlywodd Tina erioed amdani. 'Rhyfedd yndê,
ti'n gwisgo fel dynes a Gwenan yn gwisgo fel dyn –
mae'n rhaid bod yna rywbeth cyfrin yn perthyn i
chi'ch dau!'

Anwybyddu'r sylw wnaeth Lyn wrth wisgo brat
plastig i fynd i'r gegin i ymorol am y cyrri a'r reis.

Ann oedd y nesaf i gyrraedd, a hynny yn ei gwisg
nos Sadwrn arferol. Yr unig beth ychwanegol oedd
ganddi oedd cylch achub bywyd coch am ei chanol.
Chwarddodd pawb wrth iddi gyhoeddi mai dillad bob
dydd Kate Winslet oedd hi'n ei wisgo, ac iddi gael ei
hachub yn y ffilm *Titanic*! Rêl Ann – doedd hi ddim
wedi arfer mynd i bartïon gwisg ffansi, a phrin oedd ei
hymweliadau â'r sinema agosaf. Ond roedd hi bob

amser yn gêm i godi hwyl, ac edrychai ei phaflofa fefus yn hynod o flasus, er mai un o'r archfarchnad oedd honno hefyd.

Erbyn naw, roedd Tina'n dechrau anesmwytho ynghylch Dic, ond doedd dim modd iddi ei ffonio adre. Peth felly oedd affêr – teimlad o rwystredigaeth, tensiwn a methiant. Er hynny, roedd wedi gyrru ateb cadarnhaol at Ann yn derbyn y gwahoddiad, felly cysurodd Tina ei hun y byddai'n debygol o gyrraedd ar ôl i'r plant setlo yn eu gwelyau. Anghofiodd Tina amdano wrth i dri gŵr doeth gyrraedd, sef Craig, Doug ac ie, yr Eidalwr horni, Antonio. Roedd y parti'n dechrau poethi, a doedd Tina ddim wedi cael sgwrs iawn efo'r hync ers noson y chwd! Aeth ato'n ddigon swil, gan roi sws sydyn ar ei foch, ei groesawu i'r fflat a rhoi gwydryn go fawr yn ei law. Gwnaeth yr un peth efo'r ddau wladgarwr, rhag ofn i rywun sylwi ei bod yn ceisio tynnu sylw ati hi'i hun.

'Tina, ti'n edrych yn *bellissima*,' meddai Antonio, gan gydio ynddi braidd yn rhy fyrbwyll nes i bob botwm o'i ffrog agor. Brysiodd hithau i'w cau, gan nad oedd eisiau i bawb weld ei gwychder. 'Does 'run nyrs mor ddel wedi cymryd 'y mhŷls i erioed, ond gei di drio heno os wyt ti am, er bod nhw'n mynd fel y *clappers*!'

Er nad oedd Antonio wedi gwisgo fel gladiator, gwyddai pawb pa ffilm oedd o'n ei chynrychioli, gan ei fod wedi prynu cleddyf tegan yn arbennig at yr achlysur. Ond roedd Craig a Doug yn haeddu marciau llawn am eu hymdrechion syml nhw. Does yna ddim actorion heb ddrama, a gofynnodd Craig i Tina roi cerddoriaeth roc trwm ymlaen. Roedd CD yr Alarm yn digwydd bod ganddi (bargen ar stondin Sain yn y steddfod). Yna, aeth y parti'n fwy gwyllt wrth iddo fo a

Doug ddiosg eu cotiau'n araf a rhywiol i sain y miwsig. Dadwisgodd Craig i lawr i'w *boxer shorts* lliwgar. Doedd o ddim yr olygfa fwyaf deniadol ar y gorau, ac edrychai fel cribyn gan mor denau oedd ei groen a'i esgyrn am ei asennau. Tagodd pawb ar eu *punch* pan gyhoeddodd mai Sylvester Stallone oedd o allan o'r ffilm *Rocky!* Pan ymddangosodd Doug o'r lle chwech, roedd pawb bron a'u gwlychu eu hunain! Gwisgai farf fawr ddu a chariai goconyt ymhob llaw. Gwyddai pawb yn syth mai cymeriad Tom Hanks o'r ffilm *Castaway* oedd o!

'Oes yna rywun heblaw Craig fyse'n licio chware efo fy nghoconyts i?' holodd.

Erbyn deg, roedd y parti dan ei sang – y jeli fodka wedi'i lowcio, a bochau pawb yn boethion. Roedd hyd yn oed Gwenan wedi bwyta hwnnw heb sylweddoli beth oedd ei gynnwys; oes, mae meistar ar Mistar Mostyn, meddyliodd Tina. Yna, cyrhaeddodd y tri dyn annoeth – cymeriadau hollol wahanol i'r tri blaenorol! Er hynny, roedd Tomi, Harri Cae Pella a Bryn y Boncyn wedi mynd i hwyl yr ŵyl, a chymysgent efo pawb gan eu bod wedi cael digon o êl rhag blaen yn y dafarn leol.

Wyddai Tina ddim beth i'w ddweud wrth Bryn, er na fyddai fawr callach erbyn y bore, gan iddo yfed mor helaeth o'r *punch*. Ymddangosai'n ddigon bodlon wrth smocio clamp o sigâr dew o dan het gowboi lychlyd a sach wedi'i thorri fel ponsho.

'Y fi ydi'r da,' cyhoeddodd Boncyn, gan geisio dynwared acen Clint Eastwood. 'Tomi ydi'r drwg a Harri ydi'r hyll!'

Chwip oedd unig brop Harri, ond gwisgai ei gôt leder frown arferol. Doedd ganddo ddim mwy o ddychymyg na hynny, ond gwnâi'r tro'n iawn fel

Harrison Ford yn *Indiana Jones*. Edrych fel ffarmwr digon cyffredin ar nos Sadwrn wnâi Tomi hefyd, ond roedd ganddo reswm dilys dros hynny.

'Fetia i mai fi ydi'r unig gymeriad o ffilm Gymraeg,' meddai'n falch o gael codi busnes yr iaith. 'Fel hyn oedd Hedd Wyn yn gwisgo cyn mynd i ryfel!' A dyna fo, fel ei gymar Ann, wedi cael ei esgusodi am beidio â thrafferthu, ac roedd pawb erbyn hyn yn rhy chwillawen i boeni am y peth beth bynnag!

Tra bod Gwenan wedi cornelu Lyn i roi'r byd bach y trigai ynddo yn ei le, ac Ann yn dweud jôcs budur wrth unrhyw un oedd yn barod i wrando, neidiodd Bryn y Boncyn ar y cyfle i sgwrsio efo Tina wedi i Antonio fynd i'r pisdy. Roedd arogl *Mild* cryf a sigârs drewllyd ar ei wynt, a hen, hen chwys o dan ei geseiliau blewog.

'Wyt ti'n disgwyl rhywun arall yma heno?' Roedd ei gwestiwn yn annisgwyl ac yn anesmwytho Tina.

'Pam ti'n gofyn? O'n i'n meddwl dy fod ti yn Blackpool beth bynnag.'

'Ym . . . yr hogia wedi newid eu meddylia.'

'Pa hogia? Soniodd Ann ddim bod Tomi am fynd . . .'

'Na, hogia *self employed* oedd y rheiny.'

'O,' meddai Tina yn swta ac amheus, heb lyncu ei stori am eiliad. 'Na, dwi'm yn disgwyl neb arall, oni bai bod rhywun o waith Ann am daro i mewn.'

Symudodd yn ei blaen i ail-lenwi gwydrau'r gwesteion eraill cyn iddo gael cyfle i ddweud dim byd pellach. Roedd tafod Bryn yn gallu bod yn ddigon llym ar adegau, a doedd hi ddim am roi gormod o raff iddo ei chrogi hi heno.

Am un ar ddeg, dyna gloch y drws yr oedd Tina'n disgwyl iddi ganu ers meitin yn seinio buddugoliaeth.

Yn simsan ei cherddediad, aeth i waelod y grisiau i'w hateb, gan obeithio cael moment dawel efo'r dyn mwyaf rhywiol yn y byd mawr crwn. Ceisiodd serio'i llygaid o'i blaen er mwyn actio'n synhwyrol, ond roedd y ddwy'n dueddol o groesi a gweld pethau'n aneglur o dan bwysau'r ddiod. Pan agorodd y drws, oerodd gwaed Tina wrth ganfod fod y Ddraig yn hongian am wddw Dic, a oedd wedi ei wisgo mewn siwt morwr wen a chap pig fflat. Roedd y ddau'n chwil gaib, ac yn edrych fel y pâr mwyaf hapus ar wyneb y ddaear. Er hynny, edrych yn annifyr wnâi Dic wrth geisio cyflwyno'i hun a'i wraig.

'Helô, ooo diar. Wps, (Igian) . . . Richard a Marie Jones, ffrindie Ann o'r ysbyty. (Igian) . . . Mi wnaethan ni gyfarfod yn ei pharti dyweddïo hi.' Roedd o'n trio'n rhy galed.

'Sorfi . . . (igian) bod ni'n hwyrf,' slyriodd Marie. Edrych fel ci'n cwna wnaeth ei gŵr, wrth i'w lygaid mawrion landio'n daclus ar frestiau amlwg Tina. 'Fuon ni am shwperf gan fod y plant (igian) ddim efo ni. Ddois i â 'mhwdin efo fi (igian) – Spotted Dic!'

Wyddai Tina ddim beth i'w ddweud, ond llwyddodd rywsut i guddio'i hemosiwn a'i siomedigaeth trwy chwerthin yn nerfus. Ond roedd Dic wedi sylwi ar y deigryn poeth oedd yn graddol dreiglo i lawr ei grudd. Gorffwysodd ar y wal i sadio'i hun wrth fynd yn ei blaen i siarad gwag.

'Wela i ddim spots arna ti . . . arnoch chi chwaith, Dic . . . Mr Jones. Mewn lle cuddiedig, mae'n rhaid! Croeso, mae'r parti'n mynd yn wych. Dowch.'

Arweiniodd Tina'i hync rhywiol a'i wraig hyll (wel, roedd hi'n hynod o ddel a dweud y gwir, ond dyna sut roedd Tina'n teimlo'r eiliad honno) i ganol ei pharti, â phlwm yn llenwi'i chalon. Ceisiodd Marie hithau ddweud ei phwt yn sobor, ond methai'n racs.

'Falle nad ydi Dr Jones yn (igian) *Offisher*, ond mae o'n gallu boj yn *Gentleman* (igian) – weithie!'

Gwyddai Tina hynny'n burion, ac roedd bron â marw isio rhoi swadan egr i'r ast ddigywilydd. Ond gwyddai y byddai hynny'n beth hollol annoeth i'w wneud. Gallai golli Dic am byth petai'n gwneud sioe fawr o flaen pawb, a cheisiodd hwnnw ymddangos yn ddi-hid am y sefyllfa afreal oedd yn datblygu o flaen ei lygaid crwydrol. Roedd ei wraig a mam ei blant yn sgwrsio mor naturiol (wel, roedd yn ymddangos felly yn ei gwrw) efo'r hogan yr oedd yn cael yr affêr fwyaf tinboeth erioed â hi. Mm . . . diddorol . . . Aeth ei feddwl yn rhemp . . . mi fysa trio'r ddwy efo'i gilydd yn ffantastig – fi ar fy hyd, Tina ar y top a Marie lawr fanna . . .

Edrychai Marie yn hynod o rywiol yn ei Latex undarn du, a fuodd hi ddim yn hir cyn cyhoeddi i'r byd mai *Catwoman*, fel Michelle Pfeiffer, oedd hi.

'Rfydw i wedi dod â fy nghwrcath efo fi!'

Ydi hon yn amau fod rhywbeth rhwng ei gŵr a finne, holodd Tina hi ei hun, a'i bod yn gneud ati i ngneud i'n genfigennus? Edrych yn wylaidd a llawn embaras wnaeth Dic wrth i'r tri gyrraedd pen y grisiau.

'Shit wyt ti'n gwbod lle i fynjd?' holodd Marie, gan synnu fod Dic yn gwybod ei ffordd o gwmpas y tŷ.

'Y . . . ddoish i ag Ann yn ôl wedi shifft hwyr un noson,' eglurodd ei gelwyddau, yn falch o gael mynd i finglo at ei gydweithiwr yn y parti! Roedd yn saffach iddo anelu'n syth at Ann na mynd i gael sgwrs breifat efo Tina. Gwyddai y gallai ddibynnu ar dderbynnydd yr ysbyty i drosglwyddo unrhyw neges gyfrinachol iddi.

Er nad oedd yna fawr o luniaeth ar ôl, tyrchodd Dic a Marie i mewn i weddillion cyrri poeth Lyn a phwdin hyfryd Ann, ac roedd meddwl Tina erbyn hyn yn dechrau mynd i dop sbîd. Gwenan a'r ddau dinwr yn unig sydd wedi bwyta'r *quiche*! Ydi pobol hoyw i gyd yn llysieuwyr? Be am bob llysieuwr – ydyn nhw i gyd yn hoyw?

Gêm a feddwodd lawer yn y parti oedd ceisio ateb cwestiynau am bob ffilm roedd y lleill yn eu cynrychioli. Am bob cwestiwn anghywir, roedd yn rhaid yfed gwydred o ddiod, ac roedd llawer o gwestiynau'n fwriadol yn rhy anodd eu hateb! Doedd neb yn sicr o'r atebion beth bynnag, ac roedd yn fwy o hwyl dweud eu bod i gyd yn anghywir, er mwyn i bawb yfed mwy! Aeth y parti ymlaen, felly, tan oriau mân y bore. Ond nid y gêm honno'n unig yr oedd pawb yn ei chwarae erbyn y diwedd. Roedd Ann yn dal i ddweud jôcs wrth Craig a Doug am yn ail efo rhoi ychydig o sylw diniwed i Tomi. Pendwmpian yn feddwol mewn cornel dawel wnâi Harri Cae Pella, gan waredu at y 'cyfryngis diawl' yn glîc efo'i gilydd ac yn sioe i gyd. Doedd o fawr callach nad oedd neb oedd yno'n gweithio i'r cyfryngau o gwbl! Roedd Antonio wedi methu denu sylw Tina oherwydd bod ei golygon ar un pwysicach na fo'r noson honno, felly aeth adre (neu rywle arall) yn gynt na neb. Ar ben popeth, roedd Gwenan wedi llusgo Lyn am baned o goffi yn Fflat 36A. Doedd dim golwg o Marie na Bryn y Boncyn. Ceisiodd Dic nesu at Tina er mwyn chwythu sibrydion cariadus i'w chlustiau hithau. Roedd o eisiau ymddiheuro fod y Ddraig wedi mynnu dod i'r parti. Toddi fel menyn wrth wrando arno'n cyflwyno'i esgusodion tila fyddai Tina'n ei wneud fel arfer. Ond oherwydd ei rhwystredigaeth ym mhresenoldeb ei wraig, fe drodd Tina'i hun yn Ddraig fwyaf bygythiol yn y byd.

'Peidiwch ag ymddiheuro i mi, Dr Jones,' meddai'n dawel, gadarn, gan actio rôl galed y gohebydd. 'Mae gynnoch chi waith egluro wrth fam y dyn sydd newydd fynd allan i lyfu mwy ar wddw'ch gwraig chi!' Doedd llygaid na chlustiau Dic ddim yn amsugno llawer o'r wybodaeth a daflai Tina i lawr ei wddw. Serch hynny, aeth hithau yn ei blaen i ddweud ei dweud wrtho yn ei meddwdod. 'Mi rydw inne angen sgwrs bellach efo chi am amryfusedd y llawdriniaeth; fe alwa i yn Llys Meddyg fore Llun. Dwi'n cymryd y byddwch chi adre . . .'

Atebodd Dic mohoni, dim ond crechwenu a dal ei wydryn gwin yn gam nes bod y ddiod yn dripian i lawr ei goes dde. 'Nos da, pwy bynnag sydd ar ôl. Stwffio chi i gyd – dwi'n mynd i ngwely.'

Er i Dic geisio dilyn Tina i'r llofft i ymresymu â hi, fe faglodd ar draws y soffa, ac yno bu'n cysgu'n feddwol sownd am dros ddwy awr. Yn y cyfamser, â'r wawr yn araf dorri, roedd Bryn y Boncyn wedi bod allan yn mwytho'r gath ei hun, ac roedd honno'n amlwg wedi gwirioni efo'r llygoden fawr yr oedd wedi'i dal!

13. Môr o jam yw Meri Jên

Doedd Tina ddim yn gwybod sut i wynebu Dic fore
Llun. Wyddai hi ddim chwaith a fyddai'r meddyg yn
cofio ei bod wedi trefnu galw i'w weld. Roedd yn syndod
fod Tina ei hun yn cofio unrhyw beth ar ôl yr hyn yr
oedd wedi'i yfed. Ond, o leiaf, fe aeth i'w gwely ei hun –
yn ddi-ddyn! Mater arall i Tina oedd delio efo Marie a'r
plant pan fyddai'n galw yn Llys Meddyg, a chorddai ei
stumog lwyth o loÿnnod byw wrth geisio cofio sut a
beth ddylai ei ddweud, ac wrth bwy. Gwyddai y byddai'n
rhaid iddi fod yn broffesiynol ei hagwedd, gan holi Dic
fel un o lawfeddygon pwysicaf Gogledd Cymru, yn
hytrach na fel ei chariad chwantus ers cynifer o
flynyddoedd. Byddai'n rhaid iddi geisio trin y Ddraig fel
ffrind bore oes hefyd, gan gadw unrhyw atgasedd tuag
ati o dan ei chap melfaréd du. Gallai gael dyfyniad
ganddi i ddisgrifio sut roedd effaith y diswyddo wedi
dweud arni hi a'r plant (er mwyn iddi gael darlun gwell
o fywyd personol Dic yn fwy nag ar gyfer y papur).
Byddai'n rhaid iddi geisio actio fel petai hi erioed wedi
gweld y plant o'r blaen hefyd, gan obeithio na fyddai'r
ddau fach yn sôn am y trip lled lwyddiannus i'r sw.

Gwyddai Tina'n iawn lle roedd y teulu Jones yn
byw. Bu'n dilyn Dic yn llechwraidd fwy nag unwaith
ar ddechrau'r berthynas. Byddai'n ei ddilyn yn y
tywyllwch ac yn aros yn ei char am awr neu ddwy i
wneud yn siŵr mai adre'r oedd o ac nid efo rhyw
hogan horni arall! Er gwaethaf amheuon Tina, roedd ei
esgusodion bob amser yn dal dŵr. Problem fwyaf Tina
oedd na chredai ei bod hi ei hun yn ddigon o ddynes

iddo fo. Ond, yn ddiarwybod i Tina, roedd Dic wedi gwirioni arni hithau hefyd, ac roedd yn ysu am gael dihangfa o gaethiwed ei gartref i fod yn ei chwmni'n llawn amser. Oni bai am y plant . . .

Roedd Tina'n teimlo'n euog ei bod wedi dilyn Marie a'r plant adre o'r ysgol ar sawl achlysur hefyd. Ar yr adegau hynny, roedd angen dod i gysylltiad efo'r plant er mwyn dod i adnabod Dic yn well. Ond gwyddai y byddai wedi cael dirwy lem am fod yn stelcwraig, gan golli ei henw da, ei swydd a, mwy na thebyg, Dic. Fyddai o ddim yn goddef Tina'n ei amau o'i gariad tuag ati, nac unrhyw beth a fyddai'n effeithio ar ei broffesiynoldeb fel llawfeddyg chwaith. Dyna pam fod achos llawdriniaeth Mrs Griffiths y Boncyn yn fater mor ddelicét i'w drafod!

Cyrhaeddodd Tina yn Llys Meddyg toc wedi deg y bore, a suddodd ei chalon wrth weld dau gar o flaen y tŷ brics coch, drudfawr. Mae o adre! gwaeddodd yn fewnol. Shit! Mae hithe yma hefyd! Edrychai popeth mor dwt yn yr ardd, ac roedd graen ar bob coeden, ffens a blodyn. Cysurodd ei hun bod yr ardd wedi bod yn ddihangfa i Dic pan oedd yn gorfod bod adre bob dydd efo'i wraig. Cliriodd Tina'i gwddw a mentrodd allan o'i char. Gyda'i chlipfwrdd mewn un llaw a *briefcase* yn y llall, edrychai fel Prif Weithredwraig rhyw gwmni dylanwadol neu'i gilydd a oedd â'i bryd ar wneud tipyn go lew o argraff. Canodd gloch y drws ffrynt efo'i dwylo'n wlyb o chwys. Ymhen dim, roedd yn sefyll wyneb yn wyneb efo'r ddynes fwyaf hagr a welodd erioed (a'r un yr oedd yn fwyaf cenfigennus ohoni). Beth gebyst oedd wedi digwydd i'r gath fach rywiol ers nos Sadwrn? Oedd Boncyn wedi bod yn cwrcatha efo hi eto neithiwr? Neu, yn waeth fyth,

175

oedd Dic wedi bod yn anwesu'i gath flewog bersonol, fel yr hen Ddic Whittington gynt? Rhoddodd Tina'r cwestiynau dwl o'r neilltu, cyn dod yn ôl at realiti.

'Ym . . . Mrs Jones? Tina Thomas o'r *Borth Journal*. Wedi gneud apwyntiad i gyfweld Di . . . eich gŵr. Ydi o'n barod, ym, ar gael . . . i ddod . . . am sgwrs?' Er bod Tina'n cael trafferth i roi brawddeg gall at ei gilydd heb faglu, edrychai Marie drwyddi fel petai mewn breuddwyd.

'Wyddai neb eich bod chi wedi gneud apwyntiad. Mae Dr Jones yn gneud ei ddyletswyddau teuluol ar y funud – bwydo'r plant, hwfro, golchi dillad – y pethe mae dynion i fod i'w gwneud ar ddydd Llun. Ydw i wedi'ch gweld chi o'r blaen?'

Petrusodd Tina cyn ateb. 'Wel do . . . echnos, yn fy mharti i.' Ddaeth dim ymateb eto, ac edrychai Marie fel petai'n dal i ddioddef o effaith y noson honno. 'A weles i chi ym mharti dyweddïo Ann a Tomi flynyddoedd yn ôl. Mae Ann yn gweithio efo'ch gŵr,' mentrodd Tina ymhellach. Ond roedd yr ymateb o enau'r Ddraig yn frawychus.

'Sut y gwyddoch chi pwy sy'n gweithio efo fy ngŵr i?'

'Ym . . .' Oedd Tina'n araf syrthio i'r fagl?

'Oes rhwbeth arall rydech chi'n wybod amdano fo?'

'Dwi'n digwydd bod yn rhannu tŷ efo Ann, sy'n Dderbynnydd yn yr Ysbyty . . .'

'Pwy?'

'Ydi Dr Jones i mewn, plîs? Yma i drafod yr achos ar gyfer y *Journal* ydw i, Mrs Jones, dyna i gyd!' O, ie!

Trodd y Ddraig ar ei sawdl gan adael Tina'n dal i grynu ar stepen y drws. Gwaeddodd Marie rywbeth ar ei gŵr o waelod y grisiau, ac yna, fe'u dringodd.

'Riportar isio dy holi am y busnes *operation* mae'n siŵr. Dwi'n mynd 'nôl i 'ngwely.' Cyn iddi gyrraedd brig y grisiau, roedd y plant, Marged a Gari, wedi rhuthro i fusnesa, gyda briwsion a sudd oren yn dreflu o'u cegau.

'Helô, Anti Tina!' meddai'r ddau ar draws ei gilydd.

Diolchodd Tina nad oedd Marie yno pan oedd ei hepilion yn ei chyfarch mor llawen, ac ar hynny, clywyd drws y llofft yn cael ei gau'n glep. Tybed oedd hi wedi eu clywed wedi'r cwbwl?

'Tina! Miss Thomas . . .' meddai Dic yn llawn ffwdan wrth ymddangos o'r gegin fel dyn gwyllt o'r coed. Doedd o'n amlwg ddim wedi eillio ers y parti, a gwisgai drowsus llac a chrys-t nad oedd yn gwneud dim i'w ddelwedd rywiol arferol. Eto i gyd, gwyddai Tina'n union beth oedd yn llechu'n ddisgwylgar o dan y dillad . . . 'Cofio dim eich bod yn dŵad . . . yma heddiw. Dewch i mewn i'r gegin. Mae'n rhaid i chi fy nghymryd i . . . ein cymryd ni fel rydan ni – y wraig ddim yn arbennig, yn nachdi, blant . . . Mami ddim yn sbesial, nachdi Marged fach?' Cymerodd Dic ei ferch i'w gôl a'i hanwylo'n dyner.

'Doswch chi'ch dau i wisgo'ch dillad rŵan, a chwara am ychydig. Mae Miss Thomas a Dad isio amsar i . . . setlo amball i beth efo'n gilydd.' Cusanodd dalcen ei ferch cyn ceisio ffurfio sgwrs efo Tina. 'Dim ysgol heddiw – athrawon yn marcio neu rwbath eto, mae'n siŵr!'

Wrth i'r ddau fach ufuddhau a mynd allan o'r gegin i chwarae, ceisiodd Dic afael am ganol Tina i'w chusanu a'i mwytho hithau, ond anwybyddodd ef a throi oddi wrtho gan eistedd ar gadair uchel wrth fwrdd y gegin. Paratôdd i recordio ar ei dictaffon ac ysgrifennu nodiadau yn ei llyfr bach.

'Tina, paid â throi dy gefn arna i, plîs. Sgen ti'm

syniad mor braf ydi dy gael di yma. Mae o'n edrych mor naturiol . . . ti a fi . . . Efo fi a'r plant yn y tŷ 'ma ddylat ti fod . . .'

'Mae gen i waith i'w wneud, Dic . . . Dr Jones . . . os gawn ni ddechre cyn gynted â phosib. Mae'r golygydd isio fi 'nôl yn y swyddfa cyn amser cinio. Rŵan, rhowch eich safbwynt chi o'r stori am y llawdriniaeth aeth o'i lle, ac mi recordia inne'r cyfan.'

'Am be ti'n rwdlian, dwêd? Ti'n gwbod yn iawn nad oes yna ddim byd wedi "mynd o'i le". Ond, os ti'n mynnu cymryd dy waith di o ddifri, mi wna inna sôn o ddifri am fy ngwaith inna hefyd. A gwae ti os 'nei di brintio unrhyw beth sydd ddim yn cyd-fynd efo be dwi'n deud. Dallt?'

Cododd tymer Dic yn uwch nag a welodd Tina erioed ond mynnodd Tina nad oedd am ddangos dim o'i theimladau personol tuag ato yn rhinwedd ei swydd fel gohebydd ar yr achos arbennig hwn. Aeth y meddyg ymlaen efo'i bregeth, ac fe recordiodd Tina'r cyfweliad.

'Mi gafodd Mrs Griffiths, Boncyn Uchaf, y gofal gora posib cyn ac ar ôl ei llawdriniaeth pen-glin newydd. Os dwi'n cofio'n iawn – a does gen i ddim hawl i fynd i'r ffeiliau i gadarnhau hyn yn yr ysbyty – roedd adroddiadau'r anesthetydd, y nyrsys yn y theatr a'r ward, y ffisiotherapydd a'r meddyg teulu'n dangos fod popeth wedi mynd yn berffaith ar y diwrnod ac ar ôl iddi fynd adra. Falla fod gan y ddynas broblema iechyd eraill sydd angan eu harchwilio, ond nid fy nghyfrifoldab i fyddai'r rheiny.'

'Sut ydech chi'n teimlo eich bod wedi cael eich gwahardd o'ch gwaith heb i'r Ysbyty na'r Cyngor Meddygol Cyffredinol wneud ymholiadau, Dr Jones?'

'Amhroffesiynol, a chywilydd arnyn nhw i gyd yn

cyhuddo rhywun ar gam, gan dderbyn gair un person yn unig. Mae'n siŵr fod rhai pobl yn ysu am gael dial ar unrhyw un er mwyn gweld lliw pres yr insiwrens. Nid mod i'n amau Mrs Griffiths o hynny am un funud. Mae'r plismyn yn trio dal pobol yn goryrru, yn lle ymchwilio i gyhuddiadau di-sail fel hyn! Mae o'n effeithio ar fy mywyd i, fy iechyd i, fy nghanolbwyntio i, fy mhlant i a fy ngwraig i . . .' Yng nghanol ei druth, cofiodd Dic yn sydyn efo pwy roedd o'n siarad, a newidiodd donyddiaeth ei lais. '. . . a fy nghariad mwyaf rhywiol i erioed, wrth gwrs – sydd bron â marw isio taflu'r dictaffon yna i'r bin a chael sesiwn dda o ffwcio gwyllt yn fy nghar i, fel rydan ni wedi'i neud am dros dair blynadd . . . Ti'n gêm ar ôl cinio, Tin? Dwi'm wedi cael gwagiad ers oes.'

'Dr Jones!' gwaeddodd Tina, i'w atal rhag paldaruo ymhellach. 'Cofiwch y bydd yr hyn sy'n cael ei gofnodi heddiw'n cael ei glywed gan ohebwyr a golygydd y *Borth Journal,* ac efallai y bydd yn cael ei ddefnyddio gan yr heddlu ac yn y llys!'

'Fydda dy fywyd di ddim gwerth ei fyw, Tina!'

Diffoddodd Tina'r teclyn recordio, a thynnodd ei chamera digidol o'i bag fel yr oedd Marged yn rhedeg i mewn at ei thad. 'Un llun i'r *Journal* cyn i mi fynd, os gwelwch yn dda, Dr Jones.'

Protestiodd Dic yn bendant gan gydio'n dadol yn ei ferch. 'Dim ffiars o beryg gei di dynnu'n llun i fel hyn. Gobeithio dy fod di ddim fel y *paparazzi* isio gneud drwg i dy ysglyfaeth! Mae golwg y diawl arna i, 'toes Marged fach? Dad ddim wedi cael amsar i neud ei hun yn ddel eto, nachdi, rhwng hwfro a bwydo a chlirio a golchi? Ond os ydi Anti Tina'n mynnu, ac os neith o ryw les i'r erthygl ac i fy achos i, mi a' i i newid i grys a thei. Miss Thomas, gewch chi ddiddanu Marged am ddau funud – mi neith les i chi gael ymarfar!'

Yna, wedi taflu winc i gyfeiriad Tina, rhedodd Dic ar wib i fyny'r grisiau, gan adael ei epil yn ei gofal. Ar y naill law, roedd Tina'n falch ei fod yn ei thrystio efo'i blant. Ond, ar y llaw arall, doedd ganddi mo'r mymryn lleiaf o amynedd i ddiddanu unrhyw blentyn bach budur a direidus y bore hwnnw. Roedd ei hamserlen eisoes yn rhedeg yn hwyr, a doedd chware rôl yr ail fam wrth geisio sgwennu stori ar ymchwiliad i waith y tad ddim cweit y peth iawn i'w wneud, rywsut, yn enwedig yn ei gartref ei hun tra oedd ei wraig yn wael yn ei gwely! Doedd Tina ddim eisiau staen siocled a sôs coch ar ei siaced chwaith. Wedi'r cwbl, byddai'n rhaid iddi wynebu Jeff Parry i gyflwyno'r manylion iddo'n ddiweddarach!

Ond roedd yr eneth fach annwyl yma'n edrych i fyny'n ddisgwylgar arni, felly pwy na fedrai roi sylw i'w diniweidrwydd annwyl hi?

'Helô ers tro, Marged. Sut mae Mami, dwêd?' holodd Tina gan obeithio cael mwy o wybodaeth am y Ddraig o enau'r plentyn bychan.

'Clio o hyd. Ofn Dadi'n mynd.'

Cywilyddiodd Tina gan ddifaru ei bod wedi gofyn iddi, a newidiodd drywydd y sgwrs. 'Geith Miss Thomas dynnu dy lun di, cariad? Edrycha i'r camera rŵan, dyne eneth dda. Gwenu? O! Del!'

Ymhen ychydig, rhuthrodd Dic yn ei ôl yn edrych yn gwbl wahanol. Phwoooar, meddyliodd Tina, wrth lygadu'r crys glas golau, y tei sidan a'r siwt las tywyll. Doedd ganddo ddim sanau, a doedd o ddim wedi newid i drowsus smart, ond gwisgai bersawr eillio a allai droi unrhyw ddynes ymlaen o filltiroedd i ffwrdd!

'Del . . . ym, proffesiynol iawn, Dr Jones. Mi gymera i lun o'ch canol i fyny dwi'n meddwl, ac anghofio am y gwaelod . . . am heddiw, ie?' meddai Tina'n awgrymog. 'Grêt,' ychwanegodd, wedi iddi dynnu dau neu dri o luniau ar gyfer y papur, ac un neu ddau at ddefnydd personol hefyd! 'Mi fydd yr erthygl yn y *Journal* fory, os bydd y golygydd yn cydsynio efo fy adroddiad i.'

Rhoddodd ei theclynnau i gyd i'w cadw, ac fel roedd yn cychwyn allan am y swyddfa, rhuthrodd Gari i mewn i'r ystafell.

'Dad!' meddai Gari ar dop ei lais. 'Mam isio gwbod pam nathon ni alw'rr ddynas yma'n Anti Tina.'

Wrth adael Llys Meddyg, gwyddai Tina y byddai gan Dic ateb i gwestiwn ei Ddraig – roedd o wedi hen arfer dweud celwyddau. Byddai hi'n ceisio'i helpu i oresgyn ei broblemau proffesiynol gymaint ag y gallai ond rhyngddo fo a'i broblemau adre. Paratôdd ei meddwl a'i chwestiynau ar gyfer dau ymweliad pwysig arall y bore hwnnw. Rhaid oedd cyfweld aelodau o staff yr ysbyty, ac roedd ganddi gyfarfod gyda'r Cyngor Meddygol Cyffredinol i gael eu hochr nhw o'r stori. Roeddynt i fod i weithio ar ddilysrwydd y llythyr a oedd yn cyhuddo Dr Jones o esgeulustod, a bu Tina'n ddigon ffodus i gael llungopi ohono fel cyfeireb i'w herthygl. Wedi edrych ar ambell wefan feddygol i gadarnhau ffeithiau, byddai ei herthygl hi, gobeithio, yn cyflymu'r broses i glirio enw da Dr Jones. Byddai gan yr ysbyty enw drwg iawn pan fyddai'r cyhoedd yn sylweddoli mai tric brwnt gan rywun cenfigennus oedd y llythyr wedi'r cyfan!

Gyda'r erthygl ddiweddaraf hon, gobeithiai Tina gael dyrchafiad gan Jeff Parry hefyd. Roedd o'n amlwg yn rhoi straeon efo gafael ynddynt iddi'n ddiweddar. Ond tybed ai fo ei hun oedd eisiau gafael yn Tina'n dawel bach? Roedd ganddi bethau pwysicach na Jeff a'i ddyrchafiad yn ei meddwl wrth ysgrifennu'r erthygl. Roedd clirio enw da'r llawfeddyg yn bwysicach na'i gwaith proffesiynol, a gobeithiai y byddai'r erthygl yn gyfle iddi feithrin perthynas well efo Dic a'i deulu bach.

Dychwelodd i'w swyddfa wedi cael digon o wybodaeth i ysgrifennu erthygl eitha swmpus, a chafodd gyfle i recordio dros ran olaf cyfweliad Dic hefyd. Doedd hi ddim am i bawb wybod am ei godineb efo'r drwgweithredwr honedig ei hun! Erbyn diwedd y prynhawn, roedd yr erthygl a hanner dwsin o luniau wedi cael eu hanfon i olygydd y papur, a diolchodd Tina am y dechnoleg ddiweddaraf a'i galluogai i wneud hynny.

Er bod cynnwys ei herthygl yn hynod o unochrog, ac yn amlwg yn ffafrio'r llawfeddyg, roedd y golygydd yn hapus efo'r cynnwys. Wedi'i gyhoeddi, byddai'n sicr yn gorfodi'r ysbyty a'r Cyngor Meddygol i ddelio'n fwy proffesiynol gydag achosion tebyg yn y dyfodol. Hyd y gwelai Jeff Parry, yn achos gwaharddiad Dr Richard Jones doedd neb wedi sicrhau dilysrwydd y llythyr na'i awdur; roedd y llawfeddyg wedi cael ei wahardd o'i waith heb unrhyw dystiolaeth broffesiynol yn ei erbyn; doedd yr ysbyty na'r Cyngor Meddygol ddim wedi ymchwilio digon i'r mater; roedd Mrs Mary Jane Griffiths, y Boncyn, yn mynd o gwmpas y lle'n holliach; ac roedd y llawysgrifen yn wahanol i un ddilys Mrs Griffiths. Byddai'r rysáit jam mwyar duon yn cael lle amlwg yn y *Journal*, ond doedd Tina ddim yn edrych ymlaen at wynebu Bryn y Boncyn ar ei ben ei hun wedyn.

*   *   *

Newydd gyrraedd adref ar ôl bod yn loncian wedi diwrnod caled o waith yn y llyfrgell yr oedd Gwenan pan ganodd y ffôn. Doedd hi ddim yn credu mewn ffonau symudol, fel y gwnâi Tina ac Ann. Y teclyn bach hwnnw oedd yn cynnal carwriaeth Tina a Dic, a byddai Tomi'n tecstio Ann yn aml pan deimlai'n unig wrth ffensio ar ben y mynydd neu'n cysgu ynghanol ei ddefaid adeg wyna. Dibynnu'n helaeth ar dderbyn galwadau ar y ffôn talu yr oedd Lyn wedi ei osod ar lawr isaf y tŷ wnâi Gwenan, ond prin iawn oedd y galwadau ddeuai i mewn iddi hi. Ond atebodd y derbynnydd hwnnw'r tro hwn i glywed llais crynedig y pen arall.

'Gwenan fach!' Ei thad oedd yno'n swnio'n hynod ofidus. Ei mam fyddai'n cysylltu â hi fel arfer, felly gwyddai Gwenan yn syth fod rhywbeth mawr wedi digwydd.

'Gwell i ti ddod gartre cyn gynted ag y gelli di, 'merch annwyl i.'

'Dad, beth sydd wedi digwydd? Ydi Mam yn iawn . . .?'

'Mae dy fam yn olreit. Dy fam-gu sy'n yr ysbyty, bach, ac mae hi'n galw amdanat ti. Mae'n gweud pethau mawr am bawb. Dy fam, ti, fi ac Wn . . . Wn i ddim beth mae'n ceisio'i ddweud yn iawn.'

'Ond, tebyg i beth mae hi'n weud, Dadi?' holodd hithau'n ofidus.

'Ry'n ni i gyd yn gwybod bod ei meddwl hi'n gawdel yn ei henaint, on'd y'n ni, bach? Does dim amser i ddweud nawr, dere di gartre mor glou ag y galli di. A gwylia di'r hen hewl 'na.' Roedd erfyniad ei thad yn daer, fel petai'n cysuro plentyn oedd newydd gael ffrae fawr, neu oedolyn ddim cweit yn llawn llathen.

'Fe ddof i nawr, Dadi, a gwedwch wrth Mam-gu y bydda i gyda hi o fewn teirawr,' atebodd Gwenan.

Wedi rhedeg i fyny'r grisiau i hysbysu Ann a Tina am y sefyllfa, roedd trwyn ei Megane yn anelu am yr A470 droellog o fewn dim. Roedd gan Gwenan gwestiwn newydd yn neidio i'w meddwl gyda phob cornel a gymerai'r car ar y ffordd. Beth oedd yn bod ar ei mam-gu? Gwyddai iddi ymddwyn yn rhyfedd tuag ati ers blynyddoedd bellach, felly beth oedd hi'n ei ddweud amdani ar ei gwely angau? Ai ffwndro oedd hi, neu ddweud y gwir am beth bynnag oedd yn ei chorddi? Pam mai ei thad, ac yntau wedi cynhyrfu cymaint, wnaeth ffonio, yn hytrach na'i mam?

Wedi aros mewn modurdy am betrol, picio i'r lle chwech a phrynu brechdan a diod oer aeth Gwenan ymlaen ar ei thaith gan gyrraedd ysbyty'r dre ychydig wedi'r amser ymweld swyddogol. Roedd ei rhieni'n aros amdani yn y cyntedd.

'Odi Mam-gu'n iawn?' holodd Gwenan, gan ofni'r gwaethaf.

'Mae hi chydig yn well erbyn hyn, bach,' cysurodd ei mam hi. 'Wedi cael trawiad reit fawr mae hi, ac mae hi'n ofnadw o ffwndrus. Ofnadwy hefyd . . . Mae'r doctoried wedi sefydlogi'i chalon hi nawr, ond gwell i ti fynd i'w gweld hi ar dy ben dy hunan, cyn . . . Dyw'r nyrsys ddim eisie llawer ohonon ni o gwmpas ei gwely hi. Awn ni gartre, bach; mae wedi bod yn ddiwyrnod hir.'

Doedd ei rhieni'n amlwg ddim eisiau bod efo Gwenan pan fyddai'n ymweld â'i mam-gu. Pam tybed? Euogrwydd? Cywilydd? Fedrai hithau ddim aros i glywed y newyddion, ac efallai y byddai Mam-gu'n egluro cefndir yr ewyllys oedd wedi rhwygo'r teulu ers cyhyd!

Cafodd fynd i'r ward fach yn weddol ddidrafferth, wedi iddi egluro ei bod wedi trafaelio dros gan milltir i fod wrth erchwyn gwely ei mam-gu. Ond dim ond am ddeng munud yr oedd i aros yno, gan fod yr hen wraig yn blino ar ddim, ac angen ei chwsg. Cnociodd Gwenan yn ysgafn ar y drws, a mentrodd i mewn.

'Odych chi'n effro, Mam-gu? Gwenan sy 'ma.' Dim symudiad. Roedd ei nain yn hollol llonydd, ond gwyddai Gwenan ei bod yn fyw, gan fod dillad y gwely'n codi a gostwng yn araf efo'i hanadlu. 'Dadi'n gweud fod rhywbeth gyda chi i'w ddweud wrtha i . . .'

Yn sydyn, trodd ei mam-gu yn ei gwely, gan rythu ar Gwenan drwy lygaid duon, llawn cystudd. Ond doedd dim arlliw o gynhesrwydd yn perthyn iddyn nhw.

'Dadi, ife? Wyt ti'n siŵr?' holodd mewn llais egwan, ond pendant.

'Ie, Dadi wedodd, nid Mami.' Roedd diniweidrwydd Gwenan yn ddiarhebol. Ceisiodd yr hen wraig godi'i phen oddi ar y gobennydd, a siaradodd mewn llais gwan gyda'i dannedd gosod yn gwenu'n ddel arni mewn gwydryn wrth ochr y gwely.

'Dyna yw'r holl bwynt, Gwenan. Rwyt ti wedi cael dy dwyllo ar hyd y blynydde. Wncwl yw dy dad i ti, nid "Dadi" go iawn.'

Cynhyrfodd Gwenan cymaint â'i nain, a bu bron i'r geiriau fethu â chyrraedd ei gwefusau. 'Beth chi'n brygowthan, Mam-gu? Ry'ch chi wedi cael eich styrbio gyda'r pwl 'ma. Fe fyddwch chi'n gallu meddwl yn gliriach ar ôl cysgu a chryfhau dipyn bach.'

'Meddwl yn glir yr ydw i, ferch! Rwy'n gwybod y pethach hyn ers dros ddeng mlynedd ar hugen. Ro'n i'n methu cadw nhw i miwn ddim mwy, a so fe'n iawn i neb gael eu twyllo. Ddim hyd yn oed ti.'

'Beth chi'n feddwl "twyllo"? Pwy sy'n twyllo pwy? Falle taw eich meddwl chi sy'n eich twyllo chi?' meddai Gwenan yn siarp wrth ei nain wrth ei chlywed yn ei dilorni ar ei gwely angau. Ond ceisiodd osgoi ei chynhyrfu ymhellach. Efallai mai poeni am hyn oedd wedi achosi'r trawiad arni yn y lle cyntaf.

'Pam nad oes neb yn fy nghredu i, ferch? Rwy'n gwybod mod i'n hen, ond sa i'n dwp; rwy'n gwybod mod i'n colli'r dydd ond sa i'n colli nghof!' Cododd ei llais gymaint nes i nyrs ruthro i mewn yn meddwl fod rhywbeth mawr o'i le. Edrychodd honno'n filain ar Gwenan.

'Ydech chi'n olreit, Mrs Lewis? Gwell i'r *visitor* fynd adre nawr, rwy'n credu. Mas y ffordd hyn os gwelwch chi'n dda, mae'n amser iddi orffwyso nawr.'

'*Visitor*? Ond rwy'n wyres iddi . . .' Chafodd Gwenan ddim dewis ond ufuddhau i orchymyn y nyrs, a chychwynnodd adref yn fwy dryslyd na'i mam-gu ei hun, gyda'r newyddion dramatig yn atseinio yn ei meddwl.

'Wncwl yw dy dad di, nid "Dadi" go iawn.' Oedd meddwl ei mam-gu yn glir? Os oedd o'n wir, beth am ei mam? A wyddai hi mai wncwl ac nid tad oedd ei gŵr hi i Gwenan? Dylai hi o bawb wybod . . . Roedd llawer o gwestiynau angen eu hateb, ond byddai'n rhaid aros tan y diwrnod canlynol cyn cael holi ymhellach.

Rhuthrodd Gwenan drwy dderbynfa'r ysbyty gan neidio i'w char a chau'r drws yn glep. Roedd yn beichio crio. Wyddai hi ddim lle i fynd nac at bwy i droi. Roedd ganddi awydd gyrru'r holl ffordd yn ôl i'r gogledd i gael bwrw'i bol efo Lyn neu Tina ac Ann, yn ddigon pell o broblemau ei theulu ac ensyniadau rhyfygus ei nain. Gallai alw heibio cartref Wncwl Morys hefyd, ond roedd wedi mynd braidd yn hwyr i darfu ar ei noson o bellach. Gwyddai y byddai'n rhaid iddi ddod i wybod y gwir yn hwyr neu'n hwyrach, felly ymwrolodd a chychwynnodd am ei chartref, a chael fod ei thad . . . wncwl . . . eisoes wedi mynd i'w wely.

'Roedd e dan straen,' meddai ei mam, ond doedd hi ddim yn naw o'r gloch eto! O leiaf byddai hynny'n gyfle i Gwenan holi ei mam ymhellach ar ei phen ei hun. Chwarae teg i honno, fe ddywedodd y cyfan wrthi heb i Gwenan orfod ei hannog o gwbwl, fel petai angen cael gwared ar dros ddeng mlynedd ar hugain o euogrwydd mewn pitw ddeng munud o amser.

'Gwenan fach. Dyma beth yw cawl potsh. Mae'n wir ddrwg 'da fi.'

'Sa i cweit yn siŵr beth chi'n ceisio'i ddweud wrtha i, Mam. Roedd Mam-gu'n gweud taw "wncwl" yw Dadi i fi. Dyna beth yw hen berson cymysglyd ei meddwl, ontefe?'

'Na, na, bach. Mae hi'n hollol iawn,' meddai ei mam â'i llygaid yn bŵl gan ddagrau.

'Am beth chi'n sôn, Mam?'

'Smo beth mae Mam-gu wedi'i weud yn meddwl bod ti'n golygu llai i fi nag i dy da . . . Wnc . . . o jiw, jiw, Dadi fydd e am byth i ti, cofia di hynna. Ti fydd ein merch ni'n dau, a chwaer fowr Lliwen, ac wyres annwyl dy fam-gu am byth . . .'

'Mam! Smo chi'n gwneud sens, fenyw! Fues i erioed yn annwyl yng ngolwg Mam-gu! Ai dyma pam ei bod hi wedi fy nghasáu i ar hyd y blynydde?'

Doedd Gwenan byth yn un i golli'i thymer gyda'i mam na neb arall, ond roedd popeth yn un gymysgedd yn ei phen yr eiliad honno, a'i mam fel gwleidydd medrus yn osgoi'r pwnc. Wrth feddwl am sefyllfa'i mam, cywilyddiodd Gwenan wrth synhwyro ei bod wedi bod yn camymddwyn yn ystod ei phriodas, ond roedd am ofyn y cwestiwn amlwg iddi tra bod yr haearn yn boeth.

'Os mai "wncwl" yw Dadi, pwy yw fy nhad iawn i, 'te, Mam? 'Ych chi'n cofio, neu oedd gyda chi lawer o ddynion ar eich llyfre y tu cefen i Dadi?'

Doedd Gwenan ddim wedi bwriadu bod mor llym ei thafod gyda'i mam, o feddwl fod honno'n flaenores barchus gydag enw da iddi'n yr ardal!

'Gwenan! Dyna ddigon! Does dim angen geiriau brwnt. Rwyt ti wedi cynhyrfu ond, mae beth ddigwyddodd amser maith yn ôl wedi digwydd, 'sdim gwadu 'ny.'

'Mam! Pwy oedd e?!'

'*Ffling* fach oedd e, 'na'i gyd . . . a hynny yn ystod gwaeledd dy dad . . . falle i ni anghofio gweud wrtho ti iddo fe gael *pneumonia* pan oedd e'n ddyn ifanc. Ges inne fy nghysuro gan . . .' Methodd Mrs Lewis fynd yn ei blaen, a chronnodd ei llygaid gydag atgofion chwerw-felys. 'Fe welodd Mam-gu'r cyfan, wrth gwrs, gan ei bod hi'n byw gyda ni am sbel. Fe gadwodd y gyfrinach o dan ei het tan nawr! Na, dyw hi ddim yn ffwndrus o gwbwl, cariad. Falle taw dyna roddodd y straen ar ei chalon hi yn y diwedd, a fi'n unig sydd i'w feio am hynny. Wna i byth faddau i mi'n hunan . . .'

'Peidiwch â theimlo'n hunandosturiol!' Anesmwythodd Gwenan ymhellach wrth glywed ei mam yn crio, a chododd heb aros i glywed ei datganiad pwysicaf. Rhuthrodd am y toiled er mwyn taflu i fyny, ond cyfog gwag a gafodd, gan nad oedd y frechdan a brynodd yn y modurdy wedi bod yn hanner digon i lenwi ei stumog. Ar ôl aros yn ei hystafell wely'n crio a phendroni bob yn ail, synhwyrodd fod sŵn igian crio'n dod o ochor arall y pared hefyd. Anadlodd Gwenan yn ddwfn cyn mentro i mewn.

Gŵr tawel oedd Elfed Lewis o ran ei natur, a doedd Gwenan erioed wedi ei weld mewn gwaeledd o'r blaen. Cymerodd drugaredd arno wrth ei weld wedi heneiddio deng mlynedd mewn ychydig iawn o amser.

'Dadi, odych chi'n iawn?'

Cododd Elfed Lewis oddi ar ei wely, gan gofleidio Gwenan gyda breichiau agored a llygaid cochion. 'Fy merch i! Fe alwes ti fi'n "Dadi", a hynny wedi'r holl helynt 'ma.'

'Peidiwch chi â becso dim. Chi fydd Dadi i fi am byth. Gyda Mami rwy'n flin, nid gyda chi . . . a gyda Mam-gu am gadw'r peth yn dawel cyhyd! Diolch ei bod hi wedi dweud y cyfan nawr cyn ei fod wedi bwyta tu mewn i chi'ch dau am byth . . .'

'Gwenan fach, dyma oedd y tro cyntaf i finne glywed y newyddion hefyd!'

Ar hynny, canodd y ffôn, a chlywodd Gwenan a'i thad hi'n cael ei hateb yn bwyllog gan ei mam. Wedi tawelwch hir, daeth llais crynedig o waelod y grisiau.

'Mae mam-gu wedi'n gadael ni.'

14. Nicar Bocar yn ei glori

Fel golygydd y *Borth Journal*, roedd Jeff Parry am gadarnhau rhai ffeithiau yn stori Tina cyn ei hargraffu. Er bod ganddo ffydd yng ngonestrwydd ei staff a dilysrwydd eu herthyglau, fo ei hun fyddai'n gorfod cymryd y cyfrifoldeb petai ffeithiau anghywir yn cael eu cyhoeddi. Fyddai cyllid y papur ddim yn gallu ymestyn i dalu am enllibion neu straeon celwyddog.

Yn y cyfamser, roedd Tina wedi cymryd wythnos i ffwrdd o'i gwaith i ymweld â'i theulu. Roedd wedi recordio'i rhaglen ar gyfer Ysbyty'r Borth ymlaen llaw, gan ysgrifennu'r holl geisiadau ffug ei hun! Fyddai neb ddim callach!

Rhyw dri chwarter awr o daith oedd gan Tina i gartref ei mam ac Edward. Teimlai ei bod wedi eu hanwybyddu nhw a'i hen ffrindiau'n arw ers ei charwriaeth efo Dic. Fo fyddai'n cael y flaenoriaeth bob tro ac roedd hithau'n un ddrwg am roi unrhyw drefniadau eraill o'r neilltu er mwyn cael ei gwmni. Roedd ei gwaith wedi'i chadw'n brysur ddydd a nos yn ddiweddar hefyd, gan y câi fwy a mwy o gyfrifoldeb am yr adran newyddion gan Jeff Parry. Doedd ryfedd, felly, ei bod yn haeddu brêc o'r gwaith, cael cwmni a sgwrs efo rhywun gwahanol, a cheisio anghofio am ei phroblemau personol. Gwyddai hefyd y byddai Bryn y Boncyn am ei lladd pan fyddai'r erthygl am ei fam yn ymddangos yn y *Journal*, felly doedd ei heglu hi o'r Borth ddim yn syniad rhy ffôl wedi'r cyfan! Gwyddai Tina'n burion o'r dechrau mai Bryn oedd y tramgwyddwr a anfonodd y llythyr, ac roedd ei ymateb a'i agwedd euog yn amlwg y diwrnod yr aeth i fuarth y tyddyn. Yr hyn nad oedd hi'n ei wybod oedd pam iddo wneud gweithred o'r fath. Y rheswm pennaf, yn ei thyb hi, oedd ei fod wedi clywed am berthynas Dic a hithau, a'i fod yn genfigennus, ond wnaeth o erioed awgrymu dim ei fod yn gwybod unrhyw beth amdanynt. Rheswm arall, efallai, oedd ei fod yn ceisio cael pres insiwrans. Bachgen dan din fuodd Bryn erioed, meddyliodd Tina, fel roedd ei dad cyn hynny, yn ôl Ann, yn prepian am hwn a'r llall wrth yr heddlu, neu gysylltu efo'r Cyngor os oedd rhywun wedi gwneud rhywbeth a oedd yn ymddangosiadol dorri'r gyfraith.

Er i Tina ysgrifennu erthygl unochrog yn erbyn y 'sefydliad', sef yr Ysbyty a'r Cyngor Meddygol, roedd ei hadroddiad yn amlwg yn cefnogi'r llawfeddyg diniwed, dieuog. Ond mynnai fod yn broffesiynol ei hagwedd, gan gadw'n glir oddi wrth Dic am ychydig o ddyddiau. Roedd eisoes wedi anwybyddu ei e-byst yn y gwaith a'r fflat, ac o fod ar y lôn rhaid oedd iddi beidio ag ateb ei ffôn gwdihŵ chwaith, boed y rheiny'n negeseuon testun neu'n alwadau, rhag ofn fod yna dditectifs preifat yn clustfeinio arnynt! Gwyddai fod Dic wedi galw'n y fflat nifer o weithiau'n barod, ac roedd wedi anfon neges destun heriol hefyd.

TN GBOD MD IN DD-EUOG.
GBTHO DDAW HYNY GLR YN Y PAPR!

Yna, mewn neges arall

PD DEUD DM I DDFTHA PRTHNS NI!
MA MRIE N AME RBTH N BRD!

Ond daeth Tina i'r penderfyniad mai ceisio achub ei groen ei hun yr oedd o y tro hwn eto, ac nid ofni am ei pherthynas hi a fo. Dylai fod wedi dial arno ers blynyddoedd – gallai fod wedi ysgrifennu pethau personol, cas iawn amdano'n y papur petai'n dymuno gwneud hynny. Digon hawdd fyddai iddi wneud erthygl 'baparatsaidd' a datgelu nad oedd o y llawfeddyg parchus, teuluol honedig wedi'r cyfan! Heblaw ei bod yn ei garu gymaint, gallai fod wedi crybwyll ei dueddiadau i chwarae oddi cartre bob cyfle gâi, ei arferion yn y gwely, neu ei gynlluniau i gefnu ar y teulu a symud i ben arall y byd. Ond gwyddai mai ffolineb fyddai cyhoeddi hynny, a fyddai ei bywyd personol hi'n elwa dim allan o ddiawlineb. Roedd y ffaith ei bod hithau'n cael affêr efo gŵr priod – yn enwedig yr un oedd yn sail i'w herthygl ddifrifol – yn ddigon iddi hithau gael stori ar dudalen flaen y *Journal*!

Wrth deithio yn y car am adre, teimlai cryndod ym mhoced ei throwsus unwaith eto. Gwyddai'n iawn pwy oedd yno, a throdd i lecyn parcio ar ochor y ffordd i'w ddarllen. Câi bleser tawel wrth weld ei hysglyfaeth yn ceisio ac yn methu cysylltu â hi. Wedi'r cyfan, fo oedd wedi rheoli eu perthynas tan y digwyddiad anffodus hwn. Gyda lwc, byddai Dic wedyn yn gwybod sut roedd Tina'n teimlo wrth iddo fethu mynd i'w gweld 'oherwydd y plant' neu ba bynnag esgus arall oedd ganddo ar y pryd . . .

PM T N OSGOI V? LLE WTI? CRU T. XX

Nid atebodd ei gwestiynau na'i seboni, er ei bod yn gwybod ei fod yn poeni ar ben arall y ffôn. Gadawodd iddo stiwio am yr erthygl ac am eu perthynas, a throdd y teclyn ar 'mud', rhag ofn iddo'i ffonio a hithau yng nghwmni ei mam ac Edward. Roedd meddwl am gelwyddau i'w dweud wrthynt hwy am ei bywyd personol (neu ddiffyg bywyd carwriaethol yn eu tyb nhw) yn dipyn o straen ar ôl tair blynedd.

'Pam nad oes gen ti byth ddyn a thithe'n ddel fel dy fam?' oedd ei chwestiwn mynych hi.

'Be maen nhw wedi'i neud efo dynion y Borth 'cw? Eu taflu nhw i'r môr?' holai Edward wrth herio.

'Digon o bysgod yn y môr,' oedd ateb Tina, 'ond fod y rhai gore'n rhy ddwfn i'w dal!'

Pan gyrhaeddodd adre, roedd yn nefoedd cael llonydd a thawelwch perffaith rhag helbulon y dydd: dim Dic na Jeff Parry i'w phlagio, dim bygythiadau personol Bryn y Boncyn, a dim angen difyrru genod y tŷ a Lyn y Landlord efo gwin a sesiynau tragwyddol! Byddai wythnos o *detox* yn gwneud y byd o les iddi.

*　　　　*　　　　*

Cerdded yn lluddedig o un siop i'r llall yng Nghaer yr oedd Ann, a hithau'n ddiwrnod braf ar ddechrau'r haf. Fel un o Ben Llŷn, doedd brysio a bod mewn panig ddim yn rhan o'i natur. Ond pan sylweddolodd mai prin bedwar mis oedd ganddi tan ei phriodas (hi a Tomi, wrth gwrs, fel y câi ei hatgoffa'n rhy aml ganddo), cafodd gathod bach, a phenderfynodd ei bod yn rhaid iddi fwrw ymlaen i wneud ychydig mwy o'r trefniadau. Erbyn i'r sioeau a'r eisteddfodau basio, byddai'n ben set, a chanol Hydref ar eu gwarthaf.

Er ei bod wedi holi a chael ateb cadarnhaol gan y gweinidog a ddywedodd y byddai hi a'r capel yn rhydd, a'i bod wedi bwcio Gwesty'r Manor, doedd Ann na'i dyweddi ddim wedi meddwl llawer mwy am yr achlysur. Gorfu iddynt ddewis Bethseida i blesio'r teuluoedd traddodiadol, ac aeth y syniad o gael parti yn y neuadd bentre'n ffradach wedi i Tomi gael y myll. Ni chyfrannodd o fawr mwy at y paratoadau, dim ond dweud 'ie', 'na' neu 'iawn' yn y llefydd cywir, ac roedd bob amser yn cymryd yn ganiataol fod y 'jig' yn disgyn i'w le heb y 'so'. Serch hynny, byddai'n ddigon parod i godi cwenc pe byddai Ann yn gwneud rhywbeth y tu cefn iddo nad oedd yn ei blesio.

Derbyniodd Tina'r swydd o fod yn forwyn gyda breichiau agored, a chafodd Tomi, Bryn y Boncyn a Harri Cae Pella sesiwn a hanner wedi cydsynio i'w gwahanol ddyletswyddau hwythau.

'Dyma'r trydydd tro i mi fod yn was, was,' meddai Boncyn pan glywodd mai fo fyddai'r 'dyn gore' ar y diwrnod mawr. Roedd wrth ei fodd yn cael bod yn bwysig, a byddai ei frest robin goch yn siŵr o ymchwyddo'n fwy nag erioed y diwrnod hwnnw.

'Chi'n gwbod be ma' nhw'n ddeud am ferched sy'n forwynion am y trydydd tro?' holodd Harri Cae Pella. 'Mi fyddan nhw'n "hen ferched" cyn eu bod nhw'n hen!'

'Wel, dwi'n siŵr bod 'na ddigon ohonyn nhw ar gael i'ch siwtio chi'ch dau, tasa chi ond yn mynd i'r afael â'r rhai iawn,' oedd sylw Tomi, gan roi pìn yn swigen Harri, o gofio mai hen lanc oedd Bryn y Boncyn ac yntau yn y bôn.

'Dda gen i mo'r ffernols,' hefrodd Bryn, gan gyfeirio at ferched yn gyffredinol. 'Os nad oes neb arall isio nhw, be ma' nhw'n dda i mi? Ffeminists yn casáu dynion ydi hen ferched, isio'u ffordd eu hunen efo bob diawl o bob peth. Mae benthyg amball un gan hwn a'r llall yn diwallu fy ngwanc i, diolch yn fawr.'

'Fel noson parti Tina, ia, Bryn?' crechwenodd Tomi arno, gan gyfeirio at ei orig ddifyr yn canu grwndi efo cath Dic. Anwybyddu'r sylw wnaeth Bryn gan gochi rhyw fymryn y tu ôl i'w gwrw. Doedd o heb sylweddoli fod rhywun wedi eu gweld y noson honno.

Yn dawel bach, roedd Tomi'n teimlo'n falch ohono'i hun o fod wedi ffeindio gwraig dda a di-lol fel Ann. Erbyn hyn, roedd y syniad o fynd o gwmpas y tafarndai a'r clybiau'n chwilio am gariad yn ei oed o yn atgas ganddo. Gallai ddioddef ychydig o gariôci neu ganu gwlad yn y gornel, ond clybiau nos, fel y KO – dim ffiars! Roedd merched yr oes hon wedi mynd yn rhy ffasiynol a ffysi yn ei dyb o, a phawb ofn gwaith ac ychydig bach o faw ac *elbow grease*. Ond roedd Ann yn hollol fodlon baeddu ei dillad ynghanol môr o gachu gwartheg, a rhoi ei dwylo i fyny tinau defaid ynghanol y brychau a'r gwaed.

Gan fod Gwenan wedi mynd adre i Geredigion eto, a Tina'n brysur yn sgwennu erthyglau i'r papur, roedd Ann wedi gofyn i Catrin, ei ffrind ysgol, i fynd efo hi i siopa i Gaer. Wedi'r cwbwl, Catrin oedd wedi cael y fraint o chwarae'r organ ar ddiwrnod y briodas. Wyddai Ann ddim yn iawn beth roedd hi'n ei ffansïo fel gwisg iddi hi ei hun na'r morynion; roedd wedi edrych drwy ambell gylchgrawn pwrpasol cyn mentro i siopa, ond roedd y cyfan yn rhy lathraidd a Llundeinig i'w gofynion cefn gwladaidd hi. Byddai Tomi'n gwaredu at eu prisiau, beth bynnag, a doedd yr un o'r ddau am wario'n wirion am un diwrnod yn unig. Chwilio a thrio ambell wisg oedd bwriad y diwrnod hwn yng Nghaer, nid prynu ar ei hunion.

Wrth drio ambell ddilledyn, roedd gan Catrin system dda iawn er mwyn cofio be oedd be – byddai'n tynnu nifer o luniau a sgwennu nodiadau manwl am bopeth. Fel hynny, gallent gofio pa fath o ffrog oedd ym mha siop, pa liwiau oedd yn ei siwtio, a pha rai oedd ddim cweit yn gweddu efo delwedd henffasiwn Ann. Yna, byddai hithau'n gallu cael barn rhywun arall amdanynt wedi iddi ddychwelyd i'r Borth.

Pe byddai'n cael y *makeover* gorau posib i'w gwallt a'i cholur, peryg iawn mai'r un hen Ann ddiniwed, blaen fyddai hi o hyd, meddyliodd Catrin. Er mai derbynnydd oedd hi wrth ei galwedigaeth, roedd ôl gwaith caled yn yr awyr agored eisoes ar ei dwylo a'i hewinedd, a chan ei bod yn hogan reit nobl, doedd y cynlluniau modern ddim yn ei siwtio o gwbl. Lliw gwyn traddodiadol oedd orau ganddi, ond edrychai'n flonegog mewn ffrog oedd yn dangos ei hysgwyddau. Doedd y ffrog *Halter neck* fawr gwell chwaith, gan ei bod yn dangos gormod ar ei bronnau.

Ar ôl bustachu i mewn ac allan o nifer o wisgoedd, penderfynwyd mai'r steil *Bolero* oedd yn gweddu ac yn ffitio orau, gan y byddai'r siaced fach yn cuddio ambell deiar oedd yn mynnu dod i'r golwg er gwaetha'r gyrdl deunaw awr! Doedd gan Ann ddim amynedd dychwelyd i Gaer i chwilio am ffrog arall, ac fe wnâi hon y tro'n iawn, diolch yn fawr! Daeth cerdyn credyd yr hen Domi (neu Ned Davies mwy na thebyg) yn handi iawn i dalu am y ffrog hefyd!

Roedd Catrin wedi lled-awgrymu ar y ffordd y bore hwnnw y dylai Ann golli stôn neu ddwy cyn prynu'r ffrog. Ond fe'i rhoddwyd yn ei lle'n syth:

'Dim ffiars o beryg, washi. Dim hannar gwraig mae Tomi isio, ond un go-iawn. Fel yma mae o'n fy nghofio i yli, a'r blonag yma mae o'n licio'i fwytho!'

Ymhen hir a hwyr, ac Ann wedi blino ar wisgo a dadwisgo, cawsant seibiant haeddiannol am ginio. Roedd y caffi gwyn a'r distiau pren nodweddiadol o

Gaer yn orlawn o siopwyr brwd. Byddech yn taeru nad oedd yfory i'w gael i rai ohonynt, a phrin fod neb â gwir angen y nwyddau o gwbl. Ar ôl bwyd, mynnodd Catrin fod Ann yn dychwelyd i'r siopau i drio ychydig o benwisgoedd ac esgidiau. Awgrymodd yn gynnil iddi y byddai *tiara* neu ychydig o flodau'n unig yn ei siwtio, heb fod yn ormod o sioe. Ond credai Ann mai'r *veil* draddodiadol fyddai Tomi'n ei hoffi orau.

'Mi fedra i i'w glywad o'n deud "mi neith guddio llawar o bechoda wrth i ti ddod i lawr yr eil i 'nghyfarfod i!"' meddai Ann.

Erbyn diwedd y dydd, a chyda ffrog, penwisg a phâr o esgidiau gwynion wedi eu prynu, roedd y ddwy wedi ymlâdd. Ond cyn troi am adre, teimlai Catrin ei bod isio prynu rhywbeth bach yn anrheg iddi hi ei hun fel gwobr am ddiwrnod mor gynhyrchiol. Felly penderfynodd y ddwy fynd ar eu liwt eu hunain am awr, cyn cyfarfod yn y maes parcio ac anelu'n ôl am y gogledd. Ffansïo trowsus cwta at yr haf yr oedd Catrin, ac awydd prynu nicar a gardars go rhywiol at y briodas mewn preifatrwydd yr oedd Ann. Fyddai dim cyfle i brynu'r rheini yn y Borth na Phen Llŷn heb i rywun ei nabod a dechrau busnesu!

Wrth chwilio am rywbeth reit ffrili yn siop *Underworld*, clywodd Ann lais cyfarwydd yn holi am gyngor gan un o ferched y siop. Rhwng dwy rêl o 'dedis' un-darn melfed a *suspenders* go bethma, sylwodd ar rywun tal yn byseddu *brassieres* sidan a gynau nos y gallech weld drwyddynt.

'*Do you think they'll fit me? Hm . . . Someone the same size as me?*' holodd y llais. Arglwydd mawr – Lyn y Landlord! Tagodd Ann ar ei phoer ei hun, ac ar unwaith fe adnabu Lyn besychiad Ann hefyd!

'O . . . Ann. Ti sy 'na! Ffansi gweld ti yma.'

'Lyn, sut mae, washi?'

'Siopa at y briodas, ie? Nicar neis. Coch yn dy siwtio di!'

'Ym, diolch . . . Titha'n siopa i rywun sbesial?' Wyddai Ann ddim beth i'w ddweud, wrth ei weld yn anwesu'r dillad isaf fel petaent yn gnawd person go iawn rhwng ei fysedd.

'Y? Na . . . Yndw. Rhywun "sbesial" iawn,' atebodd yntau'n llawn balchder, gan benderfynu yn y fan a'r lle nad oedd am gelu'r gwirionedd ddim mwy. Roedd Tina eisoes yn gwybod ac roedd wedi hanner sôn wrth Gwenan yn ystod y parti gwisg ffansi.

'Mae'n rhaid i rywun edrych ar ôl ei hun, 'toes, Ann? Ac os na wna i fy ngalw'n hun yn "sbesial", wel, wneith neb arall chwaith yn na wneith!'

'O?' Doedd Ann ddim cweit wedi deall.

'Wedi bod yn gwisgo fyny ers blynyddoedd, *babes*, a ddim cywilydd rŵan, diolch i bobol fel Tina a Craig a Doug. *I'll take these garments, thanks luv.*'

Rhoddodd Ann ei dillad isaf hithau i'r ferch arall y tu ôl i'r cownter.

'Duwcs, pam ddim, yndê?' atebodd Ann wedi iddi roi dau a dau at ei gilydd ac estyn cerdyn Visa i'r ferch. 'Un waith mae rhywun ar yr hen ddaear yma, ac nid pawb all ddeud eu bod nhw wedi bod arni fel dyn a dynes!'

'Ti'n iawn yn fanna, cyw. Ella mai fel cath y do' i 'nôl mewn bywyd arall, cofia! Diolch i ti am ddallt. Mae'n rhaid i ddyn – neu ddynes – gael mynegi teimladau rywsut, 'toes? Mae Tomi gen ti, yntydi, ond os ydi rhywun yn sengl, wel, rhaid iddo fo ddiddanu'i hun.'

'Falla fydda inna'n colli hynny ar ôl priodi, cofia!'

"Mi fydd y dewis gen ti i'w adael o'n bydd! Wela i ti 'nôl tua'r Borth 'na. *Thanks for your help, deary.* Ta-ra.' Ac allan â fo fel ysbryd yn dawnsio ar adenydd y gwynt, â'i gwdyn plastig yn llawn o lingri lliwgar. Trodd Ann i dderbyn y cerdyn a'i nwyddau hithau gan ferch y siop.

'*He's been a regular customer for years, luv,*' ategodd honno.

*   *   *

Noson ddi-gwsg gafodd pawb yng ngartre Gwenan wedi clywed y newyddion am farwolaeth ei mam-gu. Roedd tyndra yn gymysg â thristwch yno, llwyth o gwestiynau gan Gwenan i'w gofyn, a llawer angen gan ei mam i'w egluro. Teimlo'n eilradd wnâi Elfed Lewis, ei fod wedi cael ei dwyllo cyhyd am ei ferch a'i frawd.

Penderfynwyd dweud am farwolaeth ei fam wrth Wncwl Morys a Lliwen yn syth, ond gadawyd gweddill y teulu heb eu hysbysu tan y bore wedyn, gan ei bod wedi mynd yn hwyr. Nid bod llawer o deulu arall i'w cael beth bynnag, a doedd fawr o neb ohonynt wedi treulio llawer o amser yng nghwmni'r hen wraig.

Wedi i'r meddyg ardystio'r farwolaeth, aeth Elfed Lewis i Gapel Gorffwys yr ysbyty i ffarwelio â'i fam am y tro olaf. Yno yr oedd hi'n gorwedd yn bwten fach, fain, gydag wyth deg wyth o flynyddoedd prysur wedi eu cywasgu i gorff tawel a digyffro.

Rhoddodd flynyddoedd o gariad, gofal a hapusrwydd iddo fe a Morys, ei frawd bach. Er mai tyddynnwr tlawd oedd eu tad, roedd yr ychydig o foch a ieir yn ddigon i fagu teulu bach yn ddigon dedwydd eu byd. Roedd hithau'n gwnïo dillad i bobol yr ardal, gan ddod ag incwm ychwanegol rheolaidd i fagu'r plant. Pobai fara hefyd, ac roedd yr ieir yn fodd i fwydo'r teulu neu i'w gwerthu i ambell un o'r pentre nad oedd yn byw ar dyddyn. Bywyd llawn a hapus, felly, ond gresynai Elfed iddi ddod â'r cyfan i ben gyda'r newyddion syfrdanol am Gwenan!

Pan oedd ar fin gadael yr ysbyty, dywedodd y porthor wrtho fod rhywun arall wedi dod i ffarwelio â Mrs Lewis. Gwyddai yntau mai ei frawd oedd yno, a bu'n meddwl am bob ffordd i osgoi'r cyfarfyddiad. Fedrai o ddim meddwl beth i'w ddweud wrth Morys, gan y byddai hwnnw'n sicr o dorri i lawr i wylo am y ddwy ergyd oedd wedi'i fwrw mor galed y dyddiau diwethaf.

'Elfed, fachgen. Shwt wyt ti?' holodd gan estyn llaw o gydymdeimlad iddo. 'Fe ddaeth y diwedd, 'te. Fe roddest ti a Gwyneth ofal da iawn iddi ar hyd yr amser.'

'Nethon ni neud ein gore. Ond fe ddaeth y diwedd i lawer o bethau, on'd do?' awgrymodd Elfed yn gynnil. 'Biti iddi roi blas cas yn ein cegau ni ar ei hawr olaf.'

'Beth ti'n feddwl? Beth sy'n dy boeni di, frawd?' Synhwyrodd Elfed nad oedd Morys wedi clywed y newyddion am Gwenan, y ferch y bu ganddo gymaint o deimladau tadol tuag ati ar hyd y blynyddoedd. Ond penderfynodd mai taw piau hi'r eiliad honno, ac nad oedd pwynt dial arno â chorff eu mam yn dal heb oeri. Cyfrifoldeb Gwyneth fyddai dweud wrtho am eu merch beth bynnag, meddyliodd Elfed. Fyddai Morys ddim wedi anghofio ei fod wedi godinebu efo gwraig ei frawd, siawns, er bod dros ddeng mlynedd ar hugain ers hynny! Ond teimlai Elfed fod clywed y newyddion am golli'i fam wedi bod yn ddigon i'w frawd am un noson, heb iddo glywed ei fod wedi ennill merch hefyd.

'Dim, fachgen. Cer di nawr i ffarwelio 'da Mami. Gawn ni air wedi'r angladd.'

Penderfynodd Gwenan a'i mam beidio â mynd i'r capel gorffwys. Doedd Mrs Lewis ddim yn credu mewn porthorion yn rhoi golwg brudd y cydymdeimlo ar eu hwynebau i guddio diflastod eu diwrnod gwaith. Gwell oedd ganddi gofio ei mam-yng-nghyfraith fel yr oedd hi'n fyw. Ac i Gwenan, fyddai blodau a dandwn ychydig ar gorff marw ddim yn troi'r cloc yn ei ôl na chael gwared ar honiadau ei mam-gu yn ystod ei horiau olaf.

Wedi i Elfed ddychwelyd adre, roedd ei wraig yn aros amdano. Cafodd yntau gyfle i ddweud fod Morys yn yr ysbyty, ac mai ei lle hi oedd dweud wrtho am ganlyniad ei chyfeillgarwch ag o.

'Ti wedi twyllo pawb ar hyd y blynydde,' meddai Elfed yn dawel a phwyllog, ond gyda digon o fin yn ei lais i Gwyneth Lewis sylweddoli fod ei du mewn ar hollti.

'Sh, paid gweiddi neu bydd dy fe . . . Gwenan yn clywed. Rwy'n sori, Elfed, 'na'r cyfan alla i weud. Rwy wedi egluro'r sefyllfa o'n i ynddi i ti. Roe't ti yn yr ysbyty, ac fe ddaeth Morys i gynnig help llaw. Fe ddigwyddodd pethau mor sydyn, ac roedd popeth ar ben ar ôl wsnoth, wedi i Mam-gu fygwth gweud wrtho ti . . .'

'Fyse'n well ei bod wedi gweud bryd 'nny'n bydde, fel bod pawb yn gwybod lle'r oedden nhw'n sefyll – neu'n gorwedd yn eich achos chi!'

'Elfed, bach, paid corddi am y sefyllfa nawr. Wnes i byth edrych arno fe wedi hynny, a doedd dim rheswm i ti feddwl nad ti oedd y tad. Roedd ein perthynas ninne'n ddigon iach on'd oedd hi?'

'Dyna ddigon. A dyw Gwenan byth yn gwybod mai

ei Hwncwl Morys yw ei thad hi chwaith, nag yw, fenyw? Wel, nefoedd yr adar! Ti wedi cael digon o amser i weud wrthi tra o'n i yn yr ysbyty! Gwell i ti gadw dy gyfrinach fawr ac egluro i'r ddau ar ôl yr angladd rwy'n credu. Mae Gwenan fach wedi ypseto digon fel mae 'ddi.'

'Does dim rhaid gweud y gwir wrth yr un o'r ddau, oes e?' holodd hithau, gan geisio chwilio am lygedyn o faddeuant yn llygaid ei gŵr.

'Rwyt ti'n gweud y gwir wrth y ddou, a dyna ddiwedd arni. Mae'n iawn i Morys gael ychydig o bleser o wybod bod ganddo blentyn. O leia dyw e ddim wedi gorfod talu i'w chadw hi ar hyd y blynydde!'

'Elfed! Meddylia am y pleser mae hi wedi'i roi i ti a fi am yr holl amser! Gobitho na wnei di suro tuag at yr un o'r tri ohonom ni ar ôl hyn,' erfyniodd Gwyneth. 'Rwyt ti'n dal yn dad sydd wedi magu Gwenan. Rwyt ti'n dal yn frawd i Morys, er nad 'ych chi'n ymddwyn felly'n aml, ac rwyt ti'n dal yn ŵr i finne. Wneith dim o hynny newid . . .'

'Paid â bod yn rhy siŵr, fenyw! Rhaid i ddyn ddwys-ystyried y sefyllfa ar ôl i'r angladd fod.'

Ac ar hynny, cododd a mynd i'w wely i orwedd yn effro am y rhan helaethaf o'r nos. Bu'n ail-fyw ei gyfnod yn yr ysbyty; bu'n meddwl sut a lle'r oedd ei frawd a'i wraig wedi cyfarfod i garu; faint o weithiau roeddynt wedi gweld ei gilydd wedi iddo ddychwelyd adre, a pham fod ei fam wedi cadw'r cyfan tan y dyddiau olaf . . .

Ond cysgu mewn cadair anesmwyth o flaen tân oer wnaeth Gwyneth Lewis y noson honno.

15. Y tad a'i deulu annedwydd

Pan gyrhaeddodd Bryn ei gartref ym Moncyn Uchaf ar gyfer ei swper nosweithiol, roedd y cogydd, fel ei sosejis, ar dân. Ond ar dân eisiau dangos yr erthygl oedd wedi ymddangos rhwng cloriau'r *Borth Journal* oedd ei fam. Roedd yn wyllt ac yn flin fel cacwn efo pawb a phopeth, gan gynnwys Tina Thomas, Dr Richard Jones, yr ysbyty, yr heddlu ac un person allweddol arall . . .

'S'mae? Be sy i swper?' rhuodd Bryn wrth ruthro o'i gar, ac ar ei ben yn ddefodol at y bwrdd bwyd.

'Pryd o dafod,' atebodd ei fam, heb wybod yn iawn a ddylai weiddi, crio neu chwerthin efo agwedd siofenistaidd ei mab.

'Be sy haru chi'n edrych yn flin fel tincer efo fi heno?' holodd yntau, heb sylweddoli beth oedd achos y cynddaredd oedd yn ei chnoi. Yn y man, â'i datws a'i facwn yn dal i gadw'n gynnes o dan y gril, disgynnodd ei lygaid ar lun mawr o'i fam yn y papur ar fwrdd y gegin. 'Duw, Mam, chi 'di hon? I bwy ddaru chi roi pot o jam? A lle mae 'mwyd inna?'

Does ryfedd na wnaeth hwn erioed briodi! meddyliodd y fam am ei hunig epil. 'Darllena fo gynta. Gei di dy fwyd wedyn, ella.'

Gan mai un go araf oedd Bryn yn yr ysgol, araf oedd o'n darllen hefyd. Hoffai brynu'r *Sunday Sport* ac *Escort*, ond prin oedd yr erthyglau swmpus yn y rheini iddo roi'i ddannedd i mewn ynddynt! Wrth i'r geiniog ddisgyn yn araf, cododd Bryn o'i sedd, â'i fochau'n goch fel haul ar fachlud. Rhoddodd y papur yn y fasged sbwriel.

'Do'n i ddim yn gwybod eich bod chi'n cwyno,' meddai, gan geisio ymddangos yn ddigyffro.

'Tydw i ddim, a ti'n gwybod hynna. Y cythraul bach dan di i ti!' Roedd ei fam am ei waed, a'r pìn rowlio'n chwifio fel baton gan arweinydd cynddeiriog côr o ferched anystywallt.

'Fi? Pam fi? Be sy'n gneud i chi feddwl mai fi sy'n gyfrifol?'

'Achos mod i'n nabod dy sgwennu di'n y llythyr, tydw'r lembo! Does gen ti ddim digon o frêns i fod wedi benthyg teipiadur i guddio dy sgwennu blêr di dy hun!'

'Ddylech chi ddim coelio be mae'r riportars 'ma'n ddeud! Du a gwyn ydi'r papur, ond maen nhw wastad yn ychwanegu lliw at eu straeon.'

'Bryn! Mae gen ti lot fawr o waith egluro i'w neud,' nadodd ei fam wrth fynd i nôl y papur o'r fasged.

'A finna'n meddwl fod Tina'n ffrind,' meddai yntau â phob dialedd posib yn rhuthro trwy ei ben. 'Ro'n i yn ei pharti hi nos Sadwrn dwytha, a ddudodd hi ddim byd am hyn. Arhoswch chi i mi gael gafael ar yr ast!' Roedd gwyn ei lygaid yn goch erbyn hyn.

'Gwylia di, Bryn. Dim ond mater o amser ydi hi nes bydd yr heddlu'n cael gafael arnat titha! Mi rwyt ti rêl dy dad – wastad isio gneud drwg i bobol eraill, heb feddwl am y canlyniadau.'

'Mae gan bawb reswm cyn eu bod nhw'n gweithredu,' oedd damcaniaeth swta Bryn.

'Felly, mi rwyt ti'n cyfadda. Ond pam gneud hyn o gwbwl, Bryn?' holodd ei fam yn ymbilgar ac ar fin torri i lawr i wylo. 'Pam wnest ti ddefnyddio fy enw i, o bawb, i wneud drwg i'r llawfeddyg? A beth mae o wedi'i neud i ti? Dwyt ti ddim yn falch fod dy fam wedi cael rhyddhad o'i phoena ar ôl yr holl gystudd? Mae'r ben-glin newydd 'ma'n fendith, ac roedd y gofal cynt ac wedyn yn wych ganddo fo.'

Syllu allan o'r ffenest â'i feddwl yn bell wnaeth Bryn. 'Rydech chi wedi gneud eich pwynt,' meddai. 'Rŵan, sut ydach chi am gosbi'ch mab? Trwy ei lwgu fo?'

Roedd Mary Griffiths yn setl o ddynes, gyda chluniau llydan a phen-ôl crwn fel hwch. Cododd yn anfoddog a gweini'r swper yn ddiseremoni.

'Hwde,' meddai. 'Mae gen i drwy'r nos i wrando ar dy esboniadau di.' Dawnsiodd y plât chwilboeth ar y bwrdd ac aileisteddodd ei fam.

Esgusodion disynnwyr oedd gan Bryn i'w cynnig fel eglurhad i'w fam am ei gamwedd: meddwl ei bod yn galed arni ers colli Dad; credu y dylai'r insiwrens dalu rhywbeth allan ar ôl talu'r holl i mewn; meddwl y byddai ei fam yn cael pen-glin arall heb orfod aros ar restr aros hirfaith yr Awdurdod Iechyd; a meddwl y byddai'r ddau'n gwneud pres am stori i'r papurau newydd. Yn anffodus, roedd gan nifer o bapurau lleol a chenedlaethol ddiddordeb yn ei stori hefyd, ond nid gyda'r un gogwydd ag roedd Bryn wedi'i ragweld.

*　　　*　　　*

Canu digon marwaidd gafwyd yng Nghapel Hebron i ffarwelio â'r chwaer Neli Lewis. Oherwydd prinder y gynulleidfa, roedd sŵn gwynt i'w glywed o bob cyfeiriad – o'r storm y tu allan i ambell rech fain gan hen drigolion y pentre, ac o sŵn pwmpio'r hen organ chwyth i frest wichlyd yr organydd. Meibion yr ymadawedig, sef Elfed a Morys Lewis, oedd wedi dewis yr emynau, ond penderfynwyd peidio â chanu ar lan y bedd, gan y gwyddent na fyddai fawr o neb o'r genhedlaeth hŷn ar ôl i fynychu'r angladd.

Bu Elfed yn ddigon doeth i beidio â sôn gair wrth ei frawd am ddarganfyddiad mwyaf chwyldroadol eu bywydau, ond gwyddai Gwyneth mai mater o amser yn unig oedd hi cyn y byddai cynddaredd ei gŵr yn ffrwydro i'r wyneb. Tawel iawn fu Gwenan hefyd ers i'w mam-gu adael hanner y gath allan o'r cwd. Gwrthododd fwyta ar yr un pryd â phawb arall, a doedd hi ddim am fynd allan i loncian mor aml, er na fyddai neb ond ei hewyrth fel arfer yn ei gweld. Doedd hi ddim wedi holi ymhellach pwy oedd ei thad go iawn, ond roedd yn parhau i ddweud 'Dadi' wrth Elfed, ac roedd hynny'n ei blesio. Roedd Morys wedi ffonio fwy nag unwaith yn holi am Gwenan, gan nad oedd wedi ei gweld o gwmpas yr ardal, a bod cael sgwrs efo'i nith yn uchafbwynt y penwythnos iddo fo a Mot! Ond wrth alw yn ei chartref i wneud y trefniadau angladdol efo'r teulu, fe synhwyrodd Morys fod rhywbeth mawr yn poeni Gwenan.

'Mae'n naturiol dy fod wedi ypsetio'n ofandw ar ôl colli Mam-gu,' meddai'n dadol wrthi. 'Oeddech chi'n agos iawn?'

Wyddai Gwenan ddim sut i'w ateb. 'Gweddol fach. Roedd rhywbeth yn becso Mam-gu bob whip stitch, ond ei bod yn ffaelu ei gael e mas. Ewyllys neu rywbeth o'n i'n meddwl oedd e.' Ac ar hynny, roedd Gwenan wedi codi a mynd allan.

Er i Lliwen ddod adre o Gaerdydd i fod yn gwmni i'r teulu am ychydig ddyddiau, roedd gan Gwenan lai nag arfer i'w ddweud wrthi hithau hefyd. Gwyddai Lliwen fod ei chwaer yn treulio llawer o'i hamser yn synfyfyrio yn ei hystafell wely'r dyddiau hyn, a sylwodd ei mam ei bod wedi taro i mewn i'r capel lleol fwy nag unwaith pan oedd hi'n galw i baratoi'r blodau gogyfer â'r angladd. Pan ofynnodd ei mam iddi pam ei bod yn treulio llawer o'i hamser yn yr addoldy, dywedodd Gwenan ei bod yn 'ceisio darganfod llonyddwch i'r corff a heddwch i'r enaid'.

Prin hanner cant o'r gymdogaeth aeth i'r gwasanaeth angladdol. Rhoddwyd y bai am hynny ar y storm oedd wedi cyniwair yn ystod y bore, ond doedd fawr o neb ar ôl o deulu na chydnabod Mrs Lewis erbyn hyn, ac ni fentrodd neb o Gartref Bryn Rhosyn i dalu'r gymwynas olaf i'w gyn-breswylydd. Cafwyd teyrnged ddigon parchus iddi gan y gweinidog, er y credai Gwenan mai rhyfyg oedd ei galw'n 'berson gonest' a 'gwraig radlon ei byd'. Rhaid byw gyda rhywun i'w hadnabod yn iawn, meddyliodd. Teimlai'n euog wedyn fod ganddi'r ffasiwn deimladau atgas tuag at ei mam-gu, gan fod y Beibl yn daer yn gofyn i rywun faddau i bawb am eu pechodau. Meddwl am fy nheimladau i a dad oedd Mam-gu, mae'n siŵr, cysurodd Gwenan ei hun, gan nad oedd am bardduo enw 'da' yr hen wraig ar ddiwrnod ei hangladd.

Chwiorydd y capel a chyd-flaenoriaid Gwyneth Lewis oedd wedi paratoi'r te a gynhaliwyd yn y festri oer a drafftlyd. Roedd craciau yn y waliau ac ymdrech ofer yr aelodau'n amlwg wrth geisio peintio drostynt. Rhedai dŵr i lawr o dan y ffenestri, ac roedd y lle'n arogli'n sur a thamp er gwaetha'r tân nwy tila oedd â'i fflam fel petai ar fin rhoi ei rhech olaf hithau.

Credai Gwyneth y byddai'n rheitiach petai pawb wedi mynd yn syth am adre, yn lle gwastraffu bwyd ac amser pobol eraill. Y peth cynta fyddan nhw'n ei wneud wedi mynd gartre, meddyliodd wrthi hi ei hun, fydd rhoi'r tegil ymlaen i gael mwy o blincin te! Ymysg y deg ar hugain o bobol a fentrodd i'r festri o'r fynwent, roedd deg o deulu agosaf Neli Lewis. Roedd y rheiny'n cynnwys ei dwy wyres, ei dau fab a'i merch-yng-nghyfraith, a phump o berthnasau pell na wnaeth ddim â hi tra oedd hi'n fyw. Credai Gwyneth fod y cyfan ohonynt yn gobeithio rhoi eu bysedd barus ar arian Neli Lewis. Ond tra byddai gan Gwyneth anadliad yn ei hysgyfaint, fyddai neb ond ei theulu hi'n cael eu dwylo ar yr eiddo. Hi, Elfed ei gŵr a Gwenan oedd wedi rhedeg iddi tra oedd hi byw, felly nhw fyddai'n cael y siâr mwyaf wedi iddi farw hefyd! Yn achlysurol iawn y galwai Lliwen i weld ei mam-gu pan fentrai gartre o Gaerdydd, ond byddai Morys yn ceisio mynd mor aml ag y gallai adael ei ddyddyn heb neb i warchod y lle.

Ar ôl sôn am y tywydd a dymuno'n dda i bawb, dychwelodd y gynulleidfa i glydwch eu cartrefi, gan adael ambell berthynas pell yn stryffaglu wrth drio sgwrsio â rhai eraill mwy cyfarwydd. Roedd y straen ar wynebau pawb yn amlwg yn y festri ond, oherwydd bod y storm fewnol yr un mor arw â'r un allanol, roedd gan Elfed Lewis lai na neb i'w ddweud wrth y lleill. Yna, fel bollt o'r nen, cododd ar ei draed a chyhoeddi'i ddatganiad yn bwyllog, ond eto, â rhyw gasineb yn ei ddweud a oedd yn ddigon i suddo calon ei wraig.

'Cyn i chi i gyd ymadael, deulu annwyl,' mentrodd, 'a gaf i ddiolch i bawb ohonoch am ddod i ffarwelio â Mami. Bydd yn rhyfedd iawn hebddi hi, ac fe gafodd y gofal gorau gan y teulu . . . agosaf. Ond tra bod pawb wedi crynhoi yn y fan hyn heddi, rwyf am i chi i gyd wybod am un gyfrinach fawr roedd Mami wedi'i

208

chadw ar hyd y blynydde – dirgelwch y dylai Gwyneth yn y fan hyn, ac nid y fi, ei ddatgelu.'

Fedrai ei wraig o bymtheg mlynedd ar hugain ddim codi'i phen oddi ar ei brest gan gymaint ei chywilydd, a chwaraeai'n nerfus efo'r hances sidan wen y daeth gyda hi i grio'i dagrau ffug i mewn iddo. Roedd pawb yn y festri ar bigau'r drain eisiau gwybod y gyfrinach, ac aeth Elfed Lewis yn ei flaen.

'Ond gan fod gan Gwyneth ormod o gywilydd i gyfaddef ei phechodau, fe rof i'r newyddion mawr i chi. Cystal i bawb wybod mai'r hyn ddywedodd Mami ar ei gwely angau oedd . . . er mor agos yw fy merch hynaf a minnau – ac mae hithau'n gwybod y gwir erbyn hyn – nid fi yw tad iawn Gwenan.'

Clywyd ebychiadau di-ri o gyfeiriad y teulu, yn enwedig gan Lliwen ac Wncwl Morys. Suddo gan gywilydd yn ei chadair dderw, galed wnaeth Gwyneth Lewis, a chododd Gwenan ac anelu am y drws cyn torri i lawr i wylo. Doedd hi ddim am fod yn destun trafod i weddill y teulu, a ffieiddiai ei thad am fod mor greulon wrthi ar gyfnod mor anodd. Rhoddodd Elfed Lewis ei law yn dyner ar ei hysgwyddau gan ei hannog yn ôl i'w sedd.

'Eistedd, Gwenan fach, i mi gael 'bennu. Roedd Gwyneth yn gwybod hyn ers deng mlynedd ar hugain a mwy wrth gwrs, ond Mam-gu ddywedodd ei chyfrinach hi wrthyf i wythnos yn unig yn ôl, yn yr ysbyty. Dyna oedd y tro cyntaf i fi a Gwenan glywed shwt beth. Ond wedodd Mam-gu mo'r cyfan wrth Gwenan cyn iddi farw, chwaith.' Edrychodd Gwenan yn ymbilgar arno. 'Fe fydd yn sioc ryfedda i Gwenan glywed y newyddion, ac yn sioc hefyd i un person arall sydd yn yr ystafell yma'r pnawn 'ma.'

Edrychodd pawb o'u cwmpas yn ddrwgdybus, ac roedd tu mewn Gwenan yn crynu'n enbyd. Yna, wedi un anadliad ddofn arall, arllwysodd Elfed ei holl ofidiau i ganol llawr y festri.

'Gwenan fach . . . Wncwl Morys yw dy dad biolegol di!'

Cuddiodd Elfed Lewis ei ruddiau llaith yng nghledrau ei ddwylo. Yna rhuthrodd o'r ystafell, gan adael ton o anghrediniaeth ymysg gweddill ei deulu.

Bu'n gryn amser cyn i bawb ailddechrau sibrwd ymysg ei gilydd eto, a phan giliodd y perthnasau pell mewn cywilydd, ni fedrai Gwyneth yn ei byw ag edrych i fyw llygaid ei merch hynaf nac i wyneb yr un a fu unwaith yn gariad iddi. Chlywodd Gwenan ddim beth ddigwyddodd wedyn gan iddi lewygu am rai munudau, a bu Lliwen a'i mam yn tendio arni'n drwsgl gyda chadach llestri gwlyb, a lliain sychu llestri fel gwyntyll.

Er mai diwrnod trist oedd hun i fod i Morys Lewis yn angladd ei fam, sylweddolodd mai ef oedd yr unig un a deimlai'n hapus yn mynd adre'r prynhawn hwnnw. O glywed y newyddion syfrdanol fod Gwenan yn ferch iddo, gwyddai ei fod wedi colli mwy na deng mlynedd ar hugain o'i magu. Ond, fel Cardi pybyr, cysurodd ei hun wedi iddo sylweddoli ei fod hefyd wedi arbed miloedd o bunnau o gostau magu eu ferch!

*　　　　　*　　　　　*

Cyrhaeddodd Tina'r fflat yn y Borth wedi llwyr ymlacio ar ôl bod yn ei hardal enedigol am wythnos gyfan. Cafodd gyfle i ymweld â'i theulu a ffrindiau ysgol; bu'n cerdded o gwmpas llwybrau'r fro gyda'i mam, a threuliodd amser digon difyr dros beint neu ddau yn nhafarn y pentre efo Edward. Roedd y trigolion lleol yn dal i fwynhau cariôci a gêm fach o bingo a pŵl, ond trwy gyfrwng y Saesneg yr oedd y rhan fwyaf o'r adloniant erbyn hyn. Byddai Tina wrth ei bodd yn symud yn ôl i'r ardal, a phetai'n gallu cael plant, byddai wedi dotio magu llond ysgol o Gymry bach del i ddisodli'r holl fewnfudwyr. Ond byddai'n rhaid iddi ddibynnu ar eraill i chwalu eu hadau dynol ar hyd y fro Gymraeg!

Do, cafodd Tina'i siâr o gariadon lleol, fel pawb arall yn eu harddegau a'u hugeiniau cynnar. Ond credai pawb adre i'w phersonoliaeth newid a mynd yn fwy dosbarth canol wedi iddi adael am y coleg. Cyhuddwyd hi o drin yr ardalwyr fel pobl eilradd, er na wnaeth Tina erioed feddwl felly amdanynt. O weld pwy o'i chyfoedion oedd yn dal o gwmpas y lle yn eu hen rigolau, gwyddai Tina bod symud oddi yno wedi bod yn benderfyniad da! Roedd y rhai lleiaf deallus yn eu plith yn dal i geisio dal deupen y llinyn ynghyd – y rhan fwyaf yn byw'n rhadlon ar bwrs y wlad, ac heb godi bys bach i wneud diwrnod gonest o waith. Doedd gan Kev Bwtch, y paffiwr gwyllt, yr un dant ar ôl yn ei ben; roedd gan Gareth Nymbar Two saith o blant ac roedd newydd ysgaru am yr eildro; trodd Daniel Dannedd allan yn fachgen hoyw, ond roedd yn dal yn hynod o annwyl ac yn ffrind didwyll ers eu llencyndod; ac yna, roedd Benny Bach o'r tai cyngor. Ei daldra oedd yr unig beth bach amdano, os cofiai Tina'n iawn!

Yr eiliad y dychwelodd Tina i'r Borth, roedd pentwr o bost yn ei haros ar stepen drws ei fflat. Er ei bod yn ôl yn gynnar ar brynhawn Sul, a ddim yn arfer yfed

211

llawer ar y Sabbath, agorodd botel o win gwyn er mwyn cael *chill-out* bach cyn ailgychwyn y gwaith y bore canlynol. Yna rhoddodd ei ffôn symudol ymlaen. Tra oedd honno'n bipian yr holl negeseuon i'w chyfeiriad, taniodd Tina ei chyfrifiadur hefyd er mwyn derbyn yr e-byst. A thra bod hwnnw'n cysylltu'n electronig efo Mr Wanadoo i dderbyn ei *spams* a'i llythyrau dilys, pwysodd y botwm *play* a fflachiai'n wyllt ar ffôn y tŷ, er mwyn gwrando ar negeseuon y peiriant ateb. Sut oedd pobol ers talwm yn llwyddo i gadw mewn cysylltiad a throsglwyddo negeseuon heb yr offer technolegol yma, meddyliodd Tina, gan deimlo'n hapus fod cynifer wedi ceisio cael gafael arni yn ei habsenoldeb. Roedd rhywun ei heisiau wedi'r cwbl! Rhwng popeth, roedd yna ddwy neges destun gan Lyn y Landlord: roedd yn amser rhent unwaith eto; roedd ganddo fwy o ddillad i'w dangos iddi. Anfonodd Ann bwt syml o'r ysbyty i ddweud bod y siopa am ddillad priodas wedi bod yn llwyddiannus; bod sôn am adfer enw da'r meddyg. Yn bwysicach na dim, derbyniodd bum neges gan Dic: roedd o'n ei cholli; roedd o isio hi; roedd o isio diolch iddi; roedd ganddo newyddion da iddi; roedd Marie newydd daflu i fyny ar y soffa ... I goroni'r cwbl, ymddangosai neges Jeff Parry ar y ffôn symudol rywbeth yn debyg i:

LLGFCHDE R R RTHGL. LT O MTB.
DCTR NL N GTHO MWN WTHNS.
ANGN TRFD. PRD O FWD?

Anelodd Tina am wydraid arall o win; roedd llawer o bethau wedi digwydd o fewn wythnos, ond doedd ei hymennydd na'i hamynedd ddim yn gallu delio efo neb na dim y noson honno! 'Digon i'r diwrnod ei ddrwg ei hun', dyfynnodd, gan roi ei thraed i fyny ac ailedrych ar negeseuon Dic.

Mae'n rhaid bod rhywun wedi clywed sŵn corcyn y botel win yn cael ei agor, oherwydd atseiniodd cloch y drws yn ei chlustiau, a dychwelodd realiti byw mewn fflat yn ôl iddi. Oedd rhywun yn stelcio arni ac yn gwybod i'r eiliad pryd y cyrhaeddodd yn ôl? Oedd Dic wedi ei cholli gymaint â hynny? Sut olwg oedd ar ei gwallt? Roedd hi wedi defnyddio'i hoff bersawr rhag ofn; a oedd y flows wen yn dangos ei brestiau'n ddigonol? Gan nad oedd Gwenan adre i agor y drws, aeth Tina i lawr y grisiau'n obeithiol, gan agor cil y drws yn nerfus. Disgynnodd ei gwep o ddarganfod bochau cochion a chrys siec Bryn y Boncyn yn sefyll fel bownsar blin o'i blaen!

'Dwi 'di bod yn aros andanat ti ers wythnos, mechan i!' Roedd yr ewyn yn cronni o boptu ei wefusau. Wyddai Tina ddim sut i ymateb, ond cyn iddi ddweud gair, aeth Bryn yn ei flaen, gan geisio rhoi blaen ei droed heibio'r drws.

'Wyt ti'n hapus rŵan, ar ôl pardduo'n enw da fi? Wyt ti'n dallt falle y gwna i golli'n job? Wyt ti'n falch fod fy olion bysedd i gan y polîs?'

Doedd gan Tina ddim syniad fod hyn oll wedi digwydd yn dilyn ei hadroddiad yn y papur; doedd hi heb siarad efo neb o'r newyddiadurwyr ers dros wythnos chwaith. Ddylai hi goelio Bryn a'i straeon celwydd golau, tybed? Parhaodd hwnnw i hefru, ond llwyddodd Tina i'w atal rhag mynd gam yn nes dros riniog y drws.

'Sut wyt ti'n meddwl dwi am dalu'r pwyth yn ôl i ti, dwed? M? Be am gyhoeddi yn dy bapur ceiniog a dime dy fod yn cael affêr efo'r dyn oeddet ti'n sgwennu amdano fo?'

Ar hynny, roedd Ann wedi clywed yr anghydfod o Fflat 36B, ac fel manna o'r nef rhuthrodd i lawr y grisiau ac i'r cyntedd i ymchwilio. Wrth ei gweld, trodd Bryn ar ei sodlau â gwres yn tasgu o'i dwll din.

'Yr euog a ffy . . .' gwaeddodd Tina ar ei ôl, gan ddarganfod hyder newydd o wybod fod ganddi rywun i'w gwarchod. A chyn iddo ddiflannu o'i chlyw, taflodd un sylw personol arall ato. 'Ac os wnei di sôn gair am hynny, mi fedra inne gyhoeddi nad dim ond ei blew wnaeth Pwsi Meri Mew ei golli ar noson y parti!'

Diflannodd Bryn i'w gerbyd budr. Roedd ei gyhuddiadau dichellgar yn drewi gymaint ag yntau. Mae rhai pethau'n ddigyfnewid, meddyliodd Tina.

'Croeso 'nôl, gwael!'

Diolchodd Tina unwaith eto fod Ann yn ffrind mor driw, a gwahoddodd hi i'w hystafell i orffen y botel win. Erbyn hynny roedd y gohebydd a'r derbynnydd yn ôl i'w trefn arferol o roi'r byd yn ei le, ac roedd llawer o newyddion a sgandalau angen eu rhannu wedi wythnos o fod ar wahân!

Erbyn naw yr hwyr, roedd Tina ac Ann wedi trafod trefniadau'r briodas, cyfarfyddiad Ann â Lyn yn y siop ddillad isaf yng Nghaer, ac yn bwysicach na dim, y datblygiadau diweddaraf yn stori'r llawfeddyg.

'Mi fydd o'n ôl yn ei waith ymhen yr wythnos,' cadarnhaodd Ann. 'Mae ei enw da fo fwy neu lai wedi ei adfer. Dyna pam roedd y creadur wedi gadael cymaint o negeseuon i ti, chwara teg iddo fo!'

'Ti'n iawn!' gobeithiodd Tina, a rhagwelai fod noson horni arall yn ei gwmni ar y gorwel.

Er gwaetha'r straeon am hwn a'r llall ac arall, roedd Tina ac Ann yn poeni llawer am Gwenan hefyd, gan nad oedd wedi cysylltu o gwbl yn dilyn marwolaeth ei mam-gu. Wedi dweud hynny, doedd yr un ohonynt wedi codi'r ffôn arni hithau i gydymdeimlo'n iawn â hi. Penderfynodd Ann y byddai'n ei ffonio'r bore wedyn i weld pryd roedd hi'n bwriadu dychwelyd i'r Borth. Byddai'n sobrach erbyn hynny i drafod pwnc mor sensitif, a gallai ddefnyddio ffôn yr ysbyty heb orfod poeni am y bil!

Pan ganodd cloch y drws am yr eildro'r noson honno, cododd Tina'n simsan i'w agor a hithau, fel Ann, o dan effaith y gwin. Cododd ei gobeithion unwaith eto hefyd y byddai'n darganfod ei thywysog golygus ar stepen ei drws. Ond daeth yr ail siom fel sach arall o datws iddi.

'Haia, *babes*, zut wyt ti ers tro?' Roedd cyfarchiad Lyn y Landlord yn mynnu sylw fel erioed, ac roedd ei afiaith yr un mor flodeuog â'i grys. 'Mae'r bagiau 'ma'n llawn o *goodies* newydd, Tins. Sgen ti bum munud?' Gan fod Ann bellach yn gwybod am dueddiadau trawswisgo Lyn, gwahoddodd Tina fo i'w fflat am sgwrs efo'r ddwy, ac agorwyd yr ail botelaid o win.

Treuliodd Ann a Tina weddill y noson yn cael eu diddanu gan sioe ffasiwn Lyn, ac ymysg y dillad newydd roedd bra a nicar llawn ffriliau, blowsen wen, esgidiau sodlau uchel, pais sidan a sgert ddu hyd at ei ben-gliniau. Oherwydd bod stumog Ann wedi ei phiclo gymaint gan alcohol, roedd hi'n fwy hi nag arfer wrth ofyn cwestiynau personol i Lyn, ac achubodd ar y cyfle i'w holi'n ddyfnach am ei ffetis. Dechreuodd yntau ar stori a oedd yn amlwg wedi effeithio ar ran helaethaf ei fywyd.

'Fues i'n gwisgo dillad Mam am flynyddoedd pan oedd neb yn y tŷ,' eglurodd Lyn yn gynnil wrth rwbio ymyl y gwydryn gwin yn freuddwydiol, gan greu sŵn chwibaniad gwynt yn y broses. 'Tua deng mlynedd yn ôl nes i ffonio llinell gymorth y *Beaumont Society* ar gyfer pobol sy'n trawswisgo. Roedd gen i "broblem hunaniaeth rhyw" medden nhw, achos 'don i ddim yn siŵr oeddwn i'n hoyw neu beidio. Dwi'n dal ddim yn siŵr, felly *watch out* genod! Na, go iawn, *babes*, mae o wedi bod yn boen meddwl mawr i mi. Ond rŵan, dwi wedi cyrraedd y sefyllfa lle dio'm ots gen i pwy sy'n gwbod. Mae gwisgo dillad genod yn rhoi pleser i mi, a phwy a ŵyr, falle wna i gyfarfod hogan, neu hogyn, sydd isio rhannu hynny efo fi ryw ddiwrnod.'

Meddyliodd Ann am Gwenan, ond ddywedodd hi'r un gair, gan ei bod bron â disgyn i gysgu ar ysgwydd Tina. Roedd y ddwy wedi meddwi gormod i barhau i wrando ar stori drist Lyn, ond roedd hwnnw'n teimlo'n llawer gwell ar ôl cael rhannu'i deimladau.

16. Brecwast chwaden

Yn ôl wrth ei chyfrifiadur yn y swyddfa fore Llun, roedd Tina'n teimlo'n hyderus iawn. Daeth pawb ati i'w llongyfarch am ei hymchwil manwl i erthygl y llawfeddyg, ac eglurwyd wrthi hefyd fod pethau wedi datblygu yn hanes yr un a wnaeth y cyhuddiadau yn ei erbyn. Wedi iddi gael amser i ddarllen *Journal* yr wythnos flaenorol, sylwodd Tina fod datblygiadau pellach wedi digwydd, efo gohebydd arall wedi croesholi Bryn y Boncyn a'i gyhuddo o geisio twyllo'r system er mwyn ennill iawndal. Roedd hi'n hynod o falch mai rhywun arall wnaeth y cyhuddiad hwnnw yn erbyn Bryn, a'i enwi fel y prif ddrwgweithredwr. At hynny roedd o'n cyfeirio'r noson o'r blaen, felly, meddai wrthi hi ei hun. O leiaf, fedrai o ddim ei beio hi am awgrymu'r ffasiwn beth!

Erbyn i Tina gael cyfle i eistedd i lawr i agor ei phost a darllen ambell ddatganiad i'r wasg, eisteddodd o flaen ei chyfrifiadur i fynd drwy ei negeseuon e-bost. Ymysg y mil a hanner o sbwriel oedd yn ceisio gwerthu Viagra, cociau mawr ac arian anhygoel, roedd dau ddilys yn tynnu'i sylw, un gan olygydd y papur, Jeff Parry, oedd yn ei gwadd am swper y nos Wener ganlynol, a'r llall gan Dr Richard Jones, Adran Orthopaedig Ysbyty'r Borth, yn ei gwadd am swper ar y nos Sadwrn wedyn! Roedd am ddiolch yn swyddogol iddi am ei herthygl, a'i bod yn sicr wedi bod o help iddo glirio'i enw rhag y cyhuddiadau.

Byddai Tina, o'r diwedd, yn cael cwmni Dic am swper, a hynny'n gyhoeddus! Dipyn gwell na jwmp a *chips* ar y nosweithiau Mercher arferol, meddyliodd.

Er bod Jeff Parry o gwmpas yr adeilad yn gwneud yn siŵr fod straeon y *Journal* yn rhedeg yn esmwyth, doedd Tina ddim wedi ei weld i siarad ag o'n bersonol ers rhyddhau'r straeon am y cyhuddiadau yn erbyn Dic. Efo papur wythnosol, roedd newyddion ffres bob amser yn cael blaenoriaeth, ac roedd Jeff hefyd yn mynychu nifer o gynadleddau i'r wasg ar hyd ac ar led y sir. Ond gwyddai Tina i sicrwydd y byddai'n ôl ar gyfer ei gyfarfod 'answyddogol' â hi!

Cafodd ymchwilio i stori swmpus arall yr wythnos honno, sef fandaliaid oedd wedi dod o'r pentref agosaf i godi twrw, gan adael olion cyffuriau yn nhref gymharol ddigynnwrf y Borth. Doedd adrodd beth ddigwyddodd trwy lygaid y rhai oedd wedi cwyno ddim yn ddigon i Tina. Roedd yn rhaid iddi dreiddio'n ddyfnach i gefndir y digwyddiad, felly trefnodd y byddai'n treulio ychydig o amser yn yr ysgol uwchradd lleol yn sgwrsio efo'r athrawon, y plant a'r rhieni, er mwyn cael eu barn nhw am gyffuriau ac am hinsawdd gymdeithasol y byd oedd ohoni. Bu'n holi rhai o arweinwyr ac aelodau'r clwb ieuenctid hefyd, ynghyd ag ymgynghorwyr ar gyffuriau a'r heddlu ac aeth mor bell â threulio noson ar y stryd yng nghwmni'r bobol ifanc gan ddangos gwir ddiddordeb yn eu problemau a'u gobeithion. Canlyniad yr erthygl a'r lluniau gwych o fywyd ar y stryd oedd rhagor o deyrngedau'n clodfori ei gwaith trylwyr.

Roedd eraill o'r gweithle'n mynnu gwneud drwg iddi, gan droi cyllell finiog yn ei chefn a'i chyhuddo o grafu tin Jeff Parry i geisio'i hudo i'w gwely er mwyn cael dyrchafiad ganddo. Gohebwyr hŷn oedd y rheiny, mae'n debyg, y rhai oedd wedi suro gyda threfn newydd o newyddiadura, a'r rhai oedd yn genfigennus o ohebwyr brwd oedd yn trafferthu i ymchwilio i straeon gafaelgar, yn hytrach nag eistedd ar eu tinau'n ailargraffu datganiadau, neu'n dibynnu ar un neu ddwy o ffynonellau'n unig.

Gwyddai pawb fod uwchraddio statws Tina fel gohebydd yn anochel ond, rywsut, fedrai hi ei hun ddim dychmygu corff seimllyd a boliog y golygydd yn araf ddeffro o drwmgwsg wrth ei hochr yn ei gwely yn Fflat 36C! Byddai'n cyrraedd ei huchafbwynt yn y gweithle ar ei phen ei hun heb i Jeff Parry drio gwneud hynny iddi!

Ond roedd yn rhaid iddi ddioddef Jeff Parry am noson arall ym Mistro'r Borth, ei gyrchfan arferol wrth drio creu argraff ar ferched! Roedd pennaeth y *Journal* yn mynnu'r gorau i Tina bob tro, a gorffennodd ei waith yn brydlon am bump y prynhawn hwnnw gan ruthro adre i ymolchi a sblasio ychydig o *Eau de Cologne* go gryf ar ei wyneb. Tra oedd yn rhedeg o gwmpas y lle'n gwneud ei hun yn drwsiadus, roedd hefyd wedi llowcio dogn go-lew o wisgi, er mwyn magu ychydig o hunanhyder i ddiddanu Tina. Gyrrodd ei gerbyd yn brydlon i'w fflat, gan ganu'r corn am saith o'r gloch, cyn iddi hithau ymddangos mewn siaced a throwser streipïog, a thop gwyn, tyn. Gan ei bod yn noson ddigon oer a gwyntog, roedd ei thethi'n mynnu sticio allan drwy'r defnydd cotwm, gan gynhyrfu'r golygydd cyn iddo hyd yn oed ddechrau fflyrtian â hi. Er nad oedd wedi derbyn ei awgrymiadau rhywiol y tro diwethaf iddynt fwyta yn y Bistro, gobeithiai Jeff Parry na fyddai Tina'n cofio dim am ei symudiadau llechwraidd wrth geisio'i denu i'w freichiau, ac roedd yn bwriadu gwneud yn union yr un fath eto heno! Roedd bellach yn ymwybodol fod gyrru adre dan ddylanwad y ddiod yn groes i'r graen gan Tina, ac roedd wedi bwcio tacsi am un ar ddeg i fynd â hi a fo yn ôl i'w fflat hi. Câi ddelio efo nôl ei gar rywbryd eto . . .

'Caráff mawr o win coch, plîs,' meddai Jeff yn dalog wrth y gweinydd, gan fod y ddau'n nabod ei gilydd yn dda erbyn hyn, ac yn gwybod beth oedd chwaeth y naill a'r llall mewn gwin. 'A dewiswch beth bynnag rydych yn ei ffansïo, Tina . . . Hynny yw, o'r fwydlen, wrth gwrs!' ychwanegodd â gwên ddrwg ar ei wep.

Aeth Tina am wystrys i ddechrau, gan archebu hwyaden mewn saws oren fel prif gwrs. Gallai ddewis pwdin ar y diwedd os na fyddai'n rhy llawn.

'Dwi'n licio'ch dewis chi,' meddai Jeff ar ôl i'r cwrs cyntaf gyrraedd y bwrdd. Disgleiriai'r wystrys yng ngolau'r gannwyll, a glafoeriodd Jeff wrth edrych ar Tina'n eu bwyta'n araf ac yn awgrymog. 'Mi fedra i deimlo'r wystrys yn llithro'n araf i lawr eich gwddw chi,' meddai, cyn canolbwyntio ar ei bryd ei hun, sef corgimwch mewn afocado.

Wedi sgwrsio am bethau mor amrywiol â'r farchnad stoc a marchnad y gwartheg yn y Borth, dangosodd Jeff ddiddordeb yn y gwyliau a dreuliodd Tina yn ei chartre, a holodd hi am ei diddordebau y tu allan i'r swyddfa. Roedd hynny'n swnio fel petai'r ddau ar eu dêt cyntaf! Eglurodd Jeff ei fod yntau'n cerdded ychydig ar fynyddoedd yn ardal y Borth hefyd, ac y byddai'n dda o beth i'r ddau fynd am heic ryw bnawn dydd Sul braf yn yr haf!

'Mae gynnon ni dipyn o bethau'n gyffredin, felly, Tina!' meddai, gan ffansïo'i lwc. Atebodd Tina mohono, gan wneud pob mathau o esgusodion, o godi i fynd i'r tŷ bach i awgrymu ei bod eisoes yn ffrindiau da efo 'rhywun' a fyddai'n hynod o genfigennus pe byddai'n mentro allan i gerdded efo rhywun arall. Wedi ei fethiant i wneud oed, aeth Jeff yn ei flaen i sôn yn fwy penodol pam ei fod wedi ei gwadd i'r Bistro'n y lle cyntaf.

Roedd gwerthiant y papur wedi cynyddu'n sylweddol gyda'i hadroddiadau trwyadl hi, meddai, ac roedd yna ambell bapur newydd cenedlaethol wedi cysylltu ag o'n holi amdani. Doedd Jeff Parry'n amlwg ddim eisiau ei cholli. Felly, roedd ganddo gynnig na fedrai Tina ei wrthod. Erbyn naw o'r gloch, roedd y rhan fwyaf o'r gwin wedi ei yfed, ac archebwyd caráff arall, cyn i'r hwyaden gyrraedd yn ei saws oren i amsugno'r cyfan yn stumog ddisgwylgar Tina. Edrychai dau lygad mawr y brithyll yn ymbilgar ar Jeff Parry, fel petaent yn crefu arno i beidio â'i fwyta. Ond bochio'r cyfan wnaeth y golygydd heb falio'r un botwm corn am deimladau'r pysgodyn diniwed.

'Llygaid mawr fel rhai chi, Tina,' meddai'n chwantus, gan estyn am datws newydd a llysiau gwyrdd yn gwmni i'r brithyll, 'ac mi fyddwn innau wrth fy modd yn rhoi hwyaden a chydig o ddŵr i chi ryw fore hefyd . . .' ychwanegodd, gan sylweddoli nad oedd ei jôc fudur wedi mynd i lawr yn rhy dda efo Tina.

Chwerthin ei sylw i mewn i'w gwydr gwin wnaeth hi, gan feio'r ddiod unwaith eto am ei ddigywilydd-dra. Erbyn deg yr hwyr, archebodd dau foliog iawn bwdinau a gwirod i orffen pryd o fwyd a chwmni bendigedig.

'Mae'r Crème Caramel yma mor felys â chithe, Tina.'

Ac mae dy sylwadau dithau'r un mor *sickly* hefyd, meddyliodd hithau. Dechreuodd gael llond bol ar ei seboni israddol, ac roedd ei awgrymiadau'n troi ei stumog, er mor llawn oedd honno. Ond roedd yn rhaid iddi ddyfalbarhau i wenu a gwneud llygaid tyrd-i'r-gwely gan nad oedd Jeff Parry wedi sôn dim am roi dyrchafiad iddi eto. Yna, daeth y cyhoeddiad yr oedd Tina wedi bod yn aros amdano ers wythnosau, ond un a oedd â chymal annisgwyl iawn yn perthyn iddo.

'Tina, y rheswm rydw i wedi dod â chi yma heno ydi i ddathlu fy mod am eich anrhydeddu chi am eich gwaith gwych. Rydw i'n cynnig eich dyrchafu chi'n Bennaeth Adran Newyddion a Materion Cyfoes y *Journal*. Mi fyddwch yn cael codiad reit sylweddol – fel finne, gobeithio . . .'

Cyn iddi glywed ei sylw olaf, roedd Tina wedi neidio o'i sedd i roi clamp o sws ar ei foch, ac ynghanol ei chynnwrf collodd ychydig o Amaretto ar siwt frown golau ei bòs.

'Peidiwch â phoeni, Tina fach. Beth am ei lyfu fo i mi wedyn?'

Synhwyrodd Tina fod ei golygydd yn hollol o ddifri yn ei sylwadau personol, ac ataliodd ei hun rhag cyffwrdd pen ei bys ynddo. Yn ddisymwth, crafangodd Jeff Parry am ei chanol gan ei thynnu tuag ato. Achosodd hyn i'r ddau ddisgyn bendramwnwgl yn ôl yn ei gadair, a glanio'n flêr ar ganol llawr y Bistro. Edrychodd bwyty gorlawn arnynt yn hynod o amheus, a dechreuodd y ddau rowlio chwerthin dros y lle, gan fod Tina yr un mor feddw â'i bòs erbyn hyn. Daeth y gweinydd i gynnig cymorth iddynt, ond cododd Jeff yn simsan ar ei draed, fel petai dim wedi digwydd. Penliniodd i lawr at Tina gan sibrwd yn ei chlust:

'Fe rof i help llaw i chi, os rowch chi help llaw i fi wedyn! Gwybod be dwi'n feddwl, cariad?'

222

Ar hynny, canodd corn y tacsi, a thalodd Jeff Parry am y bwyd gyda cherdyn Visa'r *Borth Journal*. Aeth y ddau i'r awyr agored gan weld dau o bopeth, a phob un o'r rheiny'r un mor aneglur â'i gilydd. Roedd stad feddyliol Tina y tu hwnt i resymu gyda'i phennaeth y noson honno. Ond erbyn y bore, â Jeff Parry'n gwisgo'i fresys cochion yn drwsgl ar erchwyn ei gwely, ofnai Tina ei bod wedi gwireddu ei freuddwyd o, ond gobeithiai ei bod wedi selio'i breuddwyd hi ei hun hefyd.

*   *   *

Teimlai Gwenan yn chwithig iawn wrth ddychwelyd i'r Borth wedi holl ddigwyddiadau emosiynol y diwrnodau a aeth heibio. Wnaeth neb o'r llyfrgell na'r fflat drafferthu mynd i lawr i'r angladd – dangosai hynny iddi mor arwynebol oedd y gogs! Er bod yna straen mawr wedi bod wrth dreulio amser ynghanol teulu mewn galar, teimlai Gwenan yn unig iawn o'u gadael i fynd yn ôl i'r gogledd; collai agosatrwydd cymdeithas glòs. Roedd bellach angen rhywbeth amgenach na chwmni ystrydebol Tina ac Ann i gyfoethogi ei bywyd. Ond prin oedd y cyfleoedd i wneud unrhyw beth o wir werth mewn tref fel y Borth. Ei bwriad wedi dychwelyd yno oedd chwilio am ddosbarthiadau meddyginiaethau amgen a gweithio'n wirfoddol efo'r eglwys ar benwythnosau. Gyda hynny mewn golwg, a'r dosbarth Yoga'n parhau i fynd o nerth i nerth, byddai ei chorff a'i meddwl yn holliach. Wrth iddi chwilio am restr o gymdeithasau elusennol a dosbarthiadau nos yn y llyfrgell, edrychodd hefyd ar lyfrau oedd yn adrodd straeon gan bobol oedd wedi cael yr un profiadau personol â hi. Ond o'u darllen, doedden nhw ddim yn cynnig cysur nac atebion iddi. Roedd yn rhaid i Gwenan dderbyn bod yr hyn ddigwyddodd rhwng ei mam ac Wncwl Morys wedi digwydd. Nid Gwenan greodd y sefyllfa, felly doedd dim bai arni hi am y canlyniad. Cydwybod y ddau arall oedd yn gorfod dygymod â hynny ac, iddi hi, ei thad a hithau oedd y dioddefwyr diniwed.

Gwyddai Gwenan y gallai ddwyeud popeth wrth Tina ac Ann am yr hyn a ddarganfu'n ddiweddar, ond gan fod gan y ddwy dueddiadau i ledaenu sibrydion a sgandalau am hwn a'r llall wrth weddill eu ffrindiau, roedd yn betrusgar i rannu'i phrofiadau. Serch hynny, gan fod yn rhaid iddi ddwyeud wrth rywun, penderfynodd y byddai'n cael sgwrs efo'r ddwy pan fyddai'r amser yn iawn iddi hi.

Roedd Gwenan wedi cael cwmni Lliwen am wythnos gyfan dros gyfnod y claddu, a chafodd wedd wahanol arni. Tybiai cynt ei bod wedi troi'n berson ffuantus, ffroenuchel a materyddol ar ôl iddi symud i fyw i ganol cyfryngis Caerdydd. Roedd Lliwen, ar y llaw arall, yn credu fod Gwenan yn berson diflas, digymeriad a thyn gan ei bod yn gweithio mewn llyfrgell dawel a difywyd ac nad oedd yn ymddiddori mewn dynion fel yr oedd hi! Ond roedd y ddwy wedi tynnu ymlaen yn rhyfeddol o dda efo'i gilydd. Roedd gwaed yn amlwg yn dewach na dŵr, a bu Lliwen yn gymorth mawr iddi ddygymod â'r newyddion am ei thad.

'Wneith e ddim gwahaniaeth i fi taw hanner chwaer wyt ti i fi,' meddai'n dosturiol wrthi, ond doedd Gwenan ddim wedi meddwl am y peth yn y termau hynny.

'Nid dy fai di na fi oedd y sefyllfa, felly pam ddylai pethe newid rhyngom ni'n dwy? A gwell i ti adael i'r tri arall ddygymod â'u cawl potsh eu hunain hefyd! Bydd y storm wedi pasio mewn ychydig ddyddie, a phawb yn siarad am ryw sgandal arall.'

Er bod Lliwen yn iau na hi, credai Gwenan bod ei chwaer fach yn siarad yn hynod o aeddfed y tro hwn, ac roedd popeth a ddywedai yn gysur iddi. Trefnodd Lliwen hefyd fod Gwenan a hithau'n mynd i gartref Wncwl Morys i dorri'r garw yn dilyn y newyddion dramatig. Er nad oedd ganddo yntau fawr i'w ddweud am y sefyllfa, roedd am barhau i fod yn ffrindiau gyda'i rhieni, ac am barhau i gyfrif Gwenan fel nith yn hytrach na merch iddo. Cafodd yntau gyfle i sôn am y garwriaeth a ddechreuodd rhwng Gwyneth ac yntau wedi i'w tad gael ei daro'n wael.

'Roedd eich mam angen cwmni pan oedd eich tad yn yr ysbyty, chi'n gweld,' ceisiodd egluro. 'Do'n innau ddim yn canlyn neb ar y pryd, a dim ond wythnos neu ddwy wnaeth y berthynas bara. Ond, roedd Mami â'i llygaid arnom ni o hyd! Cofiwch chi, fe wnes i garu'ch mam yn fy nghalon am flynyddoedd maith. Efallai taw oherwydd hynny rwy wedi aros yn hen lanc, a cholli cyfle i briodi a chael plentyn . . . mwy o blant . . .'

Wrth iddi hi a Lliwen adael cartref Morys, rhoddodd ei hwncwl siec go sylweddol yn llaw Gwenan, a dweud wrthi am ei fuddsoddi. Byddai'r pum mil o bunnoedd yn dod yn handi iawn iddi pan fyddai'n chwilio am dŷ ryw dro.

Wedi'r ymweliad gan ei ferch a'i nith, arhosodd Morys am ychydig ddiwrnodau cyn magu digon o hyder i wynebu ei frawd a Gwyneth Lewis. Mae amser yn lleddfu popeth, meddai'r hen air, a chafodd Morys groeso digon parchus ar eu haelwyd. Roedd pawb am barhau'n ffrindiau, gan ddiolch i Dduw eu bod oll yn gwmni i'w gilydd. Diolchwyd hyd yn oed i'w mam am ddod â'r gwirionedd i'r amlwg cyn iddi roi ei hanadliad olaf. Tawelodd tymer Elfed, a diolchodd Gwyneth nad oedd wedi rhedeg i ffwrdd a gwneud rhywbeth y byddai'n difaru wedyn. I ble'r âi'r creadur beth bynnag? meddyliodd ei wraig. Doedd gan ddyn yn ei oed a'i amser ddim syniad am y byd mawr a'i bethau, a byddai gweld dyn ar ei bensiwn fel yna'n rhedeg i ffwrdd yn chwerthinllyd! Doedd arian, eiddo ac etifeddiaeth byth yn bell o feddwl barus y flaenores capel barchus, a mantais fawr Gwenan erbyn hyn, tybiai Gwyneth, oedd y byddai'n debygol o etifeddu rhan helaeth o ewyllys dau dad!

Aeth y bore'n hynod o gyflym i Gwenan ar ei diwrnod cyntaf yn ôl yn y llyfrgell, ac roedd ei chyd-weithwyr i gyd yn morol amdani ac yn ei chysuro pan oedd ar ei mwyaf sensitif. Cafodd ei thretio i bryd o fwyd gan ei bòs yng nghaffi'r we oedd gerllaw hefyd, a theimlai'n well o lawer wedi awr o sgwrs am bawb a phopeth y tu allan i'r gweithle. Doedd hi erioed wedi siarad am ei theulu a'i hardal enedigol efo'r staff o'r blaen, a wyddai hithau ddim byd am fywyd personol ei chyd-weithwyr. Gwên ddel, hongian côt, paned o de, at y ddesg a gweithio tan ginio, picio allan i nôl a bwyta brechdan, a 'nôl at y cyfrifiadur cyn cael paned arall a mynd adre am bump ar y dot. Dyna oedd trefn y dydd yn y llyfrgell, fel mewn llawer o weithleoedd eraill, a doedd neb yn trafferthu i dreiddio o dan wyneb bywydau neb arall, neu byddent yn cael eu galw'n 'fusneslyd' neu'n 'ceisio creu argraff'. Ond doedd Gwenan ddim yn teimlo'i bod yn nabod ei chyd-weithwyr na'i bòs yn ddigon da i ddweud y newyddion mwyaf syfrdanol wrthynt.

Pan aeth yn ôl i'r fflat am y tro cyntaf, cafodd gyfle i ddweud y cwbwl wrth Tina ac Ann wedi i'r ddwŷ fynd draw i gydymdeimlo â hi. Dyna pryd y sylweddolodd Gwenan ei bod wedi collfarnu'r ddwy'n ormodol, a'u bod yn hen ferched iawn wedi'r cwbl. Gwyddent hwythau nad oedd Gwenan yn or-hoff o'i mam-gu, ond, o wrando arni'n sôn am yr angladd a'i chyfnod adre efo'i rhieni, wydden nhw ddim pam ei bod mor benisel a dagreuol.

'Doeddwn i ddim yn meddwl y basa ti wedi ypsetio cymaint ar ôl colli dy nain,' meddai Ann yn ddigon swta ac anystyriol wrth ei chlywed mor dawel. 'Roedd hi mewn oed go-lew, 'toedd? Dim fel tasa hi 'di marw'n ifanc . . . Dydi pawb ddim yn byw am byth 'sti.'

Torrodd Tina ar draws ei siarad gwag; roedd hi'n amlwg nad oedd Ann wedi arfer cydymdeimlo efo rhywun mewn galar, er ei bod yn gweithio mewn ysbyty!

'Sut mae dy dad ac Wncwl Morys yn teimlo? Roedd hi'n fam iddyn nhw wedi'r cwbwl.' Ar hynny, gallai Tina weld cornel ceg Gwenan yn dechrau camu a chrynu, a phowliodd y dagrau i lawr ei gruddiau wrth iddi feichio crio'n ddireolaeth o'u blaenau.

'Sori Gwenan,' cynigiodd Tina, 'ryden ni'n dwy'n deud pethe hollol stiwpid. Ddim wedi arfer cydymdeimlo rywsut 'sti. A ddim yn cofio colli fy nain fy hun, yli. Felly wn i ddim sut deimlad ydi o. Sori.'

'Duw, fuodd fy nain i farw efo'r diciâu, a doedd neb yn gneud ffŷs yr adeg honno,' ychwanegodd Ann, a gwneud pethau'n gan mil gwaeth. Edrychodd y ddwy mewn cywilydd ar ei gilydd, efo'r un o'r ddwy'n siŵr beth i'w ddweud na'i wneud nesaf.

'Wyt ti isio i mi ffonio dy fam a dy dad?' holodd Tina, gan afael am ei hysgwyddau i geisio'i chysuro, ond dechreuodd Gwenan oernadu'n waeth fyth.

'Tyrd yma, cyw. Oes rhywbeth arall yn dy boeni di? Elli di ddeud wrth Ann a fi 'sti. Dyne mae *flatmates* yn dda yndê?' Mwythodd Tina'i gwallt wrth i'w phen orffwys ar ei brest, ac aeth pethau od drwy feddwl dichwaeth Ann, er iddi atal ei hun rhag dweud dim. Roedd wedi darllen yn rhywle fod gan bob person yn y byd dueddiadau deurywiol yn llechu yn eu hisymwybod. Digon prin y byddai rhai Tina fyth yn gweld golau dydd tra oedd 'na ddynion yn yr hen fyd 'ma, meddyliodd wedyn. Ar hynny, tynnodd Gwenan anadliad ddofn cyn eistedd ar ei chadair henffasiwn ac arllwys y cwbwl o'i chyfansoddiad.

'Fe fuodd Mam-gu'n oeraidd iawn tuag ato i erioed,' dechreuodd. 'Roedd hi'n ymddwyn yn wahanol gyda Lliwen, a nawr rwy'n gwybod pam. Ar ei gwely angau, dywedodd Mam-gu nad Dadi oedd fy nhad iawn i! Roedd Mami wedi cael affêr pan oedd e mewn ysbyty'n dost.'

'Asu!' Wyddai Ann ddim beth arall i'w ddweud na sut i ymateb, ac roedd Tina'n hollol fud. 'Oedd dy nain yn gall? Hynny ydi, oedd hi o gwmpas ei phetha, neu dryslyd ei meddwl oedd hi?'

'Na, roedd ei meddwl hi'n berffeth,' meddai Gwenan, gan deimlo'n llawer gwell o gael rhannu ei gofidiau efo dwy o'r ychydig ffrindiau oedd ganddi'n y byd.

'ChwARE teg i ti am agor dy galon efo ni,'

ychwanegodd Tina. 'Mae rhywun angen ysgwyddau i bwyso arnyn nhw'n does, Gwens? Mae'n ddigon anodd i ti dderbyn bod dy nain wedi marw, heb sôn am glywed newyddion fel'na am dy dad yr un pryd!'

'Odi, ond Dadi fydd Dadi i mi am byth. Wedi'r cyfan, ry'n ni'n dal yn perthyn mor agos, achos mae e'n dal yn wncwl i mi on'd yw e!'

'O leia ti'n gallu jocian am y peth!' torrodd Ann ar ei thraws cyn iddi gael cyfle i egluro.

'Mae popeth mae Wncwl Morys wedi'i wneud ar hyd y blynydde'n gliriach i fi erbyn hyn 'fyd. Roedd e'n ymddwyn yn warchodol gyda fi erioed, ond ddim 'run peth gyda Lliwen.'

'Be? Ti'n deud mai dy ewyrth di ydi dy dad di?'

'Yn gwmws.'

Edrychodd Ann ar Tina am gymorth i arwain y sgwrs ymlaen.

'Teimlo rhyw gysylltiad biolegol heb yn wybod iddo fo oedd o ar hyd y blynyddoedd, felly, mae'n siŵr,' ceisiodd Tina siarad yn wybodus, ond heb wybod a oedd yn dweud y peth iawn ai peidio.

'Beth oedd haru dy nain yn cadw'r peth mor dawal tan rŵan, dwed?' holodd Ann.

'Ddim ise rhoi lo's i neb, g'lei,' meddai Gwenan. 'Ond mae wedi brifo tri pherson nawr on'd yw hi?'

'A dydi hi ei hun ddim yma i wynebu'r canlyniada,' ychwanegodd Ann.

'Mae camwedde Mami wedi dod i'r amlwg o'r diwedd,' meddai Gwenan yn sur, 'ar ôl twyllo pawb am gymaint o flynyddoedd. Gyda hi rwy'n teimlo fwya blin!'

'Wel, dim ond dynol ydi hithe hefyd, cofia, ac roedd hi'n ifanc ar y pryd,' ychwanegodd Tina efo rhesymeg seicolegydd. 'Dim ond ei bod yn anodd i rywun ddychmygu un o'i rieni'n cael perthynas y tu allan i'w priodas, yndê? Ddyliwn i wybod . . .'

'O wel, biti fod gan Tomi 'run brawd, dduda i, achos dwi'n siŵr y bydda inna'n barod am *change* bach ar ôl blynyddoedd o fod yn briod efo fo!' meddai Ann i ysgafnhau'r sgwrs. 'Asu,' ychwanegodd, o synhwyro fod yr hwntw'n gwenu ychydig mwy, 'diolch nad Tomi gafodd y newyddion yna am ei rieni fo. Mae o'n methu cael gwarad ar un tad heb sôn am ddau, myn diawl!'

Cafwyd gwên lydan gan Gwenan erbyn hyn, ond doedd Tina ddim yn gwenu o gwbl.

'Doedd gen i ddim dewis efo nhad i,' ceisiodd Tina rannu'i phrofiadau er mwyn dangos i Gwenan ei bod hithau wedi bod yn yr un cwch. 'Fe adawodd o Mam am ddynes iau na fo. Ac mae hynny'n waeth na tase'r bastard wedi marw!'

'Wel, mae 'na lawar o wirionedda'n cael eu dadlennu heno,' meddai Ann wedi sobri drwyddi. 'Gobeithio nad ydi fy nghwpwrdd i'n llawn o hen esgyrn dduda i!'

Ar hynny, roedd Gwenan yn teimlo'n llawer gwell, a chododd Gwenan i gynnig te i'r ddwy am eu trafferth yn mynd i gydymdeimlo â hi. Bu wrthi'n ddygn yn paratoi'r tebotiaid, ond doedd hi ddim yr ore o bell ffordd am weini'r paned perffaith.

'Er cof am dy nain,' meddai Tina gan godi ei mỳg i'r awyr. 'Ac mi fydd Sul y Tadau'n ddifyr i ni'n dwy rŵan yn bydd?' ychwanegodd, yn falch ei bod hithau hefyd wedi cael cyfle i gyffesu ychydig o hanes ei gorffennol. Doedd hi ddim am bechu Gwenan ymhellach drwy gyhoeddi fod ei phaned yn wan fel piso cath!

17. Siwtio'i hun

Bu Tina ar bigau'r drain byth ers i Bryn y Boncyn ei bygwth ac roedd wedi osgoi ateb cloch drws y fflat a'r ffôn ar waelod y grisiau am ddiwrnodau. Roedd Ann, fel arfer, wedi bod wrth law petai rhywun yn digwydd galw neu ffonio, a byddai'n hawdd iawn anwybyddu galwadau ffôn symudol Bryn petai wedi ceisio cysylltu yn y modd hwnnw. Wnaeth o ddim, wrth gwrs – roedd o'n ormod o gachgi i hynny. Credai Tina fod ganddo ychydig o gywilydd ohono'i hun wedi iddo geisio twyllo'r system, a'i fod yn cadw proffil isel er mwyn i bobol anghofio am ei gamwedd. Doedd neb yn gwybod yn iawn beth oedd ei gymhelliad dros wneud cyhuddiadau ffug yn erbyn Dic. Damcaniaeth Tina oedd mai cenfigennus ohoni hi'n cael affêr efo fo oedd o a bod ei lygad arni hi ers blynyddoedd. Er bod ei charwriaeth efo'r llawfeddyg i fod yn gyfrinach, roedd Bryn wedi cyfaddef fwy neu lai ei fod yn gwybod amdani. Credai Tina na chafodd Bryn erioed reswm i feddwl fod ganddi hi deimladau tuag ato fo, oni bai am y ddawns glòs honno gafodd y ddau adeg parti dyweddïo Ann a Tomi; ond dawns i wneud Dic yn annifyr oedd honno i fod, ac fe ddywedodd hwnnw'n ddigon plaen wrth Bryn lle i fynd y noson honno. Efallai fod Bryn wedi bod yn ddigon sylwgar i ddeall fod rhywbeth rhwng y llawfeddyg a Tina'r adeg hynny! Wrth gofio am Dic, rhoddodd Tina ei meddyliau gwirion o'r neilltu, gan fod ganddi'r swper mawreddog i feddwl amdano'n gyntaf – ac roedd hi'n mynd i fod yn noson i'w chofio!

Doedd hi ddim wedi gallu canolbwyntio ar fawr ddim ers iddi dderbyn yr e-bost yn ei gwahodd am swper 'swyddogol' i ddathlu dychweliad Dic i'w waith. Anfonodd nodyn cadarnhaol yn ei ôl ato, gan ymddiheuro nad oedd wedi ateb ei negeseuon a'i e-byst blaenorol tra oedd ar ei gwyliau. Ond hyderai y byddai'n deall ei rhesymau proffesiynol am beidio â gwneud hynny. Y tro hwn, felly, fyddai dim ots petai Marie neu rywun arall yn gweld y ddau'n bwyta allan efo'i gilydd yn swyddogol yn enw'r *Journal* a'r ysbyty. Gohebydd a llawfeddyg fyddai hynny yng ngolwg pawb arall, nid dau gariad chwantus! Gwych o beth! Ond byddai'n hawdd iawn iddynt anghofio hynny a cheisio mynd i'r afael â'i gilydd ar draws y bwrdd wedi iddynt gael glasied neu ddau o win coch yn ormod. Gallai unrhyw beth ddigwydd wedyn . . .

Erbyn chwech yr hwyr, roedd Tina wedi newid ei gwisg bedair o weithiau, cyn setlo am sgert hir, siaced fer, blows isel a sanau sidan du. Roedd yn bwysig iddi ymddangos fel gohebydd yn ystod eu cyfarfyddiad, ond eto roedd am edrych ei gorau i Dic, gan ei atgoffa o'r hyn yr oedd wedi'i golli ers cymaint o amser! Sythodd ei gwallt, ac yna ei gyrlio eto efo 'tongs', cyn penderfynu ei roi i fyny mewn cynffon, gan adael i ddau gudyn cyrliog ddisgyn yn awgrymog dros ei thalcen. Wedi gwisgo cadwen hir a orweddai'n dwt rhwng rhigol ei bronnau, rhoddodd finlliw pinc i gydweddu gyda'i bochau, cyn tasgu hoff bersawr Dic yn gynnil yn y mannau pwysicaf. Roedd hi'n barod amdano pan ganodd cloch y drws am saith.

Edrychodd drwy'r ffenestr i'r ffordd islaw i wneud yn siŵr mai car Dic oedd yno, ac nid un Bryn y Boncyn, ac adnabu'r BMW du yn syth. Ond, wrth graffu'n fanylach, sylwodd ar ffigwr person yn sedd y teithiwr, rhywun nad oedd wedi breuddwydio ei gweld y noson honno – y Ddraig! Ffyc! Be gebyst oedd Dic yn drio'i wneud? Sôn am siomedigaeth. Wyddai Tina druan ddim lle i droi. Oedd ei berthynas efo'i wraig wedi ei hadfer ers i iddi beidio cysylltu ag o am ychydig o ddyddiau'n unig? Oedd ei gariad tuag ati hi wedi pylu? Roedd cynddaredd yn berwi ym meddwl Tina wrth iddi holi pob mathau o gwestiynau, ac amau a ddylai fynd i lawr i ateb y drws ai peidio. Ond wedi iddi gymryd anadliad hir a meddwl yn bositif, cafodd nerth o rywle, ac fe wynebodd ei her a'r canlyniadau.

Cil y drws yn unig agorodd hi i Dic, gan nad oedd am i Marie ei gweld wedi gwisgo'n rhywiol yn arbennig i blesio'i gŵr!

'Tina! Mae'n braf dy weld di eto. Ti'n edrych yn hollol fendigedig.'

Doedd Tina ddim yn barod am ei weniaith wag, na'i gofleidio ffug. 'Be 'di dy gêm di, Dic? Fyny i'r un hen driciau ie?'

Y tu ôl i'r harthio hyderus, roedd Tina ar fin crio, ac roedd ei llais a'i gwefusau'n crynu. Camodd Dic heibio'r drws ac i mewn i gyntedd y tŷ, a cheisiodd dawelu ei meddyliau. Mentrodd roi ei freichiau tyner am ei chanol am y tro cyntaf ers amser, cyn iddi hithau ei rhyddhau ei hun o'i grafangau.

'Be sydd, Tina?' holodd, cyn deall nad oedd wedi ei rhybuddio am y gwestai ychwanegol a fyddai'n ymuno â nhw am bryd o fwyd. 'O, na, Tins! 'Nes i anghofio deud bod gen i gwmni'n do? Dwi mor sori, del . . .'

'Sori wir!' gwaeddodd Tina, gan gychwyn rhedeg i fyny'r staer. 'Paid â thrio bod yn glyfar efo fi, Richard Jones! Finne wedi edrych ymlaen at dy weld di ar ôl yr holl amser, a dyma dwi'n ei gael am adfer dy enw da di a dy swydd ffug-barchus di!'

'Dwi'n gwybod sut wyt ti'n teimlo, cariad bach, ond Marie oedd yn mynnu dod! Roedd hithe am ddangos ei gwerthfawrogiad am i ti gael fy swydd i 'nôl!'

Cododd clustiau Tina, a phenderfynodd wrando ar ei resymeg cyn neidio o'r badell ffrio i'r tân.

'Coelia di fi, Tina, mae wedi bod yn uffern ar y ddaear byw efo honne drwy'r dydd, wythnos ar ôl wythnos! Tyrd efo ni heno, a chwarae'r gêm. Gawn ni ddigon o gyfle i fod ar ben ein gilydd . . . ein hunain . . . eto.'

'Cadw dy eirie awgrymog i dy wraig, washi! Sut wyt ti'n disgwyl i fi ddod allan am swper efo ti ac actio'n normal pan mae honna efo ni? Dos â hi am swper ar ben dy hun, a rho damed go dda iddi wedyn, y bastard hunanol! Mi wna i fîns ar dost i mi'n hun.'

'Ond, Tina, dwi wedi bwcio bwrdd i BEDWAR!' Edrychodd Tina'n hollol syn wrth i Dic barhau i geisio egluro.

'Roedd Marie'n mynnu gofyn i Bryn y Boncyn ddod hefyd, "fel bod cyfle i bawb faddau i'w gilydd a dod yn ffrindia unwaith eto"!'

Roedd y stori'n troi'n saga wrth i Tina dderbyn sioc ar ôl sioc. Byddai wedi gallu llusgo ei hun i fynd am swper efo Dic a Marie efallai, ond roedd cael Bryn y Boncyn yn gwmni ychwanegol yn gofyn gormod! Bu'n ofni ei weld ers eu cyfarfyddiad olaf, gan y gallai'n hawdd fod wedi ymosod arni'n gorfforol. Tybed a wyddai Marie fod tensiwn rhwng Bryn a hithau? Mae'n rhaid eu bod yn trafod eu bywydau'n fanwl efo'i gilydd! Wyddai hi ei fod wedi galw yn fflat Tina a'i bygwth? A pham ei bod hi'n fodlon maddau i ddyn oedd wedi ceisio gwneud drwg i yrfa ac iechyd ei gŵr? Roedd yn anodd gan Tina gredu bod Dic yn caniatáu i Bryn ymuno â nhw wedi'r holl boen meddwl yr oedd wedi ei achosi iddo! Yna, meddyliodd efallai bod Marie'n wirioneddol ddidwyll yn credu y byddai pryd o fwyd yn gyfle i gymodi rhwng y pedwar ohonynt, a hwyrach y byddai'r cyfarfyddiad yn fanteisiol iddi hi a Dic yn y pen draw hefyd!

'Ty'd, del,' ychwanegodd Dic yn gariadus, gan atal Tina rhag rhoi'r goriad yn nhwll clo'r fflat i fynd yn ôl iddo. Roedd wedi llwyddo i'w pherswadio i ymuno ag o a Marie yn y car!

'Diolch, Tins! Dim yn amal dwi'n cael gwraig a chariad yn bwyta allan o 'nwylo i yr un pryd!'

'Mi gei di dalu am hyn, Richard Jones!' bygythiodd Tina, ond gyda'i llais yn addfwynach erbyn hyn.

'Wel, yr ysbyty sy'n talu am y bwyd heno, beth bynnag!'

Wrth i Tina gau drws allanol y tŷ, tynnodd Gwenan y llenni'n ôl dros y ffenest. Roedd wedi clywed pob gair a ddywedodd Tina a Dic, a dysgodd fwy am yr affêr mewn pum munud nag a wnaeth neb yn ystod y tair blynedd a hanner o garu anghyfreithlon!

Teimlai Tina'n anghysurus iawn yn teithio yng nghefn y BMW, gan ei bod wedi arfer eistedd a ffwcio'n y sedd flaen. Ysai am noson arall o deimlo'r lledr du'n rhwbio'n erbyn ei phen-ôl wrth iddi dderbyn pwniadau rhywiol Dic. Ond sŵn Marie'n cecru a lanwai ei chlustiau'r foment honno, ac fe siaradodd yn ddi-stop nes cyrraedd y bwyty. Doedd ganddi ddim byd adeiladol na synhwyrol i'w ddweud, dim ond rhyw fân siarad dibwys am y tywydd a champau direidus y plant, sut roedd hi'n teimlo pan oedd hi'n sâl yn ddiweddar, a pha mor braf oedd cael Dic adre i edrych ar ei hôl hi a'r ddau fach bob dydd! Anwybyddu ei sylwadau wnâi Tina oherwydd roedd ei llygaid wedi eu sodro ar lygaid rhywiol Dic yn nrych blaen y car.

Doedd y bwyty ddim mor raenus â Bistro'r Borth, ond cynigient ddigon o gig oen a stecen go dew i blesio'r dynion, a bwydydd llysieuol i siwtio deiet Marie. Doedd Tina ddim yn teimlo fel bwyta llawer gan fod ei stumog yn troi oherwydd y sefyllfa swreal oedd wedi datblygu o'i blaen, ond llwyddodd i lowcio ambell i jin i sadio ychydig ar ei nerfau.

Edrychai'r Ddraig yn llawer gwell na'r tro diwethaf i Tina ei gweld draw yn Llys Meddyg. Doedd hi ddim mor welw heno, ac roedd ei gwallt yn raenus a'i bochau'n llawnach. Taerai Tina ei bod wedi rhoi ambell bwys ymlaen o gwmpas ei gwasg denau hefyd. Tybed oedd Dic wedi bod yn ei bwydo'n ormodol gyda'i rysetiau cartref tra oedd o adref o'i waith? Edrychai yntau'n llawer siriolach nag arfer hefyd – oherwydd presenoldeb Tina tybed? Roedd yn hynod o drwsiadus yn ei siwt las tywyll a'i grys gwyn a oedd ar agor jest digon i Tina flysio am ei flew brith. Oedd o wedi gwisgo'n smart i greu argraff arni hi neu i blesio'r Ddraig, tybed?

Dawnsiai llygaid Marie pan gyrhaeddodd Bryn y Boncyn yn ei fan fudur. Er iddo yntau fynd i ymdrech i wisgo trowsus du a chrys glas yn lle'r trowsus melfaréd a'r crys siec arferol, edrychai fel oen bach diniwed efo'i ben yn isel a'i ruddiau'n wridog gan euogrwydd.

Marie a'i cyfarchodd, gan gyhoeddi araith fer yn

mwydro rhywbeth am faddeuant, a gobeithio y byddai pawb yn gallu bod yn ffrindiau unwaith eto heb ddal dig. Doedd Dic, fwy nag oedd Tina, ddim yn teimlo'n gysurus yn ei gwmni, a gadawsant i Marie ddal pen rheswm ag o drwy gydol y gloddesta.

Marie a Tina oedd yr unig rai oedd yn yfed, er mai dathlu dychweliad Dic i'r gwaith oedd y bwriad! Roedd Bryn yn gyrru, felly roedd yn beth anghyffredin i Tina ei weld mor sobor a thawel. Allan efo'r hogia'n meddwi o'i hochor hi fyddai o ar nos Sadwrn fel arfer, yn chwilio am y ferch berffaith, a methu bob tro. Tybed oedd o wedi ei ddarganfod hi o'r diwedd?

Doedd bwyta allan mewn bwyty crand ddim yn gyfarwydd iddo, heb sôn am wneud hynny gyda phobl oedd yn ei gasáu â chas perffaith am ei weithred ddifeddwl. Roedd y ffaith mai Ysbyty'r Borth oedd yn talu wedi bod yn abwyd iddo, mae'n siŵr, meddyliodd Tina. Ond y prif reswm iddo gytuno oedd y byddai'n cael cwmni'r ferch yr oedd wedi bod yn cwrcatha â hi ers misoedd lawer.

Dyma'r tro cyntaf i Dic wynebu'r person a'i cyhuddodd o achosi niwed i ben-glin ei fam, yr un y bu bron yn achos iddo golli'i hunan-barch, ei waith, ei gyflog o'i achos – a llawer o gwsg! Hynny i gyd heb sôn am y straen o fod efo dynes nad oedd yn ei charu bob awr o'r dydd, rhedeg i'r plant a cheisio'u cadw'n ddifyr, a methu cael esgus i weld ei gariad pennaf, sef Tina! A rŵan, dyma Marie'n canmol y drwgweithredwr i'r cymylau am gyfaddef ei gamweddau, ac am dderbyn ei gosb mor wrol! Roedd y peth mor chwerthinllyd. Ond synhwyrodd Tina fod mwy y tu ôl i'r *rendezvous* nag a wyddai hi, Dic na neb arall.

Yn y man, gofynnodd Marie i Bryn addo'n

gyhoeddus na fyddai'n ymyrryd yng ngwaith ei gŵr fyth eto.

'Ym . . . ia, siŵr iawn, na wnaf siŵr . . .' rhygnodd hwnnw. 'Dwi'n sylweddoli rŵan bo fi 'di bod yn fyrbwyll, ac ella y bydd Mam angen pen-glin arall ganddoch chi ryw dro!'

Roedd yn amlwg fod y Ddraig yn gallu troi Bryn rownd ei bys bach, ond atebodd Dic mohono, dim ond syllu i'w wydryn dŵr. Wnaeth o ddim siarad llawer efo Tina'r noson honno chwaith. Aeth Bryn yn ei flaen i wneud mwy o ffŵl ohono'i hun.

'Cynllwyn oedd o i hawlio miloedd o bres insiwrens. Mi fyswn i wedi'i gael o hefyd oni bai am erthygl Tina! Roeddwn wedi gobeithio cael JCB a chymysgwr sment newydd, ond mae ngobeithion i'n deilchion rŵan . . .'

'Os na chest ti be oedde ti isio, Bryn, mi ges i, achos mi helpodd dy gynllun budur di fi i gael dyrchafiad. Mi eith gonestrwydd â thi'n bell. Dwi rŵan yn Bennaeth Adran o fewn y *Journal*, meddai Tina'n falch.'

Wnaeth Bryn ddim dangos diddordeb yn ei swydd, ond ymatebodd Dic ychydig yn rhy frwdfrydig i'w newyddion, ac estynnodd dros y bwrdd i gwpanu ei hwyneb a'i chusanu.

'Llongyfarchiada mawr i ti, Tins . . . Tina,' meddai. 'Ti'n ei haeddu fo.'

A dyna'r unig eiriau ddywedodd o drwy'r nos. Sylwodd Bryn na Marie ddim bod y gusan wedi cymryd ychydig yn hirach nag y dylai, oherwydd roedd y ddau ohonynt hwythau'n prysur rwbio'u coesau yn erbyn ei gilydd o dan y bwrdd . . .

*   *   *

Dim ond mis neu ddau oedd gan Ann a Tomi tan eu priodas yn yr hydref. Roedd tymor y cneifio a'r dipio ar ben, ond roedd digon o waith ar fferm Pant Mawr rownd y flwyddyn, a gwaith cymoni cyffredinol yn anorfod ar ddiwedd pob cynhaeaf. Roedd Tomi angen codi waliau sychion a phlannu llawer o goed gan fod dyddiad cau derbyn cymorthdaliadau'n nesáu, felly doedd ganddo ddim amser nac amynedd i fod yn gaeth wrth y ffôn yn gwneud trefniadau at y briodas! Roedd cael ei gau i mewn yn y tŷ'n wrthun iddo gan mai dyn yr awyr iach a'r tail afiach oedd o, fel pob ffarmwr arall gwerth ei halen. Teimlai fod gan Ann lawer mwy o amser ar ei dwylo i forol am drefniadau'r diwrnod mawr nag oedd ganddo fo. Gwaith naw tan bump o ddydd Llun tan ddydd Gwener oedd ganddi hi fel derbynnydd mewn ysbyty, felly credai Tomi y dylai fedru ymdopi efo gwneud y gwaith yn ystod ei hawr ginio, neu ar ei liwt ei hun ar benwythnosau. Ond roedd Ann yn gweld pethau'n wahanol.

'Wyt ti wedi meddwl yn bellach am y gacan?' cornelodd Ann o wedi cinio un prynhawn. Roedd ei fam wedi mynd efo rhyw drip neu'i gilydd eto fyth, ac roedd ei dad wedi cael ei wthio yn ei gadair olwyn yn ôl i'r parlwr am bnawn unig arall o wylio'r teledu. Teimlai Ned mai melltith oedd i'r Llywodraeth gyflwyno teithiau am ddim ar fysys i bensiynwyr. Codai Nansi ei phac byth a beunydd a'i adael yn gaeth i'r tŷ am oriau heb i Tomi nac Ann fod o fewn cyrraedd nac o fewn clyw petai rhywbeth yn digwydd iddo!

'Dwi newydd fyta'r gacan efo cwstard oer,' atebodd Tomi'n swta.

'Nid honno'r clown, ond y gacan briodas!'

'Ti sy'n nabod cwcs yr ardal 'ma, nid fi,' meddai yntau'n ddiamynedd. 'Be am Ceri Grêfi oedd yn yr ysgol ers talwm?'

'Ti sydd wastad wedi f'atgoffa i mai ein priodas ni ydi hi, a mod i ddim yn ymgynghori efo ti cyn gwneud penderfyniada!'

'Wel, gofyn i rywun ti isio, Ann fach. Cacan ydi cacan neno'r tad!'

Hwyliodd Tomi i fynd allan unwaith eto, ond roedd Ann fel bwgan brain o flaen y drws efo'i breichiau ar led yn ei nadu rhag symud gam ymhellach.

'Wel, naci, Tomi Davies,' harthiodd yn ôl arno. 'Wyt ti isio cacan sbwng neu gacan ffrwytha? Wyt ti isio eisin meddal neu eisin calad? Pa liw wyt ti isio iddo fo fod, melyn, pinc neu wyn? Sawl haen wyt ti isio, un, dwy neu dair? Dyna sydd angan i ni ei drafod!'

'Arglwydd mawr, ddynas, be 'di'r ots? Mi fydd pawb yn rhy llawn ar ôl y bwyd a'r pwdin i fyta 'run blydi cacan beth bynnag. Gwastraff arian ydi'r ffycing thing os ti'n gofyn i fi.'

'Mae pawb call yn cael un! Ac mi fasa un ffrwytha'n haws i'w phostio i bobol sydd ddim yno ar y diwrnod.'

'Wel, dyna fo 'ta, mi rwyt ti wedi penderfynu felly'n do? Sgiwsia fi, gwaith yn galw.'

Llamodd Ann o'i flaen eto fel roedd o'n anelu am yr awyr iach. 'Cyn i ti fynd, pwy ydan ni'n cael i dynnu llunia?'

'Be am Tina?' Roedd Tomi'n cellwair yn sarcastig erbyn hyn. 'Hi dynnodd lun mam Boncyn a'r llawfeddyg 'na i'r *Journal*!'

'Callia, cont!' Chwarddodd Ann o'r diwedd. 'Mi ofynna i i'r un dynnodd lunia i Catrin; mae hwnnw wedi cael digon o bractis, petai ond am ei dwy briodas hi ei hun!'

Bodlonodd Tomi ar benderfyniadau rhag blaen Ann, er mwyn cael llonydd i barhau efo'i waith. Ond doedd Ann ddim wedi gorffen. 'Rŵan, 'ta, be am siwt i ti, Boncyn a Gwyn ac Alun?'

'Ddim yn siwtio fi!'

'Wel, wyt ti isio prynu neu logi un?'

'Wisga i byth siwt eto mae hynny'n sicr, felly lloga un i mi!'

'Mi fydd yn rhaid i ti ddod efo fi i drio rhai'n bydd? A hynny'r un pryd â phawb arall.'

'Duw, duw, does dim angan i mi ddod i drio rhai siŵr iawn. Dwi 'run maint â dy frodyr di i fyny ac i lawr, felly neith un 'run fath â nhw'n iawn . . .'

'Pa liw? Un gynffon? Un frest ddwbl? A sut fath o dei? Be ti isio yn dy frest, hancas 'ta blodyn?'

Collodd Tomi ei limpyn wrth wrando ar baldaruo diddiwedd ei ddyweddi. 'Ffyc off, Ann! Gad lonydd i mi, a dewisa be blydi lici di. Dyna wyt ti'n neud drwy'r amsar cyn belled ag y gwela i.' Ac i ffwrdd ag o at ei wahanol orchwylion, gan adael Ann yn syfrdan, ond yn cael ei ffordd ei hun unwaith eto.

*   *   *

Doedd siopau'r Borth ddim wedi bod yn ei gwneud hi'n dda ers nifer o flynyddoedd. Caewyd llawer o fusnesau teuluol yn dilyn dyfodiad y siopau mawrion ar y cyrion, a phrin oedd yna achos i neb fynd i'r dre, oni bai am y Post, y Banc ac ambell i siop elusennol. Serch hynny, roedd yna gigydd da iawn yno a werthai gynnyrch lleol, o gig oen a bîff i gywion ieir, wyau a llysiau.

Yno yr oedd Tina un amser cinio'n siopa am friwgig i wneud *chilli* pan ddaeth wyneb yn wyneb â Mrs Griffiths, Boncyn Uchaf. Gan fod Tina eisoes wedi cymodi o fath efo Bryn yn y bwyty, teimlai y dylai gyfeirio at yr erthygl yn y *Journal* yn syth i weld sut fyddai ei fam yn ymateb.

'Pnawn da, Mrs Griffiths. Falch o'ch gweld chi'n edrych cystal,' mentrodd, gan adael iddi ymhelaethu pe dymunai wneud hynny.

'Tina Thomas fach!' meddai hithau'n llawen. 'Fedra i ddim diolch digon i chi am be wnaethoch chi sgwennu yn y *Journal*. Roedd hi'n anfaddeuol be wnaeth Bryn i'r doctor 'na. Ond dyna ni, un fel'na oedd ei dad o, cofiwch. Ta waeth, mae o mor edifeiriol rŵan, mi wneith o unrhyw beth i mi! Mae o hefyd wedi cael rhyw fywyd newydd achos mae o i ffwrdd yn amal ar benwythnose, ac mae o'n siriol bob bore a phnawn wrth fwyta'i fwyd. Mae'n amlwg na wnaeth cerydd ddim niwed i'r bachgen bach drwg!'

'Efo'i ffrindie yr eith o allan ar benwythnose'r dyddie yma? Heb ei weld o ers tro rŵan,' achubodd Tina ar ei chyfle.

'Wel, dwi'm yn siŵr cofiwch. Mae 'na ferch yn ffonio weithie, ond mae Bryn yn mynnu mai ysgrifenyddes rhyw gwmni sment ydi honno. Mae o'n mynd i Blackpool eto penwythnos yma. Dwi'n gwybod fod Harri Cae Pella dan y ffliw, felly dwn i ddim pwy fydd yn gwmni iddo fo. Mi geith rhywun wybod mwy drwy holi llai! Ei fam o sy'n dal i orfod siopa am fwyd i lenwi'i fol o am y tro, beth bynnag! Hwrê rŵan.'

A diflannodd efo bagiau trymion yn llawn o gigoedd a llysiau i'w hunig fab, a oedd yn achosi mwy a mwy o ddryswch yn ei meddwl hi a Tina.

Pan gyrhaeddodd Tina'r fflat, roedd nodyn o dan y drws. Roedd wedi colli ymweliad gan Dic! Damia lân! Nodweddiadol ohoni hi! Weithiau, gallai aros amdano heb symud o'r fan am ddyddiau, a fyddai o ddim yn galw na ffonio er iddo addo gwneud hynny. Yna, pan oedd hi wedi picio allan i negesa am bum munud, roedd wedi bod draw heb roi unrhyw fath o rybudd iddi ar y ffôn na'r e-bost.

Wedi rhoi'r cig yn y rhewgell a storio'r llysiau, rhoddodd y tegell ymlaen cyn darllen cynnwys y nodyn:

Biti i mi dy golli, achos dwi YN dy golli. Mae gennon ni lot o waith dal i fyny, Tins. Diolch am actio'n cŵl yn y bwyty. Gobeithio dy fod yn rhydd fwrw'r Sul i ddod am swper ata i a'r plant i Lys Meddyg. Mae Marie'n mynd ar drip efo mamau'r ysgol i Blackpool. XX.

Fedrai hi ddim aros tan y penwythnos i gael ei gwmni, ac anfonodd neges destun ato'n syth.

NÔL N FFLT. TRO NÔL. AROS AMDANT!

Dim ond rownd y gornel yr oedd Dic wedi mynd, ac roedd Tina wrth y drws yn ei ddisgwyl.

'Ti'n cael maddeuant eto, Richard Jones,' meddai wrth anwesu ei war tra cusanai yntau hi'n hynod o sensitif. 'Ty'd i fyny. Mi 'na i baned i ni'n dau.'

Ac felly y bu. Treuliodd y ddau dros ddwy awr yn trafod eu gwahanol ddyletswyddau yn y gwaith ac yn eu bywydau personol, a bu'n gyfle i Dic drwsio ambell i blwg trydanol oedd wedi rhoi'r chwythiad olaf yn ddiweddar.

'Ti ydi'r un iawn i fi, ti'n gwbod hynny Tina. Mae'r petha 'ma'n digwydd yn tydyn? Taswn i wedi dy gyfarfod di cyn Marie . . . Ond mae cant a mil o bobol yn ysgaru, a dim ond i minnau gael cynllun tymor hir cadarn, mi ddyliwn inna wneud penderfyniad terfynol yn o fuan.'

'Dydw inne erioed wedi teimlo fel hyn am neb arall, Dic, ti'n gwbod hynny. Ond mae hi'n ddiawledig o *frustrating* methu dy weld di allan yn gyhoeddus a mwynhau'r pethe mae cyplau normal yn gallu eu gneud.'

'Dwi'n gwbod; dwi'n ei deimlo fo'n hun hefyd. Mi fyswn i wrth fy modd yn cael mwy o ddiwrnoda fel hyn i gael amser i ymlacio efo ti. Ti wedi fy niodda fi am o leia ddwy awr heb i ni ffraeo! Ac mi gaf i dy weld di eto ddydd Sadwrn pan fydda i'n gneud cinio i ti. Ti'n gallu dod, on'd wyt ti?'

'Wrth gwrs,' cadarnhaodd Tina. Mentrodd ofyn hefyd beth oedd barn Dic fod Marie'n mynd at ei ffrindiau i Blackpool mor aml.

'Dwi'm yn cwyno, gan mod i'n ysu iddi fynd o'r lle 'cw i rwla. Biti nad mynd at ddyn arall mae hi; mi fydda hynny'n siwtio pawb yn bydda?'

'Oes 'na bosibilrwydd o hynny? Ti wedi ei holi hi'n strêt am y peth?' holodd Tina.

'Naddo. Ond digon prin ei bod yn ddigon cry i wynebu dau ddyn! Tasa ganddi rywun, yr unig beth fyswn i'n ofni ei golli fyddai *custody* o'r ddau fach, er mor ddrwg ydi'r tacla weithia, fel ti'n gwbod!'

''Nes i fwynhau bod yng nghwmni'r tri ohonoch chi yn y sw ac yn Llys Meddyg, er nad oeddwn i'n gallu'i ddangos o! Ond weles i ddim byd yn ddrwg yn y plant chwaith; tynnu ar ôl eu tad, mae'n rhaid!'

'Fysat ti'n licio cael babi efo fi, bysat?'

Daeth y cwestiwn fel bwled i Tina, a doedd hi ddim

yn siŵr sut i ymateb iddo, gan y gwyddai Dic o'r dechrau ei bod wedi cael problemau efo'i thu mewn.

'Ym, wel, byswn wrth gwrs, tase'r amgylchiade'n iawn. Ond hyd yn oed taswn i'n gallu cenhedlu babi, fyswn i ddim yn mynd tu ôl i gefn rhywun i gael babi ar y slei. Fydde hynny ddim yn ddechre da i'r babi nac i'r un berthynas!'

'Falla'i bod hi'n amsar i ti fynd at arbenigwr i weld oes posib gneud rhywbeth ynghylch dy broblem di?'

'Na, Dic, mi wna i hynny pan fyddi di'n rhydd i mi wneud hynny!'

'Ti'n gwbod be, Tina? Weithia dwi'n meddwl dy fod ti'n berson rhy gall o lawar 'sti! Ti'n rhesymegol efo pob dim.'

'Faset ti'n licio mod i'n fwy llym ac yn mynnu mwy o dy sylw di a dial ar dy wraig di fel y byse ambell eneth wedi'i neud ers blynyddoedd?'

'Na, ti'n siŵr o gael dy wobr yn y diwedd, Tins. Ty'd â snog i mi cyn i mi fynd. Mae bron yn amser bath i'r plant, ac mi fydd Marie isio pacio ar gyfer y trip, mae'n siŵr. Mae'n byw allan o'i chês y dyddia yma, ac mae'r ffrindia 'na sydd ganddi'n cael tipyn mwy o sylw na fi hefyd!'

Ychydig a wyddai Dic mai Bryn y Boncyn oedd y 'ffrindiau' – ac y byddai mwy na sment yn caledu gan hwnnw dros y penwythnos!

18. Y Ddraig 'cw ddaru gychwyn

Fedrai Marie, fwy nag y gallai Dic, ddim aros i weld cefn y naill a'r llall am y penwythnos. Bu tafod y Ddraig yn fwy pigog nag arfer, ond ysai hithau i gael llonydd rhag ei gŵr i glywed trefniadau ei charwr ar ei chyfer.

Er bod Dic yr un gorau i dwyllo'i wraig a chuddio'r ffaith ei fod yn cam-fihafio y tu allan i'w briodas, roedd Marie un cam ar y blaen iddo ers ychydig o fisoedd. Treuliodd Dic lawer mwy o'i amser nag arfer adre yn Llys Meddyg yn ddiweddar, ond wnaeth hynny ddim nadu ei wraig rhag parhau efo gwahanol esgusodion dros 'deimlo'n sâl' a'i hawydd cynyddol i dreulio amser efo'r 'mamau eraill'. Roedd amseriad ei eithrio o'r ysbyty'n berffaith i Marie, gan fod Dic ar gael drwy'r amser i forol am y plant, y bwyd a'r gwaith cynnal a chadw o gwmpas y tŷ. Roedd yntau'n fwy na bodlon danfon a nôl y plant o'r ysgol er mwyn mynd allan i osgoi ei chwyno diddiwedd hi.

Gwahanol westai o gwmpas y wlad oedd cyrchfannau caru Marie, gan nad oedd hi'r math o berson fyddai'n neidio i gefn fan fudur Bryn y Boncyn i gael howdidŵ. Er bod hynny'n gostus i Bryn, roedd yn fwy na bodlon talu dwbl er mwyn cael dadlwytho'i danwydd. Byddai'r penwythnos yma'n ddrutach fyth, gan y byddai'n rhaid iddo dalu am dair noson i ddau berson (Gŵyl y 'Banc' oedd hi yng ngwir ystyr y gair!). Ond mynnai y byddai'r aberth ariannol yn werth pob ceiniog yn y pen draw gan nad oedd isio colli'r unig ferch a gymerodd unrhyw ddiddordeb personol hirdymor ynddo erioed.

Ar gylchfan y Borth, roedd olwynion cês bach Marie'n clecian mynd ar hyd y pafin. Edrychai fel actores Americanaidd yn ceisio cuddio'i hunaniaeth y tu ôl i sbectols haul du a sgarff sidan o gwmpas ei phen. Ond doedd yna fawr o haul er ei bod yn ddiwrnod o haf. Fu Marie erioed yn un i gymysgu llawer yn y gymdeithas, a phrin y byddai neb yn ei hadnabod fel gwraig i un o lawfeddygon mwyaf llwyddiannus yr ardal. Digwydd pasio i fynd am swper at ŵr Marie roedd Tina pan welodd hi'n neidio'n llechwraidd i mewn i fan gyfarwydd. Meddyliodd Tina peth mor eironig oedd ei gweld yn mynd i gadw cwmni i Bryn ar yr union gyrchfan lle cyfarfu hithau â Dic ychydig fisoedd yn ôl!

Teimlai Tina lawer yn hapusach o fod wedi gweld Marie'n gadael yr ardal, efo'i llygaid ei hun. Gallai hithau ymlacio wedyn dros bryd o fwyd hyfryd yn Llys Meddyg. Ei gobaith oedd y byddai'r plant wedi mynd i'w gwelyau cyn ei bod hi a Dic yn cael amser efo'i gilydd go iawn, y tro cyntaf ar ben eu hunain ers amser, a'r tro cyntaf erioed yn ei gartref o!

Roedd drws ffrynt Llys Meddyg yn llydan agored pan gyrhaeddodd Tina am chwech. Ond chafodd hi ddim llonydd yn hir gan y tri phreswylydd cynhyrfus. Gari oedd y cyntaf ati, a rhedodd fel bwled i'w chyfarch, gan saethu cwestiynau ati yn hynod o giwt!

'Helô Anti Tina! Gawn ni chwarrra cuddio? Wyt ti'n arros heno? Oes gen ti fferrrins, plîs?'

Ond roedd yn rhaid i'w chwaer fach gael bod yn dwrne holgar hefyd. ''Elô Hati Tina! Isio swale . . . isio da-da . . .'

Cyn i Tina gael cyfle i ateb, roedd Dic wedi rhuthro o'r gegin ac eisiau'r un sylw â'i blant ei hun ganddi. Bu bron iddo'i chofleidio trwy ei chusanu, ei chodi ar ei thraed a'i throi o gwmpas y cyntedd, ond cofiodd yn sydyn na fyddai hynny'n ddoeth ym mhresenoldeb y ddau arian byw oedd wedi gwirioni gweld eu 'modryb' unwaith eto.

'Croeso, Tina,' meddai'n barchus, gan gynnig cusan sydyn ar ei boch. 'Neis eich gweld eto. Eisteddwch. Fydd y bwyd ddim yn hir. Gewch chi wydred o win tra bod y ddau fwnci bach yma'n eich diddori.'

Wnaeth hithau ddim gwrthod. Roedd wedi dod yn hoff iawn o'r ddau fach ac, yn well byth, roedd hi'n amlwg eu bod hwythau wedi dod i'w hoffi hithau. Roeddynt yn ddigon ifanc i beidio amau'n ormodol fod rhywbeth mwy na sws glec yn bodoli rhwng eu tad a hithau, ond eto'n ddigon hen i fynd ag unrhyw fath o stori'n ôl at eu mam.

Tawelodd y ddau ychydig wedi i Tina roi llond bag yr un o *Pick 'n' Mix* iddynt, ac er nad oedd llawer o brofiad ganddi o ran chwaeth plant, sicrhaodd bod fferins meddal ym mag Marged, a rhai caletach yn un Gari. Chafodd Tina ddim cyfle i eistedd a mwynhau gwin bach tawel tra bod Dic yn chwysu dros y stôf, gan fod Gari a Marged angen chwythu eu blinder cyn mynd i glwydo. Roeddynt wedi eu weindio, a rhaid oedd iddi roi'r un sylw'n union i'r ddau ohonynt, rhag pechu'r naill a'r llall.

Rhwng ymorol am y caserol cyw iâr, berwi reis, ffrio sglodion a gweiddi ar ei blant i adael llonydd i Tina, rhedai chwys fel saim y badell i lawr bochau Dic. Edrychai'n rhywiol drwy'r cyfan yn ei frat plastig â'r llun sysbendars duon ar ei blaen, a gobeithiodd Tina y byddai hithau'n cyd-chwysu efo fo ymhen dim . . .

'Reit 'te, bawb. Swper yn barod. I'r gegin â ni.'

248

Ufuddhaodd y plant i orchymyn eu tad, gan ruthro at eu cadeiriau fel gwartheg wedi hen arfer mynd at yr aerwy. Pan gododd Tina, roedd yr ychydig win yr oedd wedi ei yfed wedi dechrau effeithio ar ei choesau, gan fod un yn ceisio mynd am y dwyrain, a'r llall yn anelu am y gorllewin.

'Ara' deg, Tina fach . . . Ms Thomas,' meddai Dic, gan gael esgus i afael yn awgrymog am ei chorff. 'Gewch chi dipyn o fwyd yn eich stumog rŵan. Fyddwch chi'n well ar ôl cael eich llenwi . . .' Roedd yr un hen sbarc gellweirus yn ôl yn ei lygaid.

Bwytodd pawb yn awchus, taclus a disgybledig, a choginio Dic wedi creu argraff dda iawn ar Tina.

'Bwyd Mam yn neis, Anti Tina?' holodd Gari, gan chwalu cyfrinach Dic a'r ffaith mai Marie oedd wedi paratoi'r caserol yn gynharach yn y dydd! Serch hynny, roedd yn bryd digon blasus, a theimlodd Tina'n annigonol bod coginio Marie'n dipyn gwell na'r hyn fyddai hi'n gallu ei ddarparu ddydd ar ôl dydd iddo! Yna, pan oedd Dic yn estyn am fwy o win, achubodd Tina ar y cyfle i holi'r plant ble roedd eu mam wedi mynd y penwythnos hwnnw. Ond y tad a atebodd, gan iddo glywed popeth o'r gegin, ac roedd ei ateb ychydig yn rhy amddiffynnol.

'Am drip efo rhieni'r plant eraill, yntê, blantos?'

'Ond dydi mam Rroberrt na Gavin ddim wedi mynd,' meddai Gari'n ddiniwed. Torrwyd y sgwrs yn ei blas, a thywalltwyd y gwin i'r gwydrau.

'Ga i lasied o ddŵr hefyd plîs, Mr Jones? Y caserol braidd yn boeth!' Doedd gan Dic ddim pwdin i'w gynnig, a wnaeth gweddill y noson ddim datblygu fel y gobeithiwyd chwaith.

Erbyn i'r plant fynd i'r gwely a setlo i lawr, roedd hi

wedi naw o'r gloch, a chan fod Dic wedi bod yn or-
hael efo'i win, roedd Tina'n rhochian cysgu ar y soffa
erbyn un ar ddeg, ac yntau wedi rhoi *duvet* cynnes
drosti, cyn noswylio'n simsan i'w wely unig ar ei ben
ei hun.

Ddeg awr yn ddiweddarach, a hithau'n araf ddeffro
o gwsg melys, derbyniodd Tina alwad ar ei ffôn poced.
Wedi iddi godi ar ei heistedd a chofio yng nghartref
pwy oedd hi, pwysodd y botwm yn drwsgl, grynedig, i
ateb yr alwad. Jeff Parry oedd yno.

'Galwad frys, Tina. Mae 'na griw o hipis wedi
cyrraedd yr ardal ac wedi parcio'n anghyfreithlon ar
safle'r ysgol gynradd!'

Fel Pennaeth yr Adran Newyddion, Tina bellach
oedd â'r cyfrifoldeb o redeg y stori ar gyfer y *Journal*,
gan nad oedd gohebydd arall ar gael y penwythnos
hwnnw. Gyda cheg sych a gwefusau cochion y cododd
i hysbysu Dic ei bod yn gorfod mynd i weithio'n
hollol annisgwyl. Ond roedd Dic a'r plant eisoes wedi
mynd o'r tŷ, gan adael nodyn ar y bwrdd yn dweud eu
bod wedi mynd i'r parc, ac y byddent yn ôl yn Llys
Meddyg erbyn canol dydd i baratoi cinio iddi. O, ciwt,
meddyliodd Tina, gan ffansïo'i hun yn fawr yn cael ei
sbwylio'n rhacs wrth actio'r fam faeth.

Ond mynd i'r swyddfa oedd rhaid iddi, a gadawodd
nodyn ar ôl yn dweud y byddai'n dychwelyd yn syth
ar ôl gorffen ymchwilio i'r erthygl. Yn anffodus, roedd
amser cinio ac amser te wedi pasio cyn bod Tina'n
gallu 'swylio o'i gwaith. Gan mai dydd Sadwrn oedd
hi, cafodd gryn drafferth i gysylltu efo prifathro'r
ysgol. Ceisiodd yn ofer ffonio am ymateb gan ambell i
gynghorydd a swyddogion y Cynghorau Plwy, Tre a
Sir, ac un heddwas oedd ar ddyletswydd yn y dre'r

penwythnos hwnnw. Roedd yntau'n rhy brysur yn chwilio am gymorth i reoli'r giwed flêr i roi llawer o sylw i awydd Tina am sgŵp newyddiadurol yr wythnos. Bu wedyn yn trio cael gafael ar drigolion lleol i ymateb i'r teithwyr symudol.

Gan fod pawb wedi bytheirio a diawlio'r 'bastards digywilydd', credai Tina y dylai gael ymateb y teithwyr eu hunain hefyd, gan fod dwy ochr i bob ceiniog. Roeddynt yn ddigon parod i leisio'u barn ac achub eu crwyn eu hunain, ond mynnent fod ganddynt hawliau moesol i drafaelio o gwmpas y wlad a pharcio a chysgu mewn llefydd cyhoeddus. Doedden nhw'n gweld dim drwg mewn defnyddio dŵr a thoiledau i wneud eu gwahanol fusnesau ac, o barcio ar iard ysgol, teimlent ei bod yn fwy diogel yno i'w plant eu hunain gael chwarae na bod ar fin ffordd fawr yn rhywle!

I gyd-fynd â'u dyfyniadau, tynnodd Tina nifer o luniau difyr ar y slei, gan gynnwys plant yn cachu y tu ôl i goeden, cŵn heglog yn snwffian mewn bagiau bìn, faniau gwynion yn llawn o nwyddau amheus, a gwragedd yn treulio'u hamser yn gwylio setiau teledu lliw mewn carafannau pedair seren! Byddai hynny'n sicr o gythruddo trethdalwyr ardal y Borth ymhellach!

Gan ei bod erbyn hyn yn tynnu at chwech yr hwyr, bodlonodd Tina ar y deunydd oedd ganddi. Ers iddi gael dyrchafiad gan y Golygydd, doedd dim rhaid iddi geisio creu argraff arno bellach. Byddai Jeff Parry'n fwy na bodlon efo cynnwys ei hadroddiadau, beth bynnag fyddi hi'n ei roi o'i flaen. Anfonodd yr erthygl a'r lluniau ymlaen yn electronig iddo, a theimlodd yn falch ohoni ei hun, er iddi orfod aberthu diwrnod cyfan a hithau eisiau bod yng nghwmni teulu annwyl Llys Meddyg. Ond doedd hi ddim am golli cyfle i

dreulio gweddill y noson efo Dic, ac addawodd iddi hi
ei hun mai un sobor oedd honno i fod, er mwyn iddi
gymryd mantais lwyr ohono! Roedd ei chwilfrydedd
chwareus yn rhedeg yn wyllt, ac anfonodd neges
destun awgrymog iddo'n ei rybuddio ei bod ar y ffordd
yn ôl:

DI GRFFN GTH. T AR PLNT FFNSI TK AWE?
GA NIN 2 NSN RMNTIG WDYN!

Daeth ateb syml ac annisgwyl yn ôl:

WDI BTA. RHIENI MRIE MA! FFNIAI FRY. SORI.
X.

Yr un hen stori wedi iddi edrych ymlaen cymaint!
Doedd hi ddim yn deg ei bod yn y sefyllfa goc yma,
meddai wrthi hi ei hun yn flin, ac roedd ar fin torri i
lawr i grio neu ffonio Dic i weiddi ei phregeth i lawr y
lein arno: 'stwffia dy rieni-yng-nghyfraith, a stwffia dy
berthynas gachu, a stwffia urnhyw hwren arall i
ddiwallu dy anghenion pan mae hi'n gyfleus i ti!'

Ond ddywedodd Tina ddim o'r pethau hyn, wrth
gwrs. Yn hytrach, fe griodd yr holl ffordd i'r
archfarchnad, lle prynodd botel o win coch a bagied o
Chicken Korma i'w aildwymo i un person hynod o
drist ac unig. Wrth dalu amdanynt wrth y til, roedd
wyneb cyfarwydd o'i blaen newydd dalu am ei
nwyddau yntau, a chafodd Tina groeso tywysogaidd
ganddo.

'*Ciao bella!* Sut wyt ti ers *ages*? Mae'n *lovely* gweld ti
eto. Hei, be sy'n bod? Ti wedi bod yn crio?' Gafaelodd
Antonio'n dyner amdani, gan sychu'r dagrau oddi ar ei
gruddiau efo'i hances sidan. Edrychai merched y siop
yn hurt ar y ddau. Oedden nhw'n genfigennus ohoni

efo Romeo pryd tywyll mor atyniadol? Neu ai gwaredu ati'n cael mwythau gan ddyn dieithr ynghanol lle mor gyhoeddus oedden nhw?

'Deud wrth fi be sy'n mater.'

Doedd Tina ddim wedi rhoi croeso mawr i Antonio adeg ei pharti gwisg ffansi gan fod Dic yn bresennol. Doedd hi ddim am rannu ei gofidiau efo fo'r noson honno chwaith. Ond fe rannodd ei Korma, ei gwin a'i gwely efo fo.

'Mm . . . ti'n hogan ddel, Tina. Siap *lovely* arnat ti,' meddai, gan edrych yn flysiog arni'n dadwisgo'n araf o'i flaen yn ei hystafell wely glyd. 'Mm . . . gadel dy fra a dy nicar ymlaen i fi! Wyt ti ar y pill?'

'Nachdw, ond mae'n iawn,' atebodd hithau, heb fanylu ynghylch ei phroblem.

'Dwi isio rhoi hon i fyny mor bell ag yr eith hi Tina!' Dangosodd Antonio bidlen fawr ac awyddus drwy ei thong gwyn, a thynnodd Tina'i drowsus yn araf a chwareus oddi amdano.

'Dydw i ddim isio honna am funud, Antonio!' meddai dan chwerthin yn swil, a chodi'n araf i fynd at ddrôr yng ngwaelod ei wardrob. Mewn bag polythen, cadwai glamp o *vibrator* pinc a ddôi allan o dro i dro pan deimlai fel rhoi ychydig o sbarc a hwyl i fywyd rhywiol ei hamryfal bartneriaid. Rhoddodd y teclyn ymlaen a'i rwbio'n chwareus ar hyd peli llawnion Antonio. 'Ydi hynne'n neis?'

'Bendigedigeitus!' Roedd yr hanner Eidalwr, hanner Cymro yn ei seithfed nef wrth orwedd yn hanner noeth ar y gwely'n gadael i Tina'i feddiannu'n llwyr! Tynnodd ei linyn trôns i ffwrdd heb wahoddiad, ac aeth ar ei bedwar gan annog Tina i osod y *vibrator* ar ei dwll din blewog. Gwnaeth hithau hynny, gan roi ychydig o boer ar ei flaen cyn ei ogleisio'n araf a'i wthio i fyny mangre dynn y stalwyn. Gwingodd yntau gan bleser, ac wedi ychydig funudau llesmeiriol, cymerodd Antonio'r awenau gan osod Tina ar y gwely. Wedi llyfu pob modfedd ohoni o'i hysgwyddau hyd at ei thraed, dechreuodd sugno'i bodiau'n araf a hir, cyn tynnu'i bronnau o'i bra a'u gwasgu fel sbwng rhwng ei fysedd. Yna, wrth fwytho gweddill ei chorff, tynnodd ei nicar i ffwrdd yn grefftus efo'i ddannedd. Roedd ôl ymarfer yn amlwg arno!

'Mae gen ti din ciwt, Tina. Tro rownd i fi cael gweld o'n iawn.'

Ufuddhaodd Tina gan rowlio ar ei bol a lledu ei dwylo o'i blaen wrth agor ei choesau iddo wneud fel y mynnai â hi. Yn sydyn, teimlodd y teclyn oer yn dawnsio rhwng ei bochau cochion hithau, a chafodd fynediad heb unrhyw wrthwynebiad. Doedd hi ddim wedi bargeinio am y fath bleser, ond pan deimlodd ei benbiws yn cael ei gwthio i'w hogof ddofn ar yr un pryd, fedrai hi ddweud dim. Ond clywodd Antonio'n gweiddi'n orfoleddus yn y pellter.

'Ffycin hel! Ti'n *wonderful* Tina! *Bellisimo*! Mwy, mwy mwy . . .!' A dyrnodd Antonio Tina nes bod y ddau ohonynt yn gwingo, yn brifo ac yn ffrwydro gyda'i gilydd fel mynydd Etna, cyn gorwedd yn ôl ar y gwely'n crynu cymaint â'r teclyn hudol ei hun.

*　　　　*　　　　*

Roedd dydd Mercher bob amser yn dawel yn llyfrgell y Borth, oherwydd bod siopau'r dref ar gau am hanner y diwrnod. Yn y bore, bu Gwenan a'i chyd-weithiwr yn brysur yn paratoi ar gyfer sesiynau Darllen a Gwrando oedd yn digwydd yno'r penwythnos canlynol. Roedd achlysur o'r fath yn siŵr o ddenu nifer o blant a'u rhieni draw a theimlai Gwenan fod pwysigrwydd mawr mewn annog plant i ddarllen gyda'u rhieni, gan fod llai a llai yn troi at lyfrau yn yr oes dechnolegol oedd ohoni. Yn ei barn hi, roedd rhieni'n rhy barod i adael llonydd iddynt yn eu llofftydd i chwarae gêmau cyfrifiadurol, gwylio teledu lloeren, neu wrando ar gerddoriaeth ddiddiwedd ar eu chwaraewyr MP3s. Doedd dim pall ar greadigrwydd diddiwedd dyfeiswyr y dechnoleg fodern, felly pwy a wyddai beth fyddai plant y dyfodol yn ei wneud? Ond i Gwenan, fyddai dim byd yn disodli'r llyfr, a gwyddai hefyd fod yna gyfrolau dirifedi'n aros i gael eu darllen ganddi hithau yn ystod yr wythnosau oedd i ddod.

Gan fod y lle fel y bedd a'r gwaith paratoi wedi ei orffen erbyn y prynhawn, penderfynodd Gwenan achub ar y cyfle i eistedd i lawr yn darllen dau lyfr oedd wedi tynnu ei sylw ers ychydig ddiwrnodau, un yn y Gymraeg a'r llall yn Saesneg. Aeth drwy'r gyfrol Gymraeg am hanes lleianod yng Nghymru mewn ychydig iawn o amser, gan synnu at fywyd mor ddifyr ac amrywiol oedd gan y chwiorydd gwyryfol. Doedd gweddïo mewn tawelwch allan o sŵn y byd a'i broblemau ddim yn syniad rhy ffôl ganddi hithau, oherwydd cafodd lawer iawn o bleser a heddwch mewnol wrth fyfyrio'n y capel neu'r dosbarthiadau Yoga wedi marwolaeth ei mam-gu. Fyddai Gwenan ddim yn gallu bod yn lleian hollol bur, oherwydd ei harbrofi rhywiol yn y coleg. Ond roedd wedi hen sychu erbyn hyn, a doedd neb o'r Borth, na Cheredigion nag unlle arall – boed yn wryw neu'n fenyw – yn debygol o iro'i lôn goch hi.

Ar ôl toriad am baned a chyfle i'w llygaid gael

seibiant o'r darllen, trodd Gwenan at yr ail gyfrol. Ar ganol darllen *Looking for identity,* nofel yn seiliedig ar fywyd go iawn merch oedd newydd ddarganfod ei thad biolegol, torrwyd ar draws y tawelwch gan neb llai na Lyn y Landlord. Gwyddai'n iawn i ba adran yr oedd am fynd, ac wedi chwilota ymhlith y llyfrau, dewisodd ddau ohonynt, cyn mynd at y dderbynfa i'w sganio. Yna penderfynodd aros yn y llyfrgell am ychydig i ddarllen y papurau wythnosol, gan nad oedd ganddo lawer ar y gweill y diwrnod hwnnw. Byddai bwyty'r Manor yn galw tua phump o'r gloch ar gyfer paratoi bwyd nos, ond dyletswyddau staff y dydd oedd gwneud yn siŵr fod digon o lysiau a chigoedd yn yr oergell ar gyfer y seigiau hwyr.

Doedd Gwenan ddim am darfu ar fwyniant ei landlord wrth iddo eistedd mewn cornel gyferbyn â hi. Hanner awr yn ddiweddarach, cododd Lyn ei ben o'i bapur a sylwi ar Gwenan yn darllen yn y gornel arall.

'Gwens! Ti'n cadw'n dawel! O, peth gwirion i ddeud, a ninne mewn llyfrgell yndê!'

'Ust,' ymatebodd hithau i'w gyfarchiad brwdfrydig, 'paid â gweiddi!'

'Be sy haru chdi, does 'na neb ond ti a fi yma! Ti'n cael amser i ymlacio yn y gwaith heddiw, wyt cyw? Braf ar rai, a finne isio chwysu uwchben y microdon 'na nes ymlaen!'

'Beth yw'r arlwy heno?' holodd Gwenan.

'Rhyw gymysgedd efo cig oen heno. Rhaid cefnogi'r ffarmwrs, 'toes! Be ti'n ei ddarllen, Gwens?'

Er bod gan Gwenan ychydig o gywilydd o'r ddwy gyfrol yr oedd wedi eu dewis, teimlai y byddai'n hoffi rhannu'i phrofiadau efo rhywun fyddai'n fodlon gwrando. Symudodd yn nes ato er mwyn cael siarad yn iawn, rhag ofn i rywun arall ddigwydd taro i mewn i'r llyfrgell.

'Dau lyfr diddorol,' meddai'n frwd, 'ac mae gen i ddiddordeb anarferol ynddyn nhw. Wyt ti'n rhydd nos fory i ddod draw am swper i'r fflat, Lyn? Bydden i wrth fy modd yn cael trafod un neu ddau o bethau 'da ti.'

Cafodd Lyn ychydig o sioc wrth ei chlywed yn troi ato am gyngor a chwmnïaeth, a doedd o ddim yn siŵr a ddylai dderbyn y cynnig ai peidio. Ond roedd Gwenan yn amlwg eisiau clust i wrando, a chofiodd pa mor bwysig oedd hynny iddo yntau pan aeth at Tina i rannu'i gyfrinachau am ei ffetis o wisgo dillad merched. Credai am eiliad fod gan Gwenan yr un tueddiadau ag yntau, ac y byddai'n wych cael cyd-wisgo'i ddillad efo rhywun fyddai'n gwerthfawrogi ei awydd . . .

'Yndw, dwi'n rhydd siŵr iawn. Ym . . . be ddylwn i wisgo, Gwens?'

Doedd Gwenan ddim yn deall goblygiadau ei gwestiwn. 'Jiw, jiw, paid â phoeni am hynny,' atebodd mewn rhyfeddod. 'Dere yn nillad dy fam os leici di! Smo i'n ffysi!'

A dyna wnaeth Lyn y noson ganlynol, gan gymryd jôc Gwenan yn llythrennol. Wnaeth hithau ddim sylwi ar y ffrog a'r sodlau uchel i ddechrau, gan fod ganddo gôt hir yn ymestyn hyd at ei fferau.

'Croeso Lyn, dere miwn,' meddai, y tu allan i ddrws Fflat 36A. Edrychai Gwenan yn ddigon cyffredin mewn trowsus loncian a chrys-t, felly pylodd gobaith Lyn ei bod hithau'n rhannu'r un diddordeb ag o. 'Eistedd. Mae'r pasta bron yn barod. Gymeri di baned neu ddiod oer i aros?'

Derbyniodd yntau ei chynnig o ddiod oer. Fe

wyddai am ei the gwan, a gwyddai cyn cychwyn hefyd nad oedd pwynt mynd â photel o win iddi. Ond doedd o ddim isio mynd yno'n waglaw, felly roedd wedi prynu tusw o flodau.

'Deuddeg o rosod pinc i ti am dy drafferth, cyw. 'Sgen ti ffiol sydd ddim yn llawn?'

Roedd cyffyrddiadau Beiblaidd Lyn yn plesio Gwenan yn fawr. 'Daioni a thrugaredd yn ddiau a'm canlynant . . . a thi yw'r daioni hwnnw heno, Lyn!'

Trodd yn ei hôl i'r gegin wedi cofio am hen fâs roedd wedi ei phrynu mewn sêl cist car yr haf blaenorol. Cadw mi gei . . . lawer o lanast a ddaw'n handi ryw ddydd, meddyliodd.

Pan ddychwelodd Gwenan, roedd Lyn wedi tynnu'i gôt, a phan welodd o'n gwisgo ffrog flodeuog, a oedd yn matsio'r rhosod, bu bron i'r cawg a'i gynnwys ddisgyn o'i dwylo.

'Lyn, beth . . .?'

'O, Gwenan, dydi Ann a Tina ddim wedi deud wrtha chdi, *babes*? 'Nes ti erioed gesio 'mod i'n licio gwisgo dillad merched? Sori . . . Gobeithio bo ti ddim yn meindio. Ond, dio'm ots am fy nhueddiade fi am heno. Wedi dod yma i glywed dy rai di ydw i, yndê?'

Erbyn i'r ddau fwyta pryd Eidalaidd digon plaen a *tiramisú* melys o'r siop yn bwdin, roeddynt wedi rhannu llawer o gyfrinachau gyda'i gilydd, ac yn teimlo'n llawer gwell o fod wedi gwneud hynny. Rhoddodd Lyn gyngor arwynebol, ond derbyniol, i Gwenan ar sut i ymdopi efo dysgu pwy oedd ei thad biolegol, ac eglurodd Gwenan wrtho yntau fod gan bawb ysfa fewnol i herio'r drefn gonfensiynol. Aeth gam ymhellach drwy sôn am ei diddordeb cynyddol yn nysgeidiaeth Iesu Grist, a'i bod wedi ailddarganfod

Duw gan gael llawer o fudd wrth weddïo yn dilyn ei phrofedigaeth a'i phrofiadau diweddar. Aeth mor bell â dweud wrtho y byddai'n fodlon cerdded i lawr y stryd efo Lyn er mwyn iddo gael gwisgo dillad merched yn gyhoeddus am y tro cyntaf, os mai dyna a ddymunai.

'Ac mi ddof inne i'r capel efo tithe os lici di!'

Wedi sgwrsio tan wedi un ar ddeg, penderfynodd Lyn ei bod yn bryd iddo adael, gan fod gan Gwenan ddiwrnod o waith o'i blaen.

'Wel, gwell i mi fynd rŵan i ti gael dy *beauty sleep*, Gwens! Diolch i ti am bryd . . . gwahanol. A diolch am agor dy galon i mi. Dwi'n teimlo hi'n fraint dy fod yn ymddiried yna i.'

'Diolch i tithe am dy eirie caredig, Lyn. Mae gan bawb ryw bersonoliaeth arall yn cwato o dan yr wyneb yn rhywle on'd oes? Person trist sy'n ffaelu rhannu ei feddyliau gyda rhywun yn onest ondife?' meddai, gan helpu Lyn i wisgo'i gôt fawr yn ôl amdano. 'A phan wyt ti wedi danto ar y got hon, cofia fod Mam yn hoffi glas hefyd! Wela i di am chwarter i ddeg fore Sul yn barod i'r cwrdd.'

Wrth i Lyn gau'r drws allanol, roedd dau bâr o lygaid yn edrych arno o'r ddwy fflat arall, ond ddywedodd Ann na Tina'r un gair wrth ei gilydd, rhag ofn eu bod wedi camddeall y sefyllfa.

19. Digon o sioe . . .

Tra bod Tomi ynghanol prysurdeb paratoi i gystadlu gyda'i ddefaid Lleyn yn Sioe Llanelwedd, roedd Ann yn cael llonydd i orffen trefniadau'r briodas. Credai pawb mai priodas fach, ddiseremoni fyddai'r ddau'n dymuno'i chael, gan mor henffasiwn a ffwrdd-â-hi yr oedd Ann, ac oherwydd nad oedd Tomi'n or-hoff o unrhyw rwysg na gorwario. Ond yn lle mynd am un forwyn, bwyd yn neuadd y pentref a mis mêl yn Llandudno fel roedd Ann wedi ei grybwyll ar y dechrau, manteisiwyd ar haelioni ei mam ynghyd â defnyddio llawer o arian ewyllys ei thad. Gan fod rhieni Tomi wedi addo talu hanner y costau hefyd (dros ysgwydd, mae'n rhaid cyfaddef), aeth Ann yn hollol wyllt gan ddewis tair morwyn, dau was, pedwar ystlyswr, dau weinidog, dau gant o westeion, a neithior a pharti nos yng ngwesty'r Manor, lleoliad eu parti dyweddïo! Roedd hi wedi bwcio mis mêl am bythefnos yn Ffrainc gan y gwyddai na fyddai'n cael gwyliau arall am flynyddoedd maith a hithau'n briod â ffarmwr!

Yn ychwanegol at yr holl drefniadau priodasol, roedd Ann wedi gofyn i bensaer fynd draw i Bant Mawr i wneud newidiadau llym i'r tŷ, yn barod erbyn y byddai hi a Tomi'n setlo i lawr fel gŵr a gwraig newydd y ffermdy. Wyddai Tomi ddim byd am ei ymweliad pan gyrhaeddodd y pensaer fuarth y ffarm ar brynhawn prysur llawn straen a chwys, a thalodd o fawr o sylw pan gerddodd hwnnw'n dalog i'w gyfarfod o'i Golf GTI Turbo arian.

'Wedi dod ynglŷn â chynlluniau'r tŷ, Mr Davies,' meddai'r llanc ifanc o Lŷn yn ei siwt streipiog, ddu. Os oedd Tomi'n fyr ei amynedd cynt, roedd sbarcs yn codi erbyn hyn wedi i Henry Jones ei gyflwyno'i hun fel y pensaer oedd yn mynd i drawsnewid gwedd yr hen dŷ fferm dair canrif oed!

'Gwybod dim am be ti'n sôn, 'y ngwas i,' atebodd Tomi, a'i dywys yn ôl at ei gar moethus gyda rhif plât personol H3 NRI arno. 'Rhaid dy fod di wedi cael y lle anghywir.'

'Naddo, wir, Mr Davies. Mae Miss Ann Williams, eich dyweddi, ar ei ffordd yma efo'i chynlluniau i dynnu'r *lean-to* yna i lawr a rhoi *conservatory* yn ei le, ac i wneud y parlwr a'r pantri'n un gegin cynllun agored efo gwres canolog drwyddi . . .'

'Cau dy geg a gwranda yma'r coc oen.' Poerodd Tomi ewyn gwyn fodfeddi'n unig o'i wyneb llyfn, ifanc a oedd newydd ei eillio. 'Fi a Mam a Nhad sy'n byw'n y lle yma, a does yna'r un diawl arall yn cael deud wrthon ni be i neud efo'n cartref ein hunain. Mae hyd yn oed y pryfaid cop yn rhai pedigri yma, washi. Rŵan, hegla hi i lawr y lôn 'na cyn i Dad glywed am hyn. Os geith o bwl arall ar ei galon, ti fydd yn gyfrifol!'

'Ond Mr Davies, o'n i'n meddwl . . .' cychwynnodd y pensaer.

'Meddwl dy fod di'n gwybod y blydi lot, ia? Dos o'ma, gwael, cyn i mi roi pen y ffon 'ma i fyny twll dy din tendar di.'

Ar hynny, sgrialodd Seat Ibiza glas rownd y tro, a neidiodd Ann allan yn gwenu fel lleuad newydd, a syniadau lu'n cronni'n ei phen. Diflannodd y wên yr un mor sydyn â heulwen y prynhawn pan glywodd seiat arall yn prysur ddatblygu rhwng ei chariad blin a'r pensaer golygus.

'Rwbath yn bod?' holodd yn ddiniwed, gan wybod yn burion beth fyddai canlyniad ei ymholiad.

'Dim byd na fedra i mo'i drin,' ochneidiodd Tomi. 'Rŵan, dangosa i'r tidli winc yma ble mae'r giât.'

'Na wnaf wir, Tomi Davies,' meddai ei ddyweddi efo'r pendantrwydd arferol pan wyddai ei bod yn mynd i ennill dadl. 'Mae o yma i drafod dyfodol ein cartra ni, os nad wyt ti wedi anghofio bod 'na briodas rhyngom ni'n dau ar y gorwel. Taswn i'n dibynnu arnat ti i drefnu petha, mi fysa wedi canu arnom ni.'

'Chei di ddim symud carrag o'r wal 'ma heb fod Mam a Nhad yn cytuno i hynny,' atebodd Tomi, yr un mor benderfynol.

Ond roedd Ann am fwrw'r maen i'r wal y diwrnod hwnnw, doed a ddelo. 'Wel, beth am i ni'n tri fynd i mewn at dy fam a dy dad i gael taro ychydig o synnwyr i mewn i dy hen ben gwag di am unwaith?'

Ac i mewn ag Ann, â Henry Jones y pensaer yn ei ddilyn fel ci bach. Llusgodd Tomi ei draed y tu ôl iddynt â'i du mewn fel jeli gan fod Ann wedi cael y llaw uchaf arno unwaith eto.

Aeth teirawr heibio gydag Ann, Tomi a'i rieni'n croes-acennu o gwmpas y bwrdd bwyd, a phapur a phensel Henry Jones o'u blaenau'n cynllunio dyfodol y pedwar ohonynt. Digon tawel fu Ned Davies drwy'r holl drafodaethau; roedd yn well er lles ei galon iddo dderbyn yn hytrach na gwrthod awgrymiadau a phenderfyniadau ei ddarpar ferch-yng-nghyfraith. Roedd mam Tomi, ar y llaw arall, yn mynnu gwthio'i phig i mewn i greu dadl danllyd gan geisio cadw'r hen ffermdy mor agos at y gwreiddiol ag yr oedd pan gyrhaeddodd hithau yno'n wraig briod, ifanc hanner canrif a mwy yn ôl.

'Dim ond wedi ychwanegu *lean to*, carpedi, llenni a phapur wal trwchus, cadeiriau a soffas lledr wnes i ar ôl dod yma,' meddai.

Er mor ddiniwed y gallai Ann swnio yng ngolwg ei ffrindiau, ac mor ffeind oedd hi efo Tina a Gwenan, doedd hithau, fel mam Tomi, ddim am golli unrhyw gyfle i roi ei bachau ar arian a chreiriau'r ffarm rhag iddyn nhw fynd i ddwylo estron ryw ddydd. Wedi'r cyfan, dynes ddŵad oedd Mrs Davies ei hun, felly doedd eiddo teuluol y ffarm ddim yn perthyn iddi hithau chwaith! Daethai Ann i adnabod rhieni Tomi'n dda dros y blynyddoedd, ac roedd yn gyfarwydd ag arferion da a drwg y ddau. A dweud y gwir, doedd hi ddim yn credu fod yna lawer o rinweddau da'n perthyn i Mrs Davies o gwbl. Hen iâr wirion eisiau i bawb ei chlywed yn clochdar oedd hi, ac er bod iechyd Ned Davies yn wael, roedd ei wraig yn mynnu hedfan o'r nyth i fwynhau ei hun mewn cyfarfodydd a phwyllgorau bob cyfle gâi. Tomi oedd yr unig un fyddai'n cario'r baich o ofalu am ei dad ar yr adegau hynny, ac roedd Ann yn benderfynol nad oedd hi'n mynd i ddisgyn i'r un rhigol. Gwyddai mai 'mwya'r trwst, llestri gweigion' oedd hi gan amlaf efo Mrs Davies, a'i bod eisiau gwneud pethau'n anodd i bawb, yn enwedig i ferch ifanc fyddai'n ei holynu fel gwraig Pant Mawr. Roedd cenfigen yn berwi wrth iddi bregethu o dan ei gwynt.

'Wna i ddim iselhau fy hun trwy fynd i fyw i fyngalo bach yn y pentref, wir, a minna wedi slafio'r holl amsar a rhoi magwraeth mor dda i Tomi! Ar ben hynny, dydi'r cynlluniau i drawsnewid y ffermdy'n fodern ddim yn plesio Ned na finna, a'n harian ni fyddwch chi'n eu defnyddio i wneud y newidiada! Pam ddyliach chi gael moethusrwydd pan fu raid i ni'n dau wneud y tro efo'r pethau mwyaf elfennol? Chwys ein llafur ni sydd wedi codi incwm y fferm ar hyd y blynyddoedd, felly pam ddyliach chi gael lolfa haul i roi'ch traed i fyny, ac estyniad mawr a chithau heb blant?'

'Asu, ydach chi wedi gorffan rŵan ddynas, neu mi fydd hi'n Ddolig!' meddai Ann i gau ei cheg.

Cecru personol tebyg i hyn y bu'n rhaid i Henry Jones droi clust fyddar arno cyn bod y pedwar yn cyddynnu a setlo ar y cynlluniau. Doedd y pensaer ddim am fod yn rhan o sgarmes ddomestig! Ymhen hir a hwyr, cododd Mrs Davies ar ei thraed, gan adael i'r tri arall gredu ei bod am wneud y paned hir-ddisgwyliedig yr oedd pawb yn blysu amdani.

'Rŵan bod hon wedi cael ei ffordd ei hun efo'r cynlluniau,' cyhoeddodd, gan edrych fel brych ar Ann, 'mi af i wneud fy hun yn barod erbyn swper y Gymdeithas. Dwi'n siŵr eich bod yn gwybod lle mae'r tebot i wneud te i'ch gwestai, Ann.'

Aeth Tomi allan ar wib, gan gyhuddo Ann o wastraffu prynhawn cyfan o amser paratoi defaid at y Sioe Fawr. Rhwng dwy ddynes benderfynol, chafodd o na'i dad gyfle i roi barn ar ddim byd a drafodwyd, a châi ei gythruddo'n fwy wrth iddo weld gwir gymeriad Ann yn amlygu'i hun.

'Bydd yn rhaid i ti ddysgu sut i rannu syniada a siarad am bethau sy'n bwysig i ni'n dau'n y dyfodol,' meddai wrthi wrth fynd allan.

Crechwenu wnaeth Ann wedi'r fuddugoliaeth

ddiweddaraf, ond digon tawedog oedd Ned wrth iddi halio'i gadair olwyn yn ddigon diseremoni yn ôl o flaen y teledu yn y parlwr oer. Aeth Ann i wneud paned i bawb oedd ar ôl, sef hi ei hun a phenteulu Pant Mawr, a gadawodd fỳg allan i'r hen iâr wlychu'i phig wedi iddi ddod i lawr o ben ei thomen.

'Mi fydd y lle 'ma'n dipyn cynhesach ar ôl cael gwres canolog,' meddai Ann, gan geisio dangos bod yna synnwyr yn yr hyn yr oedd yn ei argymell (= mynnu).

'Bydd, Ann bach,' meddai Ned Davies yn wylaidd. 'Caria di ymlaen, mechan i. Dy ddyfodol di a Tomi sy'n bwysig rŵan. Fydda i ddim ar dir y byw yn hir iawn i neb boeni amdana i yn y cyflwr yma.'

Y peth cyntaf wnaeth Ann ar ôl cyrraedd yn ôl i'r fflat oedd gofyn i Tina fynd i Sioe Llanelwedd yn gwmni iddi, gan y byddai Tomi'n brysur efo'r cystadlu ac efo'r ffarmwrs eraill yn llymeitian yn y nos. Gwyddai nad oedd Tina erioed wedi mynychu digwyddiad o'r fath o'r blaen, ac er nad oedd yn deip cefn gwlad, credai Ann y byddai'r gohebydd yn hoffi mynd yno i fwynhau'r gyfeddach, yr yfed a'r holl ddynion parod oedd ar gael yno. Curodd Ann ar ddrws fflat Tina, gan obeithio nad oedd yn tarfu ar unrhyw beth diddorol.

'Mi fydda i'n mynd yno beth bynnag,' meddai Tina'n ddigon swta, gan edrych yn falch o gael cyhoeddi hynny wrth Ann. 'Mae Jeff Parry newydd gyhoeddi mai fi fydd Prif Ohebydd Amaethyddol y *Journal* o'r sioe.'

'O, llongyfarchiada,' meddai Ann yn fflat. Doedd hi ddim yn hoffi cael ei siomi gan ei ffrindiau, a hithau wedi mynd allan o'i ffordd i ofyn i Tina fynd efo hi'n gwmni. 'Ti'n cael aros mewn gwesty crand, mae'n siŵr, neu wyt ti awydd aros efo ni'n dau'n y trelar?'

'Na, ond diolch yr un fath,' cochodd Tina. 'Mae Dic a'r plant yn sôn am fynd â charafán, felly mi fyddwn ni'n aros tua Chilmeri neu rywle diarffordd.'

Roedd Dic a Tina wedi gwneud y trefniant bach hwnnw ers tro gan i Marie gyhoeddi y byddai'n mynd at ei rhieni yn ystod wythnos olaf Gorffennaf. 'Bydd brêc rhag y plant yn gwneud byd o les i mi,' cyhoeddodd Marie. Bydd brêc rhag y Ddraig yn gwneud byd o les i minnau, meddyliodd Dic. Cytunodd yntau'n ddirwgnach efo awgrym ei wraig y dylai fynd i'r sioe i ddysgu'r plant beth oedd byw yn y wlad yn ei olygu go iawn. Gan ei fod yn gweld cyfle i fynd â'r plant am wyliau a chael cwmni Tina yr un pryd, wnaeth o ddim holi ymhellach am ei chynlluniau ar gyfer yr wythnos. Roedd ei rhieni'n mynd i oed ac eisiau cwmni eu hunig ferch mor aml ag y gallent, ond doedd mynd yno heb y plant ddim yn beth arferol i Marie ei wneud. Mae'n rhaid ei bod wirioneddol angen llonydd a thawelwch am dipyn cyn y byddai'n troi ei chefn arnyn nhw, meddai Dic wrtho'i hun.

Cynllunio gofalus ymlaen llaw oedd ei angen ar Dic cyn mynd ar wyliau i Gilmeri. Roedd llogi carafán ar gyfer y tri ohonynt wedi bod yn syniad da, a byddai'n rhoi benthyg ei babell fach i Tina i'w gosod nid nepell oddi wrthynt. Wrth fod ar wahân, byddai pawb yn gallu bod yn annibynnol – Tina'n gwneud ei gwaith gohebu yn Swyddfa'r Wasg yn y sioe yn ystod y dydd, a'r teulu bach yn ymweld â gwahanol atyniadau twristaidd yr ardal. Yn y nos, cogio dod ar draws Tina a'i gwadd am swper i'r garafán ac i chwarae gêmau efo'r tri ohonynt.

Yna, byddai Dic a hithau'n cael orig neu ddwy ddigon difyr draw yn y babell fach heb i neb amau dim!

Pan gyrhaeddodd wythnos y sioe fawr, roedd holl foduron Cymru'n nadreddu eu ffordd tuag at Lanelwedd – pawb yn derbyn y drefn gyda'r holl giwiau a neb yn colli tymer, pob un yn edrych ymlaen unwaith eto at gydgyfarfod a chyfeillachu yn ystod eu gwyliau blynyddol, ac yfed a chanu'n dod yn reddfol o gwmpas y siediau gwartheg a'r bariau cudd, oedd yn orlawn bob nos.

Bu Tomi, a rhan fwyaf o ffermwyr eraill y wlad, yn lwcus fod y tywydd wedi dal i gael gorffen cneifio a hel y silwair. Cychwynnodd Ann ac yntau i lawr ychydig ddyddiau ymlaen llaw, wedi dewis dwy ddafad Lleyn a oedd yn edrych i Tomi yn ddigon da i ennill unrhyw gystadleuaeth. Roedd gan y ddwy benolau da a chefnau sgwâr, ac roedd graen hynod arnynt efo'u gwlân yn dwt a dilychwin. Roedd hi'n bwysig i'r defaid ddod i ddygymod â'u cartre newydd am ddiwrnod neu ddau cyn y cystadlu, a chynefino efo'r gorlan fach yn y sied enfawr. Rhoddodd Tomi wair a haidd iddynt gan sicrhau'n ddyddiol nad oedd ganddynt gloffni ar eu traed a bod neb wedi ceisio ymyrryd â nhw dros nos.

Er bod y trelar yn gyfyng ac yn drewi, dyna fyddai lloches Ann a Tomi am yr wythnos oedd o'u blaenau. Roedd matras, dau obennydd a *duvet* yn ddigon da i'r ddau, a byddent yn siŵr o lwyddo i wneud ŵyn bach rhwng y bêls, y cêcs a'r oglau cachu! Dyna oedd y gwyliau delfrydol i Tomi; cael caru o dan y sêr ac Ann a fynte'n ceisio bod mor dawel â phosib. Methu'n llwyr fyddai'r ddau gan amlaf, efo'r syspension yn cadw digon o sŵn i ddeffro'r meirw. Teimlo embaras fyddai'r ddau'r bore wedyn wrth gwrs gan gredu fod pawb wedi eu clywed wrth edrych yn amheus ar eu llygaid meinion, di-gwsg!

Y peth pwysicaf yng nghalendr gwyliau blynyddol Tomi oedd cael cwmnïaeth hen ffrindiau dros beint yn sied yr NSA yn ystod y sioe. Roedd Ann yn ddigon hapus efo hynny bellach hefyd, ond ar un amod – ei bod yn cael mynd ar wyliau tramor unwaith y flwyddyn efo'i ffrindiau. Oedd, roedd rhywbeth yn werinol a chartrefol mewn sesiwn o yfed a chanu efo gwragedd fferm eraill yn y sioe. Roedd pawb yn ffrindiau, gan eu bod o'r un anian, a byddent yn ymddwyn fel haid o bobol ifanc yn eu harddegau tan oriau mân y bore! Ond teimlai Ann hefyd ei bod wastad yn braf cael dianc i'r haul i ddinoethi a chael ychydig o flas tramorol.

Ar y nos Sul cyntaf, digwyddodd Ann daro ar draws Tina'n cerdded o gwmpas y sioe efo'i chlipfwrdd a'i chamera digidol. Edrychai'n ffres iawn ac yn hynod o bwysig. Doedd ei siwt ddeuddarn o liain gwyn ddim cweit yn gweddu efo'r oferôls budron a'r trowsusau melfaréd oedd gan bawb arall, ac edrychai fel petai'n cael blas ar ddenu sylw'r amaethwyr oedd o gwmpas y lle.

'Sut mae'n mynd, Tins?' holodd Ann, a gwyddai'n ddigon da nad oedd hi'n ddigon pwysig i'w ffrind yr wythnos honno. Roedd yr hync o lawfeddyg yn mynnu ei holl sylw wedi i hwnnw fentro i'r digwyddiad am y tro cyntaf yn ei hanes. Doedd y ddelwedd ddim cweit yn ei siwtio yntau chwaith, meddyliodd Ann.

'Mynd yn iawn hyd yn hyn 'sti,' atebodd Tina'n hyderus. 'Newydd fod yn Swyddfa'r Wasg i gael map a rhaglen. Mi fydd yn rhaid i mi 'studio hwn heno i wybod fy ffordd o gwmpas, a gweld pwy o'n hardal ni sy'n cystadlu.'

'Cofia di ddod i dynnu llun Tomi pan fydd ei ddefaid o'n gwisgo'r rosét coch 'na! Oes gennoch chi le neis i aros?'

'Heb weld y garafán eto. Dic wedi mynd ers ben bore i'w gosod hi. Isio i'r plant gynefino efo'r lleoliad medda fo. Oes gennoch chi le iawn?'

'Mae l'Hôtel Trailer yn champion! Pum seren! Gweld y cwbwl drwy'r rhiciau yn yr ochrau.'

'Joia, a phob lwc i Tomi. Gorfod mynd i baratoi rŵan!'

Roedd Tina wedi hen flino erbyn wyth yr hwyr, ac wedi cerdded y maes o un pen i'r llall. Petai ganddi rywbeth yn nodi'r milltiroedd, credai'n siŵr ei bod wedi cerdded deng milltir yn barod. Roedd adran y ceffylau'n hynod o bell oddi wrth y llyn pysgota! Doedd hi erioed wedi bod yng Nghilmeri, ond efo'r Sat Nav diweddara, llwyddodd i ffeindio'r maes carafannau'n hollol ddidrafferth, er i 'Mrs Jones' ei hanfon ar hyd ffyrdd digon culion a throellog. Byddai swper, gwely a chwmni difyr yn fendigedig i feddwl a chorff lluddedig!

Pan welodd Tina arwydd Kilmery Camping, doedd hi ddim yn hir cyn gweld Dic a'i blant yn chwarae'r tu allan i'w carafán. Rhaid oedd iddi fod yn gyfrwys wrth eu cyfarch, a chadw hyd braich oddi wrthynt.

'Miss Thomas!' cyfarchodd Dic hi'n llawen wrth iddi yrru'r car heibio iddynt, a dau gysgod bach del yn llechu y tu ôl iddo. 'Rhyfedd i ni eich gweld chi yma. Gweithio yn y sioe?'

'Yndw. Am yr wythnos. Helô, blantos. Ar wylie efo Dad a Mam ie?' Synhwyrodd Tina iddi ddweud y peth anghywir pan wgodd Dic a thynnu wyneb tin.

'Na. Mae Mam efo Nain a Taid,' eglurodd Gari.

'Mam ffwldd eto,' ychwanegodd Marged, efo wyneb eu tad yn llawn embaras. O leiaf, bydd Tina'n sylweddoli o'r diwedd nad ydi hi'n briodas berffaith, meddyliodd Dic.

'Ydach chi ar ben eich hun? Fyddech chi'n hoffi rhywbeth i'w fwyta?' holodd y llwynog. 'Rydan ni wedi cael ein bwyd ni, ond mae yna ddigon yn sbâr, yn does blant?'

'Oes! O, plîs Antina, alos efo ni.'

A dyna ymbilio Marged wedi sicrhau bod cynllwyn y ddau oedolyn wedi llwyddo, a Tina'n falch ei bod wedi cael ei chyflwyno fel Anti Tina unwaith eto!

Daeth yn amser gwely ar y plant yn fuan wedi i'w tad aildwymo pryd o fwyd syml uwchben y stôf nwy dau gylch. Gan ei bod yn dechrau tywyllu a'r gwybed bach yn hel at y golau, penderfynodd Dic fynd i gysgodi i'r adlen, a mynnodd Gari a Marged gael gêm neu ddwy o Snap efo Tina cyn clwydo. Yna bodlonodd y ddau fach ar gysgu yn y gwelyau bync, gan adael llonydd i'r ddau fawr chwarae eu gêmau eu hunain yn hwyrach yn y nos.

Ar ôl suddo potelaid o win coch, cyhoeddodd Tina ei bod hithau am noswylio er mwyn wynebu diwrnod hir o ohebu'r bore canlynol.

'Mi a' i i gynhesu'r gwely ar dy gyfer di,' sibrydodd wrth Dic, gan godi'n simsan, ei gusanu ar ei foch, a chychwyn i mewn i'r garafán.

'Hei! Ti ddim yn cysgu efo'r plant, siŵr iawn!' Roedd panig yn ei lais. 'Be tasan nhw'n codi ganol nos neu o'n blaena ni'n y bora?'

'B . . . be ti'n feddwl?' holodd Tina, â dicter yn amlwg yn ei llais.

'Dwi wedi codi pabell i ti wrth y gwrych acw.'

Bu bron i aeliau Tina ddisgyn hyd at ei bronnau. Methodd y geiriau â dod allan, a chronnodd ei llygaid.

'Be? Ti'n gwadd fi i garafanio efo chi'ch tri . . . a ti'n rhoi fi mewn tent o'r ffordd ar ben fy hun yn nhin rhyw ffycing clawdd?'

Pitïodd Dic drosti wrth sylwi fod ei cheg yn fwy cam na rhai'r plant wedi iddynt gael cerydd. Roedd hi'n amlwg wedi cael ei siomi, a doedd Dic ddim am ddifetha pedair noson a allai fod yn nefoedd iddi hi ac yntau. Toddodd ei galon.

'Iawn, gwranda, Tina, cariad. Sori. Fyddi di ddim ar ben dy hun. Mi fydda i ar dy ben di drwy'r nos. Bob nos. Rŵan. Mae'r gwely aer, y *duvet* a'r clustogau'n barod. Cymer y fflachlamp yma, ac mi fydda i yna efo ti gyda hyn. Mi fydd 'na lot o fynd a dod wedi digwydd cyn i'r ddau fach yna weld golau dydd bora fory!'

Digon prin i gymdogion Dic a Tina, fwy na hwythau, gael llawer o gwsg y noson honno, ac wedi brecwast chwaden hyfryd, roedd Dic i fyny gyda chodiad yr haul. Sleifiodd yn llechwraidd i'r gwely dwbl yn y garafán, gan ddiolch fod ei epilion yn ddiogel, a chafodd ddwyawr dda o gwsg cyn eu bod yn deffro. Wyddai Dic ddim beth fyddai wedi ei wneud pe byddai un ohonynt wedi codi ganol nos a'u tad ddim yno efo nhw! Roedd y posibilrwydd yn ddigon i godi gwallt ei ben, a phenderfynodd na fyddai'n mentro gwneud yr un peth anghyfrifol eto.

Cysgodd Tina tan naw hefyd, gan fanteisio ar lonyddwch rhag dwylo crwydrol ei chydymaith. Erbyn deg, roedd wedi bwyta *croissant* sych a chael diod o oren ar ei heistedd yn y babell. Cymerodd gawod lugoer yn y toiledau cyfagos, gan ymbincio orau y medrai yn nrych ei char. Roedd ar faes y sioe yn edrych fel brenhines ac yn barod i wynebu diwrnod hir o chwilio am straeon a newyddion ar gyfer Jeff Parry a'i bapur.

Ailadroddwyd y drefn am weddill yr wythnos, gyda Tina'n osgoi mynd i'r garafán am swper rhag ofn i'r plant amau bod rhywbeth ar droed. Sicrhaodd Dic hefyd ei fod yn dychwelyd i'r garafán ymhell cyn chwech y bore, rhag ofn! Cafodd y plant eu diddanu gan eu tad gyda thripiau i Lanymddyfri a llefydd fel Dan yr Ogof a Chwm Elan, ond rhoddodd ddigon o sylw i Tina hefyd. Profiad blinedig iawn oedd gofalu am ddau fach yn ystod y dydd, ond roedd yn bleser rhoi pleser i ddynes horni yn ystod y nos!

Er mor dda roedd pethau'n mynd i Tina, a'i hadroddiadau'n cael eu canmol yn ddyddiol gan Jeff Parry, doedd pethau ddim cystal yng nghorlannau'r defaid. Chafodd Tomi ddim lwc ar y cystadlu, gan fod safon y stoc wedi codi'n anhygoel ers rhai blynyddoedd, a ffieiddiai at y ffarmwr o Loegr a enillodd yn ei adran o.

'Sut mae ffliping ffarmwr o fanno'n gallu magu defaid Lleyn yn well na phobol Llŷn eu hunain?' holodd y ffarmwr agosaf oedd yn fodlon gwrando arno.

Er iddo fwynhau ychydig ddyddiau o newid o waith diddiwedd y ffarm, teimlai Tomi mor siomedig ar ôl colli fel y penderfynodd ddychwelyd adre er mwyn gwneud yn siŵr fod ei dad yn cael gofal iawn gan ei fam. Doedd o ddim yn dawel ei feddwl go da, gan y gwyddai nad oedd ei dad ar frig rhestr blaenoriaethau honno!

Penderfynodd fynd adre ddiwrnod cyn i'r sioe

orffen, a bu'n lwcus yn cael lifft efo cymydog oedd yno am y diwrnod yn unig. Gadawodd y fan, y trelar a'r defaid yng ngofal Ann tan ddiwedd yr wythnos; doedden nhw ddim yn cael symud yr anifeiliaid o'r corlannau tan hynny beth bynnag. Roedd hynny'n siwtio Ann yn iawn, gan iddi gael homar o sesiwn efo'i ffrindiau ar y noson olaf, a sgwrs gydag ambell i wyneb cyfarwydd o ddyddiau gwyllt y Ffermwyr Ifanc.

Ar y diwrnod olaf, dioddefai Ann o bendramwnwgl, ond roedd wedi digwydd gweld Tina a gwneud oed i'w chyfarfod am ginio ym mhabell y Welsh Blacks. Ofnai Ann na fyddai Tina eisiau ei gweld hi gan fod Dic a'r plant yn bwysicach iddi'r dyddiau hyn. Ond doedd Tina ddim am ei siomi, felly gwnaeth fwy o ymdrech nag arfer i gymryd diddordeb ym mywyd Ann. Gwyddai Tina hefyd fod Dic a'r plant yn y sioe y diwrnod hwnnw, ond synhwyrai fod y tri angen amser iddyn nhw eu hunain fel teulu, ac y byddai'n llawer rhy beryglus iddi gael ei gweld yn rhy agos atynt.

Braf, felly, oedd cael cwmni Ann am awr neu ddwy i roi'r byd yn ei le, a chynnig sylwadau ar ambell i ffarmwr cyhyrog neu bobol bwysig oedd yn pasio. Er nad oedd Tina o gefndir amaethyddol, roedd wedi gwneud ei gwaith cartref a'i hymchwil yn drwyadl. Wyddai hi ddim bod gofalu am wartheg neu ddefaid neu hyd yn oed gwningod yn golygu misoedd o baratoi ar gyfer eu harddangos mewn sioe. Doedd hi ddim yn ymwybodol o'r straen oedd ym mywydau ffermwyr wrth i'r farchnad blymio mor isel ag y bu erioed. Sut fyddai hi'n teimlo petai Jeff Parry'n haneru ei chyflog petai gwerthiant y *Journal* yn mynd i lawr? Fyddai hi byth yn mynd i archfarchnad i brynu cig rhad o dramor ar ôl gweld y gofal a'r bwyd yr oedd y ffermwyr yma'n ei roi i'w hanifeiliaid. Ac fe sicrhaodd fod ei herthyglau i gyd yn adlewyrchu'r ffeithiau hynny yn y papur.

Tra bod y ddwy'n prysur sgwrsio, gwelsant olygfa fyddai'n sicr o haeddu ei lle ar dudalen flaen y *Journal* (petai rhywun heblaw Tina'n gohebu iddo!). Dyna lle roedd Marie a Bryn y Boncyn, o bawb, yn cerdded yn hynod, hynod o glòs. Oedd Dic wedi trefnu bod ei Ddraig yn ei gyfarfod o a'u plant yn y sioe tybed? Ai digwydd taro ar draws ei gilydd wnaeth Bryn a hithau? Edrychent i lygaid ei gilydd yn annaturiol o annwyl, fel petaent yn ddau ifanc nwydwyllt yn eu harddegau. Ond eto, roedd digon o bellter rhyngddynt i rywun cyffredin beidio ag amau dim.

'Gwell i ni beidio dechre stori,' rhybuddiodd Tina. 'Dydyn nhw ddim yn cerdded law yn llaw na fraich ym mraich, felly mae ganddyn nhw'r un hawl ag unrhyw un arall i fod yma, 'toes?'

Ond doedd y ddau ddim yn gallu taflu llwch y sioe i lygaid Tina; doedd dim angen gwaith ditectif arni hi i wybod fod cerddediad Boncyn yn awgrymu mai fo oedd prif bencampwr y sioe ym marn y Ddraig. Disgyn ar rywbeth arall wnaeth llygaid craff Ann. Gan ei bod yn gweithio mewn derbynfa ysbyty, roedd yn gweld llawer o bobl yn mynd a dod i bob clinig dan haul yn y fan honno, a synhwyrodd fod Marie'n llwyddo i beidio cuddio lwmpyn bach del oedd yn tyfu o'i blaen. Ond ai tri chynnig i Gymro fel Dic oedd o, neu'r cynnig cyntaf i rywun arall efallai?

20. Papur newydd da

Roedd yr wythnosau'n gwibio heibio ond, bellach, roedd popeth yn barod at ddiwrnod mawr Ann a Tomi: y fodrwy briodas wedi ei dewis (dim ond un, gan nad oedd Tomi'r teip i wisgo addurniadau o unrhyw fath ar ei fysedd tewion, priddlyd); y blodau wedi eu harchebu; y *limo* gwyn wedi ei logi; a'r morynion, y gwas, yr ystlyswyr a phawb wedi cael ffitiad ar gyfer eu gwisgoedd.

Roedd y pwysau mwyaf wedi codi oddi ar ysgwyddau Ann, a bu hefyd yn gweithio goramser yn yr ysbyty gan fod llawer ar eu gwyliau dros fisoedd yr haf. Byddai'r arian ychwanegol yn dod yn handi at eu mis mêl yn Ffrainc, i brynu nwyddau i'r tŷ neu i ddechrau teulu, er nad oedd llawer o flys planta arni eto. Credai y byddai'n colli gormod o annibyniaeth, ond gwyddai ym mêr ei hesgyrn fod Tomi'n ysu am gael etifedd i Blas Mawr.

Dau blentyn fyddai'n ddelfrydol iddi hi (rywbryd cyn ei bod yn troi deugain oed), ond crybwyllodd Tomi ryw dro y byddai o'n dymuno cael pedwar neu bump o epilion i ffraeo blith draphlith o gwmpas y lle, a hynny'n lled fuan!

'Mae croeso i ti neud babis mor amal ag y medrith dy galon di ei dal, gwael,' heriodd Ann o unwaith, 'ond paid â disgwyl i mi roi fy wyau yn y fasged fwy na dwywaith.'

Fyddai plant yn ddim byd ond poen meddwl yn ôl ei syniad hi o fod yn fam. O'r eiliad roedd dynes yn darganfod ei bod yn feichiog, taerai Ann fod yna ryw boeni rownd y rîl, ac ar ôl yr artaith o esgor roedd pryderu oesol yn dechrau. Doedd hi ddim yn barod am ddeng mlynedd ar hugain o fyw ar bigau'r drain: poeni oedd y babi'n mynd i fod yn normal; panicio pan fyddai brech neu sgrech anarferol yn digwydd; cymharu geirfa'r un bach efo plant pobl eraill; ofni na fyddai'n rhugl mewn dwy iaith cyn ei fod yn deirblwydd. Yna, cael cathod bach wrth wrando arno'n actio'r mul neu'r gŵr doeth yn Nrama'r Geni; chwysu dros ei arholiadau a'i brofion ysgol; poeni ei fod yn cael ei fwlian; cael haint wrth geisio'i ddysgu i yrru'n bwyllog; amau unrhyw ffrind a fyddai ganddo; methu cysgu pan fyddai allan yn hwyr yn y nos rhag ofn ei fod dan ddylanwad cyffuriau; pryderu y byddai'n ddi-waith ac yn ddigymar i roi wyrion perffaith i'w rieni, ac yn fwy na dim, gweddïo y byddai'n edrych ar ôl ei fam a'i dad yn eu henaint! Ydi rhieni'n gofyn gormod? meddyliodd Ann. Yn sicr maen nhw'n poeni gormod!

Wrth weithio yn Ysbyty'r Borth, doedd hi ddim yn anarferol i Ann weld wynebau cyfarwydd yn mynd i mewn ac allan o'r adeilad enfawr. Wedi'r cyfan, roedd yn ysbyty cyffredinol, gyda dwsinau o glinigau ar gyfer pob mathau o gyflyrau. Gwelai gleifion ac ymwelwyr lu yn mynd 'nôl a blaen yn ddyddiol i dderbyn profion a thriniaethau, ac roedd y cyhoedd a'r staff yn cydfwyta yn yr un cantîn.

Er bod popeth i fod yn gyfrinachol o fewn muriau'r gweithle, roedd yna wastad demtasiynau i'r rhai mwyaf gonest hyd yn oed wybod beth oedd yn bod ar bobl yr oeddynt yn eu hadnabod. Hawdd iawn fyddai i unrhyw aelod o staff edrych ar sgrin eu cyfrifiadur i weld pwy oedd yn gweld pa feddyg, a pham, neu wybod beth oedd symudiadau gwahanol staff. Ataliodd Ann ei hun rhag busnesa ym mywydau pawb ers iddi gychwyn gweithio yno, hyd yn oed yn ystod ymchwiliad i'r cyhuddiadau yn erbyn Dr Richard Jones dro yn ôl.

Byddai Tina'n cael swper yn y cantîn ar nosweithiau Mercher yn aml hefyd, cyn iddi gyflwyno'i rhaglen radio. Ar yr adegau hynny, doedd dim yn anarferol i Dic 'ddigwydd' pasio heibio ar ddiwedd ei shifft i ymuno â hi am baned. Gwyddai Ann eu bod yn 'cyfarfod' yn hwyrach ymlaen ar y nosweithiau hynny, a chredai y byddai'r ddau'n falch o weld dyddiau'r hydref yn tynnu atynt! Meddyliodd Ann hefyd nad oedd fawr o bwrpas na dyfodol i'r saga ddigyfeiriad honno a oedd yn mynd ymlaen ers bron i bedair blynedd bellach. Amheuai a fyddai Dic byth yn torri ei briodas er mwyn gwneud dynes onest o Tina.

Roedd gweld wyneb cyfarwydd arall un prynhawn yn dipyn mwy o sioc i Ann na gweld Tina o gwmpas y lle, ac roedd yn cadarnhau'r hyn a welodd y ddwy ychydig wythnosau cyn hynny yn y Sioe Frenhinol. Yn cerdded yn llechwraidd gyda phenwisg yn cuddio hanner ei hwyneb, a sbectols haul yn gwneud iddi edrych yn hollol hurt â'r haf wedi diflannu, yr oedd Marie!

Er bod y ddwy'n adnabod ei gilydd yn arwynebol, trodd Ann oddi wrthi gan esgus twtio'i desg ac edrych yn un o ddroriau'r cwpwrdd ffeilio. Efallai ei bod yn drwgdybio Marie'n ormodol a'i bod wedi dod i gyfarfod ei gŵr am ginio, neu bod ganddi berthynas yn wael yn yr ysbyty. Ond, y tro hwn, aeth at dderbynnydd wrth ddesg arall gan drosglwyddo'i cherdyn apwyntiad iddi.

'I lawr y coridor hir a throi i'r dde, del,' eglurodd honno wrthi. 'Mi fydd yna arwydd Ante-natal o'ch blaen chi.'

Doedd wiw i Ann longyfarch Dic am feichiogrwydd Marie rhag ofn nad oedd yn gwybod – a rhag ofn bod ei hamheuon yn wir. Doedd hi ddim yn gwybod y ffeithiau, felly gwell fyddai ymatal am y tro. Meddyliodd Ann hefyd cymaint o bobl oedd yn cael affêrs yn y byd! Ai hi oedd yn henffasiwn a diflas, ac ai dim ond hi oedd yn cael perthynas gyfreithlon yn y Borth?

Yn hwyrach y noson honno, roedd Tina ar ben ei digon wedi i Ann ddweud wrthi am ei darganfyddiad ar y dderbynfa. Roedd clywed unrhyw fath o sgandal yn ei boddhau, ond roedd clywed un am wraig ei chariad yn coroni'r cyfan! Doedd yr un o'r ddwy am neidio i unrhyw ganlyniad di-sail, ac ataliodd Tina rhag meddwl am ei dyfodol ei hun efo Dic a theulu bach Llys Meddyg, ac un Bryn a Marie i fyny ym Moncyn Uchaf!

'Gwranda,' rhybuddiodd Ann hi, 'mae gen i angen gyrru'r gwahoddiada priodas wythnos yma, a dwi'm yn siŵr ddylwn i ofyn i bartneriaid pawb ddod. Fasat ti'n meindio 'taswn i'n gwadd Marie?'

'Be, i ddod efo Dic neu Bryn?' chwarddodd Tina'n sbeitlyd. 'Dy briodas di ydi hi, Ann. Mi fydd gen i ddigon o ddyletswydde i'w gwneud i gadw'r meddwl oddi ar fy mhrobleme personol heb sôn am rai pobol eraill. Ond paid ag anfon gwahoddiad at 'Bryn y Boncyn a'i westai', rhag ofn iddo fo ddod ia'i fam! Mi fydde Bryn yn gallu codi hen grachen yn syth yn ei gwrw!'

'Bargen,' meddai Ann, a oedd mor falch fod Tina'n ffrind mor ddoeth. 'Fydda hi ddim yn syniad call iawn ailagor y bennod fach yna ym mywydau'r un ohonoch chi. Mae Bryn yn lwcus ar y diawl fod Dic heb ddial arno fo, a'i fod o wedi cael ei waith yn ôl.'

'Mi ddaw Bryn allan o unrhyw dwll – ond i mewn i un Marie mae o wedi bod,' chwarddodd Tina.

'Mae rhestr y gwahoddedigion eraill yn iawn,' ychwanegodd Ann. 'Ond ti'n meddwl y dylwn i ofyn i Lyn?' holodd mewn penbleth. Wedi'r cyfan, roedd Ann, Tina a Gwenan wedi dod yn dipyn o ffrindiau efo fo erbyn hyn, ac roedd o bron yn llythrennol yn 'un o'r genod'.

'Wel, mi fydde'n syniad ei gael o'n gwmni i Gwenan yn lle bod honno ar ei phen ei hun,' awgrymodd Tina. 'Ma' nhw i weld yn dod ymlaen yn dda'r dyddie yma.' A gwir a ddywedodd Tina, oherwydd roedd Lyn a Gwenan yn ffrindiau platonig clòs iawn.

'Ia. Falla mai achlysur fel hyn sydd ei angan ar y ddau er mwyn iddyn nhw ddarganfod eu hunain a gweld bod potensial am berthynas fwy emosiynol – a chorfforol,' chwarddodd Ann.

Wyddai'r un o'r ddwy fod Lyn a Gwenan wedi trefnu noson allan efo'i gilydd ym Mistro'r Borth y noson honno, ac y byddai'r dre i gyd yn cael gweld Lyn yn cerdded yno mewn rig-owt fenywaidd. Fel cogydd, doedd gan Lyn ddim amser nac amynedd i baratoi pryd o fwyd y tu allan i oriau gwaith. Ond roedd yn mynnu diolch i Gwenan am ymddiried ynddo ac am roi'r cyfle iddo fynd allan yn gyhoeddus mewn dillad merched. Felly, fo fyddai'n talu am y swper heno, ac roedd hynny'n plesio Gwenan. Roedd hithau'n falch o'i gwmni hefyd, gan mor dda yr oedd am wrando ar ei phrofiadau a'i dyheadau hithau.

Gallai ofyn barn iddo am bob math o bethau heb iddo roi atebion nawddoglyd a negyddol o hyd, fel yr oedd Ann a Tina'n dueddol o'i wneud.

'Does ganddyn nhw ddim diddordeb yn fy ffydd i yn Nuw na'm cariad i at Iesu Grist,' meddai Gwenan wrth Lyn uwchben ei phryd o *tagliatelle* a'i dŵr tap. Mentrodd Lyn gymryd hanner caráff o win. 'Dim ond chwerthin am fy mhen i wnaethon nhw pan wedes i mai fy wncwl oedd fy nhad i, a wnaethon nhw ddim dangos rhithyn o gydymdeimlad pan fu farw Mam-gu, dim ond galw i ddweud rhyw sylwadau pathetig!'

'Mm, mae gan bawb ffordd wahanol o ddangos galar, 'toes *babes*,' meddai Lyn, i amddiffyn ei ddwy denant arall.

'Pa werthoedd sydd yn eu bywydau gwag nhw, Lyn?' aeth Gwenan ymlaen efo'i phregeth. 'O leia rwyt ti'n ymddiried ynddo i i gyfadde dy wendide. Ond, nid pechod yw e i neb gael eu geni i ddyheu am wisgo dillad y rhyw arall, yn nage? Yffach gols, roedd hyd yn oed yr archangel Gabriel yn gwisgo gŵn wen, yn ôl delwedd yr hen arlunwyr ohono!'

Roedd Lyn yn hoffi'r gymhariaeth. 'Wel, oedd, 'toedd, *babes*! A mae 'na ddigon o ddynion yn gwisgo cilts neu sarongs a ballu i ddilyn eu crefydd neu'u diwylliant.'

Byth ers iddi golli'i mam-gu, roedd Gwenan bellach yn ysu am gyfle i adael y Borth a dychwelyd i Geredigion. Doedd oferedd ei ffrindiau yn y gogledd ddim wedi ei siwtio ers y dechrau, er iddi wneud ei gorau glas i doddi i mewn i'r gymdeithas. Ar yr un gwynt, roedd yn parchu ymgais Ann a Tina oedd wedi ceisio'i chynnwys yn eu holl gynlluniau cymdeithasol. Rhaid oedd cyfaddef hefyd ei bod wedi mwynhau ambell ddigwyddiad, fel y trip i'r Alban a gwahanol nosweithiau allan yn y Llew Coch. Ond roedd hi'n gwybod pryd i stopio – doedd y lleill ddim!

Bellach, roedd pethau wedi newid, ac roedd Gwenan yn teimlo fel cragen wag ar draethell unig gyda digwyddiadau'r misoedd diwethaf wedi newid cwrs ei bywyd. Ymfalchïai yn y ffaith fod Lyn yn cael y cyfle i fyw bywyd fel yr oedd yn ei ddymuno trwy wisgo dillad benywaidd. Ond roedd hithau angen newid ei gwaith a'i harferion hefyd, ac ysai am gwmni parhaol iddi gael arllwys ei meddyliau wrtho.

'Rydyn ni fel "dau enaid hoff cytûn".' meddai Gwenan wrtho ar ddiwedd y pryd bwyd, 'ac mae'n braf cael ffrind sydd ddim yn chwenychu dim mwy na chyfeillgarwch.'

Yn sicr, doedd Lyn ddim yn chwilio am ddyn na dynes ers iddo 'ddod allan' am ei ffetis croes-wisgo, a dim ond cariad at ei Harglwydd Iesu Grist roedd Gwenan yn ei deimlo ers dod at y groesffordd bwysicaf yn ei bywyd hithau. Teimlai Gwenan mai Lyn oedd wedi unioni'r llwybr hwnnw iddi efo'i eiriau doeth, ac roedd wedi dod i benderfyniad y byddai'n chwilio am waith a fyddai'n ymwneud â lledaenu'r efengyl. Bob tro yr arhosai am benwythnos yn y Borth, byddai Lyn yn mynd i'r capel yn gwmni iddi ar y Sul, a bu mewn cyfarfod gweddi a chymanfa leol sawl gwaith hefyd, profiad go wahanol iddo fo, er iddo'i fwynhau yn ei ffordd fach ei hun.

Gorffennodd Lyn ei win cyn gofyn am y bil; doedd o ddim yn mynd i wario ar bwdin i Gwenan hefyd! 'Gobeithio bo ti'm yn meindio mod i wedi cael gwin bach, Gwens.' Roedd Gwenan yn hen gyfarwydd efo'i arferion yfed yntau fel yr oedd efo rhai Ann a Tina!

'Diolch i ti am adael i mi gerdded efo ti'n gyhoeddus heno, *babes*.'

'Jest 'run peth â finne'n ddyledus i ti am ddod i'r capel 'da fi. Doedd neb i weld yn becso dim am dy stilettos na dy got di – ac roedd honno'n cuddio dy sgert di ta beth!'

'Nes i jest anwybyddu rhai o'r ebychiade od oedd ambell un yn eu towlu ata i. Ond fe glywes un yn sibrwd pethau amheus am groes-wisgwyr a *weirdos*. Do'n i ddim yn gyfforddus efo hynny!'

Roedd yn deimlad hynod o braf i Lyn gael mynd allan yn ei sodlau uchel a'i sgert dynn, gyda blowsen hufen yn dangos ei fra blodeuog! Ond doedd dim ots gan Gwenan beth a wisgai. Roedd yn ei nabod cystal â neb o dan ei ddillad; doedd y bobol sbeitlyd ar y stryd ddim yn gweld yr ochr honno ohono.

'Mae dy weld di'n gwisgo dillad dy fam yn gwneud i mi sylweddoli mod inne'n gwisgo rhai sy'n debyg i rai fy nhad – neu Wncwl Morys!' Roedd gan Gwenan ddigon o hiwmor i chwerthin am ei phen ei hun wedi'r cwbwl.

Wedi gwledda a mwynhau cwmni'i gilydd, cyhoeddodd Gwenan ei bod wedi cael ei gwadd i briodas Ann a Tomi, ond nad oedd yn siŵr iawn a fyddai'n mentro mynd ai peidio. 'Fydd dim cwmni 'da fi gyda bod Tina'n forwyn. Dim ond hi, Ann a Tomi a ffrindie hwnnw rwy'n nabod yn y gogledd i gyd! Bydd pawb yn yfed trwy'r dydd hefyd, a finne'n sipian gwynt fel arfer! Na, sai'n credu yr af i yno.'

'Paid â phoeni, Gwens,' siriolodd Lyn, a rhoddodd ei freichiau am ei chanol am eiliad fer fel yr oedd y ddau'n codi ac yntau'n mynd i dalu. 'Dw inna wedi cael fy ngwadd hefyd, cyw. Gei di ddod efo fi i ddewis dillad bach neis os leici di.'

'Iawn,' cydsyniodd hithau wedi bywiogi drwyddi. 'Beth am i ti ddod i aros i 'ngartre i yng Ngheredigion, ac fe awn i'r siopau gorau yng Nghaerfyrddin?'

'Licio'r syniad, *babes*! A fydd neb yn nabod fi'n fanno na fydd?'

''Na i ddewis dillad benywaidd i ti, os wnei di ddewis rhai gwrywaidd i finne!'

*   *   *

Pan rybuddiodd Tina Jeff Parry ei bod eisiau bwcio penwythnos yn rhydd ar gyfer priodas Ann a Tomi, doedd o ddim wrth ei fodd. Wrth iddo eistedd tu ôl i'w ddesg yn swyddfa'r *Journal,* roedd cenfigen yn ei fwyta'n fyw, a gofynnodd a oedd angen 'ffrind' yn gwmni arni i fynd i'r briodas.

'Fydde gan morwyn ddim amser i gymdeithasu,' atebodd hithau'n gynnil, ond yn ddigon pendant.

'Ond dwyt ti ddim yn forwyn, yn nagwyt Tina fach?' meddai yntau'n awgrymog. 'Mi fyswn i'n gallu cyhoeddi rhyw stori fach ddigon *kinky* amdanat ti yn ein papur bach ni, yn byswn?'

Wrth ddeall bod Jeff wedi bod yn yfed yn drwm (a doedd hi ond canol y pnawn eto), synhwyrodd Tina y byddai'n well iddi newid y trywydd, ond rhoddodd un pigiad arall yn hwyliau sbeitlyd ei bòs.

'Ac mi fyswn inne'n gallu cyhuddo'r golygydd o dreisio hefyd yn byswn, Mr Parry?'

Doedd hynny ddim cweit yn wir, ond fu Jeff ddim yn hir yn cau ei hen geg ddilornus, gan fwmian rhywbeth am dynnu coes a chael ychydig o hwyl ddiniwed.

Tua diwedd y prynhawn, a'r awyrgylch yn ddigon annifyr yn y swyddfa, galwodd Jeff ar i Tina fynd yn ôl i'w swyddfa. Roedd ganddo fygaid o goffi a bisgedi'n barod iddi.

'Mae'n ddrwg gen i am gellwair yn gynharach. Ddim yn meddwl dim byd drwg.'

'Mae'r ffin yn gallu bod yn denau rhwng tynnu coes a gwawdio, Mr Parry,' atebodd hithau. 'Ond mi gewch faddeuant cyn belled â bod pawb yn gwybod y sgôr.'

Sgorio efo Tina fu ar feddwl Jeff Parry ers wythnosau, ond fentrodd y golygydd bochgoch ddim cyfaddef wrthi rhag ofn y byddai'n dwyn achos yn ei erbyn am ei haslo. Gallai meddwl Jeff Parry greu darluniau digon anweddus rhyngddo fo a hithau.

'Ym . . . mae'n ddrwg gen i. Chithe'n ferch sengl, meddwl y basech chi'n licio chydig o fwythau weithiau. Ond gallech gael y dyn mwyaf golygus yn y byd, yn gallech Tina? Synnu nad oes gŵr ganddoch chi.'

'Nid nad ydw i wedi cael digon o gynigion, Mr Parry. Ond mae gen i rywun mewn golwg, peidiwch â phoeni.'

'Digon teg. Wna i ddim codi fy ngobeithion eto Miss Thomas, a wnawn ni ddim sôn gair pellach am y digwyddiad.'

Credai Tina mai dyna ddiwedd y cyfarfyddiad, ac mai clirio'r awyr oedd bwriad Jeff Parry. Ond roedd newyddion pellach ganddo, a wnaeth i holl staff y *Journal* genfigennu.

'Nid dyna'r unig reswm i mi eich galw chi i mewn i'r swyddfa, Tina. Mae'r Bwrdd Golygyddol wedi bod yn cyfarfod yn ddiweddar i chwilio am olynydd i'r Is-Olygydd. Bydd Mike Goldsmith yn gorffen ymhen y mis. Fe eiliodd pawb fy argymhelliad i mai chi fyddai'r person delfrydol i ddal y swydd honno dros dro.' Allai Tina ddim coelio'i chlustiau, ond roedd yn falch i Mr Parry sôn mai penderfyniad aelodau'r Bwrdd oedd o, ac nid ei fympwy personol o'i hun. 'Mi fyddwch chi'n gweithio'n uniongyrchol oddi tana' i – nes i ni hysbysebu a chynnal y cyfweliadau, wrth gwrs. Dwi'n cymryd y byddech chi'n medru ymdopi â llenwi esgidiau Mr Goldsmith, Tina?'

Doedd hi ddim am gusanu ei bòs, fel y gwnaeth pan gafodd ei dyrchafu i fod yn Bennaeth Adran Newyddion a Materion Cyfoes, ond anwybyddodd ei sylwadau awgrymog blaenorol a diolch am ei ymddiriedaeth ynddi. Fedrai hi ddim llai na meddwl tybed oedd ganddo bryd o fwyd arall wedi ei drefnu ar ei chyfer fel esgus i ddathlu (a cheisio'i hudo ymhellach). Ond os oedd 'na gymalau cudd ynglŷn â'r swydd, roedd Tina am wneud yn siŵr na fyddai'n mentro ymhellach i ffantasïau hollol bathetig ei bòs!

'Ydech chi'n hollol siŵr y dylwn i geisio am y swydd, Mr Parry?' holodd, yn amheus o'i gallu ei hun yn fwy na gorfod cydweithio'n agosach fyth efo fo. 'Mae'n gyfrifoldeb mawr a minne mor ddibrofiad a lled ifanc.'

'Dydi bod yn eich tri degau ddim yn ifanc yr oes hon, Tina fach. Mae'n oed lle mae rhywun yn brofiadol, ac yn gwybod beth mae o isio. A rhag ofn eich bod chi'n meddwl mai cynllwyn ydi hyn i geisio cymryd mantais ohonoch chi eto, dwi wedi trefnu pryd o fwyd Indiaidd . . .' O na! meddyliodd Tina, o'n i'n ame'r bastyn! '. . . ac mae dau aelod o'r Bwrdd Rheoli'n dod efo ni i i egluro'r telerau.' Diolch byth am hynny, sibrydodd Tina'n ddryslyd o dan ei gwynt. 'Mi gewch godiad cyflog digon del yn ystod y cyfnod llanw, ac mi fydd car y cwmni'n eich galluogi i werthu'ch un chi pan gewch chi'r swydd barhaol – hynny yw, os bydd pawb yn hapus efo'ch gwaith, a chithau'n awyddus i geisio am y swydd, wrth gwrs.'

'Fedra i ddim diolch digon i'r Bwrdd a chithe. Dwi wedi ecseitio'n llwyr. Mi fydd yn gyfle i mi roi cynnig am dŷ wedyn.'

'Ac mae 'na lawer o rai ar werth o gwmpas y *cul-de-sac* tawel 'cw lle dwi'n byw fel mae'n digwydd! Rhaid i chi ddod draw i'w gweld.' Ofnai Tina bod Jeff yn bwriadu dangos mwy na thai newydd iddi! 'Fe gawsoch y swydd achos fod eich gohebu wedi datblygu'n rhagorol, Tina,' ychwanegodd Jeff. 'Rydych chi'n trwytho'ch hun yng nghefndir y stori, ac yn treiddio i mewn iddi gan gael ffeithiau am y ddwy ochr bob tro. Mae gennych ddawn ychwanegol o fedru tynnu lluniau penigamp. Dyna sydd wedi plesio'r Bwrdd Rheoli a minne. Ar ben hynny, mae eich dwy iaith yn ramadegol gywir bob amser, ac mi hoffwn eich gyrru ar gwrs Rheoli, gan y bydd ganddoch chi staff yn gweithio oddi tanoch chi wedyn. Mae gofyn ymbellhau oddi wrth y rhai sydd ar y gwaelod, cofiwch, er mwyn iddyn nhw edrych i fyny arnoch chi a'ch parchu chi! Felly'n union y cawn ni'r gorau gan bawb. Ac mi fyddwch yn gweithio'n agosach fyth ataf i wrth gwrs, er y byddaf yn ymddeol ymhen ychydig o flynyddoedd. A phwy a ŵyr sut gall eich dyfodol ddatblygu wedyn, Tina fach!'

Ai dweud oedd o y byddai'n cael bod yn Olygydd y *Journal* yn dilyn ei ymddeoliad? Freuddwydiodd Tina erioed y byddai'n cyrraedd y rôl honno mewn bywyd, a hynny heb fawr o drafferth! Byddai rhoi Golygydd papur newydd ar CV yn edrych yn wych, meddyliodd, a gallai geisio am y rôl honno o fewn unrhyw bapur yn y byd wedyn! Efallai bod bywyd personol cymhleth ganddi, ond roedd ei bywyd proffesiynol yn symud yn eithriadol o gyflym a diddorol ar y funud.

Wedi pryd bwyd corfforaethol bendigedig yng nghwmni Jeff Parry a'r ddau aelod o'r Bwrdd Rheoli, roedd Tina wedi arwyddo cytundeb yn derbyn y swydd dros dro, a'r telerau newydd. Doedd hi ddim wedi dweud am y dyrchafiad wrth neb eto, yn rhannol am fod pawb yn rhy brysur ynghanol eu bywydau eu hunain. Roedd Ann yn naturiol yn credu mai ei blwyddyn hi oedd hi oherwydd y briodas; roedd Dic wedi bod yn ddigon tawel ers y gwyliau efo'r teulu yng Nghilmeri; a mwy tawedog, sych-dduwiol a diysbryd oedd Gwenan wedi troi'r dyddiau hyn, felly fyddai hi ddim yn debygol o yfed llwncdestun i ddathlu buddugoliaeth Tina.

Roedd hyd yn oed Lyn wedi ymbellhau oddi wrthi'n ddiweddar gan wneud trefniant i gasglu arian rhent gan Gwenan o'r mis hwnnw ymlaen. Daeth Tina i'r casgliad mai gadael i bawb ddarllen y stori pan fyddai'n ymddangos ar dudalen flaen y *Journal* fyddai orau. Roedd yn hoffi ychydig o sylw a bod yn destun siarad rhwng pobol (os oedd y stori'n un dda, wrth gwrs!) Yn y cyfamser, cymerodd gyngor Jeff Parry a mynd ati i chwilio am dŷ.

Roedd yn well gan Tina fywyd y dref na'r wlad, ac roedd yn fwy cartrefol efo sŵn pobol o'i chwmpas na phetai wedi'i hynysu gan gaeau gwledig yn llawn o frefu diddiwedd defaid. Byddai un o faestrefi'r Borth yn ei siwtio'n well na chanol y dre hefyd, gan ei bod yn saffach yno i ferch sengl a deniadol fel hi. Er bod synnwyr i ddamcaniaeth Ann a fathodd y ddihareb 'lle mae pobol, mae peryg', credai Tina'n gryf bod 'cwmnïaeth tra bo cymdogion' hefyd. Doedd unigedd y mynyddoedd ddim yn apelio ati hi fel ag yr oedd o at Ann, ac roedd yn well ganddi ddibynnu ar oleuadau parhaol y stryd yn hytrach na golau achlysurol y lleuad! Doedd chwilio am dŷ diarffordd i Dic gael llonydd i alw ar y slei ddim wedi croesi ei meddwl, gan y gobeithiai'n dawel bach y byddai'r ddau (a'r plant efallai) yn cyd-fyw'n barchus efo'i gilydd ymhen ychydig. Pwy a ŵyr beth fyddai'n digwydd unwaith roedd sgandal babi'r Ddraig wedi dod i'r amlwg? Efallai y byddai hynny'n gyfle gwych i Dic a honno gael ysgariad, ac y byddai pawb yn hapus am byth bythoedd, amen?

Pan aeth Tina i'w swyddfa'r diwrnod canlynol, roedd yna bentwr o bamffledi ar ei desg gan wahanol werthwyr tai. Gwyddai'n iawn pwy oedd wedi eu rhoi yno, ond pa gynllwyn oedd gan Jeff Parry o dan ei het y tro hwn, tybed?

'Gobeithio bydd y rhain o fudd i chi wrth i chi chwilio am eich cartre delfrydol,' meddai'r Golygydd gwridog, gan gymryd diddordeb annaturiol yn ei hymchwil i brynu tŷ. 'Cofiwch 'mod i'n hen law arni, ac wedi symud o leiaf chwe gwaith yn fy mywyd! Ond yn ôl at waith . . . mae'r ffaith eich bod yn chwilio am dŷ am y tro cyntaf yn galw am erthygl swmpus ganddoch chi. Tybed fedrwch chi adrodd am y farchnad dai leol a'r broblem i rywun sy'n prynu lle am y tro cynta? Mi fydd gennoch chi wybodaeth o lygad y ffynnon wedyn, yn bydd, ac fe fydd yn lladd dau dderyn efo un ergyd.'

'Dim problem, Mr Parry.' Roedd Tina'n fwy na

bodlon gwneud fel y dymunai – gan gadw hyd braich oddi wrtho, wrth gwrs.

'Mi gewch chi fy holi i am fy mhrofiadau, os hoffech chi farn arbenigol – o dan enw ffug wrth gwrs!'

Roedd y busnes ffugenwau yn cael ei ddefnyddio gan rai gohebwyr papurau newydd ychydig yn rhy aml, ym marn broffesiynol Tina. Ond am y tro cyntaf erioed, teimlodd ei bod yn gallu gwneud fel y dymunai bron efo'r papur erbyn hyn gan ei bod yn un o'r bosys, a fyddai neb ond Jeff Parry (a'r darllenwyr) yn debygol o'i chwestiynu am ei gwaith. Wedi awr yn pori'r we a ffonio ambell werthwr tai, ysgrifennodd Tina erthygl hir yn dyfynnu hwn a'r llall gan roi enwau gwneud i bob un ohonynt, a sicrhau ar yr un pryd eu bod yn enwau cyffredin a oedd yn siwtio cymeriadau un o drefi mwyaf dalgylch y papur! Fyddai neb callach nad oedd 'Gwyn Jones' ac 'Arthur Davies' yn ddynion o gig a gwaed! Wrth i Tina holi Jeff, ceisiodd hwnnw roi awgrymiadau iddi am bethau i chwilio amdanynt a'u hosgoi wrth brynu eiddo. Dylid chwilio am y lleoliad perffaith, meddai. Dylid ystyried a fyddai angen ysgol yn yr ardal i unrhyw blant yn y dyfodol. Fyddai hi'n hoffi tafarn leol i gymdeithasu neu chwarae pŵl neu ddarts? Neu oedd hi'n berson neuadd bentre ac yn awyddus i ymuno â Merched y Wawr neu Glwb Trefnu Blodau?

'Diolch am eich cynghorion, Mr Parry,' meddai Tina, heb sylweddoli bod yna gynllwyn cyfrwys i'w holl gynghorion.

*   *   *

Doedd Lyn erioed wedi aros yng Ngheredigion o'r blaen, er iddo basio drwy'r ardal unwaith neu ddwy ar y ffordd i Sir Benfro ar wyliau efo'i fam. A dweud y gwir, doedd o ddim wedi bod llawer pellach na Chaer y ffordd arall chwaith! Doedd ei olygon ddim ar fynd yn bell yn ei waith, heb sôn am yn ddaearyddol, ac roedd digon o arian rhent ganddo i fyw'n gyfforddus ac i brynu digon o ddillad newydd heb orfod mynd dramor i fwynhau ei hun.

Roedd wedi edrych ymlaen yn arw i fynd i gartref Gwenan am benwythnos ac i chwilio am ddillad ar gyfer priodas Ann a Tomi. Doedd o ddim yn siŵr sut i ymateb i 'dad' Gwenan nac i'w 'thad iawn hi' petai'n digwydd gweld hwnnw. Ond doedd dim yn rhaid iddo boeni, gan fod gan Mrs Lewis ddigon i'w ddweud i siarad dros y pedwar ohonynt.

Roedd Gwenan wedi ffonio'i mam ychydig ddyddiau ynghynt i ofyn a gâi ffrind fynd yno i aros.

'Wrth gwrs 'ny, bach,' meddai'n garedig. 'Ann neu Tina sy'n dod 'da ti?'

'Nage, Lyn,' atebodd ei merch, ond cododd aeliau Mrs Lewis pan glywodd yr enw.

'Menyw yw hi?'

'Nage, Mami. Dyn yw Lyn. Gwelwn chi nos Wener sha'r un amser ag arfer.'

Doedd pethau ddim fel y buon nhw ar aelwyd y cartref er bod pawb yn ceisio cario ymlaen fel arfer, a chredai Elfed a Gwyneth Lewis fod Gwenan wedi dod o hyd i'w phartner delfrydol o'r diwedd! Sicrhaodd Lyn ei fod wedi gwisgo'n weddol barchus a 'normal' ar gyfer ei ymweliad cyntaf â'r gorllewin, rhag ofn rhoi harten gynamserol i'r flaenores barchus! Roedd hi'n eu croesawu ar stepen y drws efo breichiau agored.

'Croeso i'n cartre, Lyn ife?'

'Ia, Mrs Lewis. Lyn Adams. Ydach chi'n iawn, cyw?'

'Cyw?' meddai Elfed Lewis o dan ei wynt heb symud o'i gadair. 'Mwy tebyg i iâr, g'lei!'

'Peidwch gwrando arno fe, Lyn bach. Fel hyn mae e rownd abowt! Tynnwch eich cot. Fe wna i ddisgled i chi ar ôl eich taith hir. Beth hoffech chi?'

'O, gwin coch mawr os oes 'na un yn mynd, *babes*,' meddai Lyn, heb lawn sylweddoli efo pwy roedd o'n siarad na ble'n union yr oedd o! Daeth Gwenan i'r adwy yn ddigon sydyn.

'Jocan mae ynte 'fyd, Mami!' haerodd, gan rowlio'i llygaid ar Lyn fel cymhelliad iddo gau ei geg. 'Mae e'n gwybod nad oes neb yn yfed gwin yn y tŷ hwn, oni bai am y gwin cymun ontefe? Gymrith e de gyda llath a siwgir fel finne, diolch yn fowr!'

Wrth i Mrs Lewis gymryd cot Lyn i'w hongian, roedd ei llygaid craff wedi sylwi mai *Next* oedd ar y label ac nad oedd ganddo falog ar ei drowsus. 'Sgiwswch fi'n gofyn, Lyn, ond ble mae'ch copish chi? Shwt 'ych chi'n gwneud . . .'

'Mami! Trysto chi i sylwi hynna. Trowser lastig sydd 'da ti, ontefe, Lyn?'

Erbyn hanner awr wedi deg, roedd y sgwrs wedi hen fynd yn hesb, er iddynt hel atgofion am y fam-gu, holi'n gynnil am 'Wncwl' Morys a sicrhau bod pregeth yn y capel ddydd Sul.

'Dau o'r gloch, bach. Y Parchedig Samuel Evans o Aberteifi. Odych chi'n ddyn am y cwrdde mowr, Lyn?'

'Dyn am ben mawr, ella, Mrs Lewis!'

'Odi, mae e wedi bod 'da fi yng nghapel y Borth ac mewn sasiwn neu ddau hefyd,' meddai Gwenan, i blesio'i mam.

'Gad lonydd iddyn nhw, fenyw. Smo nhw wedi trafaelu'r holl ffordd i gael eu croesholi 'da ti!' Wrth i

Elfed Lewis geryddu ei wraig, cynigiodd Gwenan fod Lyn a hithau'n noswylio er mwyn cael noson dda o gwsg. Rhagwelai bod diwrnod hir o siopa yng Nghaerfyrddin o'u blaenau'n y bore.

'Odi gwely Lliwen wedi'i grasu?' holodd Gwenan wrth anelu am y staer.

'I beth, bach?' holodd hithau'n ddiddeall.

'Wel i Lyn, wrth gwrs!'

'Nag yw, mae'n flin 'da fi; wnes i ddim meddwl na fyddech chi'ch dau'n cysgu yn yr un gwely! Peidiwch â chywilyddio! Mae'n beth digon naturiol ac mae'n iawn gydag Elfed a finne, on'd yw e, bach?'

'Efallai nad yw'r ddau moyn rhannu stafell wely,' oedd yr ateb swta o gyfeiriad y tân. Roedd hwnnw bellach wedi mynd bron mor llugoer â chroeso'r penteulu.

'Mae'n iawn, cyw,' achubodd Lyn y sefyllfa, cyn iddynt fynd i yddfau ei gilydd. 'Mi gysga i un pen i'r gwely ac fe geith Gwens gysgu'r pen arall! Fyddwn ni fel dau dwrch, yn byddwn cyw?'

'Ffwrch?' holodd Mrs Lewis heb glywed Lyn yn iawn. 'Twt, twt, Lyn! Wedes i ddim byd am 'ny naddo fe!'

'Twrch yw gwahadden, Mami,' meddai Gwenan yn llawn embaras.

Ac fel dau dwrch y cysgodd y ddau yn hollol dawel a digynnwrf. Roeddynt yn fodlon eu byd eu bod wedi cael rhannu profiadau – a gwely hyd yn oed.

Pan ddychwelodd y ddau o'u siopa y diwrnod canlynol, gwyddai Gwenan yn iawn y byddai ei mam eisiau busnesa i weld ei dillad newydd. Doedd Elfed Lewis heb ddod i'r tŷ eto, a byddai'n sicr yn falch o fod wedi colli'r sbloets oedd i ddilyn.

'Nawr 'te,' meddai honno, cyn i'r ddau gael cyfle i eistedd i lawr. 'Gadewch i ni gael sioe ffasiwn fach, ife? Rwy'n hoffi gweld beth mae pobol wedi'i brynu! Gwenan, ti i ddechre ie, bach? I'r stafell wmolch i newid. Lyn, gewch chi fynd i'r stafell wely.'

Anniddigodd Gwenan, ond doedd Lyn ddim yn gweld problem yn y peth. 'Mam, dyw hi ddim yn beth neis i ymwelydd orfod dangos ei ddillad i neb. Ond fe gewch weld rhai fi, dim problem.'

'Wel, jiw jiw, sdim byd i gwato 'da fe'n nag oes? Nawr 'te, Lyn, lan â chi.'

Wyddai Lyn ddim beth i'w ddweud, ond fe ufuddhaodd i'w gorchymyn tra bod Gwenan yn ymbalfalu'n ei bagiau hithau. Wedi newid, edrychai'n hynod o smart yn ei siaced a'i throwser las tywyll.

'Ro'n i'n ffansio blowsen olau, gyda'r sgarff sidan nefi blŵ 'ma i roi ychydig o liw i bennu'r ddelwedd.'

'Rwyt ti wedi camgymryd, nag wyt ti, bach? Onid siwt Lyn yw honna?' holodd ei mam mewn dryswch.

'Nage, Mami, fy siwt i yw hi,' cywirodd Gwenan hi. Roedd wedi amau ers y dechrau mai ymateb fel hyn a gâi gan ei mam!

'Ond ro'n i'n disgwyl i ti fod wedi prynu ffrog ar gyfer priodas, ferch!'

'Ddylech chi wybod bellach nag ydw i'r teip i wisgo ffrog!' atebodd ei merch mewn llais amddiffynnol, cyn i Lyn gerdded i'r ystafell yn gwisgo'r hyn a achosodd i Mrs Lewis eistedd yn ôl mewn llewyg.

'Fi sydd wedi prynu ffrog, Mrs Lewis! Un nefi blw i fatsio siwt Gwenan. Licio hi, cyw?'

21. Gwirion e-bost

Bu'n gyfnod eithriadol o brysur ac annifyr i Dr Richard Jones yn Ysbyty'r Borth, gyda llawdriniaethau cluniau a phengliniau newydd yn cael eu cynnal yn rheolaidd. Doedd pethau ddim yr un fath yno ers honiadau Bryn y Boncyn amdano; er bod Dic yn ddieuog, roedd gan rai o'r staff amheuon amdano o hyd, efo'r digwyddiad wedi glynu fel glud i'w gymeriad. Doedd aros mewn awyrgylch o'r fath ddim yn gwneud lles i'w hwyliau na'i iechyd, ac wedi iddo gyrraedd adre'n flinedig yn yr hwyr, fyddai yna ddim croeso ar aelwyd Llys Meddyg chwaith. Yn ychwanegol at hynny, byddai Marged a Gari'n aml yn barod am eu gwelyau, felly fyddai dim llawer o gyfle iddo chwarae a mwynhau eu cwmni. 'Dad byth yn chwarre efo ni!' neu 'Dad im icio Malgied!'; dyna oedd geiriau creulon y plant yn aml wrth iddo'u cau allan o'i fywyd. Neu ai nhw oedd yn ei gau o allan o'u bywydau bach nhw, tybed?

Gan fod ei fywyd teuluol, yn ogystal â'i waith, yn llawn tensiwn, gallasai Dic fod wedi gadael ei gartref, a'r wlad, erstalwm. Gan ei bod wedi mynd yn haws cael sgwrs efo cyfrifiadur na cheisio godro deialog o Marie, treuliai lawer o'i nosweithiau'n pysgota ar-lein yn chwilio am safleoedd difyr. Heb yn wybod i neb, chwilio am waith addas mewn ysbytai yn Awstralia oedd Dic, ac roedd eisoes wedi llenwi dwy ffurflen gais am swyddi yn Sydney. Doedd mynd i rywle oedd eisoes yn cynnig llawdriniaethau orthopedig ddim yn apelio ato felly penderfynodd geisio am swydd darlithydd. Byddai hynny'n ei alluogi i newid cyfeiriad gan aros efo'r un pwnc ar yr un pryd. Cwblhaodd ac anfonodd ei ffurflenni cais yn electronig, a gobeithiai y byddai cael cyfweliadau ar gyfandir arall yr un mor rhwydd. Gyda'r dechnoleg yn symud yn ei blaen mor gyflym, bu'n defnyddio linciau fideo i recriwtio staff o dramor yn ei adran ei hun ers blynyddoedd.

Roedd cyfarfod y bobl iawn bob amser yn fanteisiol hefyd! Roedd Dic wedi cynnal cysylltiad â Dr Thompson, meddyg yn Ysbyty Orthopaedig Sydney, byth oddi ar i'r ddau fynychu'r cwrs BMA yn Llundain. Bu yntau'n anfon papur newydd y *Sydney Tribune* at Dic yn gyson, ynghyd ag ambell gylchgrawn meddygol arall o'r wlad. Roedd eu darllen wedi codi awydd mawr ar Dic i brofi bywyd newydd yn ddigon pell o helbulon Ysbyty'r Borth, ac anniddigrwydd bywyd bob dydd ei gartre.

Un peth oedd yn poeni Dic yn fwy na dim oedd cymhlethdodau ceisio cael hawliau ar y plant petai pethau'n mynd mor bell ag ysgariad. Wedi'r cyfan, fo ei hun fyddai wedi gadael y teulu, a fo hefyd fyddai'n euog o gael perthynas y tu allan i'w briodas. Wyddai o ddim chwaith a fyddai Gari a Marged yn fodlon symud efo fo ai peidio, er eu bod yn rhy ifanc i wneud penderfyniadau mawr. Byddent yn siŵr o setlo i lawr petai'n rhaid iddyn nhw, a buan iawn y byddent yn dod i nabod plant eraill yn yr ysgol newydd. Gobeithiai Dic yn ei galon hefyd y byddai gan Tina ddiddordeb mewn gweithio yn Awstralia. Fyddai o ddim eisiau rhedeg i ffwrdd oddi wrth ei deulu a'i cholli hi'r un pryd.

Amheuon a chwestiynau fel hyn oedd yn rhedeg drwy feddwl Dic wrth iddo edrych ar ei amryfal e-byst un noson yn hwyr. Roedd Marie wedi mynd i'w gwely toc ar ôl rhoi'r plant i setlo, gan fod y meigren arni eto, meddai hi. Teimlai Dic ryw lonyddwch tawel heb yr un o'r tri'n amharu ar ei breifatrwydd a'i synfyfyrio, ac roedd yn hynod o braf cael heddwch yn ei gartref ei hun am unwaith.

Bu'n ffidlan ar ei gyfrifiadur am amser. Wedi edrych ar ambell safle i gael mwy o wybodaeth am Sydney a'r ysbyty ac ati, dechreuodd gategoreiddio negeseuon e-byst mewn gwahanol ffolderi. Taflodd hen rai dibwys o'i flychau Inbox a Sent, a dyna pryd y daeth ar draws nodyn dieithr. Tybed oedd un o'r plant wedi bod ar y cyfrifiadur gan dderbyn neges gan ffrind? Roeddynt yn aml yn mynd ar y PC i gael gêm o Pinball neu Minesweeper, er na chredai Dic am eiliad eu bod yn deall y gêmau hynny! Roedd y ddau'n rhy ifanc i gysylltu â'r we heb iddo fo fod o gwmpas i'w rhoi ar ben y ffordd. Ond fel unrhyw blentyn yn yr oes fodern hon, roeddynt o hyd yn barod i arbrofi a dysgu pethau technolegol newydd.

Dim ond un person arall allai fod wedi defnyddio'r PC, a honno oedd Marie. Ond roedd Dic yn amheus a fedrai hi roi'r swits ymlaen heb sôn am ysgrifennu dim byd! Anfon llythyr henffasiwn efo papur a beiro neu ddefnyddio'r ffôn i drosglwyddo negeseuon wnâi ei wraig fel arfer. Soniodd hi erioed yr hoffai ddysgu sut i ddefnyddio cyfrifiadur! Pan agorodd Dic y neges, darllenodd y gobldigwc rhyfeddaf!

SGN 1AF. BBI NI! F HPS. T?

Methodd wneud pen na chynffon ohono, ac wrth ymchwilio ymhellach, sylwodd fod y nodyn wedi cael ei anfon am 3.48 y prynhawn hwnnw tra oedd o'n gweithio. Gan mai ei gyfrifiadur o oedd o, teimlai fod ganddo hawl gwybod pwy oedd wedi anfon beth ac at bwy, a chododd ei chwilfrydedd. Roedd hefyd yn teimlo'n flin fod pwy bynnag a'i defnyddiodd wedi mynd y tu ôl i'w gefn. Roedd y we'n llawer rhy beryg i'w blant ddefnyddio ar eu pennau eu hunain efo'r holl bornograffi a chyffuriau oedd ar gael! Craffodd Dic ar y neges eto – oedd hi i fod yn amwys i'w dwyllo fo neu unrhyw un arall o'r teulu? Os mai neges i Marie oedd hi, oedd hi wedi gallu ei hateb? Aeth i'r blwch Sent, ac yno cynyddodd ei amheuon fod rhywbeth od iawn yn digwydd o fewn muriau ei gartref ei hun.

NDW DL. XX I BB!

Roedd sgiliau teipio Marie'n uffernol o wael – neu roedd yn hynod o gyfrwys! Tybed ai ceisio dysgu teipio gan anfon gair at ei hyfforddwr oedd hi? Aeth Dic yn ôl at y neges wreiddiol.

Sgn 1af? Beth mae hynny'n ei olygu? holodd yr ystafell wag. A beth oedd ystyr y geiriau cryptig 'bbi ni'?

Wrth edrych ar ochr dde'r sgrin, sylwodd yn sydyn fod atodiad i'r neges, a rhoddodd ddau glic arno. Darganfu lun 'jpg' o rywbeth aneglur a ymdebygai i siâp ffa Ffrengig mewn twnnel du, ac aeth ei lygaid yn ôl eto at y neges. BBI NI.

'Ffycin hel!' gwaeddodd dros y lle. '"Sgan cyntaf babi ni" mae o'n ddeud!' BABI? Ai dyna oedd y neges yn ei ddweud go iawn, neu ai fo oedd yn dechrau drysu? Os mai dyna'r ystyr, pwy ffwc ydi'r 'ni' 'ma? meddyliodd.

Wrth i'r gwirionedd araf wawrio arno, roedd meddwl Dic ar dân. Dechreuodd ei galon brocio'n gyflym yn erbyn sidan ei grys, a diferai'r chwys i lawr ei fochau wrth iddo gael pwl sydyn o banig. Ai ceisio e-bostio Dic yr oedd Marie, i gyhoeddi eu bod nhw ill dau'n mynd i gael babi arall? Neu a oedd hi'n dechrau colli arni ei hun ac nad oedd yna 'fabi' go-iawn mewn gwirionedd? Ai gwendid ymenyddol y Ddraig oedd wedi creu sefyllfa ffantasïol er mwyn twyllo Dic er mwyn iddo roi mwy o sylw iddi?

Doedd y ddau ddim wedi cael rhyw llawn ers misoedd bellach. Faint? Tri mis? Pedwar? Doedden nhw ddim chwaith wedi trafod cael mwy o blant ers genedigaeth Marged, gan fod iechyd Marie wedi bod yn wan ar ôl geni Gari. A doedd Dic yn sicr ddim am glymu ei hun i fyw'n hirach nag oedd yn rhaid efo'r ast trwy gael epil arall efo hi!

Roedd wedi gwrthod cael y snip sawl gwaith fel yr oedd Marie wedi awgrymu, rhag ofn y byddai'n cael cyfle i blanta efo Tina rhyw ddiwrnod, er gwaetha'i phroblemau.

Ond pwy oedd y trydydd person yn yr achos yma? meddyliodd Dic. Cliciodd ar gyfeiriad y llythyr y tro hwn gydag ochr dde'r llygoden. Aeth i 'Properties' i weld a fyddai enw llawn y derbynnydd yno, ond ni ddatgelwyd dim byd pellach. Fedrai o ddim mynd i'w wely'n dawel ei feddwl y noson honno. Os mai ei wraig ei hun oedd wedi anfon sgan o ryw fabi anhysbys ato i geisio gwella'u bywyd priodasol, roedd hynny'n drist! Os mai sgan o'i fabi o'i hun oedd o go iawn, roedd hynny'n fwy trist byth!

Wrth fynd i fyny'r grisiau'n dawel rhag deffro'r plant, agorodd Dic ddrws y llofft yn araf. Ond fedrai o ddim wynebu'r Ddraig os oedd hi'n cysgu ai peidio. Yng nghanol ei ddryswch, roedd ganddo ormod o ofn darganfod y gwirionedd. Felly caeodd y drws yr un mor araf a thawel, aeth i lawr y grisiau, gwisgodd ei gôt a thaniodd y BMW. Anelodd y llyw am Stryd Fawr y Borth gan barcio'n flêr y tu allan i Fflat 36C. O leiaf, byddai'n cael croeso ym mreichiau'r ferch yr oedd yn ei charu'n fwy na'i fywyd ei hun, bron.

Teimlodd Dic yn euog nad oedd wedi rhoi llawer o sylw i Tina ers y gwyliau gwersylla yng Nghilmeri, a gwyddai y byddai ei hysfa rywiol yr un mor gryf â'i un yntau erbyn hynny. Pan gyrhaeddodd y tŷ, synnodd wrth weld y drws isaf ar agor. Fel arfer, byddai gofyn canu cloch yr *intercom* i gael ateb o'r fflat. Mentrodd i mewn, gan basio ystafell Gwenan yn ddistaw ar y gwaelod. Wrth nesu am y landing, edrychai ymlaen at weld ymateb Tina wrth iddi agor y drws iddo. Â hithau'n hanner awr wedi deg, gallai'n hawdd fod yn ei gwely, ond gwyddai Dic na fyddai byth yn gwrthod ei adael i mewn i'w hystafell.

Cnociodd y drws yn ysgafn, gan aros. Dim ateb. Cnociodd eto, yn drymach y tro hwn. Neb. Mentrodd alw'i henw – yna'n uwch, a daeth Ann allan o'i fflat ei hun i weld beth oedd yn tarfu ar heddwch y nos.

'O, helô Dr Jones,' meddai'n barchus, fel yr arferai ei gyfarch rhwng muriau'r ysbyty. 'Popeth yn iawn?'

'Ann! Pa hwyl? Ydi Tina o gwmpas dwêd?' holodd Dic, gyda gofid neu banig yn ei gwestiwn.

'O'n i'n meddwl ei bod hi i mewn,' atebodd Ann yn betrusgar, gan amau pwy oedd yn llechu y tu ôl i'w drysau caeedig. 'Dwi'n siŵr i mi glywad rhywun yn sgwrsio chydig yn ôl. Falla iddi bicio allan am beint. Tyrd am banad i aros, ac mi gawn ni sgwrs wrth wrando allan amdani.'

'Na, wna i ddim creu traffarth a hitha mor hwyr.'

Ond gwyddai Ann fod Dic angen gweld Tina am ryw reswm neu'i gilydd, ac wedi gwneud paned o goffi iddo, gorfu i'r ddau sgwrsio am dros awr am bopeth o dan haul cyn clywed unrhyw gynnwrf o'r drws nesaf. Trafodwyd y tywydd, gwyliau'r haf, problemau diweddara'r ysbyty a threfniadau priodas Ann a Tomi. Yna, pan glywodd Dic ddrws yn agor, diolchodd iddi am ei chroeso, a chamodd allan i gyfarch Tina. Ar hynny, gwelodd Dic yr olygfa yr oedd wedi ei hofni ers dechrau eu carwriaeth. Dyna ble roedd Tina'n ei gŵn nos sidan – yr un y prynodd o iddi'r Nadolig blaenorol – yn cofleidio dyn tal, pryd tywyll, gydag acen gymysg rhwng Cymraeg ac Eidaleg ganddo!

'*Ciao* Antonio,' meddai Tina mewn breuddwyd wrth ffarwelio â'r un y bu'n ei gnychu'n nwydwyllt am oriau lawer. Yna, safodd yn stond wrth weld Dic yn dod allan o fflat Ann o bawb! Disgynnodd wynebau'r ddau'n glep wrth edrych i lygaid ei gilydd.

'Dic! Be ti'n neud?' meddai Tina'n ffwndrus, gan dwtio'i gwallt a cheisio cuddio rhigol ei bronnau, fel petai Dic erioed wedi eu gweld o'r blaen!

'Does dim angen i ti ddeud dim, Tina,' cychwynnodd Dic.

'Dic! Mi fedra i egluro . . .'

'Egluro be? Mae gen ti fwy o hawl na fi i weld unrhyw un wyt ti isio. Ti'n haeddu dyn arall beth bynnag . . . un mwy sefydlog na fi.' Cychwynnodd Dic i lawr y grisiau fel plentyn wedi cael cam.

'Tyd i mewn i ni siarad, Dic . . . Dim ond Antonio oedd hwnna, neb sbesial.'

Wrth i Dic wrthod ei chynnig, dechreuodd Tina grio. 'Ond mi fydd gen ti dipyn mwy o waith egluro pam oeddet ti yn fflat Ann!'

Caeodd Tina ddrws ei fflat yn glep yn ei wyneb, a chan fod Ann ac Antonio wedi hen encilio i'r nos erbyn hynny, doedd gan Dic ddim dewis ond mynd adre.

'Ti'n hwyr, Dic! Lle ti 'di bod?'

Wrth ddychwelyd i Lys Meddyg, doedd gan Dic ddim amynedd gwrando ar ddynes flin arall yn parablu'r noson honno, ac roedd eisiau llonydd ac amser iddo'i hun i gael meddwl yn ddwys am y sefyllfa. Anwybyddodd gwestiwn ei wraig, ac aeth i mewn i ystafell y plant gan esgus eu bod yn galw amdano yn eu cwsg. Bodlonodd Marie ar ei ateb tila, a gorweddodd hithau'n ôl yn ei gwâl unig yn gysglyd a breuddwydiol.

*   *   *

Roedd y plant allan yn chwarae'n braf yng ngardd Llys Meddyg y bore wedyn, a gwelodd Dic ei gyfle i ymosod ar ei wraig. 'Be ti'n feddwl ti'n neud, Marie?'

'Clirio llestri brecwast. Pam?' Throdd hi mo'i hwyneb tuag ato.

'Ti'n gwbod yn iawn, ddynas! Be ydi dy gêm di'n chwara o gwmpas efo compiwtars pobol eraill?'

'Wel, does gen i'r un fy hun i chwarae efo fo, nag oes?' Roedd ei hateb yr un mor amddiffynnol ag un ei gŵr.

'Paid â bod mor blydi hunangyfiawn! Ers pryd wyt ti'n dallt compiwtars?'

'O cau dy geg, Dic. Nid dim ond ti sy'n gallu gneud pethe'n y tŷ yma, sti! Dwi wedi ffeindio rhywun efo chydig mwy o amynedd na ti i ddysgu fi i roi swits ymlaen ac i anfon e-byst, diolch yn fawr!'

'Mamau'r ysgol debyg! A sôn am e-byst . . .'

Torrodd y Ddraig ar ei draws, gan y gwyddai iddi roi ei throed ynddi. 'Mae hyd yn oed Gari'n dysgu sut i'w defnyddio nhw yn yr ysgol gynradd!'

Roedd hi wedi bwriadu dileu'r e-bost, ond cafodd ei distyrbio gan Marged, oedd yn gweiddi am rywbeth neu'i gilydd byth a beunydd.

'Ta waeth am y blydi compiwtar, sgan o fabi pwy sydd ynddo fo?'

Suddodd calon Marie, ond wnaeth hi mo'i ateb, dim ond parhau i olchi'i hembaras i lawr y sinc efo'r llestri, a phicio i ben y drws bob yn hyn a hyn i gadw llygad ar y plant.

'Marie! Ateba fi.' Ond wnaeth hi ddim. 'Iawn, 'ta. Ateba hyn. Dy fabi di ydi o?'

Fedrai hi ddim peidio ateb. Roedd hi wedi'i chornelu. 'Wel, ia siŵr dduw, pwy arall?'

'A dyna ti, yn cyfadda mai ti wnaeth ei yrru fo! Ers pryd wyt ti'n disgwyl?'

'Disgwyl fyswn i amdanat ti, Richard Jones!'

Daeth yr ateb fel sioc i Dic. 'Be? Ti'n deud nad fy mabi i ydi o?' Doedd o ddim yn coelio'i glustiau, a phan wawriodd arno fod posibilrwydd nad y fo oedd y tad, teimlai ryddhad anferthol. 'Wel, diolch byth am hynny!'

'Be? Ti'n falch nad dy fabi di ydi o? Wel, diolch yn fawr, y bastard!' Ond, o dan yr hefru, roedd yr un balchder yn llygaid Marie hefyd.

Wyddai Dic ddim sut i ddweud wrthi na fyddai'n barod i aros adre i fagu eu trydydd plentyn. Roedd y peth yn wrthun iddo. 'Yn falch? Blydi hel, Marie! Dau blentyn ddaru ni fargeinio amdanyn nhw o'r dechra! A dydi'r hinsawdd deuluol ddim yn lle mwya delfrydol i fagu'r trydydd plentyn!' Yna, wedi i'r sioc suddo i'w ymennydd, fe darodd y gwirionedd Dic fel bwled yn ei frest. 'Shit! Ti'n trio deud wrtha i dy fod di wedi bod yn ffwcio rhywun arall y tu ôl i nghefn i?'

'Cadw dy lais a dy eirie budur i ti dy hun! Mae'r plant yn clywed mwy na ti'n feddwl!' gwaeddodd Marie, yr un mor gynddeiriog â'i gŵr.

'Wel, pwy ffwc fysa'n dangos diddordab mewn dynas ddifywyd fath â chdi, beth bynnag?'

'Dwyt ti ddim wedi dangos diddordeb ers misoedd, Richard Jones, felly paid ag edliw i ddyn arall neud hynny!'

Er na chyfaddefodd Marie ei bod wedi cael perthynas y tu allan i'w phriodas, roedd Dic yn fud. Fy ngwraig i wedi bod yn cael affêr? Ers pryd, ac yn bwysicach fyth, efo pwy? holodd ei hun.

'Doeddet titha ddim isio ngweld inna ar ôl geni'r plant chwaith,' ceisiodd achub ei groen ei hun. 'Felly paid â beio fi am bob dim! Ti wedi actio'n uffernol o dda am flynyddoedd yn esgus dy fod di'n diodda o sgil-effeithia ar ôl geni! Ydi'r affêr 'ma'n mynd ymlaen ers hynny?'

Ar hynny, clywyd sgrechiadau cwynfanus o gyfeiriad yr ardd. Roedd yn rhyddhad i Marie gael esgus i ruthro at Marged i ddarganfod ei bod wedi cael sgriffiad go arw wrth syrthio ar y llwybr concrid. Byddai'n rhaid i'r ddau oedolyn aros nes bod y plant yn eu gwelyau cyn medru parhau efo'r croesholi a'r celu gwirionedd.

*   *   *

Yn ôl greddf famol Mrs Griffiths, y Boncyn, bu Bryn yn actio'n rhyfeddach nag arfer yn ddiweddar. Credai ar ei chalon na fynnai ei mab gam na nam i neb ac yntau ond, ar ei brifiant ac i mewn i'w ugeiniau, roedd wedi tyfu'n fochyn o fachgen. Wedi cyrraedd ei dri degau, roedd wedi troi'n fochyn siofinistaidd ar ben popeth arall! Doedd Mrs Griffiths ddim yn cofio i gariad gael ei gwadd i'r tŷ erioed ganddo, oni bai am Glenda Llwyn-y-Gog. Hyd y gallai hi glywed o'r llofft, dim ond mwytho cŵn bach wnaeth y ddau drwy'r nos, tan i Bryn orfod ei danfon adre wedi iddo sobri dipyn. Credai Mrs Griffiths y byddai Glenda wedi bod yn ferch atebol iawn i redeg swyddfa ac i gadw trac ar gyfrifon busnes contractio Bryn. Roedd talu am gyfrifydd i lenwi ffurflenni Hunan Asesiad wedi mynd yn fwrn arno ers iddo fynd yn hunangyflogedig. Ond roedd llawer o bethau na wnaeth Bryn erioed eu datgelu i'r dyn treth ar hyd y blynyddoedd!

Er ei fod wedi hen basio oed setlo i lawr, ac wedi clustnodi'i hun fel 'yr hen lanc mwya swanc yn y sir', byddai tipyn o gyfrifoldeb fel gŵr a thad yn gwneud y byd o les i Bryn. Ond fedrai Mrs Griffiths ddim meddwl am neb fyddai'n bodloni ar fachgen mor hunanol ac unllygeidiog â fo!

Tra oedd ei meddyliau'n cael rhwydd hynt i ddiraddio'i mab ei hun, canodd y ffôn yn y lolfa, a llamodd o'r gegin i'w ateb.

'Y . . . ydi Bryn yna plîs? Bryn Griffiths?' holodd llais bach eiddil y pen arall i'r ffôn. Doedd y wraig dawel ddim yn swnio fel un o'r bobl fyddai'n ffonio'n achlysurol i werthu pethau dianghenraid, felly manteisiodd Mrs Griffiths i dynnu sgwrs â hi, gan ei bod yn Gymraes bur.

'Nac 'di, 'mach i. Gweithio tan wedi chwech heno. Oes yna neges?'

'Gweithio'n hwyr ar nos Sadwrn? Ym . . . nag oes, dim neges . . . Oes! Gofynnwch iddo fo ffonio Borth 696969 plîs.'

Estynnodd Mrs Griffiths am ddarn o bapur gan ofyn i'r llais ailadrodd y rhifau. 'Dyna ni. Dim problem, 'mach i. A phwy fedra'i ddeud sy'n galw?'

'Marie . . . y . . . Maria . . . ia, dyna fo, ond nid Black Maria chwaith! Dim angen hwnnw arno eto . . .!' Roedd siarad gwag Marie yn dechrau mynd yn embaras iddi.

'Ffrind i Bryn ydach chi, ia Maria?'

'Ia . . . naci, fy ngŵr i sydd wedi bod yn delio efo fo yn y gorffennol. Finne'n dod yn ffrindie trwyddo fo. Y . . . diolch, a phnawn da i chi.'

Torrwyd y sgwrs yn ei blas, a doedd Mrs Griffiths ddim yn gwybod a ddylai lyncu'r stori ai peidio. Roedd y ferch yn swnio'n fwy na 'ffrind' i'w mab hi, ac aeth rhyw deimlad o fodlonrwydd mamol drwy ei gwythiennau.

Cyrhaeddodd Bryn o'i waith fel roedd yr hen gloc taid yn taro chwech, a tharodd yntau rech yn ddesgant perffaith iddo. Anwybyddu ei arferion budr wnaeth ei fam, wrth gwrs, gan iddi eu clywed gan ei dad am hanner canrif cyn hynny! Gosododd ei swper a'i bwdin ar y bwrdd i'w gyfarch fel arfer. Wedi'r cyfan, does gan y creadur neb arall i forol amdano, meddyliodd, a gadawodd iddo fochio'i champwaith cyn sôn wrtho wrth basio fod yna ryw 'Maria' wedi ffonio. Aeth yntau'n goch i gyd wrth dderbyn y papur oedd yn cynnwys ei rhif ffôn.

Cododd Bryn o'i sedd heb hyd yn oed ddiolch am ei bryd bwyd, ac anelodd mewn llawenydd am y lolfa, gan gau'r drws yn glep. Gwyddai Mrs Griffiths fod rhyw ddrwg yn y caws, ond fentrodd hi ddim mynd at y drws i glustfeinio ar alwad ffôn breifat ei mab. Gwyddai y gallai fod yn fachgen hynod o greulon yn ei wylltineb, felly penderfynodd y byddai'n dweud ei stori'n ei amser ei hun pe dymunai wneud hynny.

Wyddai Bryn ddim pam fod Marie wedi rhoi rhif ffôn Llys Meddyg iddo, yn hytrach na chysylltu â hi'n uniongyrchol ar ei ffôn bach. Beth petai Dic neu un o'r plant yn ei ateb? Byddai'n rhaid iddo feddwl am ryw araith gelwyddog eto. Yn grynedig a phetrusgar, deialodd y rhifau. Cymerwyd eiliadau lawer i rywun ei hateb, a rhoddodd Bryn ochenaid o ryddhad pan glywodd lais Marie'r ochr arall.

'Diolch byth mai ti atebodd! Ti'n iawn?' Bu tawelwch am eiliad. 'Be sy'n bod, Marie? Ydi'r plant yn iawn acw?'

Roedd ganddo gydwybod wedi'r cyfan!

'Ydyn siŵr. Yn yr ardd dwi. Ond mae 'na fwy yn bod rŵan o dy achos di, Bryn Griffiths!' atebodd gan ddechrau igian crio.

'Paid â nadu'n wirion,' hefrodd Bryn yn ôl. 'Pam ti wedi gofyn i fi ffonio ar y rhif yma?'

'Isio dy rybuddio di i beidio ateb dy ffôn symudol os ddaw fy enw i i fyny arni . . . achos Dic fydd o! Mae o wedi ffeindio'r holl negeseuon testun oedd yn cael eu storio ynddi!'

'O, blydi hel, Marie! Be ti'n gneud peth mor ddiawledig o hurt? Pam uffarn na 'sa ti 'di'u dileu nhw'n syth ar ôl eu hanfon nhw?' Daeth mwy o grio'r pen arall i'r derbynnydd, a harthiodd Bryn yn uwch arni. 'Be ddudodd o, Marie? Ydi o'n gwbod am y sgan?'

'Mae o wedi agor yr e-bost hefyd!'

'Arglwydd mawr! Mae'n siŵr ei fod o'n meddwl ei fod o'n mynd i fod yn dad eto? Be ti'n drio'i neud, y gont wirion?'

Roedd llais bygythiol Bryn mor uchel erbyn hyn fel y rhedodd Mrs Griffiths at y drws, gan glywed y cymal olaf, a'r pwysicaf, o'r sgwrs.

'Paid â gweiddi, Bryn!' meddai Marie yr ochr arall i'r dre. 'Mae o'n cymryd dau, ti'n cofio? A falle mai ti oedd hwnnw tro yma, ac nid Dic . . . Dwi'm yn siŵr,' mentrodd Marie ei ateb yn ôl. 'Dyna pam fod yn rhaid cael prawf DNA.'

'Oes rhaid i mi gael test i brofi mai fi sydd wedi bod yn dy ffwcio di ers misoedd?'

Edrychodd Mrs Griffiths yn hurt ar ei hadlewyrchiad ei hun mewn hen lun 'Nefoedd ac Uffern' ar y wal y tu allan i'r lolfa. Doedd hi ddim wedi clywed ei mab yn bytheirio ar neb fel hyn o'r blaen. Dim hyd yn oed ar ei fam! A'r iaith anweddus 'na!

'Felly, pryd wyt ti'n mynd i gael cadarnhad mai fi ydi tad y sbrog 'ma?' Neidiodd Mrs Griffiths o'i slipars, a chollodd hanner ei phaned ar lawr y pasej. Ei Bryn bach hi'n mynd i fod yn dad? Wel! Pwy fase'n meddwl? Roedd wedi amau'r Maria 'na ers y dechrau, heb sôn am yr amryfal benwythnosau roedd Bryn wedi'u treulio yn 'Blackpool'! Teimlodd Mrs Griffiths fod bywyd wedi newid o fewn yr eiliad fach honno. Roedd gwyrthiau'n gallu digwydd wedi'r cyfan, ac roedd hi'n mynd i fod yn nain!

22. Teimlo'n fflat

Roedd Tina wedi cynhyrfu'n lân yn dilyn ymweliad annisgwyl Dic â'i fflat am sawl rheswm:

- ei fod o wedi'i gweld hi efo Antonio;
- ei bod hi wedi gweld Dic efo Ann;
- ei bod hi bellach wedi 'laru ar ymweliadau achlysurol ac annrhagweladwy Dic;

roedd hi isio sefydlogrwydd, tŷ a dyn llawn amser!

Penderfynodd Tina y gallai un ai rygnu ymlaen efo Dic hyd nes y byddai'n ganol oed (a fawr callach yn y diwedd), neu gallai drio anghofio amdano a rhoi cyfle iddi hi ei hun syrthio mewn cariad efo dyn didwyll fyddai'n barod i rannu ei bywyd, ac nid dim ond ei gwely!

Ers i Andrew gymryd y goes flynyddoedd ynghynt, wnaeth yr un cariad ar hyd y blynyddoedd daro Tina fel rhywun fyddai'n gwneud y gŵr delfrydol iddi. Gŵr, meddyliodd? Argol, mae hynne'n swnio'n ddiarth! Doedd hi ddim yn barod i setlo i lawr yn ei hugeiniau, a fyddai 'rhywun rhywun' ddim wedi gwneud y tro iddi beth bynnag. Gallai Gruffudd Antonio dyfu'n hawdd arni, ond gwyddai mai chwantau'r cnawd yn unig fyddai perthynas efo hwnnw. Doedd o ddim o'r un cefndir na'r un anian â hi, ac ar ôl i'r rhyw golli'i ramant, gwyddai y byddai'r hanner Eidalwr horni'n chwilio am gnawd iau.

Ond, bellach, wedi iddi gael mwy o gyfrifoldebau o fewn y gwaith, a gweld ei ffrindiau'n setlo i fywydau priodasol – hapus neu anhapus – teimlai Tina ei bod yn bryd iddi hithau newid cwrs ei bywyd. Doedd hi ddim eisiau bod ar ei phen ei hun pan fyddai'n hen; er ei bod wrth ei bodd efo preifatrwydd, doedd hi ddim yn hoffi unigrwydd!

Pwy ddeuai i gartre'r henoed i'w gweld hi pan fyddai'n fusgrell a methedig? Gan nad oedd ganddi frawd na chwaer, chafodd hi erioed y fraint o fod yn fodryb. Doedd gan ei mam na'i thad ddim brodyr na chwiorydd chwaith, felly doedd ganddi ddim cefndryd na chyfnitherod. Ac os na fyddai rhyw wyrth yn digwydd i'w thiwbiau, fyddai ganddi fyth blant nac wyrion a wyresau chwaith! Na, os oedd Tina i gael gafael ar ddyn go iawn, roedd eisiau un fyddai'n fodlon rhoi ei amser a'i holl sylw iddi. Wrth feddwl felly, byddai'n haws iddi roi enw Dic yng nghefn ei meddwl!

Penderfynodd Tina mai dyma'r amser delfrydol i brynu tŷ. Roedd wedi gwerthu ei char ei hun, gan dderbyn un y cwmni, a byddai rhwymo'i hun i dalu morgais yn llawer haws â hithau ar gyflog Is-Olygydd. Roedd ganddi dipyn go lew o gelc i fentro i'r gyfundrefn eiddo, a gwastraff arian fyddai talu mwy o rent uchel i Lyn Adams, fel y gwnaeth ar hyd y blynyddoedd.

Roedd byw efo dwy o ferched o'i chwmpas wedi bod yn iawn tra parodd o. Ond pwy a wyddai pwy fyddai'n symud i mewn i fflat Ann wedi iddi briodi ymhen ychydig o wythnosau? Doedd Tina ddim awydd cychwyn cyfeillgarwch efo cymydog/cymdoges arall, ac roedd Gwenan a Lyn wedi mynd yn hynod o ddieithr iddi'n ddiweddar.

Felly, un diwrnod, treuliodd Tina'r bore'n pori'r we am y cartref delfrydol. Darllenodd ei phapur ei hun hefyd, gan fod gwerthwyr tai ac eiddo ardal y Borth yn hysbysebu'n rheolaidd yn y *Journal*. Roedd hefyd wedi edrych yn fanwl ar yr ohebiaeth a dderbyniodd gan Jeff Parry. Ymhen awr neu ddwy, roedd wedi ffonio nifer o asiantaethau i wneud apwyntiadau i weld dros hanner dwsin o dai, er na wyddai hi'n iawn pa fath o le roedd yn chwilio amdano.

Roedd pob un o'r cynrychiolwyr a'i hebryngai o gwmpas y tai'n chwydlyd o ganmoliaethus. 'Perffaith i ferch sengl fel chi' 'Lleoliad tawel i ferch ganol oed'; 'digon o le heb fod â gormod o le'; 'potensial i ehangu os cewch chi deulu'. Gwelodd dai mawr a bach, rhai mewn rhes a rhai ar wahân; nifer angen eu hatgyweirio, a rhai fel twlc mochyn. Roedd ambell un fel palas y gallech symud i mewn iddo ar eich union – gan dalu drwy eich trwyn am wneud hynny!

Ond roedd un tŷ wedi mynd â'i bryd yn llwyr – yr un yr oedd Jeff wedi'i gadael taflen amdano ar ei ddesg. Roedd popeth ynddo, gyda'i leoliad tawel mewn *cul-du-sac* (cul ofnadwy i ge'byd lletach na char) yn coroni'r cyfan. Roedd iddo ardd ffrynt a phatio yn y cefn, efo sied i gadw manion; dwy lofft gyda stafell ymolchi fyny'r grisiau; lolfa a chegin yn un efo drysau mawrion yn agor allan i'r cefn; gwres canolog a ffenestri dwbl. Ar ben hynny, roedd y to newydd ei atgyweirio, ac roedd wedi cael ei ailweirio drwyddo lai na chwe mis yn ôl. Doedd dim hyd yn oed angen ei addurno efo paent na phapur, ac roedd y cyn-berchennog yn gadael hanner y dodrefn efo'r tŷ, gan ei bod yn priodi miliwnydd oedd efo pob dim yn barod. Perffaith!

Doedd Dic heb gysylltu efo Tina ers iddo'i gweld yn ffarwelio efo'r ymwelydd dieithr. Gwyddai Tina'n iawn y byddai'r naill neu'r llall yn gorfod ildio'n y diwedd, ond roedd hi am wneud safiad y tro hwn, gan adael iddo fo redeg ychydig ar ei hôl hi. Doedd heb fentro mynd heibio Ann chwaith, rhag ofn bod yna'r posibilrwydd lleiaf bod Dic wedi troi ati am damed y noson honno! Dic efo Ann? Doedd y syniad ddim yn gwneud synnwyr. Ac eto, gwyddai ond yn rhy dda am arferion carwriaethol Dic, ac y gallai ddenu unrhyw ddynes yn y byd i'w freichiau! Ond un o'i ffrindiau gorau hi ei hun?

Yn yr hwyr, ar ôl diwrnod llawn o chwilio am dy, gwnaeth Tina benderfyniad sydyn. Anadlodd yn ddwfn cyn camu'n dalog o'i fflat, croesi'r landing a chnocio'n ysgafn ar ddrws Ann.

'Ti adre felly?'

'Mynd dros drefniada ola'r briodas.' Ymateb swta – ac yna saib.

'Popeth wedi'i drefnu?' holodd Tina o ddyletswydd.

'Rhestr gwesteion yn newid o hyd.'

Beth oedd hynny i fod i feddwl? Oedd ei henw hi, o bawb, wedi ei ddileu ohono, meddyliodd Tina, a hithau'n forwyn iddi?

'O?'

'Meddwl falla na wna i ddim gwadd Dic wedi'r cwbwl . . .'

'O, Ann! Pam? Euogrwydd achos bo ti 'di cael ffling efo fo?'

'Ffling? Callia, washi!'

'Be? Ti'n gweld o erstalwm, 'te?'

'Tina! Ti oedd efo dyn arall, nid fi!'

'Ti'm isio fo yn y briodas achos mi fyse ti'n jelys bo fi a fo'n yr un lle?'

'Dwi'n deud dim tan bo ti'n callio, Tina. Ti'n afresymol.'

'Ti'n gwadd Dic, a dyne fo, Ann!'

311

Doedd Tina nac Ann erioed wedi gweiddi ar ei gilydd ers iddynt ddod yn ffrindiau a chyd-letywyr bron i bedair blynedd yn ôl, a doedd o ddim yn naturiol i'r un o'r ddwy hefru ar ei gilydd fel hyn.

'Wel? Roedd Dic yn edrych yn ddigon rhyfedd yn dod allan o dy fflat di'r noson honno!'

'Rhyfedd fysa titha hefyd, yn gweld dy gariad di'n dod allan o'i fflat efo rhywun arall! Paid â bod yn blentynnaidd, Tina.' Gallai Ann droi tu min hefyd. 'Roedd Dic angan sgwrs am rwbath mawr oedd yn ei gorddi o, ac mi gafodd o un, hynny ydi – sgwrs. Yn digwydd bod, y fi oedd yn rhydd iddo fo. Cofio?'

'Ie, ond . . . Trafod be oedd o isio?' holodd Tina mewn panig.

'Lot o betha. Y gwaith, ei blant . . .' Wyddai Ann ddim a ddylai ddweud y newyddion am y babi wrth Tina ai peidio. '. . . ond dwi'n meddwl mai fo ddylia ddeud be oedd o isio'i ddeud wrtha ti, ac nid fi.'

'Mi fyse fo 'di gallu ffonio fi i ddeud bod o'n dod draw, yn byse! Ond dwi'n rhydd i neud fel dwi isio, ac mae Antonio'n hogyn lyfli. Roedd o'n digwydd bod yn gwmni i mi'r noson honno pan oedd Dic i fod efo'i wraig!'

'Fyddai'm yn well i ti ddeud wrth Dic lle mae o'n sefyll 'ta, a sticio at ddyn sengl yn lle ffwcio bywyd dau ddyn o gwmpas?'

Doedd gan Ann fawr o amynedd efo Tina bellach, ac roedd yn poeni braidd am ganlyniad y ffrae oedd yn prysur ddatblygu'n un bersonol iawn efo'r un oedd i fod yn forwyn briodas iddi!

'Mae Dic a finne'n dallt ein gilydd, ac mae o wastad yno pan mae'r lleill wedi'i heglu hi!'

'Doeddach chi ddim yn "dallt eich gilydd" y noson honno oeddet ti efo Antonio! Weles ti ei lygaid o pan welodd o'r olwg arnat ti ar ôl i ti fod yn diddanu'r stalwyn yna? Ac mi glywas inna'r blydi lot drwy'r parad hefyd!'

Dechreuodd Tina grio. Doedd hi ddim yn arfer gwneud hynn,y ond roedd ceisio cadw'i pherthynas efo Dic yn gyfrinachol rhag pawb yn anodd! Roedd derbyn mwy o gyfrifoldebau efo'r *Journal* yn dechrau dangos ei ôl arni hefyd, heb sôn am y straen o chwilio am dŷ a meddwl am ei ffrind gorau'n priodi. Roedd bod yn forwyn mewn priodas nad oedd arni fawr o awydd mynd iddi erbyn hyn yn swnio'n wrthun iddi. Rhwng popeth, roedd bywyd yn ymddangos yn ormod iddi ar yr eiliad honno mewn hanes! Meddalodd Ann.

'Tina fach! Ty'd yma i ti gael ysgwydd i grio arni. Ty'd am banad, a gawn ni sgwrs, ia?'

Wedi sgwrs ddagreuol, penderfynodd Ann y byddai'n dweud newyddion Dic wrth Tina wedi'r cwbl. Doedd hi ddim am weld ei ffrind yn dioddef mwy nag oedd raid o achos y bastard!

'Ym . . . rhag ofn na weli di mo Dic yn fuan, mi dduda i'r newyddion oedd ganddo fo – fel ffrind i ti, Tina. Fydd o ddim yn sioc . . . ond mae Marie yn mynd i gael babi arall. Mae o'n ama mai fo ydi'r tad!'

Na, doedd clywed am feichiogrwydd Marie ddim yn synnu Tina, ond doedd hi ddim wedi bargeinio y clywai mai babi Dic oedd o chwaith!

'Dio'n bendant yn gwybod mai fo ydi'r tad?' holodd Tina hi'n anghrediniol, gan chwilio am unrhyw ateb a fyddai'n gwrthddweud ei chwestiwn.

'Yndi, yn ôl ei sgwrs efo fi. Ond fysa'n well i ti gael

gair efo fo dy hun, a sôn am berthynas ei wraig o efo Boncyn falla?'

'O, shit! Oes ganddon ni brawf fod Boncyn a hithe'n cael affêr? Ella mai ffrindie ydyn nhw wedi'r cwbwl?'

'Roedd y ddau'n amlwg yn cael *rendezvous* bach yn y parti gwisg ffansi, toeddan? Yna'r ddau yn y Royal Welsh. Ac mi soniodd Dic bod y neges annelwig yn y compiwtar yn deud "swsus i BB". Wel, Bryn y Boncyn 'di hwnnw, 'te?'

'Iawn,' meddai Tina efo pendantrwydd cadarn. 'Diolch i ti, Ann. Mi wna i ei wadd o draw i weld sut mae'r gwynt yn chwythu. Os ydi o'n ddigon o ddyn, mi ddudith y cwbwl wrtha i yn ei amser ei hun.'

'Da'r hogan!' meddai Ann.

'Dyna pam oedde ti ddim am ei wadd o i'r briodas?' holodd Tina.

'Ia, siŵr dduw. I arbad sefyllfa letchwith i ti!'

'O, Ann. Ti'n ffrind mor driw. Sori am dy ame di!'

'Duwcs, mae'n iawn sti, er, fyswn inna ddim yn lluchio Dic o'r gwely chwaith – tasa fo'n rhydd!' Chwarddodd y ddwy ffrind.

'Nei di ddal i wadd Dic, yn gwnei? Dwi'n siŵr y medra i gôpio efo fo.'

Wedi i Tina gael sicrwydd o hynny gan Ann, trodd am ei fflat ei hun. Roedd Ann yr un mor falch â hithau eu bod yn deall ei gilydd unwaith eto. Byddai'n rhech a dŵr petai'r forwyn ddim yn ffrindia efo'r briodas-ferch ar y diwrnod mawr, meddyliodd Ann cyn dychwelyd at ei rhestr gwahoddedigion. Rhoddodd dic yn ôl ar enw Dic. Ei phroblem nesa oedd a ddylai gynnwys enw Marie ai peidio?

*　　　　*　　　　*

Chysgodd Tina fawr ddim y noson honno. Ceisiodd roi'r syniad o Dic yn do yn dad am y trydydd tro o'r neilltu. Ar y llaw arall, fedrai hi yn ei byw ddychmygu Bryn y Boncyn yn gwthio pram o gwmpas y Borth! Wrth droi a throsi o dan ei *duvet*, penderfynodd y byddai'n ffonio Dic yn ei waith yn y bore i'w wadd am swper. Roedd am glywed y newyddion am y babi o lygad y ffynnon, a gwybod beth oedd ei gynlluniau am y dyfodol. Rhwng cwsg ac effro, aeth meddwl Tina wedyn at ddyfodol Dic a Marie. Beth petai o'n rhoi trefn ar ei fywyd a rhoi cyfle arall i'w priodas? Fyddai dim lle i Tina yn ei fywyd wedyn. Ond, iddi hi, byddai ei golli o fel colli gŵr neu ffrind gorau.

Wfftiodd at y syniad, a meddyliodd wedyn gymaint y byddai'n colli Ann ar ôl iddi hithau briodi. Bu'n ffrind ffyddlon iddi, a gallai droi ati unrhyw adeg am sgwrs a chyngor. Ond poenai Tina amdani'n dawel bach, gan gredu ei bod yn priodi ei chariad cyntaf o ddyletswydd yn hytrach nag o gariad tuag ato. A gafodd hi ei ffling olaf efo Dic y noson honno wedi'r cwbl?

Nid cyfri defaid i drio cwympo i gysgu roedd Tina'n ei wneud y noson honno, ond cyfri faint o ffrindiau oedd ganddi ar ôl y gallai ddibynnu arnynt. Er mor annwyl a diniwed oedd Gwenan, fu Tina a hithau erioed ar yr un donfedd gymdeithasol. Doedd Tina erioed wedi sôn am Dic wrthi gan mor gul oedd ei daliadau. Aeth ei meddwl cymysglyd ymlaen wedyn i feddwl am Lyn y Landlord. Pam ei fod wedi dieithrio cymaint yn ddiweddar? Yr unig un ar ôl i siarad ag o, petai Dic yn cefnu arni, meddyliodd Tina wrth fynd i mewn ac allan o gwsg aflonydd, oedd Jeff Parry! Gobeithiai na fyddai'n gymydog rhy fusneslyd iddi, ond y byddai ar gael i wneud ambell joban o gwmpas y lle petai neb gwell ar gael! Ond bòs oedd o wedi'r cwbwl, a fyddai hi ddim yn gallu aros adre'n esgus bod yn sâl ac yntau'n byw dros y ffordd! Fedrai hi ddim trafod ei bywyd personol efo fo chwaith, gan ei fod mor awyddus i fod yn rhan ohonofo ei hun!

A beth am Antonio? Na, fyddai'r sleifar contwyllt hwnnw ddim ar gael pan fyddai rhywun ei angen o, meddyliodd. Awydd tamed sydyn oedd o pan fyddai'n digwydd taro ar Tina yn y Red neu'r archfarchnad. Fyddai o byth yn gwneud trefniant i'w chyfarfod, rhag ofn y byddai'n digwydd taro ar rywun gwell yn nes ymlaen.

Wedi i Ann symud i'r fferm, fyddai gan Tina ddim cwmni dibynadwy wedyn, a byddai'n fwy anodd cyfarfod dynion i gyfeillachu â nhw! Fel roedd Huwcyn Cwsg yn cyrraedd, penderfynodd Tina na fyddai rhoi ei holl gydnabod – Jeff, Gwenan, Lyn ac Antonio – efo'i gilydd yn gwneud un person call!

Ar ôl noswaith o hunllefau dwfn a deffro'n aml, roedd Tina wedi cysgu'n hwyr, efo'r cloc radio a'r cloc larwm wedi canu a pheidio â chanu! Cododd yn drwsgwl a chymysglyd ei meddwl, a gorfu iddi ffonio'r swyddfa i ddweud y byddai o leiaf awr yn hwyr.

'Oes yna reswm arbennig am gyrraedd yn hwyr?' holodd Jeff hi'n awgrymog pan gerddodd i mewn i'r swyddfa o'r diwedd. 'Penwythnos prysur?'

Gwyddai Tina beth oedd ym meddwl ei bós, ond roedd wedi arfer dod allan o dwll, fel yr oedd hwnnw wedi arfer ceisio mynd i mewn i'w un hithau.

'Mi fydda i'n gymdoges i chi'n fuan iawn, gobeithio, Mr Parry. Dwi newydd fod yn rhoi cynnig am y tŷ ddaru chi awgrymu i mi.'

Aeth wyneb Jeff Parry'n goch fel bîtrwt, ond roedd gwên fel draen ar ei wyneb, ac fe'i cofleidiodd yn angerddol. 'Newyddion gwych, Tina fach. Llongyfarchiadau. Falch eich bod wedi gwrando arna i – eto!'

Tynnodd Tina ei hun o'i grafangau, rhag ofn bod gweithwyr eraill yn edrych arnynt drwy'r ffenestri. 'Nid gwrando arnoch chi wnes i, Mr Parry. Gwrando ar fy ngreddf fy hun 'nes i, gan mai hwnnw oedd y tŷ oedd yn apelio fwya at a i.'

'Câr dy gymydog meddai'r hen air, yntê! Os ydw i'n fòs cas, dwi'n addo peidio bod yn gymydog trafferthus!'

Aeth Jeff yn ôl i oruchwylio'i staff gyda rhyw ysgafnder newydd yn ei gerddediad. Pan oedd y swyddfa'n wag dros ginio, a Jeff wedi mynd allan i nôl ei frechdan ddyddiol, gwnaeth Tina ddau beth a fyddai'n newid cwrs ei bywyd. Cysylltodd go iawn â'r asiantaeth dai i gynnig am y tŷ, a chyn diwedd y prynhawn roedd cadarnhad wedi dod fod y gwerthwr wedi'i dderbyn! Yna, er mwyn cyhoeddi'r newyddion da wrth Dic (ac i glywed am ei newyddion yntau am y babi) mentrodd ddeialu rhif Adran Orthopedig Ysbyty'r Borth. Arhosodd yn nerfus am ateb.

'Fyddech chi'n hoffi gadael neges ar *pager* Dr Jones?' Yr ysgrifenyddes atebodd, gan egluro bod y llawfeddyg wedi cymryd diwrnod o wyliau. Rhyfedd hefyd, meddyliodd Tina. Doedd o byth yn arfer cymryd gwyliau ar ddechrau wythnos fel hyn.

'Na, dim diolch yn fawr,' atebodd. 'Mi adawa i neges ar ei ffôn bach o. Mae o'n bersonol.' Hynod o bersonol, taset ti ond yn gwybod, meddyliodd.

Doedd hi ddim yn hapus i adael neges ar ei ffôn, gan y byddai'n hawdd iawn i rywun arall ddarllen ei negeseuon personol. Ond roedd yn benderfynol o gael gafael arno ac, er iddi drio sawl tro, nid atebodd. Gorfu iddi erfyn arno mewn neges testun yn y diwedd:

PLS FFNIA F. NWDDN DA!

Erbyn canol y prynhawn, doedd Dic yn dal heb ymateb i gri Tina, felly ffoniodd hi Ann yn yr ysbyty gan ei bod mor awyddus i rannu'r newyddion da efo rhywun. Wrth i Ann ateb ei rhif uniongyrchol wrth ei desg, synhwyrodd Tina ei bod hithau'n swnio braidd yn betrusgar ac yn gyndyn o siarad.

'Ann. Ddrwg gen i dy boeni di'n dy waith.'

'Ti'n iawn? Sori, fedra i ddim siarad yn hir. Prysur efo *appointments*.'

'Sori. Isio cyhoeddi eu bod nhw wedi derbyn fy nghynnig i am dŷ,' meddai Tina'n llawn cynnwrf. Buan y pylodd ei brwdfrydedd.

'Llongyfarchiada. Ond gwranda, Tins, weles i O a'r Ddraig bora 'ma, yn mynd mewn i'r *ante-natal* efo'i gilydd . . .'

'Ffyc, ffyc, ffyc!' meddai Tina'n uchel, gan ddiolch nad oedd neb o staff y *Journal* wedi dychwelyd i'r swyddfa o'u cinio. 'Oedden nhw'n gariadus? Cydio yn nwylo'i gilydd? Golwg flin arno fo? Balchder yn ei llygaid hi?' Ceisiodd Tina greu'r darlun mwyaf erchyll o'r sefyllfa er mwyn cael teimlo'n well ynddi hi ei hun.

'Ymddangos yn normal ar yr wynab, ella,' meddai Ann yn gynnil. 'Sori dy siomi di, Tina. Ond gwranda. Ddo i draw heno. Gawn ni drafod hynny, a'r tŷ yr adag honno.'

Chafodd Tina fawr o hwyl ar sgwennu erthyglau i'r papur y prynhawn hwnnw, gan fod ei meddwl ym mhob man ond ar ei chyfrifiadur, ac roedd wedi blino cymaint ar ôl yr holl ddiffyg cwsg. Anfonodd un o'r cyw-newyddiadurwyr newydd i ddelio efo stori am blentyn oedd wedi brifo ar iard ysgol leol, a chafodd ddyfyniad neu ddau gan rieni ffug am iechyd a diogelwch a'r gofal cyn ac ar ôl oriau ysgol. Gwyddai y byddai llu o ddarllenwyr yn anfon llythyrau canmoliaethus i'r golygydd yn dilyn stori o'r fath, ac roedd hynny bob amser yn plesio Jeff Parry. Pan ddychwelodd hwnnw o'i ginio, roedd ganddo botel o siampên yn un llaw a thusw o flodau yn y llall.

'Gobeithio y caf i rannu'r botel, os nad dim byd arall efo chi, Tina. Rhaid i ni ddathlu y byddwn ni'n gymdogion, on'd oes, a hefyd ffarwelio efo'r hen fflat. Wyth o'r gloch heno'n iawn?'

Ddywedodd Tina ddim byd yn amgenach wrtho. Gwyddai y byddai Ann yno i ofalu amdani ac i wneud yn siŵr na fyddai Jeff Parry'n ceisio cymryd mantais ohoni unwaith eto!

23. Troi'r foch arall

Wedi iddi fynd adre, roedd Tina'n ysu i Ann gyrraedd y fflat rhag ofn i Jeff Parry gyrraedd o'i blaen. Doedd hi ddim yn ei drystio'n ormodol pan oedd cwrw ynghlwm â'i ymweliad, er ei bod hi ei hun angen diod i foddi'i gofidiau ac anghofio am Dic a'i fywyd teuluol. Ni chyrhaeddodd Ann am saith fel yr addawodd, ond doedd Tina ddim am ei phoeni â hithau efo cymaint o waith paratoi at y briodas. Un o Ben Llŷn oedd Ann, wedi'r cwbwl, felly doedd o ddim yn ei natur i frysio'n ormodol i unman! Ond roedd Tina fel plentyn bach wedi cael tegan newydd ac roedd bron â marw eisiau rhannu ei balchder am y tŷ efo unrhyw un fyddai'n fodlon gwrando. Roedd eisoes wedi ffonio'i mam o'r swyddfa, ond roedd honno'n rhy bell i ddod draw i ddathlu. Doedd Dic ddim wedi trafferthu i ateb ei galwadau – gan ei fod ynghanol ei orfoledd ei hun, mae'n debyg – felly fyddai hi ddim yn ceisio'i ffonio fo am dipyn. Fedrai hi ddim cysylltu ag Antonio chwaith, gan nad oedd hwnnw erioed wedi rhoi ei rif ffôn iddi! Roedd Gwenan, wedyn, wedi mynd i'w chragen ers colli ei mam-gu, a fyddai hi ddim eisiau rhannu potel win beth bynnag. Roedd yn well ganddi hi fynd i'r Yoga neu'r capel na chymdeithasu efo'i ffrindiau. Yr unig enw arall y gallai Tina feddwl amdano fyddai'n fodlon picio draw oedd Lyn. Er ei fod yn casglu'r rhent gan Gwenan ers tro bellach, roedd bob amser yn fodlon cael sgwrs am bethau dibwys y byd, a phan ffoniodd Tina roedd yn hynod o falch o glywed ei llais.

'Dwi'n fwy na bodlon dod am chat, *babes*, ti'n gwbod hynny!'

'Mi fydd yn esgus i ti wisgo sgert a rhyw dop bach neis hefyd yn bydd?' awgrymodd hithau i seboni ychydig, gan ddiolch y byddai ganddi gwmni pan gyrhaeddai Jeff Parry.

Roedd Lyn wedi mynd i drafferth mawr pan laniodd ar ben y landing chwarter awr yn ddiweddarach, a doedd ei fynediad dramatig, cyfarwydd ddim wedi newid.

'Haia! Be ti'n feddwl o'r flows sidan 'ma, *babes*?' holodd yn llawn cynnwrf gan roi *twirl* bach i Tina gael edmygu un o'i hen flowsys hafaidd hi ei hun!

'Del. Siwtio ti'n well na fi erbyn hyn! Coese del hefyd, Lyn. Teits neu suspendars?'

'Suspendars, i gael chydig o awyr iach yntê, cyw! Newydd siafio nghoese heddiw!'

'A finne bore 'ma Lynsi!'

'Hei! Dyna enw da a finne'n gwisgo fel dynes! Mi fyse'n enw addas taswn i'n cael y *chop* yn byse! Ond nid *transsexual* ydw i, naci Tins?' Wyddai Tina erioed yn iawn pa ochr oedd Lyn yn hongian. 'Mi gadwa i nhacle am y tro.'

'Gei di'r gore o'r ddau fyd felly'n cei, washi?' meddai Tina, heb wybod yn iawn sut i ymateb i'w sylwadau.

'Yn hollol, *babes*! Ta waeth, dod yma i glywed dy newyddion di nes i. Ti'n edrych wedi blino. Gormod o amser da?'

'Nage a deud y gwir,' difrifolodd hithau. 'Mae 'na lot o bethe ar feddwl dyn y dyddie hyn.'

'Dyn sydd ar dy feddwl di, mwy na thebyg. Dwi'n iawn?'

'Mi fyse ti'n gneud seicolegydd da, Lyn!'

'Felly, be ydi'r newyddion mawr?' holodd yntau, wedi sylweddoli nad oedd Tina mewn hwyliau rhy dda iddo falu cachu'n ormodol.

'Diod cyn mynd ymhellach?'

'Twistia fy mraich i, cyw – er bod gen i ddigon o gur pen fel mae hi. Poen yn din ydi hwnnw braidd! Ti'n gwbod sut mae hwnnw!'

Oedd, roedd Tina'n gwybod beth oedd cael poenau yn ei thin, ond doedd hi ddim yn y mŵd i siarad am ei champau rhywiol heno. Estynnodd wydrau yn llawn o win coch go gry i Lyn ac iddi hithau. Yna eisteddodd y ddau ar y soffa a chlecian y gwydrau'n atseinio 'iechyd da' drwy'r fflat.

Doedd Tina ddim yn siŵr sut i ddweud wrth Lyn ei bod wrthi'n prynu tŷ, gan y byddai'n ei cholli fel tenant. Ond gwyddai yntau am berthynas Tina a Dic ers tro, felly siawns y byddai'n deall ei dymuniad i symud i'w lle'i hun i gael mwy o breifatrwydd.

'Ffantastig! Grêt, Tins! Mae pob merch tri deg rhywbeth eisiau lle iddi hi ei hun erbyn hynny'n does?' meddai'n orfoleddus. 'Dwi ddim wedi difaru prynu'r un o'r ddau dŷ sydd gen i,' ychwanegodd. 'Pryd mae'r *housewarming*? Mi ddof i â'r tân trydan efo fi, iawn?' Chwarddodd Lyn am ben ei jôc ei hun.

'Roeddwn i'n poeni y byse hi'n anodd cael rhywun yn fy lle i yn y fflat 'ma,' eglurodd Tina. 'Mae o wedi bod yn grêt am bedair blynedd, cofia.'

'Paid â phoeni am gael rhywun yn dy le di, Tins. Mae gen i restr wrth gefn yn ysu am gael symud i mewn! Ac mae Gwenan ar fin mynd i ffwrdd i dorri tir newydd hefyd, dwi'n meddwl.'

'O? Soniodd hi ddim byd. Heb ei gweld ers tro. Be neith hi – mynd 'nôl adre?'

'Geith hi gyhoeddi hynny pan fydd hi'n barod, ie *babes*?' atebodd Lyn yn ddiplomataidd. Gwyddai'n iawn beth oedd symudiadau diweddar Gwenan – bu'n rhannol gyfrifol am iddi wneud y penderfyniad terfynol yn y lle cyntaf!

Wyddai Lyn fawr ddim am grefydd, dim ond ei fod yn creu llawer o atgasedd a lladd diangen o gwmpas y byd. Fu mynychu addoldy erioed yn rhan o'i fagwraeth; doedd ei rieni ddim yn aelodau o gapel nac eglwys. Ond teimlai Lyn ym mêr ei esgyrn ei fod o'n Gristion, a bod ganddo ddyletswydd i fynd i'r cwrdd yn achlysurol i fod yn gwmni i Gwenan. Peth bach iawn oedd neilltuo awr o'i amser ar y Sul i rywun mewn angen, meddyliodd.

'Pam fod dy ffrindie di ddim yma i ddathlu efo ni, Tins?' holodd Lyn, gan synhwyro nad oedd wedi cyhoeddi'r newyddion wrth bawb. Esboniodd Tina fod ei bòs ac Ann i fod i gyrraedd unrhyw bryd, ond nad oedd wedi meddwl sôn wrth Gwenan, a bod Dic yn gwrthod ateb ei galwadau am resymau amlwg. Soniodd hefyd am y digwyddiad anffodus pan welodd Dic Antonio'n gadael ei fflat.

'Ac mi wnes i hanner cyhuddo Dic o gael perthynas efo Ann hefyd!' ychwanegodd.

'Dic ac Ann? Paid â rwdlian!' meddai Lyn gan giglan a chroesi'i goesau wrth chwilio'i boced am sigâr fintys i gyd-fynd â'r gwin. 'Does yna ddim pwynt mewn corddi pethe yn dy ben a chael dau a dau yn gwneud pump, nag oes? Ti'm wedi banio smocio naddo, Tins?'

'Dy stafell di ydi hi, Lyn!' chwarddodd hithau. 'Na, mae Ann a finne'n dallt ein gilydd erbyn hyn, diolch byth.'

'Falch o glywed, yn enwedig gan fod y briodas mor agos! Be wnawn ni efo Dic, dwed? Fydd o'n y briodas?'

'Dwn i'm sti. Ann heb benderfynu eto.'

'Yno fel cyd-weithiwr i'r briodasferch neu fel cariad i'r forwyn fydd o, tybed?'

'Mae ganddo fo 'i brobleme'i hun y dyddie hyn, Lyn,' ychwanegodd Tina'n oeraidd, heb fanylu. Yna cododd Lyn ar ei draed, efo mwg y sigâr yn ei ddilyn fel injan stêm. Aeth i'w boced eto a thynnu ei ffôn fach ohoni.

'Wyt ti am i fi drio'i ffonio fo? Fydd neb callach pwy ydw i os wneith rhywun arall ateb y ffôn, na fydd?' Roedd Tina'n fwy na bodlon rhoi rhif Dic iddo, a rhoddodd Lyn ei ffôn ar y darseinydd er mwyn iddi hithau glywed y sgwrs.

'Ym . . . Dr Jones?' holodd Lyn.

'Un funud.' Ennyd o ddistawrwydd tra bod y person swta ar yr ochr arall yn rhoi'r derbynnydd i Dic.

'Dr Jones yma. Sut alla i helpu?'

Llawenhaodd Tina o glywed ei lais, er mor swyddogol y swniai, ac roedd ei thu mewn fel jeli wrth i Lyn roi'r neges iddo.

'Ydi'ch ffôn chi ar *speakers*, Dr Jones? Na? Da iawn. Mae'ch angen chi yn fflat 36C Stryd Fawr y Borth heno achos bod gan Tina newyddion da o lawenydd mawr i'w rannu.' Roedd daliadau crefyddol Gwenan yn amlwg wedi effeithio ar ffordd Lyn o annerch ei gynulleidfa! 'Fedrwch chi ddod?'

Crechwenodd Tina wrth ei glywed yn ei holi. Wnaeth o erioed fethu, meddyliodd.

'Pwy sy'n siarad?' holodd Dic, gan esgus yng nghlyw ei wraig nad oedd yn nabod y galwr. Byddai'n rhaid iddo feddwl yn sydyn am ryw gelwydd golau neu'i gilydd i'w ddweud wrthi.

Gan fod gan Tina fwy o hyder i siarad yn dilyn y ddiod gadarn oedd yn ei gwneud hi'n simsan, mentrodd gymryd y ffôn oddi ar Lyn i siarad efo'i hanwylyd.

'Helô, Jic . . . China sy 'ma. Plish tyd draw heno.'

Gwyddai Dic ar unwaith fod Tina wedi bod yn yfed. Serch hynny, toddodd ei galon, rhedodd rhyw deimlad rhyfedd i fyny ac i lawr ei goesau a chafodd gynhyrfiad go egr yn ei drowsus. Roedd yn anodd atal ei hun rhag dangos ei deimladau gan fod y Ddraig yn dal i glustfeinio, a cheisiodd actio'i ran fel llawfeddyg parchus. Roedd yn rhaid iddo weld Tina'r eiliad honno!

'Y ben-glin yn brifo? Angan barn arbenigol? Peidiwch â symud modfadd. Fydda i yna mewn pum munud!'

'Paid ag aros i fyny amdana i,' hefrodd o giât y ffordd ar Marie a safai ar stepen y drws yn edrych yr un mor welw ag erioed, a'i bol yn amlwg iawn mewn gwrthgyferbyniad â'i chorff eiddil.

Tra bu Tina'n siarad efo Dic ar y ffôn, gan ddweud am ei menter ddiweddaraf, roedd coesau hirion, newydd-eilliedig Lyn wedi igam-ogamu heibio'r drws, a'r ddiod yn amlwg yn gwneud iddo roi un cam ymlaen a dau yn ôl. Daeth yn ei ôl efo Gwenan ar un fraich ac Ann ar y llall.

'Dyma nhw'r defaid colledig, Tins! Ann wedi anghofio, a Gwenan ar fin dweud ei phader! Gawn ni barti gwych rŵan i bawb gael cymodi ac i ddathlu'r newyddion da!' Ar hynny, canodd cloch y drws, a gofynnodd Tina i Lyn fynd lawr i'w ateb. Gwyddai mai

Jeff Parry fyddai yno, gan ei bod yn wyth o'r gloch ar y dot.

'Wedi dod i weld Tina,' meddai Jeff, gan geisio gwthio heibio i Lyn.

'Esgusodwch fi, cyw,' meddai hwnnw'n goc i gyd gan redeg i fyny'r grisiau o'i flaen. Doedd o'n poeni dim ei fod yn siarad efo Golygydd y *Borth Journal*! 'Croeso i'r parti. Fi ydi'r *hostess* heno! Mi af i â'r botel shampers i oeri. *Follow me, love*!'

Roedd Jeff Parry'n amlwg yn siomedig na allai dreulio'r noson ar ei ben ei hun efo Tina, ond ymlaciodd yn syth yng nghwmni'r criw bach dethol tan i gloch y drws ganu unwaith eto. Tina aeth i lawr i'w ateb y tro hwn.

Dychwelodd ymhen chwarter awr, wedi rhoi mwy na chroeso cynnes i Dic. Wnaeth hi erioed ei ffwcio ar lawr oer gwaelod y tŷ o'r blaen. Ond roedd ei meddwl yn dawel gan y gwyddai na fyddai Ann a Gwenan yn cerdded o'u fflatiau i'w darganfod mewn sefyllfa o'r fath. Roedd cael ffwc 'byr a melys' pan oedd pawb arall yn ei fflat hi yn brofiad newydd a chyffrous i Tina! Roedd cusan neu ddwy drachwantus yn ddigon i yrru'r ddau'n wyllt, a phan deimlodd Tina'r chwydd yn nhrowsus Dic, roedd yn rhaid iddi ei fwytho. O fewn dim, roedd llaw grwydrol wedi darganfod mangre digon gwlyb o dan drowsus Tina, a hanner dwsin o bwniadau go filain ganddo'n ddiweddarach, roedd y ddau wedi gadael eu marc ar deils cochion y cyntedd.

'Asu, o'n i angen honna,' meddai Tina, cyn twtio'i gwallt ac unioni'i throwsus. Sythodd Dic ei dei hefyd, a cherddodd y ddau i ganol y criw fel petai dim wedi digwydd. Gwnaeth Tina'n siŵr ei bod yn closio at Dic rhag ofn i Jeff Parry ffansïo'i lwc. Erbyn un ar ddeg, doedd neb yn poeni fawr ddim am deimladau neb arall. Roedd Tina wedi cyhoeddi fod ei chynnig am y tŷ wedi cael ei dderbyn; Ann wedi gwneud jôc am y ffaith i Dic a hithau gael *phantom affair*; Dic wedi maddau i Tina am chwilio am gysur efo'r *Italian Stallion*, ac Ann wedi dweud y byddai'n rhaid i Lyn chwilio am denant newydd yn ei lle hithau wedi iddi briodi. Yna cododd Gwenan ar ei thraed, gan glirio'i gwddw efo ychydig o sudd oren cyn cyhoeddi ei newyddion hithau.

'Rwy'n ofni y bydd Lyn yn whilo am DRI pherson newydd i'r tŷ! Mae e eisoes yn gwybod mod inne'n gadael am fywyd newydd . . .' Edrychodd pawb yn syn ar ei gilydd, gan wyro ymlaen i wrando'n astud- . 'Bydd yn od iawn gadael pawb, cofiwch . . . ond rwy'n mynd yn ôl i'r coleg. Bydd hi'n haws mynd gartre i weld Mam a Da . . . Dadi ac Wncwl Morys.'

'Be nei di?' holodd Tina. 'Gradd arall mewn Llyfrgellyddiaeth?'

'Na. Rwy wedi cael fy nerbyn i'r Coleg Diwinyddol.'

'Arglwydd mawr!' Ann boerodd ei hebychiad i mewn i'w gwydr gwin. Roedd wedi disgwyl clywed newyddion y byddai Gwenan yn dychwelyd i'w milltir sgwâr ryw dro, ond roedd clywed mai i astudio ar gyfer y weinidogaeth yr oedd hi'n mynd i'w wneud braidd yn annisgwyl. Credai ei bod yn ddigon crefyddol fel yr oedd hi heb stwffio mwy o grefydd i'w phen!

'Rwy angen tawelwch a llonyddwch mewnol, ac rwy'n gwybod at bwy i droi nawr!'

'Pwy ydi hwnnw,' holodd Ann yn sarcastig, 'Wncwl Morys?'

'Nage, Ann! Duw.'

'Duw, o'n i'n meddwl bo ti'n gallu troi at hwnnw

heb fynd i goleg!' Aeth yr ystafell mor dawel â'r llyfrgell, a phawb yn teimlo'n euog eu bod i gyd yn meddwi'n braf tra bod Gwenan yn yfed oren ac yn sôn am rywun oedd wedi ei hachub! Lyn dorodd yr ias, gan achub y criw hwythau rhag mynd i fwy o ddyfroedd dyfnion.

'Gwenan, *babes*! Dwi'n falch dy fod di'n hapus. Ti wedi bod fel chwaer i fi'n ddiweddar!'

'Ac rwyt tithau wedi bod fel chwa . . . brawd i finne 'fyd, Lyn! Fe fydda i'n gadael wythnos nesa.'

Cofleidiodd y ddau'n ddagreuol, a cheisiodd Ann a Tina edrych i weld a oedd yna gyffro rhwng eu cyrff. Mae 'na fwy o sbarc rhwng dwy weiran fflat mewn batri car, meddyliodd Ann.

'Wel, wel, pwy fydd efo'r newyddion syfrdanol nesa i ni tybed?' holodd Lyn, heb wybod dim am y newyddion yr oedd Dic yn ysu i'w ddweud wrth Tina.

Parhaodd yr yfed a'r cydlawenhau tan berfeddion y nos, gyda lleferydd pawb ond Gwenan yn mynd yn dewach ac yn fwy aneglur fesul munud. Ond allai Tina, yn ei meddwdod, na Dic yn ei ddryswch teuluol, ddim aros i gael gwared ar y pedwar arall er mwyn cael parhau i ddathlu tan oriau mân y bore. Dim ond wedyn y byddai Tina'n mentro gofyn i Dic egluro'i newyddion o iddi hi.

Rywbryd ynghanol y nos, cyffrôdd Tina o drwmgwsg heb wybod yn iawn ble roedd hi. Doedd hi'n sicr ddim yn cofio bod ganddi gwmni'r bore hwnnw, ond roedd yn syrpreis hyfryd! Rhoddodd y golau bach ymlaen rhag distyrbio'i chydymaith. Pump o'r gloch, ac roedd Dic yn cysgu'n braf ac ysgafn wrth ei hochr. Edrychodd arno'n gorwedd yn annwyl ar y gobennydd, ac anghofiodd yn sydyn am y babi arfaethedig a'r syniad o ddod â'u perthynas i ben!

Roedd Dic mor ddel ag erioed, meddyliodd, ac yn ymgorfforiad perffaith o'r dyn delfrydol: corff cyhyrog, blewiach brith wrth iddo heneiddio'n lluniaidd, hylif eillio persawrus a gwefusau cochion y gallech lafoerio drostynt. Ymataliodd Tina rhag gwneud hynny, gan adael iddo gysgu'n dawel er mwyn iddo gael digon o nerth erbyn toriad y wawr.

Daeth ei breuddwydion yn wir, oherwydd erbyn codiad haul, roedd crafangau cadarn Dic yn dynn am ei chanol. Mor braf ydi troi at ddynas a chael eich gwobrwyo am fwytho'i brestiau noeth, meddyliodd yntau; troi oddi wrtho fu hanes y Ddraig ers misoedd bellach. Ond yr eiliad honno oedd yn bwysig i Dic, ac roedd coesau Tina wedi'u lapio amdano fel octopws barus. Buan y byddai eu gwefusau'n cyffwrdd â'i gilydd yn flysiog unwaith eto.

'Mm' meddai Tina'n gysglyd gan droi i'w wynebu. 'Wedi bod yn aros am hyn ers orie!'

'Pam na fysa ti'n fy neffro i'n gynt 'ta, Babi Dol?' holodd yntau, gan ei chusanu'n ysgafn ar ei thalcen.

'Licio dy weld di'n cysgu heb ofidie. Mae 'na ddigon o'r rheiny unwaith mae rhywun yn deffro!'

'Athronyddu'r bora 'ma!'

'Gawn ni lingran lot yn y bore yn y tŷ newydd yn cawn?'

'Ella . . . Gobeithio . . . Mi fydd y tŷ'n newid o'r fflat 'ma, er mor glyd ydi hwn.'

Toddodd calon Tina wrth glywed ei harwr a'i charwr yn cyhoeddi y byddai'n parhau i gadw cwmni iddi yn ei chartref newydd. Ond soniodd o ddim byd am symud ati'n barhaol chwaith! Serch hynny, gwasgodd Dic yn dynn i'w chôl gan fwytho'i wallt efo'i bysedd tyner. Ymatebodd yntau i'w gofynion fel magnet.

'Dwi'n dy garu di, Tina.'

Methai Tina â chredu'i chlustiau, a wyddai hi ddim yn iawn sut i ymateb iddo. Roedd o wedi dweud y geiriau yna droeon o'r blaen wrthi ond, rywsut, roedd ei eiriau'n swnio'n fwy diffuant y tro hwn. A ddylai hi ddweud ei bod hithau'n ei garu yntau? Ai dyna oedd o eisiau ei glywed? A beth am berthynas ddiweddar y Ddraig ag yntau? Onid oedd pethau'n edrych yn well iddynt efo dyfodiad eu trydydd plentyn? Penderfynodd Tina beidio'i holi am y tro. Doedd hi ddim am amharu ar dawelwch y bore, er mwyn iddi gael amsugno hynny o gariad oedd gan Dic i'w roi iddi.

'A finne'n dy garu dithe, Dic – yn ddiffuant ac yn hollol anghyfreithlon!'

*   *   *

'Rwyt ti'n deud wrtho fo heddiw, a dyne ddiwedd arni!'

Bryn y Boncyn oedd yn mynd trwy'i bethau tra eisteddai Marie yn ei fan fudur a'i thraed yn fferru. Roedd Bryn wedi parcio'r fan mewn encilfa amlwg ar ochor y ffordd fawr, nid nepell o dre'r Borth. Dim ond am hanner awr yr oedd Bryn angen ei gweld er mwyn rhoi trefn ar ei deimladau a'i ddyfodol. Ond gan fod y tywydd wedi troi'n hydrefol a ffres, roedd Marie'n rhy oer i resymu ag o.

'Rhaid i mi fod yn berffaith siŵr o'r ffeithie,' atebodd hithau'n sarrug, wedi dechrau diflasu ar ei chydymaith.

'Mae'n rhaid i ni drafod y dyfodol rywbryd, Marie!'

'Y broblem ydi, Bryn, nad ydw i'n sicr pwy ydi'r tad!'

'Wel, faint mwy sicr alli di fod na phrofion meddygol dwed? Be oedd yr enw Cymraeg ar y *test* 'ne eto? Prawf Asid Deuocsiribnwcleig neu ryw gachu rwtsh felly! Oedd hwnnw'n dangos yn glir mai fi ydi'r tad!'

Oedd, roedd y prawf DNA wedi cadarnhau hynny, ond roedd teimladau Marie wedi newid yn llwyr tuag at Bryn er pan gyfarfu'r ddau ychydig llai na blwyddyn ynghynt. Ar y pryd, roedd wedi gwirioni cael ychydig o sylw a geiriau hyfryd yn ei chlust, ac arweiniodd hynny at nwyd a phenwythnosau rhamantus i ffwrdd mewn gwestai hyfryd. Ond pylodd y rheiny'n fuan, ac er bod Bryn yn ceisio'i orau i barhau i fod yn gariadus ac yn ystyrlon ohoni, roedd trwyn y mochyn siofinistaidd yn mynnu tyrchu i'r wyneb. Newyddbeth oedd yr holl sylw a'r cwmni, a deallodd Marie'n ddigon buan nad dyn felly oedd Bryn yn y bôn! Bellach, doedd arogl chwys a choncrid ddim yn ei throi ymlaen.

Wnaeth yr un ddynes arall roi ei chorff mor rhwydd i Bryn cyn iddo ddechrau cyboli efo Marie. Roedd yn ddigon naturiol, felly, ei fod yntau wedi gwirioni ar y rhyw wythnosol! Wnaeth setlo i lawr a chael plant erioed apelio ato, ac roedd yn ddigon bodlon ei fyd bod heb ymrwymiadau oedd yn gallu cymhlethu perthynas rhwng dyn a dynes. Roedd ei fam yn dal yn ddigon da i wneud swper a golchi a smwddio iddo fo, diolch yn fawr! Ond os oedd yna fabi ar y gorwel, byddai'n benderfynol o fod yn dad teilwng, er na fyddai'n awyddus iawn i dalu am ei gynnal, chwaith.

Yr unig beth oedd Marie eisiau erbyn hyn oedd cael ei gŵr ei hun yn ôl i roi mwy o amser a pharch iddi.

Roedd yn ysu am iddo roi sbarc yn ôl i'w bywyd teuluol ac ychydig o fywyd rhywiol yn ôl i'w bywyd priodasol.

'Os na ddwedi di wrth Dic mai fi ydi'r tad, mi dduda i wrtho fo'n hun!' Doedd dim pall ar gecru Bryn.

'Na wnei di, Bryn! Gei di roi un swab arall o boer i'r clinig 'ne jest i neud yn siŵr. Mae camgymeriadau'n gallu digwydd. Rŵan, dos â fi adre. Dwi'n oer, ac mae'r plant efo'r cymdogion ers dros hanner awr!'

Cododd gwrychyn Bryn, a phenderfynodd ddial ar Marie gan nad oedd yn gwrando ar air roedd o'n ei ddweud!

'Efo'u tad ddylen nhw fod tase fo'n ddyn sydd ddim yn licio crwydro! Ond lle mae o heddiw Marie? M?'

'Ffoniodd rhyw ddynes efo poene yn ei phen-glin neithiwr. Aeth o i'w gweld hi, ac aros efo ffrind wedyn.'

'Tithe'n hollol ddall hefyd! Y "ffrind" yna, i ti gael dallt, ydi Tina Thomas!'

Roedd Bryn wedi cael digon. Gwyddai am yr affêr ers blynyddoedd – wedi i Tomi ddweud rhywbeth a glywodd gan Ann! Roedd Marie wedi sôn wrth Bryn sawl gwaith ei bod yn amau fod ei gŵr yn gweld merched eraill ar y slei, ac roedd ei ffrindiau hithau'n gwybod hefyd, gan gynnwys mamau'r ysgol a chyd-weithwyr Dic.

'Fi ydi'r unig un sy'n ddigon o ddyn i ddeud wrthat ti, Marie, ond mae pawb yn gwybod. Y partnar ydi'r ola i glywed bob amser, yntê?'

'Ti ond yn dweud hynne i drio gwneud i fi gasáu Dic!'

'Nachdw, Marie. Mae o'n gweld Tina ers blynyddoedd.'

'Tina Thomas sy'n gweithio efo'r *Journal* ydi hon?' Nodiodd Bryn. 'Yr un fues i yn ei pharti gwisg ffansi hi?' Cywir, meddyliodd Bryn. 'A'r un ddaeth yma i holi Dic am yr helynt nes ti ei gychwyn yn ysbyty'r Borth?' Doedd Bryn ddim mor awyddus i ymateb i'r pwnc hwnnw!

'Dŵr dan y bont ydi hynny. Ond dyna ti'n gwybod rŵan, o'r diwedd.'

'Ac mi wyt tithe'n gwybod ers blynyddoedd! Mae'r bitsh fach wedi bod yn Llys Meddyg efo Dic a'r plant tra ro'n inne'n y gwely'n rhy wan i godi!'

'Ac mae hi wedi aros yn dy gartre di tra dy fod tithe'n cael affêr efo fi! Mae eisio genau glân i ganu, Marie!'

'Dydw i byth yn arfer rhegi, Bryn, ond *fuck me pink*! Dic yn cael affêr efo honna sy'n mynd efo unrhyw ddyn arall mae hi'n ei gwarfod? Dwi 'di clywed straeon hyll am yr ast.'

'Felly, wyt ti isio aros am byth efo dyn na fedri di ei drystio? Wyt ti'n meddwl y byse fo isio aros efo ti ar ôl clywed dy fod di'n mynd i gael babi rhywun arall?'

'Mae'n rhaid i mi roi'r babi 'ma i ffwrdd, felly, Bryn – i arbed fy mhriodas i!'

Neidiodd Bryn yn ei sedd gan droi i edrych ar Marie efo'i ddannedd yn clecian gan gynddaredd.

'No blydi wê! Be amdana i? Dwi'n dad i'r ffycing peth!'

Ar hynny, rhoddodd homar o glusten ar ochor boch Marie nes ei bod hi'n corcio. Collodd honno'i thymer yn waeth ac agorodd ddrws y car gan weiddi'n uwch fyth wrth straffaglu i fynd allan.

'Dic dwi'n ei garu, Bryn, nid ti!'

Pan glywodd Bryn hynny, rhuthrodd yntau allan

o'i fan, gan afael yn wyllt ym mraich Marie, a'i hysgwyd yn ôl ac ymlaen yn ddidrugaredd.

'A dw inne'n dy garu dithe, am fy mhechode!' gwaeddodd Bryn dros y lle.

'Gad lonydd i mi rhag ofn i rywbeth ddigwydd i dy fabi di 'te!'

Edrychodd rhai oedd yn pasio yn eu ceir yn amheus ar y sefyllfa. Canodd ambell un gorn, ac arafodd un arall, ond wnaeth neb stopio i ofyn a oedd popeth yn iawn.

'Tyrd yn ôl i'r fan 'ma i mi drio stwffio chydig o synnwyr i dy ben dwl di!' Tra bod Marie'n rhwygo'i hun o'i afael, diolchodd fod yna gar mawr du wedi tynnu i mewn i'r encilfa, a theimlodd grafangau Bryn yn llacio. Ond wyddai hi ddim sut i ymateb pan sylweddolodd mai Dic oedd yno. Wyddai hi ddim chwaith mai ar ei ffordd adre o noson wyllt yn ffwcio'i gariad roedd ei gŵr! Ond roedd gwaed yn dewach na dŵr, a neidiodd Dic am Bryn gan ei dynnu'n rhydd oddi ar ei wraig, a cheisiodd hwnnw roi dwrn yn stumog Dic. Methodd ei darged yn rhacs a baglodd ar draws y tarmac gyda'r ddrama'n datblygu i fod yn ffârs lwyr.

'Be ti'n feddwl ti'n neud y llinyn trôns diawl?' meddai Bryn wedi cael sgriffiad go arw i'w foch chwith.

'Be wyt ti'n feddwl ti'n neud i ngwraig i, y bastard dauwynebog?'

'Stopiwch!' gwaeddodd Marie mewn panig, pan gododd Bryn a cheisio dyrnu ei gŵr am yr eildro. 'Y ddau ohonoch chi. Stopiwch!'

'Cau dy geg!' hefrodd Dic arni. 'Lle mae'r plant gen ti?'

'Wel ddim efo ti, yn amlwg, a tithe wedi bod yn ffwcio'r Tina Thomas 'na drwy'r nos!'

Anwybyddodd Dic ei sylw i droi'r ffrae i'w felin ei hun, er ei bod yn dipyn o ysgytwad iddo glywed bod ei wraig wedi darganfod ei gyfrinach o'r diwedd.

'Meindia di dy fusnes lle dwi di bod! Be ffwc wyt ti'n neud ar ochor y lôn efo hwn?' Chafodd Tina ddim cyfle i egluro. 'Lle mae'r plant? Efo dy rieni di eto, mae'n siŵr?'

'Nac 'dan. Pobol drws nesa.'

Welodd Marie erioed dymer Dic fel hyn o'r blaen, ac roedd yn falch erbyn hyn fod Bryn yno'n ei gwarchod hi rhagddo!

'A be am Tina beth bynnag? Mmm? Y llo cors yma sy wedi bod yn prepian, ia?' Rhoddodd bwniad arall i foch dde Bryn y tro hwn, nes ei fod o'n gweld y bliws. 'Aha! Rŵan dwi'n dallt; y bastard yma sy wedi bod yn dy ffwcio dithe y tu ôl i nghefn i, ia?'

Edrychodd Marie i ffwrdd gan feichio crio. 'Roedd yn rhaid i fi gael cariad gan rywun, Dic!'

'Ia'r pen coc, a fi oedd yr un roth hwnnw iddi,' meddai Bryn wrth warchod ei wyneb rhag teimlo mwy o ddyrnau Dic.

'A'r ffycar yma wnaeth drio gneud drwg i ngyrfa i er mwyn gwneud drwg i mhriodas i hefyd, ia?' Trodd Dic at Bryn eto gan fod arno 'ffafr' iddo ers misoedd. 'Ddylwn i fod wedi dial arnat ti erstalwm, y cont! Gêm fudur ydi trio gneud drwg i rywun er mwyn mynd i'r afal efo'i wraig o! Cymer hon, y boldew!' Rhoddodd Dic swadan arall i Bryn nes bod ei drwyn yn pistyllio gwaedu.

'Wyt ti'n dallt mai FI ydi tad y babi, wyt . . .?' hefrodd Bryn mewn llais croch.

'Tad o ddiawl! Be wyddost ti am fagu cath, heb sôn am fabi?'

'Dyna ddigon,' criodd Marie i mewn i'w sgarff. 'Mae hi'n oer, a dwi isio mynd adre. Rhaid i ni gael amser i drafod hyn yn rhesymol, Dic. Ella mai ti ydi'r tad wedi'r cwbwl!'

'Adre! Rhesymol! Fi yn dad eto o ddiawl,' meddai yntau. 'Dwi'n mynd i nôl y plant fy hun, ac mi gei dithau neud fel lici di efo'r llipryn yma. Dwi'm isio dy weld di yn Llys Meddyg heno. Iawn?' Ar hynny, neidiodd Dic i'w gar gan adael ei wraig yn igian crio a'i chariad crynedig yn nyrsio'i drwyn a'i lygad dolurus.

'Sori, nghariad bach i,' meddai Bryn yn ddagreuol, gan rwbio bol chwyddedig Marie yn dyner. 'Mi fyddi di'n iawn 'sti. Tyrd. Awn ni adre at Mam. O leia mae honno wedi gwirioni am y babi!'

24. Y Swper olaf

Roedd Gwenan wedi bwriadu gadael y Borth yn dawel a di-ffws. Gwyddai y byddai'n gweld pawb ymhen ychydig eto, beth bynnag, pan fyddai'n rhaid iddi yrru ar hyd 'yr hewl gas 'na o Geredigion i'r north'. Doedd hi ddim eisiau ffwdan, ac yn sicr fyddai hi o bawb ddim wedi gwerthfawrogi parti. Wnaeth ei chydweithwyr yn y llyfrgell ddim ymdrechu llawer, oni bai am air sydyn o ddiolch wrth iddynt noswylio'r noson honno a chyflwyno tusw o flodau a cherdyn iddi. Ond cafodd ei siomi nad oedd Ann na Tina wedi codi'r ffôn i ddymuno'n dda iddi cyn iddi symud o'r ardal am byth. Fyddai hi ddim yn trafferthu dychwelyd i briodas Ann a Tomi oni bai ei bod yn gwybod y byddai Lyn yno'n gwmni iddi. Yn dawel bach, roedd Gwenan yn hynod o falch bod Lyn wedi ei gwadd am swper i'w dŷ. Doedd hi na neb o'r tenantiaid eraill wedi bod yno o'r blaen, ac edrychai Gwenan ymlaen at weld ei steil a'i addurniadau ac, yn fwy na dim, ei wardrob llawn dillad lliwgar.

Gwisgodd yn ddigon anffurfiol i fynd draw at Lyn – doedd ganddi fawr o ddewis o wisgoedd beth bynnag, ond gwisgodd drowsus brown a blows hufen blaen amdani, gan ychwanegu sgarff wlân a gafodd yn anrheg Nadolig gan Wncwl Morys fel addurn. Byddai ei angen i fynd allan i'r awyr iach gan fod yr hydref wedi troi'n rhyfeddol o oer erbyn hyn.

Pan gyrhaeddodd y tŷ, roedd Lyn yn y drws yn ei chyfarch mewn ffrog biws a brat binc i fatsio! Gallai wneud y tro â sodlau ychydig yn is iddo fedru cerdded yn ddeche, meddyliodd Gwenan. Fel Cardi da, roedd wedi mynd â'r blodau gafodd hi gan ei chydweithwyr yn anrheg i Lyn yn gyfnewid am y swper, ac arweiniodd yntau hi i'r gegin i chwilio am fâs i'w dal.

'Blode neis. Lle ges ti'r rhain, Gwen?'

Baglodd honno dros ei geiriau, a dechreuodd gochi gan newid trywydd y sgwrs. 'Siop y gornel . . . Cegin hyfryd, Lyn. Tast neis 'da ti mewn pethe.'

'Licio chydig o sioe fel ti'n gwbod, *babes*!'

'Jiw, jiw, mae 'da ti lawer o sosbenni ar y go yma! Smo i'n bwyta gymaint â 'ny, cofia!'

Dechreuodd yntau faglu dros ei eiriau. 'Wedi bod yn . . . golchi popeth i'w cadw am y gaea, cyw! Ti'n licio'r *kitchen*, felly?'

'Odw! Rêl cegin cogydd weden i. Odi'n iawn i mi gael pip bach ar weddill y tŷ?' Wedi'r cyfan, roedd Gwenan yn ferch i fam fusneslyd! Rhuthrodd Lyn o'i blaen i ddangos y swyddfa a'r toiled iddi ar y llawr gwaelod, cyn mynd â hi i fyny'r grisiau i ddangos y llofftydd. Edmygai Gwenan ei steil, er bod yna ychydig gormod o ffrils a fflyff pinc o gwmpas y lle i'w chwaeth hi!

'Does dim amser i ddangos pob dim i ti heno, cyw,' eglurodd Lyn gan gymryd anadl ddofn a'i harwain yn ôl i lawr llawr cyn agor drws y lolfa. Yna cafodd Gwenan sioc ei bywyd. Yno, roedd môr o wynebau cyfarwydd yn aros amdani a phawb yn bloeddio 'Pob lwc Gwenan!' gan daflu balŵns a *party poppers* i bob man.

'Dyna pam yr holl sosbenni, cyw!' eglurodd Lyn, oedd wedi bod yn brysur ers diwrnodau'n paratoi bwyd i ddwsin o bobol.

'Sa i'n gwbod beth i ddweud,' meddai Gwenan gan geisio cadw'r dagrau'n ôl.

'Paid â phoeni, Gwens!' cysurodd Lyn hi wrth gychwyn ar ei araith; roedd o wrth ei fodd yn cael bod yn ganolbwynt y sylw. 'Roedd yn rhaid i mi wadd pawb ti'n nabod yn y Borth 'ma i ddeud ta-ta wrtha ti. Tina, Ann a Tomi, a dy gyd-weithwyr di yn y llyfrgell. Gobeithio bo ti ddim yn meindio bod Craig a Doug wedi cael gwadd hefyd. Roedd Antonio'n "rhy brysur" i alw.'

'O, whare teg i ti, Lyn,' meddai Gwenan gan ei gofleidio'n annwyl. 'Do'n i ddim yn dishgwl cael *send-off* fel hyn!'

'Gyda llaw, Gwens,' ychwanegodd Lyn yn gynhyrfus. 'Mae 'na bedwar arall isio dymuno'n dda i ti hefyd. Ciw ac *action*!' Ar hynny, agorodd drws y lolfa a daeth mam a thad Gwenan ymlaen gyda gwên fawr ar eu hwynebau. Yn eu dilyn nhw roedd ei chwaer, Lliwen, ac yna Wncwl Morys, a gariai gacen fawr efo 'Hwyl Fawr' wedi'i ysgrifennu mewn eisin pinc arni.

'Fedra i ddim coelio hyn,' meddai Gwenan yn dawel ac yn amlwg o dan deimlad. 'Diolch i bawb . . . am ddod yr holl ffordd i'r north!'

'Rhag ofn dy fod di'n dechre poeni lle maen nhw i gyd yn mynd i aros . . .' dechreuodd Lyn, 'maen nhw eisoes wedi gwneud eu hunen yn gartrefol yn y ddwy lofft fyny grisie. Mi fydda i'n cysgu ar y soffa ac mi geith Lliwen gysgu efo ti, iawn *babes*?'

'Ma pawb arall yn gorfod mynd i'w gwelyau eu huanin – neu ei gilydd!' meddai Ann i ychwanegu at yr hwyl, a chwarddodd pawb, gan ddiolch bod cynllun a chynllwyn Lyn wedi bod yn llwyddiant – hyd yn hyn.

'Wel, jiw, mae 'da ti ffrindiau hyfryd, Gwenan fach,' meddai Elfed Lewis, a oedd yn amlwg wedi bod yn eu cwmni am sbel cyn iddi hi gyrraedd.

'Ac mae popeth yn glir nawr pam fod Lyn wedi prynu'r dillad 'na draw yng Nghyfyrddin,' meddai ei mam, gyda winc yn ei llygaid. 'Welest ti ei wardrob e lan llofft? Fe gaf inne *autumn clean* ar ôl mynd gartre, a geith e'r cwbwl sy 'da fi! Esgus arall i ddefnyddio'r plastig, ontife, Elfed?'

Synnodd Gwenan wrth glywed ei mam yn derbyn sefyllfa trawswisgo Lyn mor agored, a hithau'n flaenores barchus, felly mentrodd wneud jôc am ei harferion gwisgo hi ei hun.

'A falle y gwnaiff Dadi neu Wncwl Morys roi cynnwys eu wardrobs nhw i minne!'

Edrychai Morys ac Elfed Lewis fel petaen nhw wedi cymodi'n iawn erbyn hyn, ac roedd mam Gwenan wedi cael adfywiad wrth gael mwy o sylw nag erioed gan ei gŵr a'i chyn-gariad! Er parch at Gwenan a'i theulu cul, gwnaeth Lyn yn siŵr nad oedd gwin na chwrw ar gyfyl y lle, ond, roedd yn dipyn o sioc i bawb glywed beth oedd ei ddewis fel thema i'r noson. Gobeithiai yntau y byddent yn gwerthfawrogi ei hwyl diniwed.

'Reit 'te, bawb!' meddai Lyn, gan baratoi i weini'r cwrs cyntaf. 'Dwi wedi arfer coginio bwyd traddodiadol yn y *restaurant* 'na, ond roedd heno'n gyfle i fi gael arbrofi efo gwahanol brydau. Ac mae 'na thema i'r coginio. Pwy sydd am gesio be ydi o?'

Edrychodd pawb yn swil ar ei gilydd. Ofnai pawb roi cynnig arni, ond doedd hi fawr o bwys gan Ann am ffug-barchusrwydd teulu Gwenan, na neb arall chwaith.

'Crefydd, ella?' cynigiodd. 'Mae 'na ddigon o flas cas yng ngheg rhywun ar ôl hwnnw'n amal iawn!'

'Anghywir. A fydd yna ddim blas cas yn dy geg di ar

ôl fy mwyd i, gobeithio,' meddai Lyn, gan droi'r stori'n sydyn. Gwyddai cymaint roedd crefydd yn ei olygu i Gwenan, felly doedd o ddim am iddi adael y Borth yn credu fod pawb yn ei chymryd yn ysgafn.

'Cariad ydi'r thema?' cynigiodd Tina gan edrych ar Craig a Doug yn edrych yn annwyl i lygaid ei gilydd.

'Mae o'n dilyn yn naturiol, ond dim cweit,' cellweiriodd Lyn.

'Llyfrau, efallai?' meddai llais gwichlyd rheolwr llyfrgell y Borth o'i gornel dawel.

'Cynnig da o feddwl am yr achlysur, ond na,' meddai Lyn. 'Un cynnig arall gan rywun?'

'Teulu, gan eu bod nhw i gyd yma gyda fi?' holodd Gwenan er mwyn cyfrannu i'r gêm.

'Nage, Gwens. Neb yn gwybod? Iawn, fe ddweda i 'te. SEX ydi o, siŵr iawn!'

Dechreuodd y teulu deheuol anesmwytho, ond chwerthin yn braf wnaeth Tina ac Ann, a chynigiodd y ddau hoyw lwncdestun i'r thema.

'*Nice one*, Lyn. Diolch bod Craig a fi ddim yn gul,' meddai Doug, efo mwy nag un ystyr i'w sylw.

'Peidiwch â phoeni, pawb,' sicrhaodd Lyn y criw, gan gychwyn am y gegin. 'Mi fydd y bwyd yn OK, a fydd dim yn rhaid i chi ei lyfu fo oddi ar gyrff eich partneriaid chwaith!'

Chwarddodd pawb eto, gan lacio ychydig ar y tensiwn, a sibrwd ymysg ei gilydd wrth geisio dyfalu beth fyddai'r cogydd horni wedi'u dewis fel seigiau. Dychwelodd Lyn efo troli ar olwynion o'i flaen, a lliain sychu llestri'n gorwedd yn dwt ar ei fraich chwith.

'Mae'r cwrs cynta'n barod, gyfeillion. *Courgettes à La Grecque*. Pryd syml iawn ydi o, ond mi neith *courgettes* eich bodloni chi mewn mwy nag un ffordd, gan eich gadael chi'n glafoerio isio mwy! Gwbod be dwi'n feddwl, Tina?'

Wedi i bawb orffen y bwyd, rhyfeddent at yr hyn roedd Lyn wedi'i gyflawni efo'r llysieuyn a'r llenwad, ac wedi i bawb ei olchi i lawr efo mwy o sudd ffrwythau, gofynnodd Lyn a oedd rhywun eisiau gwneud araith ffarwelio â Gwenan tra oedd o'n paratoi'r ail gwrs.

'Waeth i ni gogio ein bod ni mewn priodas ddim, achos mi fydd yn bractis iawn erbyn diwrnod mawr Ann a Tomi, yn bydd?' meddai Tina. Yna trodd Lyn ar ei sodlau â gwaelod ei ffrog yn chwyrlio wrth iddo ddychwelyd i'r gegin.

Ar hynny, cododd Tina i ddweud gair bach gan egluro y byddai'n colli Gwenan fel ffrind ffyddlon a rhywun i agor y drws gwaelod iddi yn y fflat! Dywedodd Tomi air ar ran Ann ac yntau (rhag ofn iddi hi fod yn rhy blaen ei thafod) gan ddweud eu bod yn edrych ymlaen at ei gweld yn fuan yn eu priodas ac y byddai croeso iddi fynd yno i fwydo'r ŵyn a'r lloeau bach! Byddai'r llyfrgell yn colli addfwynder a chymwynasgarwch Gwenan yn fawr iawn hefyd, yn ôl araith sych (ond byr, diolch byth) Mr Baines, y pen-bandit. Yna teimlodd tad Gwenan y dylai yntau ddweud rhywbeth ar ran y teulu.

'Rwy'n falch ofnadw mod i wedi cael cyfle i ddod i'r north,' meddai'n gryg. 'Ond rwy dipyn mwy balch bod ein merch yn dod yn ôl gartre i'r canolbarth. Diolch yn fawr am ofalu amdani ar hyd y blynydde.'

Eisteddodd i lawr heb edrych i fyw llygaid ei frawd. Wedi'r cyfan, roedd 'ein merch' yn golygu plentyn ei wraig a'i frawd ei hun. Synhwyrodd Ann a Tina fod yna ychydig o anesmwythyd wedi codi ymysg y teulu, ond rhuodd Lyn i mewn i'r ystafell fel tarw i achub y sefyllfa.

'Pawb yn licio chydig o *coq au vin*?' saethodd Lyn atynt wrth ddychwelyd o'r gegin efo seigiau bendigedig yr olwg ar ddeuddeg o blatiau. Roedd popeth yn berffaith ganddo, o'r cyw iâr blasus i'r llysiau ffres a'r trimings i gyd. 'Hwn ydi'r *main course* – neu falle y dylwn i ddeud yr *intercourse*!'

Roedd siarad gwirion Lyn yn dechrau mynd dros ben llestri erbyn hyn, ond roedd Tina ac Ann bron â marw eisiau chwerthin, er iddynt ffrwyno'u hunain rhag gwneud hynny.

'Pasia fwy o'r orenj jiws 'na i fi,' meddai Ann wrth Tina, er mwyn newid trywydd y sgwrs yn fwy na dim! 'Mi fydd ein stumoga ni'n dawnsio efo Fitamin C, uffen!'

Ychydig a wyddai neb fod Lyn wedi cael dipyn go lew o hunan-hyder ar ôl iddo gladdu potelaid o win coch tra oedd o'n paratoi'r bwyd yn y gegin! Ond bwytawyd y cyfan gydag awch, tra oedd pawb yn siarad a minglo efo'i gilydd yn berffaith. Ymdrechodd pawb i holi Gwenan am ei chynlluniau at y dyfodol.

'Bydd yn rhyfedd ar ôl i ti adael, Gwenan,' meddai Annest, cyd-weithwraig iddi o'r Llyfrgell. 'Fydd yna fawr o ddefnydd i rai o'r llyfre wedyn chwaith! Rwyt ti'n dda iawn am ddarllen y deunydd i gyd er mwyn bod yn hyddysg yn dy waith.'

'Mae'r wybodaeth ar gael i gyd ar y we nawr, mae'n siŵr,' meddai Lliwen er mwyn dweud ei bod wedi cyfrannu rhywbeth at y sgwrs. 'Mae llyfrau'n mynd yn bethau prin iawn!'

Er nad oedd Craig yn nabod Gwenan yn dda, dymunodd yntau lwc dda iddi, heb wybod yn iawn beth oedd yn mynd i'w astudio yn y coleg.

'I coleg *magicians* ti'n mynd, ia?' holodd yn ddiniwed.

'Naci , siŵr,' cywirodd ei gariad o'n annwyl. 'Coleg DIWINyddol, ddudis i, nid DEWINyddol, y clown!'

Wedi i'r chwerthin beidio, holodd Ann ble roedd Gwenan am fynd i fyw.

'Dim trefniant pendant 'to,' atebodd hithau. 'Gawn ni weld beth fydd gan y Bod Mawr i'w gynnig wedi i mi bennu'r cwrs.'

'Wel, mae'r cwrs rwyt ti'n gorffen efo fo heno ar fin cyrraedd hefyd, *babes*,' meddai Lyn, gan godi o'i sedd a chlirio platiau gweigion ei westeion unwaith eto. 'Does dim byd tebyg i chydig o *French Tart*, nagoes?' meddai'n gellweirus, gan droi at Craig a Doug am ei sylw nesaf. 'Ac mi fydd hi'n *change* i chi'ch dau gael honno, yn bydd!' Cyrhaeddodd y saig, ac roedd pawb yn awchu am y ceirios a'r crwst bendigedig!

Erbyn deg, roedd pawb yn rhy llawn i symud, ond ysai Ann a Tina am gyfle i fynd am beint i'r Red cyn y *last orders*. Doedd swper mor hyfryd heb yr un diferyn o win ddim yn naturiol iddynt. Ond daeth Lyn i'r adwy unwaith eto, gan gyhoeddi fod yna ddiod alcoholig i orffen y wledd.

'Dwi'n gwbod, Gwens, fod rhai ddim yn yfed y ddiod feddwol, a bod yna eraill yn yfed gormod ohono fo . . .' Chwarddodd pawb eto. 'Ond fedrwch chi ddim gorffen gwledd ar thema rhyw heb gael *cock-tail* bach, yn na fedrwch!' Dychwelodd i'r gegin a dod yn ôl â gwydrau i bawb a jwg yn llawn o hylif lliwgar. 'Dwi'n siŵr y gwnewch chi fwynhau fy niod arbenigol i, sef chydig o fodca – chydig yn unig cofiwch, Mrs Lewis – a thipyn go lew o sudd oren! Gest ti "Screwdriver" o'r blaen, Gwens?'

Sicrhaodd Lyn ei fod wedi rhoi joch go lew o fodca yn y ddiod, ac erbyn hanner nos roedd bochau cochion a choesau sigledig y gwesteion yn ymlusgo'n drwsgl am eu gwelyau. Bu raid i eraill ffonio am dacsi a setlodd Elfed Lewis mewn cadair gyfforddus i chwyrnu cysgu tra bod pawb arall yn ffarwelio â'i gilydd.

Gadawyd y llestri budron heb eu golchi, a rhoddodd Lyn ychydig o gerddoriaeth ymlaen ar ei chwaraewr MP3, gan fentro gofyn i Gwenan am y ddawns olaf.

'Unrhyw un am ymuno efo ni?' holodd Lyn y rhai prin oedd ar ôl.

Synnwyd pawb oedd yno o weld mam Gwenan ac Wncwl Morys yn manteisio ar ei gynnig, gan afael yn ei gilydd a siglo'n ôl ac ymlaen yn naturiol i ryw gân erchyll gan Boy George.

'Jolch i bawb am noson ffantastig,' cyhoeddodd Gwenan heb sylwi ar beth oedd yn digwydd o'i chwmpas. Yn ddiarwybod iddi, roedd hithau'n hapus iawn o dan effaith y ddiod feddwol! 'Jolch i Lyn am fynd i shwt drafferth. Bydda i'n eich colli chi . . . Duw fo gyda chi.' Erbyn y drydedd gân, doedd neb ar ôl ond Lyn a Gwenan – a'r Bod Mawr, wrth gwrs.

*   *   *

Roedd perchennog tŷ newydd Tina angen setlo'r cytundeb ar fyrder, a chan nad oedd ganddi hithau ddolen o fewn y farchnad dai, aeth popeth drwodd yn hollol ddidrafferth. Roedd Tina, felly uwchben ei digon pan dderbyniodd y goriadau, a bedyddiodd y lle'n *Tŷ Clyd*.

Cafodd fenthyg 4 x 4 Tomi i symud pethau o'r fflat, a bu Ann ac yntau'n help garw iddi wrth gario bocsys, dillad a dodrefn. Rhyfeddodd Tina at gymaint o eiddo roedd hi'n berchen arno, o feddwl mai merch sengl oedd hi. Fyddai hi byth yn hoffi'r straen o symud tŷ petai'n briod efo dau neu dri o blant! Ai dyma fydd yn wynebu Dic maes o law, tybed? meddyliodd.

Ymunodd ei mam â hi i beintio ychydig o gwmpas y tŷ newydd ac i bapuro'r ddwy lofft. Ond, fel arall, roedd popeth fel pìn mewn papur ynddo, efo dodrefn y cyn-berchennog a'r hen rai o'r fflat yn ffitio'n berffaith.

Yr unig beth oedd angen ei wneud ar fyrder oedd clirio llanast o'r cefn a thwtio ychydig ar yr ardd ffrynt, ond gan fod y gaeaf rownd y gornel doedd dim pwynt mynd i drafferth mawr, a gadawodd Tina'r gwaith caled yn yr ardd i'w mam. Dewisodd honno flodau addas i botiau o'r ganolfan arddio leol, a phalodd y pridd cyn plannu ychydig o goediach a chennin pedr ar gyfer y gwanwyn.

'Ardal neis i fagu plant, Tina,' meddai ei mam dros baned, gan edrych yn obeithiol i'w llygaid. Doedd Tina ddim yn gwybod beth i'w ddweud wrth ei mam. Er eu bod mor agos, wnaeth hi erioed rannu ei phroblemau carwriaethol a phersonol efo hi. A ddylai sôn am ei thiwbiau wrthi? Byddai'n cofio'i chyn-gariad, Andrew, yn iawn, ac efallai y byddai wedyn yn deall pam yr aeth hwnnw i ffwrdd mor swta i Sbaen. Yn sicr, wyddai hi ddim byd am Dic. Ai dyma'r adeg iawn iddi ddweud y cyfan amdano yntau, rhag ofn fod ganddi ddisgwyliadau mawr i fod yn nain ryw dro?

'Mae'r ardal yn ddelfrydol i blant, Mam, ond does 'na ddim llawer yn byw yma ar hyn o bryd.'

Cododd clustiau honno wrth iddi gamddeall y sefyllfa. 'O? "Ar hyn o bryd" ie? Oes gobaith y bydd hynny'n newid?'

'Nac oes, Mam! Dwi'n ofni na fydda i'n gallu cael plant.'

'Be ti'n feddwl, Tina?' holodd ei mam efo gwir gonsŷrn am ei merch.

Aeth Tina ymlaen i'w hatgoffa am ei pherthynas efo Andrew, a'i bod bellach wedi llwyr anobeithio cael plant hyd yn oed petai'n dod o hyd i'r partnar perffaith.

'Mae'n wir ddrwg gen i, Tina. Pam na faset ti wedi deud hyn yn gynt wrtha i? Mae teulu i fod yn help i rannu gofidie.'

'Ddim isio'ch poeni chi a chithe ynghanol probleme teuluol eich hun, debyg,' atebodd Tina.

'Wel, falle bod posib cael rhywbeth i ddad-flocio dy diwbs di,' atebodd ei mam yn obeithiol. 'Mae technoleg wedi newid llawer ers y dyddie hynny.'

Roedd ei mam wastad yn un i edrych yn bositif ar fywyd. Felly mentrodd Tina sôn am Dic wrthi hefyd, gan gyfeirio at y ffaith fod ganddo ddau o blant bach, a'i bod yn dod ymlaen yn dda iawn efo nhw.

'Paid ti â gwneud dim byd byrbwyll,' newidiodd tôn ei mam efo'i chyngor doeth. Gwyddai'n iawn y gallai tor-priodas fod yn ddinistriol i fwy na dau berson. 'Mae isio dyn creulon iawn i adael ei wraig. Mae isio un mwy creulon fyth i godi gobeithion gwraig arall.'

'Sori am godi hen grachen, Mam.'

'Paid â phoeni amdana i. Dŵr dan y bont ydi hynny. Do, mi roddodd dy dad loes i fi, fel y gwnaeth o i ti pan adawodd o. A meddylia sut fyddai'r ddau blentyn bach yna'n teimlo o weld eu tad nhwthe'n gadael cartre.'

Er nad oedd hi'n cytuno â holl sylwadau ei mam, roedden nhw'n gwneud synnwyr i Tina, a gofiai'n glir gymaint o ofid a galar achosodd ei thad i'w mam wrth ei gadael am ferch ifanc, nwydus.

'Gobeithio mewn un ffordd bod y Dic 'ma'n ddigon diffuant am adael ei wraig amdanat ti, achos mi oedd dy dad hefyd, 'toedd? Ar ôl gadael cartre ddechreuodd problemau hwnnw.'

'Be dach chi'n feddwl, Mam?'

'Marw ar y job wnaeth o 'nte, Tina fach. Lefren iau yn ormod iddo fo! A finne falle wedi mynd yn rhy ddi-hid i garu ai peidio. Mae yna wastad ddwy ochor i bob ceiniog, a falle mai fi oedd y bai am y cwbwl.'

Fedrai Tina ddim meddwl am ei mam a'i thad yn cael rhyw, ond daeth lluniau afiach i'w meddwl wrth ddychmygu'r senario o'i thad yn marw wrth ffwcio merch hanner ei oed.

'Mae 'na ddynion diffuant allan yn fanna, Tina,' ychwanegodd ei mam. 'Ond os ydi'r Dic 'ma a tithe'n siwtio'ch gilydd, a'r plant yn hapus i adael eu mam, wel, dy hapusrwydd di sy'n bwysig i fi. Fues inne erioed mor hapus ag yr ydw i rŵan efo Edward.'

Ar hynny, canodd cloch y drws. Pan aeth ei mam i'w agor, roedd hi'n sefyll ar y rhiniog wyneb yn wyneb â chariad deniadol a rhywiol ei hunig ferch. Cariai Dic dusw o flodau persawrus, a defnyddiodd nhw i guddio'i embaras wrth i wraig ddieithr ei gyfarch.

'Wedi dod â bloda i harddu'r tŷ newydd.'

'Helô. Mam Tina ydw i. A chithe?'

'Ym . . . Richard Jones. Fel Dic mae Tina'n fy nabod fi!'

Siriolodd hithau drwyddi o weld dyn mor olygus a thrwsiadus, a wyddai hi ddim yn iawn sut i ymateb iddo. Yna, sibrydodd yn ei glust dde:

'Newydd glywed ydw i eich bod chi'n nabod eich gilydd yn dda iawn, Mr Jones . . . Dic. Mae gan Tina feddwl mawr ohonoch chi. Peidiwch â'i brifo hi. Mi a' i i ddeud bo chi yma.'

Rhuthrodd yn ei hôl i'r lolfa. 'Tina! Mae yna hync yn y drws i ti,' meddai, wedi gwirioni'n llwyr. 'Dwi'n dallt rŵan sut rwyt ti'n teimlo, achos mae dy Ddic di'n hollol *gorgeous*! Mi a' i i orffen palu'r ardd i chi gael llonydd.'

'Dyma fo'r "Tŷ Clyd" felly?' meddai Dic wrth gael ei dywys o gwmpas. ''Nes i ffeindio fo'n iawn, diolch i Jeff Parry wrth geg y lôn. Ti wedi'i neud o'n lle bach cartrefol iawn i ti dy hun.' Doedd hynna ddim yn swnio'n addawol. 'Sori na wnes i gynnig symud pethe o'r fflat, ond glywes i gan Ann fod Tomi wedi dy helpu di.'

'Mi rwyt ti ac Ann yn dal yn "ffrindie" da, felly?' gofynnodd Tina'n bigog.

'Ti'n dal yn genfigennus, Tins?' holodd yntau'n gellweirus. 'Tyrd yma. Mi fyswn i'n gallu dy fyta di'n fyw, Babi Dol!'

Er iddo gamu ymlaen i'w chofleidio, â'r blodau'n dal yn ei ddwylo, anwybyddodd Tina'i gynnig, ac arweiniodd o fel sowldiwr i'r lolfa a'i sodro i eistedd ar y soffa.

'Rŵan, Richard Jones,' dechreuodd ar ei thruth. Roedd hi'n barod amdano, ac eisiau gwybod yn union beth oedd yn digwydd. 'Eistedda'n fanne, a dywed wrtha i be 'di'r sefyllfa efo'r Babi Dol arall 'ma sydd gan dy wraig di. Mae'n rhaid i fi gael gwybod, Dic!'

Edrychodd hwnnw allan i gyfeiriad yr ardd, lle roedd ei mam yn ddigon call yn meindio'i busnes ei hun, ac yn brysur yn potran efo hen ddeiliach oedd wedi crino.

'Tina, gwranda. Mae'r bloda 'ma'n dathlu sawl peth. Yn gynta, maen nhw'n ddeuddag rhosyn i ddangos mod i'n dy garu di. Yn ail, maen nhw'n dy groesawu di i'r tŷ newydd. Yn drydydd, maen nhw'n dathlu'r ffaith nad fi ydi tad y babi!'

'Ti'n bendant, Dic?'

'Yndw, mae'r ail brawf DNA wedi dangos eto mai Bryn y Boncyn ydi'r tad! Ti'n hapus rŵan?'

'Wel, yndw, wrth gwrs fy mod i! Gobeithio'r nefoedd dy fod ti! Ac ers pryd wyt ti'n gwybod am berthynas Boncyn a Marie?'

'Stori arall ydi honno, Tins, ond ddylsa ti fod wedi gweld ei wynab o ar ôl cael stîd gen i ar ochor y lôn fawr!'

'Gei di ddeud y cwbwl dros baned. Brechdan ham?'

'Mi wnei di wraig dda i rywun, cariad,' meddai Dic gan roi'r blodau i lawr a manteisio ar goflaid sydyn o du ôl Tina. Dechreuodd ei chusanu ar ei gwddw ac yna tu ôl i'w chlust. Ymatebodd hithau iddo gan blanu sws wlyb ar ei wefus, a symudodd eu cyrff yn ôl ac ymlaen yn rhywiol cyn i'r ddau gofio'n sydyn fod yna o leiaf un pâr o lygaid yn edrych arnynt o'r tu allan.

25. Rhosyn Saron

Aeth mam Tina adre'n ei hôl, yn fodlon bod ei hunig ferch yn hapus yn ei chartref newydd. Dychwelodd Dic i Tŷ Clyd nifer o weithiau'r wythnos honno i gael mwy nag un *housewarming*, ac roedd pethau'n dechrau disgyn i'w lle i Tina. Rhwng ei hymwelwyr mynych ac ambell alwad gan Lyn ac Ann, achubodd Tina ar bob cyfle i roi'r offer, y dillad a'r addurniadau yn eu safleoedd newydd. Roedd wrth ei bodd yn 'chwarae tŷ bach', ac roedd wedi addurno pob ystafell efo gwahanol themâu a lliwiau. Canolbwyntiodd ar felyn a glas ar gyfer ei hystafell wely, ac roedd y drych mawr o flaen ei gwely eisoes wedi gweld pethau mawr!

Byddai'n haws iddi weithio o adref rŵan hefyd, gan fod yno fwy o le a phreifatrwydd iddi ganolbwyntio ar ambell stori ar gyfer y papur.

Wrthi'n gorffen paratoi adroddiad ar ei gyfer yr oedd hi pan ganodd cloch y drws, a llamodd i'w ateb gan obeithio cael ymwelydd difyr arall i'w diddanu. Oedd, roedd yr ymweliad yn syrpreis, ond nid yn annisgwyl. Jeff Parry oedd yn sefyll yno'n edrych fel 'yr hen ddyn budur' ei hun mewn macintosh laes, ddu, â'i wallt brith wedi tyfu ychydig yn rhy hir a blêr. Roedd wedi dod i'w chroesawu'n swyddogol i'r ardal, meddai. Yn ystod oriau gwaith? holodd Tina'i hun, ac estynnodd Jeff dusw o flodau iddi – deuddeg o rosod cochion . . .

Gan fod ei bos wedi rhoi dau ddiwrnod i ffwrdd o'r gwaith iddi symud i'w chartref newydd, bu'n rhaid i Tina ddangos ychydig o frwdfrydedd am ei bresenoldeb, a gwahoddodd o i mewn i ddangos ei gwerthfawrogiad.

'Gobeithio'ch bod yn setlo yn yr ardal. Mae ganddoch chi chwaeth hyfryd wrth addurno, Tina,' meddai'r bolgi, gan eistedd ar y soffa ledr, ddu. 'Mae'r cyferbyniad rhwng y lledr a'r clustogau blewog 'ma'n hyfryd i'r croen dwi'n siŵr.'

Nid atebodd Tina, ac aeth yn anfoddog i'r gegin i chwilio am fâs i roi ei flodau yntau ynddynt. Dilynodd Jeff Parry hi'n ddiwahoddiad.

'O! Rydech chi wedi derbyn rhosod yn barod, Tina. Edmygydd arall?'

Doedd Tina ddim yn hapus, a chredai y byddai'n well iddi ddweud yn strêt fod ganddi gariad, er mwyn iddo beidio aflonyddu arni â hithau bellach yn byw mor agos ato.

'Mae o'n fwy nag "edmygydd", Mr Parry.'

Caeodd yntau ei geg, a rhoddodd Tina'i flodau ar fwrdd y gegin, tra oedd rhai Dic yn cymryd lle canolog ar fwrdd y lolfa. Aeth Jeff yn ei flaen i ganmol y cartre newydd.

'Cegin fendigedig. Llawr pren yn y ffasiwn rŵan. Pwy osododd o, yr ymwelydd?' Aeth heibio Tina wedyn gan gychwyn am y llofftydd. 'Waeth i mi gael fy nhywys i fyny'r grisie ddim tra 'dan ni wrthi.'

Er iddo arwain y ffordd, gwrthododd hithau ei ddilyn. 'Mae gen i angen anfon llun arall i'r papur cyn y *deadline*, Mr Parry . . .' meddai Tina'n ffwndrus, 'neu chi fel bòs fydd y cynta i gwyno os bydd o'n hwyr! Gewch chi fynd i fyny ar eich pen eich hun, os liciwch chi, ond llofft ydi llofft wedi'r cwbwl, yndê?'

Roedd Tina'n falch o gael troi am y swyddfa yn hytrach nag i fyny'r staer, a wnaeth Jeff ddim derbyn ei chynnig o fynd i fyny ar ei ben ei hun. Roedd fel cysgod y tu ôl iddi eto.

'Rydech chi'n iawn, Tina. Llofft ydi llofft . . . Ond wyddoch chi mod i'n gallu edrych i mewn i'ch llofft chi o fy llofft i? Petawn i eisiau wrth gwrs, yndê!'

Bu bron i Tina ddisgyn yn y fan a'r lle. 'Peidiwch â phoeni, Tina fach. Fyswn i byth yn datgelu eich arferion hwyrol chi i neb!'

Ar hynny, neidiodd calon Tina o'i chrud wrth i'r ffôn ganu, ond diolchodd am esgus i beidio gorfod ymateb i sylwadau beiddgar ei bòs. Fedra i ddim aros yn fy nhŷ fy hun yr un eiliad yn hwy efo'r sleifar yma, meddyliodd. Mae'n siŵr fod Ann yn meddwl ei bod yn drysu ar ben arall y lein.

"Be? Na! Wel wir, diar mi . . . Mi ddo i draw rŵan! Na, ti'm yn styrbio dim arna i. Mr Parry o'r papur sydd ar fin gadael. Wela i ti mewn munud.'

Rhoddodd Tina'r ffôn i lawr, gan esgus ei bod wedi distyrbio'n fwy nag yr oedd yn barod.

'Mae'n ddrwg gen i, Mr Parry. Mae tad fy ffrind wedi cael ei daro'n wael, ac mae hi angen gwarchodwr. Gymra i hynny fel awr ginio, ylwch . . . ar ôl anfon y llun 'ma. Mae'n anodd cymryd amser cinio pan mae rhywun yn gweithio o adre yntydi? Wela i chi 'nôl yn y gwaith fory. A diolch am y blodau . . .'

Er i wep Jeff Parry ddisgyn o glywed fod ei eilun yn gorfod gadael, roedd ganddo un newydd pwysig arall iddi.

'Nid dod i'r tŷ i fusnesa ydw i, Tina. Yma i roi newyddion drwg ydw inne hefyd, dwi'n ofni.' Doedd gan Tina ddim amynedd efo siarad gwag a seboni afiach ei phennaeth, ond gwyddai erbyn hyn fod rhywbeth go ddifrifol yn ei boeni.

'Mae 'na gwmni mawr o Ogledd Lloegr wedi prynu'r *Journal*, Tina. Mi fydd popeth yn newid o wythnos nesa ymlaen. Fydd yna fawr o le i newyddion Cymreig na'r Gymraeg wedyn. A Duw a ŵyr be ddigwyddith i'n swyddi ni i gyd.'

'Be mae hynny'n 'i olygu i chi, Mr Parry?' holodd Tina, wedi cael ysgytiad wrth wisgo'i chôt yn barod i adael y tŷ.

'Dwi wedi penderfynu ymddeol yn gynnar cyn eu bod nhw'n cael y pleser o roi'r sac i mi,' atebodd gyda golwg ddifrifol arno. 'Efallai y dylech chithe feddwl am adael hefyd, Tina. Meddwl oeddwn i . . .'

'Mr Parry, mae'n ddrwg gen i, mae'n rhaid i mi fynd. Gawn ni drafod eto, ie?'

'. . . y basech chi a finne'n dechre papur lleol Cymraeg ein hunain! Meddyliwch amdano fo, Tina. Mi fasen ni'n gwneud tîm da iawn. Mi fydde'n gyfle i mi barhau i gael eich cwmni chi . . .'

Er ei fod yn gyndyn o adael, fu Tina erioed mor falch o weld cefn Jeff Parry, gan fod rhywbeth bygythiol ac iasol ynglŷn â'i ymddygiad. Roedd yn gryn sioc iddi glywed am ddyfodol ei swydd, ond poenai fwy ar y funud fod ei phennaeth yn byw mor agos ati fel ei fod yn medru ei gweld drwy ffenestr y llofft! Ai cellwair oedd o am hynny? Ynteu oedd o'n edrych i mewn iddi bob nos i gael rhyw gic rywiol? Byddai'n rhaid iddi gael llenni newydd ar unwaith!

Doedd Tina erioed wedi meddwl ble roedd Jeff Parry'n byw tan y datblygiad hwn yn ei hanes, gan na chafodd ei gwahodd i'w gartref erioed tra bu'n gweithio iddo ar staff y *Journal*. Hoffai gadw iddo fo'i hun gan amlaf. Ond eto, roedd yn barod iawn i fynd i bartïon yn nhai pobl eraill neu wledda uwchben potelaid o win coch efo merched oedd yn ddigon gwirion i fynd efo fo! Tybed oedd o wedi awgrymu bod

Tina'n prynu Tŷ Clyd fel ei fod yn llythrennol yn gallu cadw golwg arni? Rhoddodd Tina'r 'sglyfaeth yng nghefn ei meddwl, a neidiodd i'w char heb wybod yn iawn i ble'r âi. Roedd yn rhaid iddi fynd i rywle, neu byddai Jeff Parry'n siŵr o ddeall ei bod yn ceisio'i osgoi. Felly aeth i weld Ann yn y fflat i egluro pam ei bod wedi actio'n rhyfedd ar y ffôn. Roedd angen holi am drefniadau munud ola'r briodas beth bynnag.

Pan gyrhaeddodd Stryd Fawr y Borth, roedd ei chalon yn drom. Nid yn unig roedd ei hen fflat hi ac un Gwenan yn wag, ond roedd Ann hefyd ynghanol pacio'i heiddo i focsys. Sylweddolodd fod cyfnod wedi dod i ben, a bod pawb un ai'n callio, yn heneiddio neu'n mynd yn fwy diflas wrth fynd yn hŷn. Daeth lwmp sydyn i'w gwddw, ac erbyn i Ann ateb y drws roedd Tina yn ei dagrau.

'Argol, be sy'n bod?' holodd honno wrth adael Tina i mewn i'w fflat foel.

'Dim byd, Ann fach, dim ond hen atgofion yn dod yn ôl. Diwedd cyfnod!'

'Dim ond hynny? Diolch byth! O'n i'n meddwl bo ti'n swnio'n od ar y ffôn, ac yn ofni bod y Jeff Parry 'na wedi dy fygwth di neu rwbath!'

'Na, jest teimlo'n emosiynol efo'r holl ddigwyddiade diweddar 'ma,' eglurodd Tina wrth i Ann wneud paned go gry o goffi iddi. 'Symud fflat, prynu tŷ, Dic a'r babi, Jeff Parry'n cynffonna, a rŵan mae o'n trio deud bod ein jobsys ni i gyd yn y fantol!'

Gwrandawodd Ann yn astud arni er mwyn iddi gael y cwbl allan o'i system, ac eisteddodd wrth ei hochr ar y soffa i sipian ei choffi. 'Teimlo'n well rŵan?'

'Yndw, diolch i ti. Be wna i ar ôl i tithe fynd, dwed?'

'Dod draw i'r ffarm mor aml ag y medri di 'ntê! Mae 'na dafarn reit hwyliog yn lleol i ni, er nad oes 'na glybia nos gwyllt yn agos!'

'Mae pawb wedi mynd yn rhy hen i fynd i lefydd felly rŵan, Ann fach! Ac mi fyddi dithe'n dechre magu fel y cythrel yn fuan, gei di weld.'

'Mae meddwl am draed bach yn ddigon i wneud i'm rhai inna redag milltiroedd hefyd!'

'Ydi popeth yn iawn at y penwythnos?'

'Yndyn, ond bod Tomi'n ddigon tawal a diamynadd ynghylch yr holl achlysur.'

'Poeni am ei dad, ella?' holodd Tina.

'Mae'n siŵr, neu boeni bod o'n styc efo fi am weddill ei oes! Ta waeth. Ffonio nes i'n gynharach i weld os ti awydd trio'r ffrog eto, jest i neud yn siŵr ei bod hi'n ffitio?'

Dadwisgodd Tina o flaen Ann yn ddigon diseremoni er mwyn gwthio i mewn i'r ffrog forwyn. Wedi dinoethi, anghofiodd bod ôl cusanu brwd Dic ar hyd ei chorff i gyd.

'Tina, wyt ti'n iawn yr hen hogan? Ti'n gleisia byw!'

Cywilyddiodd Tina, a sylweddolodd Ann beth oedd y rheswm. 'Sori, cofio dim!' meddai Tina. 'Roedden nhw i fod yn breifat!'

'Yr ast lwcus!' meddai Ann gan roi winc iddi. 'Fysa Tomi ddim yn gallu plygu i gyrraedd cyn belled efo'i wynegon!'

Chwarddodd y ddwy ac aeth Tina'n ei blaen i wisgo'r ffrog. Ond och a gwae, roedd wedi mynd yn hynod o dynn am ei chanol erbyn hyn, a gorfu i Ann ei helpu i'w thynnu oddi amdani.

'Cysur-fwyta ydi hyn, Ann, neu fod canol oed yn dechra deud arna i!'

356

'Mae gen ti lai nag wythnos i golli tri phwys,' cellweiriodd Ann. 'Dim cwrw, dim gwin, dim ond digon o garu!'

'Ella bydda i wedi colli mwy na phwysa erbyn hynny,' ychwanegodd Tina. 'Ond 'sdim isio poeni am swyddi a dynion a ballu rŵan. Y briodas sydd bwysica 'ndê?'

Yna roedd y ddwy'n chwerthin yn ddireolaeth eto nes eu bod yn beichio crio ynghanol môr o emosiynau ar ysgwyddau'i gilydd.

'Fyddai'n dy golli di,' nadodd Ann.

'A finne tithe, ond fydda i bob amser ar ben arall y ffôn, cofia. Mi alli di alw yn Tŷ Clyd unrhyw adeg ar dy ffordd o'r sbyty.'

Difrifolodd Ann eto. 'Mae'n siŵr y bydd yn rhaid i minnau roi'r gora i ngwaith, Tina. Dydi Tomi ddim yn cîn bod ei wraig ffarm o'n gweithio! Delwedd henffasiwn, dwi'n gwbod. Ond dwn i ddim sut ddiawl fydd y pres yn dod i mewn efo ffarmio fel mae pethau'n mynd y dyddia hyn chwaith.'

'Ble eith ei rieni fo?'

'Mae Tomi'n adeiladu byngalo yn ymyl, ac mi fydd 'na waith gofalu am y rheiny wedyn heb sôn am yr anifeiliaid a'r cartre . . .'

Synhwyrodd Tina nad oedd pethau'n swnio'n fêl i gyd i Ann, a diolchodd yn dawel bach ei bod yn sengl ac yn caru'n achlysurol efo rhywun nad oedd yn dibynnu ar bris y farchnad i gael cyflog teilwng yn ei boced. Ceisiodd godi calon Ann gan ei hatgoffa fod y gêmau rygbi'n ailddechrau ymhen pedwar mis, ac y byddai ganddi barti yn Tŷ Clyd o leiaf unwaith bob dau fis. Byddai'n galw heibio Pant Mawr bob cyfle gâi hi, ac roedd gwyliau yn yr haul bob amser yn bosibilrwydd, jest i Ann ddweud pryd fyddai'n gyfleus iddi adael y ffarm. Teimlai Ann yn llawer gwell o wybod y byddai rhyw fath o fywyd normal yn parhau ar ôl iddi briodi!

*   *   *

Wythnos yn ddiweddarach roedd Gwesty'r Manor dan ei sang, gydag Ann a Tomi a'u gwesteion yn mwynhau cyfeddach a oedd yn gymysgedd o hapusrwydd a thensiwn. Roedd Tina'n ffitio i'w ffrog yn berffaith wedi iddi golli pum pwys, diolch i ddeiet o ddŵr a bananas. Roedd dillad yr ystlyswyr, sef brodyr Ann, a rhai Bryn y gwas, yn ffitio'n berffaith hefyd. Ond siaced Tomi oedd wedi achosi'r broblem fwyaf, gan iddo ennill pwysau mawr yn ystod y misoedd diwethaf.

'Gorfwyta i guddio dy nerfusrwydd wnest ti,' meddai Ann wrtho.

'Na, gwneud fy stumog yn fwy er mwyn i'r wraig newydd ei llenwi hi!' atebodd Tomi, ac roedd Ann yn falch o'i weld yn cellwair. Sylwodd neb ar siaced Tomi yn y diwedd, gan mai edrych ar ffrog Ann ac ar harddwch Tina'r oedd pawb. Oedd, roedd Tina'n tynnu dipyn o sylw oddi ar y briodasferch, ond doedd ganddi mo'r help am ei phrydferthwch naturiol a'i chorff lluniaidd.

Cawsant wasanaeth priodasol bendithiol iawn, gyda mam Ann yn ei rhoi i ffwrdd yn Bethseida, y capel bach lleol. Roedd morio canu yn y gwasanaeth hefyd efo Harri Cae Pella'n ei godi gystal ag y gwnaeth neb mewn unrhyw angladd, ac roedd waliau'r capel yn diasbedain. Roedd Tomi o dan deimlad ac yn hynod o ddagreuol wrth weiddi 'byth eto!' wrth gamu i lawr o'r allor. Rhedodd ei emosiynau'n wyllt, a phan ddaeth at y frawddeg 'hyd oni wahaner ni gan angau', fedrai o'n ei fyw beidio â meddwl am ei dad oedd mor gaeth yn ei gadair. Roedd afiechyd yn gallu effeithio ar y briodas fwyaf perffaith oedd yn bod, meddyliodd. Serch hynny, daliodd iechyd Ned Davies yn rhyfeddol o dda drwy'r dydd, a chafodd Mrs Davies fwynhau ei bîff lleol i ginio heb ei distyrbio!

Yr unig embaras arall yn ystod y seremoni oedd Catrin, yr organyddes, a ddechreuodd chwarae cân angladdol yn hytrach na'r gainc *Llety'r Bugail* fel ymdeithgan y briodferch! Dewiswyd y dôn honno'n amlwg gan mai bugail oedd Tomi, ond roedd dewis *Codiad yr Ehedydd* fel alaw i fynd allan ychydig yn fwy annelwig . . .

Gwnaeth Tina ei dyletswyddau fel morwyn yn ddigon didrafferth, ond y siom fwyaf oedd Bryn y Boncyn fel gwas. Roedd yn amlwg i bawb fod ganddo berthynas arall ar ei feddwl yn hytrach nag un y pâr priodasol, a chafwyd araith fer a hynod o ddi-fflach ganddo – dipyn gwahanol i'r hen Foncyn a oedd yn arfer bod yn llawn hwyl a sylwadau bachog.

'Llongyfarchiadau i chi'ch dau; gobeithio byddwch chi'n dri'n fuan,' meddai un cyfarchiad mewn cerdyn priodas. Ond wnaeth Bryn ddim ei ddarllen efo'r un hiwmor ag arfer; roedd y sylw'n rhy agos at yr asgwrn iddo yntau.

Dychwelodd Gwenan i'r Borth am y tro cyntaf ers tro i ymuno yn yr achlysur, ac edrychai'n llawer iawn mwy bodlon ei byd ers iddi symud i fyw i'w milltir sgwâr.

'Pob bendith i chi yn eich bywyd priodasol,' meddai, pan gafodd Ann a Tomi eiliad i roi sylw iddi hi a Lyn yn ystod parti'r nos. 'Fe gawsoch chi wasanaeth hyfryd ac ysbrydol.'

Bu bron i Tomi dagu mewn i'w beint wrth ei chlywed yn siarad fel hen gant.

'Diolch i ti Gwen,' atebodd Ann, gan atal ei hun rhag chwerthin. 'Falch bo ti'n setlo lawr 'nôl yng Ngheredigion 'cw. Cofia di ddod draw i aros ar y fferm am wylia bach. A thyrd â dy fam a dy dad . . . Wncwl Morys . . . neu pwy bynnag ti'n ffansïo efo ti!'

Cochodd Gwenan, ond daeth Tomi i'r adwy i arbed embaras pellach. 'Arglwydd, dim ond dwy lofft sbâr sydd gynnon ni, cofia!' meddai 'ac mi fydd y ddwy yno'n llawn dop yn go fuan os ca i fy ffordd!'

Cydiodd Tomi'n awgrymog o gwmpas canol ei wraig, gyda holl broblemau ffermio wedi cael dihangfa o'i feddwl, am ychydig oriau o leiaf.

'Cofiwch fagu'r plant i fynd i'r Ysgol Sul,' cynghorodd Gwenan y ddau'n ddoeth. 'Ta beth, dyma anrheg fach i chi cyn i mi fynd. Fydda i ddim yn aros yn hir, gan fod taith mor bell o 'mlaen i.'

Wedi i Gwenan droi ar ei sawdl, aeth Ann â'r rhodd i'r ystafell lle cedwid yr holl anrhegion priodas. Roedd Tomi a hithau wedi gwneud trefniant i agor y parseli efo'i gilydd y diwrnod canlynol. Ond fedrai Ann ddim aros i weld beth roedd Gwenan wedi ei brynu, felly torrodd ran fach o'r papur arian i gael cipolwg ar ei gynnwys. Bu bron iddi hithau dagu ar ei jin gan ei bod yn grediniol iddi weld yr anrheg yn rhywle o'r blaen. Mae'n rhaid bod Gwenan wedi methu gwerthu'r fowlen siwgr yn y sêl cist car dro 'nôl, wedi'r cyfan!

Pan ddychwelodd Ann i fwrlwm y parti, roedd pawb yn mwynhau'r bwffe a'r gerddoriaeth, er nad oedd plwc ar neb i fod y cyntaf i ddawnsio. Wedi i'r DJ alw ar y pâr priodasol i fynd i ganol y llawr, camodd Ann a Tomi arno'n swil a digon anfoddog. Trwsgl iawn oedd symudiadau'r ddau i ddechrau, gan nad oeddynt byth yn cael cyfle i ymarfer eu tactegau dawnsio! Ond mwynhaodd y ddau bedwar munud o ddawnsio clòs i un o hoff ganeuon Tomi. Efallai bod enw'r grŵp yn well na'r gân i Ann, gan mai 'Madness' oedd o – addas iawn a hithau'n priodi ffermwr a oedd mor gaeth i'w waith a'i anifeiliaid, meddyliodd! *It must be love'* yn wir.

Yr ail i ofyn am ddawns i Ann oedd Lyn y Landlord, a oedd yn mynd o gwmpas ei bethau fel glöyn byw penysgafn. Roedd sbonc yn ei gerddediad a gwên ddireidus ar ei wyneb. Oedd o mor falch â hynny o weld Gwenan yn ei hôl yn y Borth?

'Ti'n edrych yn hapus dyddia yma,' meddai Ann wrtho. 'Diolch i ti am ddod. Ti wnaeth baratoi'r bwyd?'

'Na, chef arall sydd ar *duty* heddiw,' atebodd. 'Ond 'nes i roi cyngor iddo fo ddefnyddio'r pethe gore i hen ffrind!'

'Diolch i ti, ond llai o'r "hen" 'na! Mae'r ffrog 'na'n dy siwtio di!' ychwanegodd Ann.

'Doeddwn i'm isio tynnu'r sylw i gyd oddi arna ti chwaith, *babes*!' Ystyriol iawn, meddyliodd Ann. 'Fyswn i byth wedi colli dy barti di am bris yn y byd, Anni Pani,' ychwanegodd Lyn, efo'r ddrama arferol o freichiau'n chwifio a'r pen yn cael ei daflu o'r naill ochr i'r llall. 'Gyda llaw, ges i'r ffrog yma wrth siopa efo Gwens yng Nghaerfyrddin'

'Mae Gwenan yn lwcus ohonot ti, Lyn. Honno'n siwtio ti hefyd!'

Anwybyddodd Lyn ei hawgrym cynnil, ac aeth Ann ymlaen i holi am ei ddyfodol o. 'Be 'nei di efo'r fflatiau, rŵan eu bod nhw i gyd yn wag?'

'Eisoes wedi eu llenwi nhw, *babes*,' atebodd yntau, efo winc. 'A hynny i dri pherson hynod o olygus – fel y rhai oedd yno o'u blaenau nhw, wrth gwrs!'

'O? Dwi'n gwbod y byddan nhw'n lwcus yn cael lle glân a chartrefol, a thitha'n landlord mor glên! Pwy ydi'r tair?'

'Antonio, Craig a Doug!'

A dyna'r gerddoriaeth yn peidio a'r ddawns yn gorffen. Ond, gwyddai Ann ar osgo Lyn ei fod yn teimlo fel dynes newydd sbon y noson honno.

Erbyn hyn, roedd Tina wedi newid o'i dillad morwyn i ffrog fer, hollol anforwynol. Roedd hi'n falch fod y rhan seremonïol ar ben, a fedrai hi ddim aros i gael cwmni Dic a oedd wedi ei wadd i'r parti nos fel un o gyd-weithwyr Ann. Anfonodd Ann wahoddiadau at nifer o staff eraill o Ysbyty'r Borth hefyd, ond bu'n ddigon doeth yn y diwedd i beidio gwadd eu partneriaid. Byddai cael Marie'n bresennol wedi effeithio ar fwynhad Tina, ac wedi gwneud pethau'n anodd i Bryn y Boncyn actio'n normal. Gallai pethau fod wedi troi'n sur i bawb!

Roedd Gari a Marged adre efo Dic yn Llys Meddyg tra bod rhieni Marie neu fam Boncyn yn ei maldodi hithau. Ond roedd Dic wedi gwneud yn siŵr y byddai wedi cael rhywun i warchod y ddau fach er mwyn iddo gael mynd i'r parti. Sicrhaodd hefyd y byddai'n gallu aros efo Tina'r noson honno er mwyn cael ychydig mwy o hei-di-ho yn y Tŷ Clyd. Wedi'r cwbl, roedd ganddo gynnig na fedrai Tina'i wrthod. Ond dal i aros ac edrych ar ei horiawr yr oedd Tina am naw o'r gloch y nos, ac roedd cymysgedd o siampên, ychydig o lager a dau neu dri *Pimms* wedi dechrau cael effaith arni.

Roedd y rhieni, y modrybedd a'r gwahoddedigion

hŷn wedi ffarwelio efo pawb erbyn hynny, a doedd neb gwerth ei halen ar ôl i ddenu ffansi Tina. Ond gan ei bod yn ysu i ddangos ei hun yn ei ffrog newydd i unrhyw un a gymerai sylw, gofynnodd i Tomi am ddawns, a derbyniodd hwnnw'r cynnig â breichiau agored.

'Dwi'n fwy na bodlon gafael mewn corff siapus yn lle un blonegog fy ngwraig,' chwarddodd yn hapus yn ei gwrw. 'Hwnnw fydda i'n ei wynebu am weddill fy oes o heno ymlaen!'

Roedd y syniad yn ei ddychryn ar un olwg, ac eto, roedd yn ei gyffroi. Weithiau roedd yn synnu fo'i hun, gan ei fod o, o bawb, wedi ffeindio un o ferched mwyaf atebol Pen Llŷn i fod yn was . . . wraig iddo. Roedd ei ffrindiau wedi labelu Tomi'n hen lanc ers dyddiau'r Ffermwyr Ifanc!

'Mae Ann yn eneth lwcus iawn, Tomi,' meddai Tina wrtho, 'a dwi'n addo na wna i fynd â hi ar gyfeiliorn eto . . .'

'Dwi'n falch. Roeddwn i'n ofni na fyddai stop arni ar ôl y trip rygbi dwytha 'na. Fuodd hi'n actio'n reit od ar ôl hwnnw.'

'. . . dwi'n addo na wna i fynd â hi ar gyfeiliorn – ar ôl y trip rygbi i Iwerddon ddechrau'r flwyddyn!'

'Tina Thomas! Ti'n hogan ddrwg. Ond asu, dwi'n licio ti!'

A dyna'r trip yna wedi cael ei setlo yn ddigon didrafferth unwaith eto!

Tra oedd pawb oedd ar ôl yn cymdeithasu ac yn tynnu coes, roedd un person yn edrych yn hynod o anniddig yng nghornel yr ystafell. Aeth Tomi ato i geisio codi'i galon.

'Boncyn, was. Diolch i ti am dy waith heddiw. Be gymri di i yfed? Peint?'

'Na, dwi'n iawn, diolch i ti. Aros am ffôn unrhyw funud . . . Mam ddim yn dda . . . Rhag ofn bydd angen i mi fynd adre ar frys.'

Ni chredai Tomi ei stori am eiliad, ond ar yr union eiliad honno fe ganodd ffôn poced Bryn. Esgusododd Tomi ei hun gan ddychwelyd at y criw. Ond, trwy gil ei lygaid, sylwodd ar ei was yn sleifio allan.

Er bod y gerddoriaeth wedi mynd yn uwch a'r bît i'w glywed drwy galonnau'r gwesteion, roedd yna gryndod ym mag llaw Tina hefyd. Llonnodd ei chalon, a cheisiodd sadio'i hun ar ei thraed gan gilio i lecyn tawel y tu allan i fynedfa'r Manor. Rhif Dic oedd yn serennu o flaen ei llygaid. Wel, y bastard bach, dydi o ddim am ddod i'r parti wedi'r cwbwl, meddyliodd, gyda phob mathau o feddyliau drwg yn gwibio drwy'i meddwl. Mae o wedi fy siomi i eto, a hynny ar ddiwrnod pwysica fy ffrind gore! Oedodd gan feddwl peidio ateb y ffôn, ond parhau i ganu'n ddi-baid wnâi cân y gwdihŵ.

'Ie, a be ydi dy esgus dji heno?' holodd Tina'n sarrug heb ei gyfarch nac aros am unrhyw eglurhad.

'Ti'n gwbod fel mae hi, Tin,' dechreuodd Dic, gan wybod yn iawn ei fod yn ei chorddi.

'Nachjw! Dydw i ddim yn gwboj shit mae hi. A pwy ydi'r hiI yma? Dy wraig ojinebus di? Be am i ti feddwl amdani hi, djy gariaj shtiwpid ji, sy'n arosh am chydig bach o shylw ersh pedair blynedd?'

Tra oedd Tina'n pregethu'n aneglur wrth feichio crio ar stepen drws y Manor, gwelodd oleuadau'n fflachio trwy ei dagrau. Erbyn iddi geisio cael ateb gan Dic ar ben arall y ffôn, daeth sain undonog ac yna mudandod o'r teclyn, a sylweddolodd ei fod wedi rhoi'r ffôn i lawr arni. Y coc oen diawl, meddai dan ei gwynt, gan benderfynu yn y fan a'r lle nad oedd yn mynd i barhau i adael i ŵr rhywun arall ei thrin hi fel lwmp o gachu am weddill ei hoes. Wrth iddi droi'n ôl am y parti, roedd goleuadau'r car yn y maes parcio'n parhau i fflachio, a'r corn erbyn hyn yn ddigon i fyddaru'r meirw. Taflodd Tina olwg sydyn ato rhag ofn fod rhywun mewn trallod. Roedd hi'n ddigon call i hynny! Yna, adnabu'r BMW ar ei hunion, a sylweddolodd fod Dic wedi bod yn cuddio yn y maes parcio a gweld y ddrama'n datblygu o flaen ei lygaid!

'Djic, y diawl drwg yn chware tjriciau,' meddai Tina wedi iddi redeg i'w gyfarch a disgyn yn sypyn meddwol yn sedd flaen y car.

'Ro'n i isio rhoi syrpreis i chdi,' atebodd hwnnw wrth fwytho'i bronnau a'i chusanu'n wyllt. 'Sut mae'r diwrnod wedi mynd? Mmm . . . Blas *Pimms* yn fanna . . . a siampên fan hyn . . . a be sydd lawr fama tybed?'

Er nad oedd Tina'n sobor o bell ffordd, doedd hi ddim am adael i bethau boethi'n ormodol yn llygaid goleuni yn y car. Does wybod pryd y byddai hen fodryb i Ann neu rywun parchus o'r ysbyty'n pasio heibio ac adnabod y ddau. Doedd hi ddim mewn mŵd i siarad gormod chwaith, ond plannodd gusan wlyb a barodd yn agos i ddau funud ar wefusau chwantus ei charwr.

'Wyt ti'n barod i fynd o'ma?' holodd yntau wedi cynhyrfu'n lân, gan wybod yn iawn y byddai Tina'n derbyn ei gynnig i orffen y noson mewn steil.

'Paid â bod mor hunanol, Dic,' meddai Tina mewn llais a newidiodd yn sydyn gan adael Dic yn edrych arni'n hurt. 'Diwrnod i'n ffrindie fi a dy gyd-weithwraig di ydi hwn. Dwi'm yn diflannu o'ma jest er mwyn i ti gael codi dy goes!'

'Iawn, iawn, Tina fach. Jest meddwl mai dyna oeddat titha isio!'

'Dyne ydwi isio, y clown, ond dim yn syth rŵan! Ddylet ti ddangos gwerthfawrogiad bod nhw wedi dy wadd di o gwbwl! Sleifiwn ni allan wedyn!'

Bodlonodd Dic ar ei rhesymeg gall, er ei bod yn ymdebygu i'w Ddraig wrth arthio arno'n gynharach! Doedd o ddim wedi meddwl mynd i'r parti rhag ofn y byddai'n dod wyneb yn wyneb efo Bryn. Ond penderfynodd y byddai'n glir iddo fynd ar ôl gweld hwnnw'n pasio ar wib yn ei fan wen, fudur. Doedd dim angen i Dic fod yn broffwyd i wybod ble fyddai honno'n parcio heno.

Erbyn i'r ddau fynd am y parti, roedd mwy wedi ymuno yn y dawnsio, a chafodd Dic ganiatâd Tina i ofyn i Ann am ddawns er mwyn cael dymuno'n dda iddynt ar eu mis mêl ac yn ei chartref newydd.

'Mae bywyda pawb yn newid y dyddia yma; be am dy un di, Dic?' holodd Ann, gan feddwl y byddai'n datgelu rhywbeth am ei gynlluniau ar gyfer ei ddyfodol efo Tina.

'Mae o eisoes wedi newid, Ann, bach' atebodd Dic.

Wedi dioddef awr o gymdeithasu ac yfed diodydd meddal, cafodd Dic ddigon ar y gwmnïaeth, ac roedd yn ysu i gael mynd yn ôl i gartref newydd Tina i gynhesu ei gwely ac i ddweud ei newyddion wrthi. Aeth y ddau oddi yno'n dawel, a heb dynnu sylw, ond dymunodd Tina lwc dda i Ann a Tomi, a gobeithio y byddent yn ei hesgusodi. Roedd Ann yn dallt y dalltings.

Wedi i'r ddau gyrraedd Tŷ Clyd, estynnodd Dic am botel ddrud o siampên yr oedd wedi ei bwriadu fel anrheg priodas i Ann a Tomi! Wrth dywallt yr hylif byrlymus i'r gwydrau, sylweddolodd Tina fod gan Dic rywbeth arall ar ei feddwl, a'i fod yn ei chael hi'n anodd bwrw'i fol. Aeth hithau'n boeth drwyddi, a chwysu'n oer y munud nesaf. Closiodd Dic ati gan yfed yn helaeth o'i wydryn – roedd ganddo waith dal i fyny efo Tina a hithau wedi bod yn yfed drwy'r dydd! Rhoddodd gusan frwd iddi gan agor ei gwefusau efo'i dafod nes bod y ddiod hyfryd yn rhedeg o'i geg o i'w cheg hithau. Yna, rhyddhaodd ei hun oddi wrthi gan feddwl dweud ei neges. Ond roedd ganddo ormod o fin i fedru siarad, bron, felly aeth yn ei flaen i lyfu ei chorff er mwyn cael llyfu'i thin yn nes ymlaen.

26. Cyrraedd uchafbwynt

'Mi gewch chi symud i mewn at Bryn i fan hyn, Marie fach,' meddai Mrs Griffiths wrth i'r tri drafod y dyfodol yng nghegin oer y Boncyn un noson oer o hydref. Roedd Marie mewn cyfyng-gyngor beth i'w wneud efo'i bywyd, ei babi ac efo Bryn ei hun.

Ers clywed am y babi druan, roedd Dic wedi dweud yn bendant nad oedd croeso iddi 'nôl yn Llys Meddyg. Cyhoeddodd y byddai yntau'n medru ymdopi'n iawn efo'r plant, ac y byddai'n addasu i weithio llai o oriau am lai o gyflog. Wrth wneud hynny, byddai'n llwyddo i weithio, anfon y plant i'r ysgol, eu bwydo a'u diddanu ar ôl ysgol.

'Mi adawa i'r tŷ toc wedi wyth i fynd â Gari a Marged i'r clwb cyn ysgol,' eglurodd yn gynnil wrth Marie ar y ffôn. 'Dwi wedi trefnu bod Gwyneth drws nesa'n nôl Marged am un bob dydd. Mae'n fodlon ei gwarchod tan fydda i'n dod adre. Mi fydda inne'n gallu gorffen fy shifft yn gynt er mwyn casglu Gari am hanner awr wedi tri. Felly dim ond am ddwy awr a hanner fydd Marged o adre. Fydda inne'n barod i neud te iddyn nhw erbyn pedwar ac mi fydd gen i ddigon o amser i chware efo nhw cyn y bydd hi'n amser gwely. Dim problam.'

A dyna, hyd y gwyddai Marie, oedd trefn bywyd wrth i'w gŵr ofalu am ei phlant annwyl hi. Wnaeth o erioed gynnig gwneud dim o'r dyletswyddau hyn ar hyd y pum mlynedd ers geni Gari. Pe byddai wedi bod mor frwdfrydig, meddyliodd hithau, efallai y byddai'r briodas wedi bod yn llawer iachach a hapusach. Gobeithiai Marie yn ei chalon y byddai ei gŵr yn methu dygymod â'r gofal a'r boen meddwl o ofalu am ddau mor ifanc bob dydd o'i fywyd, heb neb ond y cymdogion yn gefn iddo. Roedd hi'n ysu i'w cael nhw'n ôl, wrth gwrs, a byddai'n gwneud popeth yn ei gallu i wneud hynny!

Ond teimlai Marie fel person digartref ei hun, a doedd hi ddim yn hoff o orfod dibynnu ar gardod i gael to uwch ei phen. Cafodd ddigon ar fod adref efo'i rhieni gan eu bod yn ffysian gormod ac yn orbryderus am y plant. Doedden nhw ddim wedi arfer cael neb yn cysgu yno yn fwy na phenwythnos ar y tro, felly roedd pawb ar ben ei gilydd yn cecru ac yn gor-ymdrechu i wneud popeth drosti.

Yna, dywedodd mam Bryn y câi Marie fynd i fyw ati hi ac yntau i'r Boncyn. Doedd hi ddim yn siŵr iawn am hynny ar y dechrau.

'Mi fydd sefydlogrwydd yn help i chi ddod i nabod a dygymod â'ch gilydd,' ychwanegodd Mrs Griffiths, fel petai'n gownsilar teuluol. 'Mi gewch fyw yn y parlwr ac mi wna inne feindio fy musnes fy hun yn y gegin 'ma. Mae 'na deledu yn y ddwy stafell, ac mae 'na lofft sbâr i'r babi. Mi fydda inne yma i neud bwyd i chi'ch tri ddydd a nos! Be well ydech chi isio?'

Roedd calon Mrs Griffiths yn y lle iawn, a doedd hi ond eisiau'r gorau i'w mab, a chwmni iddi hi ei hun. Felly, efo hi a Bryn y bu Marie'n byw ers ychydig ddyddiau bellach. Gwyddai Marie ym mêr ei hesgyrn na fyddai'n gallu cyd-dynnu efo Bryn pe byddai'n byw efo fo'n hir, a doedd ei chynlluniau tymor hir yn sicr ddim yn ei gynnwys o. Ar y dechrau, roedd yn ei elfen yn diddanu gwraig weddol ddeniadol a oedd yn crefu am ychydig o sylw. Roedd hithau wedi gwirioni cael y sylw'r oedd wedi methu ei gael ers cymaint o amser gan Dic. Ond, erbyn hyn, teimlai Marie fod y mis mêl ar ben. Sylweddolodd fod Bryn yn fochynnaidd, yn hunanol, yn dynn efo'i bres a heb y syniad lleiaf o sut i drin dynes, heb sôn am fabi.

Ond, eto, credai y dylai roi cyfle iddo brofi'i hun fel tad, ac efallai y byddai'n sylweddoli wedyn bod rhywun arall yn bwysicach na fo. Byddai'r babi angen tad hefyd, meddyliodd Marie. Ond fyddai hi ddim yn cychwyn perthynas arall i honno orffen yn yr un twll ag yr oedd Dic wedi gadael Marged a Gari ynddo. Doedd Marie ddim wedi mentro at giatiau'r ysgol i geisio cael cip ar y ddau fach, neu byddai Dic yno i fwrw'i lach a dial arni'n syth. Ond penderfynodd un diwrnod y byddai'n ei ffonio er mwyn iddo ddod at yr ysgol ychydig yn gynharach nag arfer iddyn nhw gael sgwrs gall a synhwyrol efo'i gilydd. Wedi'r cyfan, roedd hawl ganddi wybod beth oedd yn digwydd i'w phlant.

Cadwodd Dic at ei air, ac roedd y BMW yn aros amdani wrth y fynedfa. 'Popeth yn iawn?' holodd Dic gan gyfeirio at ei bol.

'Gwych, diolch,' atebodd Marie, gan ymddangos i Dic fel person hapusaf ar wyneb y ddaear. Efallai y byddai tactegau felly'n ei wneud yn genfigennus ac yn dod ag o'n ôl at ei synhwyrau a derbyn y babi fel un fo'i hun.

'Da iawn. Hynny'n gneud bywyd pawb yn haws.' Efallai ddim.

'Ydi'r plant yn holi amdana i?' holodd Marie.

'Yndyn, yn naturiol.'

'A be ydi dy esgus di wrthyn nhw?'

'Rheswm, nid esgus. Deud fod eu mam nhw'n hapus efo dyn arall, a'u bod yn mynd i gael brawd neu chwaer fach.'

370

'Dic! Paid ti â meiddio trio troi'r plant yn f'erbyn i, jest er mwyn clirio dy enw dy hun. Dwyt tithe ddim yn ddieuog, cofia. A phwy fyse'r llys yn ei goelio, tybed? Ti sydd wedi bod yn chware oddi cartre hira, nid fi!'

Doedd Dic ddim wedi mynd i weld ei wraig er mwyn cael pregeth arall ganddi, ond dychrynnodd braidd wrth ei chlywed yn sôn am achos llys. Gwyddai'n iawn ei fod yn euog ers blynyddoedd o fynd efo merched eraill, ond roedd wastad wedi bod yno i'w wraig a'i blant. Wnaeth o erioed feichiogi 'run dynes arall, chwaith, cyn belled ag y gwyddai o!

'Mi fydd gen ti blentyn arall i ofalu amdano'n fuan. Canolbwyntia di ar hwnnw, a gad y rhain i fi. Mae gen i gynllunia ar eu cyfar nhw.'

'Be ti'n feddwl, "cynllunia"?' holodd Marie'n bryderus.

'Does dim byd yn bendant eto, ond mi gân nhw ofal da. Mi gei di wybod yn ddigon buan.'

Erbyn hynny, roedd cloch yr ysgol wedi canu, a Gari wedi rhuthro o rywle'n gynnwrf i gyd o weld ei fam wedi dod i'w nôl.

'Mam! Lle ti wedi bod?' holodd y bychan diniwed. 'Mae Marrged a fi'n crio lot amdanat ti!'

Fedrai Dic wneud dim ond gadael i'w wraig gofleidio'i mab. Roedd Gari'n amlwg yn ei cholli, ond doedd o erioed wedi dweud hynny ar goedd. Tybed oedd ei habsenoldeb yn effeithio mwy ar y plant nag yr oedd Dic yn ei sylweddoli?

'Mi ddaw Mami adre ryw ddiwrnod,' cysurodd Marie ei mab ynghanol môr o ddagrau.

Roedd yn anodd ganddi siarad, a hithau mor emosiynol, ond ceisiodd fod yn ddewr er mwyn ei phlentyn.

'Ti ddim yn dod adra efo ni rŵan? Pam, Mam?'
Roedd siomedigaeth yn amlwg yn ei lais ac ar ei osgo,
wrth iddo fynd i gefn y car yn benisel.

'Bydd di'n fachgen da i Dad, a rho sws fawr i Marged
i mi. Ddaw Mami i'w gweld hithe rhyw bnawn.'

Wrth i Marie ruthro am ei char ei hun gan guddio'i
hwyneb dagreuol yn ei sgarff a'i sbectol haul, gwyddai
Dic ei bod bron â thorri'i chalon. Roedd yntau bron â
thorri ei reolau'i hun i'w galw'n ôl, maddau'r cyfan, a
dweud wrthi am ddod yn ôl at y teulu bach i Lys
Meddyg. Ond moment wan oedd honno, a buan yr
aeth hi heibio wrth i Gari ddechrau ei holi yntau fel
twrne bach o gefn y car.

'Pam fod Mami'n crio?' holodd y mab.

'Wedi bod yn torri nionyn i swper,' oedd ateb
swta'r tad.

'Gneud swper i ni oedd hi, Dad?' holodd y bychan
yn obeithiol.

'Na, dim heno, was,' atebodd Dic. 'Rhyw dro eto,
ella, ia?'

Dychwelodd Dic i Lys Meddyg yn fwy dryslyd ei
feddwl nag erioed. Er mor galon-galed oedd o'n gallu
bod, doedd o ddim yn hoffi gweld ei wraig yn hiraethu
am ei phlant, ac yn sicr doedd o ddim yn hoffi gweld ei
fab yn holi'n ddisgwylgar am ei fam. Roedd yn RHAID
iddo wneud penderfyniad am eu dyfodol yn hwyr
neu'n hwyrach. Ond dim ond un ateb syml gan Tina
oedd o 'i angen cyn y byddai popeth yn disgyn i'w le.

*   *   *

'Tina, dwi wedi bod yn meddwl llawer iawn dros y
misoedd dwytha 'ma, yn enwedig ar ôl be sy wedi
digwydd yn ddiweddar efo . . . ti'n gwbod pwy,'

meddai Dic yn araf a phwyllog. Roedd o wedi gofyn i'w gymdogion warchod y plant unwaith eto er mwyn treulio noson hir a sobor yn trafod ei ddyfodol efo Tina yn Tŷ Clyd.

Gwyddai Tina'n iawn mai sôn am ei wraig ei hun a Bryn y Boncyn yr oedd Dic, ac aeth yntau'n ei flaen efo'i araith anodd. 'Dwi wedi bod yn dad a gŵr – a chariad – digon ciami ar hyd y blynyddoedd. Dyna pam dwi mewn cymaint o lanast rŵan, mae'n siŵr. Ond dwi wedi bod yn meddwl be sydd ora i'r plant a finna ac ati . . .'

'O Dic! Be ti'n drio'i ddeud?' holodd Tina'n llawn rhwystredigaeth a gobaith.

'Dydw i ddim isio i'r plant gael eu magu mewn awyrgylch annifyr,' atebodd, gan wybod ei fod ar fin rhoi sioc enbyd i'w annwyl gariad. 'A mwy a mwy anodd aiff petha pan fydd y bastard babi 'na wedi cyrraedd.'

'Ond Dic, mi fydd o'n gyfle i bawb newid cyfeiriad a . . .'

'Tina, mi rydw *i* ar fin newid cyfeiriad . . . a newid swydd. Dwi hefyd yn newid cyfandir!'

'Be?' Sobrodd Tina drwyddi.

'Dwi 'di cael gwaith mewn 'sbyty yn Sydney!'

Neidiodd Tina i fyny o'r gwely gan edrych arno mewn anghrediniedd llwyr. Teimlai'n benysgafn, a dechreuodd ei choesau a'i thu mewn grynu fel fflamau uffern wrth i gynddaredd dagu'r geiriau oedd yn brwydro i gael eu rhyddhau o gefn ei gwddw.

'Mynd a'n gadael ni i gyd wyt ti, Richard Jones?' meddai. 'Gadael dy brobleme i gyd ar dy ôl! Y bastard! Pam bo ti'n ffwcio i ffwrdd o olwg pawb? E? Euog dy fod ti'n difetha bywyda pawb ohono ni?'

Gallai tafod Tina fod yn finiog fel rasal ar adegau, yn enwedig pan gâi ei brifo. Ond cododd Dic o'i wely hefyd gan afael yn dynn amdani.

'Dwi'n mynd â'r plant efo fi, Tina. Dwi wedi trefnu lle mewn ysgol iddyn nhw yn Sydney, a dwi'n nabod Cymry eraill sydd wedi ymfudo yno.' Ymddangosai Dic i Tina ei fod wedi gwneud ei benderfyniad a'i waith cartref yn drwyadl, ac roedd ar fin rhoi homar o glusten iddo am feiddio awgrymu ei fod yn ei gadael hi – a'i Ddraig – yn y cach!

'O, neis iawn! A ti'n meddwl neith y llys roi hawl i ti arnyn nhw, wyt ti? A be wnân nhw heb eu mam?'

'Dwi wedi meddwl am bob dim, Tina . . .'

'A be dwi fod i neud hebddat ti? Byw ar alwad ffôn unwaith yn y pedwar gwynt, a gobeithio nei di ddod fatha Santa Clôs unwaith y flwyddyn?'

'Ara deg, Tins. Dyma dwi isio'i ddeud wrtha ti . . . Dwi am i ti ddod drosodd efo ni. Ti, fi, Gari a Marged.'

Aeth Tina'n fud.

'Dwi'n sicr mai fi gaiff ofalu am y plant wedi i'r ysgariad ddod drwodd. Wedi'r cwbwl, y Ddraig gafodd ei dal yn cael affêr, nid fi!'

Os oedd geiriau Tina'n cael eu tagu cynt, roeddynt wedi'u mygu'n llwyr erbyn hyn, a fedrai hi wneud dim byd ond crio a chwerthin a chofleidio Dic bob yn ail. Wyddai hi ddim beth i'w feddwl. Roedd popeth yn gymaint o gawdel, ac roedd blinder y dydd yn ei gwneud yn ddagreuol iawn yr eiliad honno. Hi a Dic efo'i gilydd o'r diwedd? A hynny efo'r plant! Roedd y peth mor anhygoel.

Ond, ynghanol ei gorfoledd, holodd ei hun a oedd Dic wedi meddwl am y sefyllfa'n rhesymol ac yn rhesymegol. Oedd o wir eisiau iddi hi fynd efo fo a'i deulu bach i ben draw'r byd? Ynteu ai rhyw fath o nani handi fyddai hi, tra oedd o'n gweithio a mwynhau ei hun? Ni allai Tina ddweud gair wrtho'r eiliad honno oherwydd ei holl amheuon.

'Mae 'na gyfla i titha fod yn ohebydd papur newydd yno, Tins. Mae'r *Sydney Tribune* yn chwilio am weithwyr o hyd, medda fy ffrind,' ychwanegodd, gan geisio profi i Tina ei bod hi'n rhan annatod o'i ddyfodol. 'Does gen ti ddim syniad gymaint dwi isio i ti ddod efo ni, Tina. Meddylia amdano fo, plîs.'

Cusanodd hi'n dynn ar ei gwefusau fel na allai'n hawdd ei holi ymhellach, heb sôn am dderbyn neu wrthod ei gynnig. Roedd ei ymbil mor daer, a thoddodd ei chalon fel y toddodd ei chorff yng ngwres y caru nwydwyllt a ddilynodd. Doedd Dic erioed wedi profi rhyw tebyg iddo yn Llys Meddyg na Fflat 36C o'r blaen, ac roedd wrth ei fodd yn cymryd rhan mewn drama a drodd yn dipyn o bantomeim cyn cyrraedd ei huchafbwynt.

'Mae'r disgybl angen ei gosbi am fod yn blentyn mor ddrwg, Miss Thomas!'

'Be wyt ti isio? Seren aur?' holodd Tina, gan gymryd rôl yr athrawes yn syth o wybod fod Dic yn teimlo'n hynod o horni. Gorweddai'n lleden noeth o'i blaen, felly pa obaith oedd ganddi o wrthod y demtasiwn?

'Mae'r chwip 'na i gosbi fi efo clamp o chwip din o dan y gwely, Miss!'

Wrth i'r athrawes ffantasïol droi i edrych am y teclyn, manteisiodd y disgybl drwg ar fyseddu ei chorff lluniaidd, â hithau heb yr un cerpyn amdani. Gwibiodd ei fysedd i bob pant a rhych, cyn i'r athrawes godi'n sydyn ar ei phen-gliniau, wedi ffeindio'r chwip hudol.

'"Cyd-ddyheu a'i cododd hi",' dyfynnodd Tina o waith R. Williams Parry. 'Rwyt ti'n torri rheolau, Dici bach dwl. Dydi disgybl diniwed ddim i fod i fyseddu'r athrawes dosbarth!' Spanc, spanc ar hyd ei goesau.

'Roeddwn i eisiau'ch teimlo chi, Miss . . .' Spanc, spanc ar hyd ei gefn.

'Miss! Roedd eich croen chi'n edrych mor llyfn . . .' Spanc, spanc ar hyd ei din. 'Aw! Sori, Miss! Wna i mono fo eto!'

'Rŵan dy fod di'n ôl ar dy gefn, mae Miss Thomas isio gweld dy chwip hir, cas dithe Dici Bach Dwl! Sut wyt tithe'n mynd i gosbi Miss Thomas?'

'Os neith fy chwip i ffitio chi, Miss, 'na i'ch ffustio chi nes rydech chi'n gweld mwy nag un seren aur!' Ar hynny, cymerodd y disgybl drwg hi'n ei freichiau, a rhoddodd hi i orwedd yn dwt ar ei bolyn ymchwyddol. 'Reidia fi, y ferlen fach ddigywilydd! Reidia fi! Fi ydi'r stalwyn mwya'n y byd!'

Ufuddhaodd yr athrawes gan reidio'r ceffyl bendigedig am dros chwarter awr. Wrth i hwnnw'n weryru efo pleser, roedd coesau'r ferlen yn dechrau gwingo a'i thu mewn yn brifo. Roedd y polyn y tu mewn yn ormod iddi.

'Rhaid i Miss stopio, neu mi fydd wedi tagu!'

'No wê, hosê, Miss Thomas. Ar eich pedwar!' Trodd y ceffyl y ferlen mwng du i wynebu'r wal. Lledodd ei breichiau a'i choesau a gafaelodd yn ei thin twt gan wthio'r postyn cadarn bob yn ail i'w thyllau llawn croeso. 'Gobeithio neith hyn lacio dipyn ar eich peips chi, Miss Thomas!' Efo un pwniad terfynol, chwythodd y disgybl ei semen ar hyd cefn ei ferlen, cyn i honno chwythu'i phlwc a gorwedd yn ei hôl, yn gweld mwy o sêr nag a welodd yr un athrawes erioed o'r blaen.

Doedd yr un o'r ddau'n poeni bod y llenni'n agored i'r stryd weld eu campau rhywiol y noson honno.

*   *   *

Rywbryd rhwng cwsg ac effro'r bore Sul canlynol, cyffrôdd dau gorff lluddedig a bodlon yn ystafell wely Tŷ Clyd. Diolchodd Tina nad oedd Dic ar frys mawr, ond fe'i hatgoffodd am ei blant a phryd roedd o'n gorfod eu nôl.

'Mae Arthur a Gwenda'n eu gwarchod tan un ar ddeg,' eglurodd yn annwyl, ar ôl dweud wrth ei gymdogion fod ganddo angen mynd i ffwrdd am noson i ddathlu newyddion da. 'Diolch i ti am dy gonsýrn, Tins. Mi wnei di fam dda. Gyda llaw, roeddet ti'n ffantastig neithiwr. Ti wedi meddwl mwy am y cynnig i ymfudo?' holodd Dic yn obeithiol.

Ofnai Tina mai byrbwylldra oedd symud i ben draw'r byd, a bod Dic eisiau dial ar ei wraig am iddi fod mor anffodus â mynd i drwbl. Doedd Tina ddim eisiau cael ei dal mewn rhwyd ddomestig am y rhesymau anghywir. 'Mae o'n gam mawr i rywun godi pac i le mor ddiarth, Dic,' ceisiodd Tina resymu. 'Does 'na'r un ffordd arall y medri di adael dy wraig heb ddianc o'r wlad ar yr un pryd?'

'Dwi wedi meddwl a phendroni am hyn ers misoedd – cyn i Marie gael clec hyd yn oed. Ac nid ar chware bach dwi'n ei neud o, cofia di. Mae Marie wedi bod yn fam dda i'r plant, ac mi fydd eu colli nhw'n effeithio'n drwm arni hi a'r ddau fach. Ond o fynd i le hollol newydd sy'n ddigon pell i ffwrdd, dylai pawb fedru dygymod yn well efo'r sefyllfa. A byddai dy gael di i'w magu nhw fel plant maeth yn coroni'r cwbwl.'

'Dic, dwi'm yn siŵr am hyn. Ella mai fi fyddai'r

wraig faeth, ac y byddet ti'n barod i'm rhoi fi nôl wedi
i ti ffeindio rhywun gwell!'

'Ia, jôc dda!'

'Dydi hi ddim yn jôc, Dic. Mae gen inne fy mywyd
yn y Borth 'ma. Swydd dda, cartre newydd. Ac er mod
i'n sengl, mae gen inne fy nghyfrifoldebe. Dydi Mam
ac Edward ddim yn mynd yn iau, felly fedra i ddim
jest diflannu oddi ar wyneb y ddaear.'

'Felly ti'n gwrthod dod efo fi? A finna'n meddwl . . .'
Trodd Dic i wynebu'r wal, a phylodd y sbarc oedd yn ei
lygaid.

'Nac'dw, dwi ddim yn gwrthod, Dic. Rydw inna
wedi breuddwydio ers blynyddoedd am yr amser y
byddwn i'n cael bod yn rhan o dy fywyd di a'r plant.
Dwi'n 'u caru nhw fel dwi'n dy garu dithe. Ond mae
posib meddwl gormod weithie, Dic bach.'

'Dyma ti eto'n siarad yn rhy resymegol!'

'Aros am dipyn i weld sut mae pethe'n mynd ar ôl
i'r babi gyrraedd. Falle fyddi di isio'i fagu fo fel dy fabi
di dy hun yr adeg honno.'

'Tina! Ti'n meddwl y bydda i isio magu bastard mul
y ffycin Boncyn 'na? Callia, wir dduw.'

'Wel, meddylia sut mae Marie'n teimlo o wybod fod
ei gŵr hithe'n cael affêr efo fi! Does dim angen cosbi'r
plant am be mae'u rhieni nhw wedi'i wneud! Pam eu
bod nhw'n gorfod symud i ben draw'r byd a nhwthe'n
gwbl ddiniwed ynghanol yr holl helyntion 'ma?'

'Wel, be arall fedra i neud 'ta?' holodd Dic, a'r hen
gi ei hun wedi cyrraedd pen ei dennyn.

Gwelodd Tina'i chyfle i brofi'r dyfroedd, a
gafaelodd yn dyner am ei ganol.

'Pam na ddowch chi i fan hyn ata i am dipyn, a
gadael Marie i ofalu am y babi yn Llys Meddyg?'

Oedodd Dic wrth wrando ar Tina'n ceisio gwthio ychydig o synnwyr i'w ben. Oedd o'n fyrbwyll ac yn hunanol eisiau mynd i Awstralia? Fyddai o'n gallu ymdopi ar ei ben ei hun yn fanno, neu yn Llys Meddyg hyd yn oed? Ac a oedd hi'n ddoeth iddo symud at Tina efo'r plant a gadael Bryn a Marie o gwmpas eu pethau yn ei gartref o? Petai o'n gwneud hynny, byddai Marie eisiau ei rhan hi o'r lle, mae'n siŵr, meddyliodd. Er nad oedd Dic yn brin o geiniog neu ddwy, wnaeth o erioed fargeinio rhoi hanner ei gyfoeth i Bryn y Boncyn gael magu plentyn ei wraig yn ei gartref o'i hun!

Nid atebwyd yr un o gwestiynau Dic na'i hofnau hithau'r bore hwnnw, gan i sŵn hwtian gwdihŵ ffôn bach Tina ganu'n aflafar yn eu clustiau. Digon anfodlon oedd ei chariad hirymarhous i lacio'i afael gwarchodol ar Tina. Pwy feiddiai ei ffonio a distyrbio'r ddau ohonynt a hwythau ynghanol trafod eu dyfodol, y bore wedi noson fawr?

Doedd Tina ddim yn nabod y rhif nac yn gyfarwydd â'r llais, ond deallodd ar unwaith mai pennaeth y cwmni newydd oedd wedi prynu'r *Borth Journal* oedd yno.

'Wedi cael trawiad? O diar . . . Be? Fi'n gyfrifol . . ?'

Cafodd Dic fraw. 'Tyrd â'r ffôn i fi, Tina. Mi ro i bwy bynnag sydd yna yn ei le!'

'Un funud,' meddai Tina wrth y galwr, er mwyn egluro wrth Dic mai Jeff Parry oedd wedi cael trawiad y noson cynt. Bu bron iddo â chrogi ei hun yn llinyn ei finocwlars; roedd y teclyn hwnnw'n gorwedd yn dwt wrth ochr Jeff – oedd yn anymwybodol o flaen ffenest y llofft ffrynt! Cael a chael i alw'r ambiwlans ar ei ffôn symudol wnaeth o, mae'n debyg.

'Dwi ddim yn credu hyn, Dic! Maen nhw isio i fi fod yn gyfrifol am y papur a'r holl staff! Doeddwn i byth yn dychmygu cyrraedd y safle yma o fewn y papur. Fi fydd Golygydd y *Borth Journal* o fory ymlaen!'

'A ti wedi derbyn y cynnig?' holodd Dic yn swta, gan ymddwyn fel plentyn wedi cael cam wrth i Tina anwybyddu ei gynigion a'i gynlluniau diweddaraf.

'Dwyt ti ddim yn hapus drosta i, Dic? Fedra i byth droi cynnig fel hwnne i lawr!'

'Ond mi rwyt ti'n fodlon troi fy nghynnig i i lawr!'

Os oedd Dic am fynd â'i ben i waered i Awstralia, meddyliodd Tina, doedd hi ddim am adael i'r *Journal* fynd â'i ben iddo heb rywun profiadol wrth y llyw. Trodd i'r iaith fain unwaith eto i ateb ei chyflogwr newydd, a hynny efo pendantrwydd a llawer o hunanhyder.

'Diolch am eich ffydd ynddo i, Mr Godfreys. Gawn ni drafod y ffordd ymlaen i'r papur ben bore fory.'

DIWEDD